SVEVA CASATI MODIGNANI

DISPERATAMENTE GIULIA

SPERLING PAPERBACK

DISPERATAMENTE GIULIA

I edizione «Superbestseller» Paperback settembre 1989
In copertina: Foto Agenzia Olympia
Sul retro: Foto dell'autrice di Dominique Laugé

ISBN 978-88-8274-344-4
86-I-07

XXVII EDIZIONE

Visitate i siti www.sveva.it e www.sperling.it

RINGRAZIAMENTI
L'autrice ringrazia: Giorgio Pardi, professore di Clinica ostetrica e ginecologica all'Università di Milano, e il dottor Marco Greco, assistente presso l'Istituto Nazionale dei Tumori di Milano.

A Donatella Barbieri
per la affettuosa, tenace
e intelligente collaborazione

« Dove tornare? In me. Scavare nel mio dolore, irragionevole e indicibile, e coricarmi accoccolata in questa buca. »

COLETTE

« Non facciamo quello che vogliamo, e tuttavia siamo responsabili di quello che siamo. »

JEAN PAUL SARTRE

Oggi

1

GIULIA amava il figlio Giorgio, la neve, i gabbiani, il suo mestiere di scrittrice, un uomo di nome Ermes, il nonno Ubaldo e le sue splendide « rose morenti », ma nel sogno che stava facendo non c'era nessuno di questi affettuosi riferimenti. Incominciò a nevicare e il suo cuore timidamente sorrise. Chi le aveva parlato di un male che lascia il ricordo delle cose non fatte, dei sentimenti non espressi, dei perdoni non concessi? C'era dentro di lei un dolore buio senza consolazione e senza amici. Nel riquadro di una finestra vedeva cadere sonnolenta la neve e guardarla faceva male agli occhi, come guardare il sole. Improvvisamente il bagliore spumeggiò intorno a lei ed era come un'esplosione di giovinezza che esclude l'idea della morte, ma subito il bianco trasfigurò nel giallo di una montagna ostile disseminata di cadaveri. Giulia riconobbe il suo volto smarrito tra quei morti abbandonati e provò pietà per se stessa. Sapeva di sognare, sapeva che si sarebbe risvegliata, ma era certa che il suo stato d'animo, comunque, non sarebbe cambiato.

Si svegliò. Albeggiava. Aveva le guance fredde e il naso gelido: l'estrema periferia dell'impero, come lei lo definiva, era un infallibile misuratore termico. Tolse un braccio da sotto la coperta di guanaco ed ebbe la conferma del freddo pungente. Uscì dal letto con la memoria ancora piena dei morti del sogno, ma la certezza di avere sognato non le diede alcun sollievo. Saggiò con le mani il termosifone sotto la finestra: era freddo. Oddio, pensò, ci risiamo. Ogni inverno, al colmo del gelo, spietata come il destino, la caldaia andava in tilt. La revisione autunnale non serviva. Quel maledetto aggeggio, nel momento meno opportuno, la tradiva. Si infilò la vestaglia, scese al piano terreno, entrò in cucina e affrontò la scala della cantina. Aveva i piedi intirizziti e una grande pena nel cuore come se tutto cospirasse contro di lei. Raggiunse lo stanzino della caldaia. Era una Vaillant murale, il meglio della tecnologia tedesca.

Una fiammella azzurrina con venature rossastre guizzava nel fornello al centro del parallelepipedo di smalto bianco modulando una risposta beffarda ai suoi interrogativi.

Il termostato era orientato sui ventidue gradi, la pressione dell'acqua era tra l'uno e il due, la valvola a farfalla per l'erogazione del gas era perfettamente aperta. Tutto era a posto, ma quel perfetto congegno teutonico non funzionava.

Risalì in cucina. L'orologio elettrico sul frigorifero segnava le sette. Prima delle otto e mezzo non avrebbe trovato nessuno al centro assistenza per la manutenzione della caldaia. Ammesso che il centro fosse aperto. Era l'ultimo giorno dell'anno e tanta gente era in vacanza a godersi il lungo ponte di Natale. Giulia rabbrividì. Aprì il forno della cucina a gas e lo accese: era l'unica fonte di calore. La casa fredda le dava un senso di abbandono e vestiva d'angoscia la sua solitudine. Era la prima volta che affrontava da sola questo dramma domestico. Una volta c'era Leo, suo marito. L'inverno scorso c'era Giorgio, suo figlio, che con la vitalità dei suoi quattordici anni portava anche nelle situazioni più deprimenti un'ondata di speranza, ma cinque giorni prima il ragazzo era partito per il Galles. Giulia era proprio sola nella grande casa.

Dalla strada, oltre il giardino, salì il gemito dell'avviamento di un'auto. Si sentivano passare le macchine sull'asfalto battuto dalla pioggia. Quel grigio albeggiare versava tristezza nella spaziosa cucina.

Giulia si strinse addosso la vestaglia di un pallido azzurro, ma non ne trasse alcun calore. Si passò le dita sottili nella folta zazzera scura ricacciando indietro una ciocca ribelle che le scendeva sulla fronte. Decise di farsi un caffè. Poi, magari, avrebbe riletto l'ultimo capitolo del romanzo, del quale non era completamente soddisfatta. C'era qualcosa che non la convinceva. Dal forno veniva un tepore confortevole. Lavorare alla macchina da scrivere era sempre stata la sua medicina, un modo per non accorgersi del tempo che passa, il segreto per restare giovane e vitale. In questo modo, l'ora per chiamare il « caldaiaio » sarebbe venuta prima.

Lontano, un imbecille mattiniero fece esplodere alcuni botti di Capodanno. Pensò, senza rallegrarsene, che la stupidità è inevitabile come la pioggia e il sole. Il caffè tostato all'americana, di un bel marrone dorato, spandeva intorno un aroma delicato. Lo versò in una lucente tazza di porcellana a fiori e cominciò a sorseggiarlo, bollente e amaro com'era, guardando, fuori dall'ampia vetrata protetta da inferriate verdi, il giardino sfiorito dove i cespugli di rododendri, di azalee e di rose intristivano nell'aria già vecchia del giorno appena nato. L'ultimo giorno dell'anno o l'ultimo giorno del mondo? Giulia si sentiva percossa, sfilacciata e triste come il suo piccolo giardino. Scorse in quella desolazione i rametti scheletriti di un'ortensia che, smentendo la meteorologia e la stagione, stavano mettendo gemme. Quanto ottimismo, pensò con invidia. Lei non avrebbe messo gemme. Mai più. Viveva sensazioni indefinibili, isolata dal mondo e dai suoi stessi pensieri, posseduta da un'emozione intima e incomunicabile. Pensò che se ci fosse stato Giorgio si sarebbe sentita meglio, ma anche lui l'aveva piantata in asso, come la caldaia, sia pure con un preavviso di qualche settimana.

« Sai, mammina (la chiamava sempre così quando voleva ottenere qualcosa), mi piacerebbe passare le vacanze di Natale dai Mattu », aveva cominciato a corteggiarla in novembre.

I Mattu erano una giovane coppia di indiani con tre figli piccoli, vivevano a Swansea nel Galles e avevano ospitato il ragazzo l'estate precedente per un soggiorno di studio. Lui si era trovato benissimo.

« Tesoro », aveva replicato Giulia con affettuosa ironia, « hai mai pensato che una vacanza in montagna, magari con tua madre, potrebbe essere più divertente e meno costosa? »

Un mese o un secolo prima? Era comunque un tempo remotissimo in cui c'era ancora spazio per i progetti e la prospettiva di una vacanza sulla neve in compagnia del figlio le accendeva la fantasia e la faceva sentire giovane. Stava scrivendo il nuovo romanzo e viveva il dramma solitario ma eccitante dell'autore che non sa mai se riuscirà a portare a termine la storia che ha in mente.

Il calore che usciva dal forno appannava le vetrate della cucina. Pensò con tenerezza a Giorgio che una volta aveva sorpreso a disegnare ingenue oscenità sul vapore rappreso e provò una gran voglia di sentire la voce del figlio.

Abbandonò il tepore della cucina e affrontò il rigore del soggiorno per telefonargli. I tappeti color avorio che ricoprivano le mattonelle liberty erano morbidi ma freddi come la tappezzeria che simulava un muro tirato a stucco.

Guardò il camino di marmo sovrastato da due candelieri e da una specchiera rettangolare chiusa nella cornice di noce scuro. Pensò che avrebbe potuto accenderlo. Sedette su uno dei due divanetti ricoperti di tela a grandi rose scarlatte su fondo verde e avorio, inforcò gli occhiali e cercò il numero degli amici di Swansea nella rubrica di pelle turchese, appoggiata, sul tavolino di cristallo, vicino a una grande e moderna abat-jour. Erano quasi le otto e Giulia sapeva che a quell'ora i Mattu erano in piedi.

Le rispose la voce dolce di Salinda il cui volto, molto grazioso, Giulia aveva visto soltanto in fotografia.

« Giorgio *is sleeping* », disse.

« Ha fatto tardi ieri sera? » indagò Giulia sospettosa.

« Soltanto mezzanotte », la tranquillizzò Salinda. « C'è stata una piccola festa tra ragazzi. »

Giulia si sentì esclusa. Non ebbe neppure il coraggio di gridare che tirasse giù dal letto quel piccolo, sporco egoista, perdio! Prima d'allora non le era mai venuta in mente un'imprecazione di quel genere, per lei quasi una bestemmia, ma adesso, per la prima volta, sentiva irresistibile il desiderio di coinvolgere l'Onnipotente nelle sue questioni private, di coinvolgerlo con rabbia, rimproverandogli la sua latitanza o il suo accanimento.

« Vuoi che lo svegli? » chiese Salinda, sempre dolce e comprensiva.

« No », disse Giulia rassegnata. « Volevo sapere se è tutto a posto », mentì. In realtà voleva dirgli che stava al gelo, da sola, in quella vecchia casa senza qualcuno che le desse conforto, e che il gatto era finito sotto una macchina alcuni giorni prima pagando con la vita il suo primo anelito di libertà. Avrebbe voluto parlargli anche del dolore che si era annidato dentro di lei, ma nessuno dei due era pronto per quella confessione. E non poteva certamente dirgli che proprio oggi, ultimo giorno dell'anno, doveva andare a Modena, al cimitero, per assistere all'esumazione del nonno. « Davvero, Salinda, va bene così. »

« Se vuoi ti faccio chiamare appena si sveglia », propose la giovane indiana che, sempre nella foto scattata da Giorgio l'estate prima, aveva l'aria di una casalinga appagata.

« Vi chiamo io a mezzanotte per augurarvi buon anno », tagliò corto. « Abbracciami Giorgio. E ancora grazie. » Riattaccò rifugiandosi nel tepore della cucina. Il freddo le era penetrato fin dentro le ossa.

Pensò al nonno, a quello che restava di lui e sorrise al ricordo di quel principe dell'avventura. Il comune di Modena aveva mandato a lei, a sua sorella Isabella e a suo fratello Benny, che mascherava sotto un ridicolo diminutivo il nome scomodo di Benito, una comunicazione firmata dal sindaco: le reliquie di Ubaldo Milkovich sarebbero state collocate in un ossario perenne per onorare la memoria del partigiano Gufo, figura di spicco dell'antifascismo, eroe della Resistenza.

Giulia si era ripromessa di partire verso le undici per essere sicura di non mancare all'appuntamento fissato per le due del pomeriggio, ma adesso, con il problema della caldaia, sarebbe riuscita a rispettare il programma? L'orologio elettrico sul frigorifero segnava le otto. Tentò di mettersi in contatto con il tecnico della manutenzione. Si immerse nuovamente nel gelo del soggiorno, alzò la cornetta e si accorse che qualcosa non funzionava nel ricevitore. Invece del segnale consueto sentiva un suono gracchiante, fastidiosissimo. Premette ripetutamente il meccanismo del contatto, provò a formare un numero sulla tastiera e al suono gracchiante si sovrappose il segnale di occupato. Depose il ricevitore e guardò la graziosa sveglia poggiata sul piano di cristallo sostenuto da un basamento a tamburo di legno istoriato e dorato: erano le otto e cinque. Che la dolce Salinda avesse riagganciato male il suo apparecchio, lassù nel Galles? Alzò di nuovo il ricevitore e questa volta l'apparecchio non diede alcun suono. Adesso era chiaro che anche il telefono era andato in tilt, mentre lei aveva un disperato bisogno di comunicare con il mondo. Se alle otto e mezzo in punto non si fosse messa in contatto con i tecnici rischiava di perdere la possibilità di farli venire in giornata.

Salì velocemente la scala e tornò in camera da letto, un ambiente molto intimo che amava particolarmente, sui toni pastello del rosa, celeste e grigio perla. Lampade di porcellana chiara, dai paralumi rosati, poggiate sui piccoli cassettoni gemelli, ai lati del letto, diffondevano una luce garbata che accarezzava due poltroncine in stile settecento veneziano. Alle pareti, un crocefisso ligneo e una serie di immaginette sacre ottocentesche in cornici dorate.

Giulia evitò di guardare il Cristo dal quale si sentiva ingiustamente abbandonata. Si vestì velocemente. Nell'ingresso infilò un vecchio cappotto di montone e uscì. Attraversò la via Tiepolo facendo lo slalom tra pozzanghere e auto, incurante della pioggia che continuava a cadere. Entrò in un bar-tabacchi con l'insegna del telefono pubblico. Un marocchino armato di zelo e di uno straccio sudicio affrontava coraggiosamente un pavimento maltrattato da centinaia di scarpe, ma sembrava destinato a una clamorosa sconfitta.

Giulia si avvicinò alla cassa dietro la quale troneggiava una giovane donna che aveva tutta l'aria di essere lì per sbaglio, mentre avrebbe dovuto trovarsi su un aereo per le Maldive. Era di cattivo umore e si vedeva.

« Dica », l'aggredì la tabaccaia guardando la cliente infreddolita come se fosse una chiazza d'unto sul suo vestito migliore.

« Un gettone », disse Giulia impaziente allungando duecento lire.

« Fuori servizio », sentenziò la tabaccaia alludendo al telefono pubblico.

« Ma io devo assolutamente telefonare », insisté Giulia sull'orlo della disperazione.

« Fuori servizio », ripeté fredda e spietata come un cobra; quindi si rivolse a un paio di clienti che erano entrati e chiedevano un cappuccino.

« Non potrebbe farmi usare il suo? » domandò supplichevole. « Quello lì », soggiunse indicando l'apparecchio accanto alla cassa.

« Privato », la gelò senza guardarla, continuando a scambiare sigarette e caffè con danaro contante.

« Tabaccaia di schifo », scattò Giulia, « città di schifo, gente di schifo, mondo di schifo », gridò coinvolgendo irrazionalmente l'universo intero. Riattraversò il locale sotto gli occhi sbigottiti dei clienti, il silenzioso stupore della tabaccaia, l'ingenuo sorriso solidale del marocchino.

Si diresse quasi di corsa verso il bar latteria di piazza Novelli dove Giorgio e i suoi amici dissipavano la paghetta settimanale in merendine, Coca-Cola e juke-box. Il telefono c'era e funzionava. Giulia compose il numero del tecnico che conosceva a memoria. « Sono Giulia de Blasco », fece appena in tempo a dire all'addetto che aveva risposto all'altro capo del filo. Poi scoppiò in lacrime. Seminascosta fra cassette di birra, Coca-Cola e uno scaffale pieno di pasta e biscotti, nell'odore dolciastro di segatura bagnata, stringendo la cornetta lercia di un telefono pubblico, Giulia pianse senza ritegno. Pianse sulla sua vita sbagliata, sul suo matrimonio fallito, pianse perché anche suo figlio l'aveva lasciata sola, perché quel giorno doveva assistere all'esumazione delle reliquie del nonno Ubaldo. Pianse perché aveva la casa gelida, perché il telefono non funzionava, pianse perché a quarant'anni s'era innamorata come una ragazzina, ma soprattutto pianse perché lei stessa era andata in tilt. Qualcosa nella mirabile costellazione del suo organismo si era inceppato. Le cellule di un nodulo al seno prelevato un mese prima non erano del tipo regolamentare. Erano di quelle che continuano a ripetersi senza fermarsi mai. Come un interruttore che si accende e non si spegne più. Quel giorno accidioso di dicembre Giulia piangeva per molte cose, ma soprattutto perché aveva un cancro.

2

Ermes aprì gli occhi e fu subito desto, vigile, attento, i pensieri ordinati nel limpido archivio della sua mente. Come sempre, da sempre. L'automatismo biologico che regolava i ritmi del sonno e della veglia aveva preceduto il meccanismo dell'orologio.

Il lucido quadrante astrale, sul tavolino da notte, segnava le sei meno tre minuti. Neutralizzò il cicalino e scese dal letto. Alzò le tapparelle e scostò la tendina di mussola bianca.

Era ancora buio e pioveva sullo scorcio della Milano ottocentesca che vedeva dalla sua mansarda. Un cane abbaiò lontano, un altro ululò drammaticamente da un giardino vicino. Animali di città che gli ricordavano un'infanzia disperata.

Aveva dimenticato il suo problema durante le sei ore consuete di sonno profondo, ma ora la realtà si ripresentava con la sua dolorosa certezza e aveva un nome: Giulia. Il giorno prima si era deciso a riparlarle del suo male senza tuttavia avere il coraggio di essere esplicito. Ora che il grande persecutore aveva colpito la persona a lui più cara, molte certezze erano venute meno e il grande Ermes Corsini, il cavallo bianco della chirurgia e della ricerca oncologica, aveva perduto lo smalto e la sicurezza di sempre.

Sedevano davanti al camino acceso bevendo champagne ed elaborando progetti di vita in comune, quando Ermes si fece coraggio e le parlò.

« Dovremo irradiarti », le comunicò sorridendo. Cercò con lo sguardo la bottiglia di champagne nel secchiello d'argento, allungò la mano, la prese, ne versò nei bicchieri di cristallo.

« Credevo fosse tutto a posto, dopo l'intervento », replicò Giulia che si sentì avvolgere da una fredda guaina d'indifferenza mentre nasceva in lei una reazione di rifiuto. Le sue condizioni di totale benessere negavano l'esame istologico che da settimane perseguitava Ermes.

« Dobbiamo garantirti la massima sicurezza », lui mormorò dedicandole un'espressione troppo fiduciosa per essere totalmente sincera.

« Capisco », disse Giulia che non capiva invece perché Ermes avesse aspettato tanto a parlarle di questa terapia. Osservava il biondo liquido frizzante nel bicchiere e rimpianse di aver vinto il vizio del fumo. Una sigaretta, in quel momento, le sarebbe stata di grande aiuto. « Che cos'ho? » chiese timidamente. Pensò anche « esattamente », ma non lo disse.

Ermes giocò con le parole perché non poteva dirle che il nodulo che le aveva tolto si era rivelato un carcinoma duttale infiltrante. Che fosse cattivo, se n'era già reso conto durante l'intervento, quando il bisturi aveva rivelato il nodulo duro, grigiastro, punteggiato di bianco, che spiccava come un lucido sasso di fiume, tra il tessuto adiposo giallo, sulla porzione di seno asportato. Il colore e la consistenza del nodulo che aveva avvertito stridente contro il bisturi erano altrettanti segnali di pericolo. Improvvisamente fu in un bagno di sudore; la sua era una reazione più da piccolo uomo che da grande medico; ma davanti a lui c'era il seno indifeso e offeso della sua donna e lui era terribilmente spaventato.

Per calmarsi pensò alle poche volte in cui l'occhio l'aveva tradito. Qualcuno aveva detto che l'utopia può essere un metodo di lavoro e che se non si crede nei miracoli non si può essere realisti. E lui, per amore, avrebbe creduto nel miracolo. Per quanto terribile fosse il grande persecutore, lui avrebbe aiutato la sua donna ad annientarlo. Per la prima volta viaggiava nel vagone buio della malattia sul treno che qualche volta usciva dal tunnel nella luce della guarigione.

La vita di Ermes Corsini e di Giulia de Blasco era cambiata un mese prima, durante una breve vacanza a Parigi. Ricordava la loro camera all'hotel des Beaux Arts, nel quartiere universitario; il letto di ferro battuto, la tappezzeria a fiori, il calore dei loro corpi sotto il piumino, i seni levigati di Giulia che lui non si stancava di accarezzare, la scoperta improvvisa e dolorosa del nodulo.

Ermes lo aveva mentalmente localizzato: « mammella destra, quadrante infero interno, in prossimità del solco sottomammario ». L'uomo dal grande *charme* che sapeva essere convincente in sala operatoria e nei salotti più esclusivi, nelle aule delle università e nei fortilizi dei politici, si era sentito gelare.

Venne dalla strada il suono di una pianola che eseguiva un *valzer musette*.

« Ti fa male qui? » indagò toccando con dita esperte.

« No, perché? » Giulia sorrise.

« Niente », lui minimizzò.

Il personaggio dallo sguardo impenetrabile che il mondo conosceva e stimava, al cospetto del quale i sofferenti già cominciavano a guarire, non somigliava all'uomo che in quel momento la stava scrutando.

« Mi interroghi come un medico? » scherzò mettendosi tuttavia in allarme. « Vediamo che cosa c'è sotto le dita del grande chirurgo », soggiunse toccandosi il seno. « Io non sento niente », continuò rassicurata.

« Allora probabilmente non è nulla », disse lui con ostentata indifferenza. Giulia cercò inutilmente il sorriso irresistibile, gli occhi ridenti, le labbra sensuali e decise.

« Che cosa potrebbe essere? » indagò cautamente Giulia.

« Una cisti. I seni delle donne mediterranee sono cistici. Non lo sapevi? »

« Non mi ero mai associata a un gruppo etnico. E poi, niente mi spaventa. Perché qualunque cosa io abbia, tu mi guarirai. »

La mammografia aveva rivelato un'ombra opaca in corrispondenza del nodulo. Allora Ermes aveva eseguito un'agobiopsia. Era cioè entrato nel nodulo con un ago, aveva aspirato e poi strisciato sul vetrino. La risposta era stata agghiacciante. Il tecnico di laboratorio aveva scritto: « Positiva la ricerca di cellule tumorali maligne ».

Ermes sapeva che l'agobiopsia è una diagnosi infallibile.

« Ho un cancro. Vero? » Giulia aveva letto lo sgomento negli occhi del suo uomo.

« Per fornirti una risposta esatta devo prima operarti », aveva precisato lui rifiutandosi di farla partecipe delle sue paure.

Aveva programmato l'intervento: resezione parziale della mammella e svuotamento ascellare. Un seno di Giulia sarebbe risultato alla fine più piccolo dell'altro. Ma i suoi seni erano così piccoli che non si sarebbe notata molto la differenza.

L'aveva operata all'inizio di dicembre, in una mattina piena di sole. L'aria era tiepida e faceva pensare all'autunno. Come uno stregone pensò che quel segno fosse di buon auspicio.

« Come ti senti? » domandò.

Un fascio di rose scarlatte dal gambo lunghissimo era stato ordinato in un vaso, nella camera che lei occupava in clinica.

« Come se fossi nelle tue mani », lei sorrise fiduciosa.

« Lo sei, lo sei », lui confermò accarezzandole il viso.

Giulia si era consegnata anima e corpo al demiurgo, delegando a lui ogni responsabilità. Si sentiva rilassata, serena, come una bambina in braccio alla madre.

Venne un'infermiera e le praticò un'iniezione.

« Che cos'è? » gli chiese.

« Il preanestetico. Ti sentirai più tranquilla. »

« Sono già tranquilla. »

Ermes l'aiutò a infilarsi il corto camice bianco al posto della camicia di seta e intanto controllava che non avesse addosso anelli o catenine, che le unghie non fossero laccate, che le calze bianche fossero di cotone.

Mentre l'infermiere guidava il lettino verso l'ascensore, lui l'aveva tenuta per mano, era entrato con lei nel blocco operatorio e le era stato vicino fino a quando l'aveva vista sprofondare nel campo silente dell'anestesia, contando a ritroso a partire da cento; a novantasette la mano di lei si abbandonò nella sua e il suo respiro fluttuò nel nulla.

Per la prima volta Ermes non aveva davanti a sé un seno da operare, ma una persona in tutta la sua complessità, con tutte le implicazioni possibili. Sul lettino operatorio c'era la sua donna, una creatura appassionata e sensibile che gli aveva fatto conoscere, a quarantacinque anni, le grandi emozioni di un amore autentico. Scattò in lui il meccanismo del rifiuto: in quel momento avrebbe abdicato volentieri al proprio ruolo.

Di fronte a lui c'era Franco Rinaldi, il suo aiuto; un giovane tanto ambizioso quanto abile. Al suo fianco la ferrista aspettava in adorazione gli ordini del « suo » professore. A capo del lettino l'anestesista controllava sul monitor la posizione cardiaca della paziente.

Freddi e razionali, gli addetti ai lavori si muovevano con precisione e puntualità in quel turbine di grandi drammi che è la sala operatoria.

L'anestesista fece un cenno all'aiuto.

« È tutto a posto », disse Rinaldi.

La ferrista gli tese il piccolo bisturi. Ermes lo afferrò saldamente e con una mano sicura praticò un'incisione esercitando una pressione sufficiente per aprire il seno nel punto indicato dalla mammografia. L'aveva individuato subito il grande nemico, il sasso maligno che aveva colpito a tradimento Giulia.

Un'infermiera lo prese in consegna e lo portò in laboratorio. Entro dieci minuti avrebbe avuto una risposta dall'esame al congelatore. Intanto lui ampliò la resezione per essere sicuro di aver portato via tutto.

« Controlla la pressione », ordinò all'anestesista. Era in un bagno di sudore.

« Centoventi », rispose l'anestesista.

Nessuno dubitò della natura del male, ma nessuno parlò. Di fronte al male, quando veniva scoperto, si chiudevano tutti nel più assoluto mutismo. Era il loro modo di reagire in presenza del grande sconosciuto.

Il referto arrivò mentre Ermes ricuciva il seno. Era la cosa peggiore che potesse capitare a lei, a lui, al loro progetto di vita.

Iniziò a quel punto la parte più delicata e complessa dell'intervento: lo svuotamento dell'ascella.

Praticò un'incisione cutanea dall'alto verso il basso. Si consolò pensando che in seguito quella ferita sarebbe stata invisibile perché nascosta nell'incavo ascellare. Liberò la pelle fino a trovare il margine del grande pettorale e, passando sotto con il bisturi, fece molta attenzione per non intaccare la vena ascellare, il plesso bracchiale e i fasci nervosi. Quindi cominciò a liberare il cavo ascellare del suo contenuto per asportare i linfonodi che sono il drenaggio dei tumori della mammella. Se anche i linfonodi fossero stati positivi, lui e Giulia si sarebbero trovati davvero in un guaio spaventoso. Ermes mandò ad analizzare anche questi e pregò. Pregò perché l'esame di laboratorio, che in questo caso sarebbe arrivato soltanto da lì a qualche giorno, risultasse negativo.

Svegliandosi, Giulia incontrò il sorriso di Ermes.

« Allora? » lo interrogò portandosi istintivamente una mano al seno. Il bruciore delle ferite era attenuato da una sacca di ghiaccio. La cannula di drenaggio inserita nell'ascella non le dava fastidio.

« Ti ho tolto una piccola cosa. »

« Cattiva? »

« Che importanza ha? Ormai non c'è più. »

Quando trovava in una paziente qualsiasi un nodulo di un centimetro o poco più, era solito rallegrarsi, perché in fondo aveva fatto una diagnosi precoce. Il tumore è piccolo, pensava; si potrà curare, guarirà senza l'asportazione totale della mammella. In realtà, quando poi andava a vedere, scopriva che in quell'unico centimetro c'erano diversi miliardi di cellule e il piccolo nodulo aveva già alle spalle una storia di cinque, otto, dieci anni.

E poi, quando si poteva considerare sconfitto il grande nemico?

« Morirò? » chiese Giulia tranquilla.

« Sei guarita », mentì. E intanto era ossessionato dal responso dei linfonodi e già pensava che, comunque, avrebbe dovuto irradiarla.

Respirò di sollievo quando risultò che il carcinoma non aveva mandato in giro cellule, ma ancora non osò parlarle di terapia radiante. Finalmente, la sera prima, si era fatto coraggio e glielo aveva detto. Ormai era passato un mese dall'intervento e non voleva aspettare oltre.

Ermes entrò in bagno, aprì il rubinetto della doccia e lasciò che il getto caldissimo gli sferzasse la pelle. Era il modo migliore per prepararsi ad affrontare l'ultima giornata di lavoro dell'anno.

Prima, i suoi risvegli erano una gioia. La prospettiva della sala operatoria o quella di un congresso erano sufficienti a galvanizzarlo. Amava il suo mestiere. Diventare medico e chirurgo era stato il suo obiettivo di sempre e non era stato facile per lui arrivare a certi risultati. C'era voluta tutta la sua tenacia, una smisurata forza di volontà e una straordinaria intelligenza per diventare quello che era.

La scoperta della malattia di Giulia aveva messo in forse tutte le sue certezze, i suoi risvegli erano diventati sempre più tristi e la sala operatoria era diventata una routine.

In cucina Ersilia, la governante sessantenne, con la simpatica espressione della burbera benefica, aveva preparato il caffè e la spremuta d'arancia.

Ersilia lavorava nella casa di Ermes da quando lui aveva lasciato la moglie; ma era come se lo conoscesse da sempre. Era orgogliosa di servire un uomo che tutti consideravano importante; aveva imparato a leggere nei suoi pensieri e a proteggere la sua privacy.

« Dormito bene, professore? » si interessò dopo avergli augurato il buongiorno.

« Come sempre », rispose sedendosi e cominciando a versare il caffè nella tazza. Bevve a piccoli sorsi il caffè nero, amaro, bollente.

Suonò il telefono. Ersilia guardò Ermes con aria interrogativa prima di rispondere.

« Dica che ci sono », la esortò lui. Erano le sette e pensò che lo chiamassero dall'ospedale.

« È il brigadiere Caruso », annunciò la donna coprendo il microfono con la mano.

Il brigadiere Carmine Caruso, del nucleo investigativo, era diventato l'affettuoso persecutore di Ermes da quando il chirurgo gli aveva guarito la moglie. Erano passati cinque anni dall'intervento, ma il graduato dei carabinieri non smetteva di essergli riconóscente. Investigando investigando era riuscito persino a sapere il giorno di nascita del luminare e gli inviava piante d'appartamento per il suo compleanno, vini pregiati a Natale, cartoline d'auguri a Pasqua. Qualche volta gli aveva telefonato per un consiglio, ma era la prima volta che lo importunava a un'ora impossibile.

« Devo dirgli che non c'è? » domandò Ersilia.

« Me lo passi », decise Ermes prendendo la cornetta. « Che cosa c'è, Caruso? » domandò. Pensò alla moglie.

« Professore, mi perdoni l'ora indiscreta, ma dovevo avvertirla: lei sta per passare un guaio », disse tutto d'un fiato. Era allarmato e non si preoccupava di nasconderlo.

« Provi a farmi capire », lo sollecitò Ermes.

« Qualcuno l'accusa di qualcosa. Mi sente? »

La comunicazione era disturbata dal rumore del traffico sul quale emergeva la sirena bitonale di un'ambulanza. Evidentemente l'uomo chiamava da un telefono pubblico.

« La sento benissimo », confermò rendendosi conto che il suo interlocutore parlava seriamente.

« Allora mi dia retta. Sparisca, professore. La riconoscenza che le devo mi spinge a commettere una grave irregolarità. Da un momento all'altro potrebbe essere spiccato contro di lei un mandato di cattura. Non ho letto la pratica che la riguarda, ma ho ascoltato un pettegolezzo di corridoio. Di sicuro qualcuno le ha tirato un colpo mancino. Permetta che stavolta sia io a darle un suggerimento », continuò con voce alterata dall'emozione. « Non si faccia trovare in casa. E neppure in clinica ».

« Ma perché? » lo interrogò Ermes improvvisamente smarrito.

« Glielo direi, se lo sapessi. Ma intanto sparisca. Meglio difendersi da liberi che dalla galera. Cercherò di sapere qualcosa di più. Mi telefoni lei, stasera, da dove si trova. »

Ermes udì il clic del ricevitore dall'altra parte del filo, poi guardò la cornetta come se si aspettasse un supplemento d'informazioni.

« Crede sia vero? » domandò Ersilia che aveva sentito la voce che filtrava dall'apparecchio. Era incredula e smarrita.

« Io credo che abbia preso un abbaglio. » Ermes non poteva interpretare diversamente l'avvertimento del brigadiere.

Non poteva che spiegarsi così la telefonata di Carmine Caruso. Non si riconosceva colpe che potessero giustificare la minima apprensione.

Lui aveva un unico problema: Giulia. Decise di chiamarla. Erano ormai le otto e doveva essere sveglia. Il suo numero era occupato. Ermes pensò che avesse staccato il ricevitore, com'era solita fare quando non voleva essere disturbata.

3

DOPO Piacenza, quando le corsie dell'autostrada si triplicano, Giulia occupò subito quella di destra sempre libera, in assenza di camion, perché riservata ai veicoli lenti. L'Italia è un paese di ferraristi, piloti e mentalità di Formula Uno, che non si rassegnano a percorrere quella che un fine scrittore, Luca Goldoni, ha denominato « corsia del disonore ». Giulia la considerava, invece, il « sentiero della riflessione ». Al volante della sua Mercedes verde del 1972 (l'anno di nascita di Giorgio) a una velocità moderata, in sincronia col flusso lento e tenace dei suoi pensieri, rimuginava trame e personaggi per i suoi romanzi che la critica colta definiva, quando non li ignorava, di evasione o di puro intrattenimento, e che i lettori, invece, amavano molto. Giulia aveva fatto suo il giudizio di un letterato di rango: « La stupidità del critico è la sua dote maggiore ».

Sorrise. Per un attimo aveva dimenticato il suo dramma.

La pioggia fine e tignosa sporcava il parabrezza riducendo la visibilità e il monotono andirivieni del tergicristallo riusciva a placare, in parte, la sua ansia. Tra meno di un'ora avrebbe affrontato una situazione insolita: l'esumazione dei resti mortali del nonno. La mortificava il fatto che, anche in questo frangente, sarebbe stata sola, perché Benny e Isabella, i suoi fratelli, come sempre, avevano scantonato.

« Gioia mia, tu capisci benissimo », aveva esordito Isabella in modo che non ci fossero dubbi sulla sua defezione, « io non riesco proprio a fare certe cose. »

Giulia non vedeva nulla di macabro in quel rito annunciato. Infinitamente più triste era il pensiero del grande nemico che si era annidato dentro di lei e dubitava che fosse stato davvero estirpato, se adesso Ermes le proponeva la terapia radiante.

« È anche tuo nonno », aveva replicato Giulia.

« Sì, lo so », riprese Isabella esitante ma ben determinata nel rifiuto. « Fosse stato un giorno qualsiasi, allora, forse. Non trovi anche tu che sia idiota esumare le ossa di un morto l'ultimo giorno dell'anno? »

Isabella era grandiosa nella sua vacuità costruita, ben sostenuta da una bellezza vistosa e superficiale, una gran testa di capelli castani e un look a metà tra Madonna e Rita Hayworth. « Non sapevo che ci fossero, per certe incombenze, giornate intelligenti e giornate idiote », ribatté Giulia indispettita dalla sorella maggiore, ricca, manierata e snob, che la chiamava impropriamente « gioia mia ».

« Ecco che ricominci con i tuoi sofismi. Sai bene che l'ultimo giorno dell'anno, come sempre, andiamo a Cortina coi ragazzi. Come faccio, gioia mia, a convincere Alberigo che ha prenotato l'hotel, il veglione e tutto il resto? » La sua voce s'era addolcita nella menzogna. Isabella era materna nelle giustificazioni e negli insegnamenti, ma non negli affetti.

Giulia, che sapeva a memoria i copioni della sorella, conosceva anche il seguito della storia. Adesso mi dirà, pensò, che Alberigo ha ottenuto la *suite* al secondo piano del Posta e che ha già accettato l'invito di Clara Agnelli e di Nuvoletti a Villa Bella.

« Sai, ci è stata riservata la *suite* al secondo piano dell'hotel Posta », annunciò puntualmente. Poi con aria di sottile complicità, piegandosi intenzionalmente verso la sorella soggiunse: « E naturalmente, domenica pranzeremo a Villa Bella, ospiti di Clara e del Nuvoletti ». Era una millantatrice che affidava le sue « bufale » a un dilettantismo di maniera persuasa di essere convincente come Eleonora Duse.

Isabella non si era rassegnata all'idea di avere sposato un commerciante di pesce all'ingrosso, Alberigo Sodi, un professionista furbo e competente che dominava il mercato ittico e continuava ad accumulare danaro. La grande disponibilità economica derivante da una solida agiatezza aumentava le ambizioni sociali di Isabella esclusa dagli ambienti 'in', ai quali cercava di accedere con mediocri fantasie. Invece di considerare una fortuna l'aver sposato il re del pesce, si affannava alla ricerca di una promozione sociale. « E poi, gioia mia », riprese implacabile, « parliamoci chiaro: il nonno era più nonno tuo che nostro. Quindi se qualcuno deve occuparsi di questa stravagante faccenda delle ossa, quel qualcuno sei tu. Sai che Benny la pensa esattamente come me. E io parlo anche a nome suo. »

Aveva messo finalmente le carte in tavola. Ma perché tutti quanti si sentivano in dovere di decidere per lei? Perché proprio lei doveva essere responsabile di tutto quello che accadeva nel vasto mondo? Se avesse detto loro a bruciapelo: ho un cancro, sarebbero riusciti a colpevolizzarla dimostrando che anche questo era colpa sua. Leo, suo marito, decideva quando lei dovesse tenere il figlio, Giorgio le imponeva un Natale solitario, Isabella e Benny decretavano che dovesse rappresentare lei la famiglia al cimitero di Modena. Lei, di certo, non sarebbe mancata a quell'appuntamento, ma perché doveva subirlo come un'imposizione? Che cosa c'era di sbagliato in lei? Perché quelli che avrebbero dovuto amarla, e dai quali si aspettava legittimamente gesti e pensieri solidali, la consideravano, invece, uno zerbino su cui pulire i loro piedacci sporchi?

« Come sarebbe: più nonno mio che vostro? » reagì alzando la voce.

« Ma sì. Sappiamo tutti che eri la sua cocca. Me e Benny ci tollerava appena. Benito, diceva, ha il nome che si merita. Ci accusava di aver preso tutto dal professore *fasista*. Il professore *fasista* era nostro padre. Tu sola eri della sua razza », s'incattivì Isabella. « Ti chiamava Giorgio perché si aspettava un maschio da nostra madre. Razzista e fallocratico. Tu poi hai chiamato tuo figlio Giorgio. Stavi sempre con lui. Godevi di una libertà che a noi era negata. Ti riempiva di regali. »

Finalmente Isabella si era sfogata anche a nome e per conto del fratello. Erano dovuti passare vent'anni dalla morte del nonno perché affiorasse finalmente la loro invidia per lei e l'ostilità per il vecchio masnadiero che, effettivamente, aveva avuto un debole per Giulia.

« Vedo che sei battagliera », notò Giulia.

« Non ci penso neppure a litigare, gioia mia. Dico la verità. Il nonno Ubaldo ha sempre mancato di tatto. Quando è morto, per un pelo non ha mandato a monte il mio matrimonio. Ti ricordi il cadavere nell'auto? »

Giulia ricordava con allegria la commedia macabra di quella morte.

« Basta così o vuoi continuare? » domandò.

« Non stiamo a rivangare », propose con magnanimità Isabella. « Piuttosto bisognerà preparare un lenzuolino. »

« Che cosa? » trasecolò.

« Ma sì, un lenzuolino per le ossa, no? Le ossa verranno poste in una cassettina. Dovranno essere avvolte in un lenzuolino. »

Giulia si domandò come faceva quella svampita di sua sorella a sapere queste cose. « Dove si vendono questi lenzuolini? » chiese atterrita. Immaginò di doversi recare in un negozio di arredi funebri, ammesso che ce ne fosse uno, o da un'impresa specializzata.

« Non preoccuparti, gioia », la sollevò con generosità da bottegaia, « lo faccio fare io dalla biancherista. Di lino, naturalmente. Magari con un *entredeux* di pizzo. »

Era la prima volta che Isabella la toglieva da un impiccio.

« Fagli ricamare anche le cifre, già che ci sei », si lasciò sfuggire Giulia.

« A questo non avevo pensato », si sorprese. Era troppo cretina per cogliere l'ironia. « La biancherista saprà come fare. »

Adesso il lenzuolo di lino, con gli *entredeux* di pizzo, era sul sedile di fianco a lei avvolto in una carta velina bianca, legato con un nastrino lucido di seta nera. Naturalmente erano state ricamate anche le cifre: una U svolazzante per Ubaldo e una elaborata M per Milkovich.

« Se sei da qualche parte, nonno », cominciò a parlargli Giulia, « certo sorriderai di quest'ultimo carnevale organizzato dai figli 'buoni' del professore. »

Un'onda di tenerezza le accarezzò l'anima e prese a canticchiare l'antica canzone del nonno:

« Lontano, lontano sul mare
le splendide rose morenti.
Ti invitano donna ad amare
la notte di stelle cadenti ».

Ingenue, banali e scontate come le parole di molte canzoni anche quelle della canzone del nonno raggiungevano un'intensità emotiva grazie a una struggente melodia carica di effetto. Semplice ed efficace come tutti i motivi popolari andava direttamente al cuore.

Come diceva la canzone: rose morenti o rose morene? Giulia non ricordava bene e adesso sembrava avere una grande importanza quel chiarimento che purtroppo, in assenza del nonno, non ci sarebbe stato. Quel motivo musicale poteva comunicare gioia o tristezza a seconda dello stato d'animo di chi lo ascoltava. Il suo sguardo di bambina si apriva su orizzonti lontani, in un paesaggio notturno carico di profumi misteriosi e di rose scarlatte. All'origine delle sue invenzioni fantastiche c'era sempre quel motivo ripetuto come una nenia.

Anche altri racconti del nonno avevano contribuito a sviluppare in lei un singolare talento di affabulatrice, ma tutte le storie che Giulia pensava e scriveva avevano nell'antica canzone la loro matrice.

Aveva comperato un fascio di rose scarlatte dall'estenuante profumo, vellutate e carnose, di un rosso così cupo da sembrare nero. Ora quelle rose stavano lì sul sedile accanto al lenzuolino, estremo omaggio al nonno e al suo sogno giovanile.

Calde lacrime la costrinsero a ridurre la velocità. Piangeva sulla fiaba turbolenta e triste della sua giovinezza. Niente a che vedere con le lacrime disperate di poche ore prima, quando era finalmente riuscita a lanciare il suo grido d'aiuto al tecnico premuroso. Quando era partita per Modena la casa era nuovamente calda, il telefono funzionava e il sorriso del tecnico, che ammirava in lei la scrittrice e si considerava orgoglioso di esserle stato d'aiuto, in un certo senso l'aveva confortata. Ma c'era sempre quel buio nell'anima che non accennava ad attenuarsi. Adesso credeva di capire. Non aveva paura della realtà che, per quanto dolorosa, si può sempre cercare di circoscrivere, come Ermes aveva cercato di neutralizzare il suo male. Aveva paura della paura che non è misurabile. Temeva quella malattia, la peste dei tempi moderni. Era terrorizzata da questo male che arriva non si sa perché, non si sa da dove, che può insinuarsi dappertutto, senza rispetto per la razza, il rango, la ricchezza, la cultura. Era questo nemico spietato, che immaginava come una testa di medusa, a scatenare in lei la paura della paura. A che serve guarire dal cancro se poi si deve morire di paura? Sorrise asciugandosi le lacrime mentre un cartello annunciava l'uscita per Modena.

Giulia parcheggiò la Mercedes vicinissima al cancello del cimitero di San Cataldo. Non c'era nessuno in giro, soltanto una vecchia Cinquecento, due motorini e alcune biciclette. I più avevano celebrato i primi di novembre il culto dei morti e ora si godevano, con la coscienza in pace, il lungo ponte natalizio. Il freddo si era accentuato e la pioggia si era trasformata in nevischio. Prese il pacchetto col lenzuolino, il fascio di rose scarlatte, alzò l'ampio bavero della giacca di visone e si diresse verso la stanza del custode del cimitero.

« Stanno cominciando », la informò una donna rubiconda e gentile, dopo averle fornito tutte le indicazioni. Rabbrividendo per il freddo raggiunse il viale dov'era la tomba del nonno e lì vide l'uomo. Giulia lo conosceva bene.

La neve continuava a cadere. Giulia osservò la massiccia figura dell'uomo che indossava un cappotto scuro dal taglio impeccabile. Un velo bianco ormai copriva il cimitero conferendo una particolare suggestione al paesaggio. Due addetti affondavano la vanga nella terra fradicia staccando a ogni colpo una pesante zolla di terra grassa e nera che mettevano sui bordi. Erano nella fossa fino alla cintola e procedevano con la paziente alacrità dei contadini emiliani. Anche il tipo che ora si era girato verso di lei e le andava incontro con un incedere sciolto aveva il sorriso largo e schietto del provinciale, pur essendo vestito elegantemente e avendo modi da signore.

« Bentrovata, Giulia », la salutò togliendosi per un momento il borsalino e rivelando i folti capelli d'argento.

Giulia gli tese la mano e lui si chinò a sfiorarla con un bacio. Aveva lo stile dell'aristocratico e la sorridente naturalezza dell'uomo di mondo.

« Lei non finirà mai di stupirmi, onorevole », lo apostrofò. « È la tenacia dei ricordi? » domandò cauta Giulia.

« Anche. Ma è soprattutto la profondità dei sentimenti », disse con voce chiara e robusta sostenendo bene le parole, un modo tipico di chi è abituato a parlare e a convincere. Toccandole appena un gomito la guidò verso la tomba del nonno. Per la prima volta il destino non l'aveva lasciata sola ad affrontare un'esperienza più grande di lei. Solo che, probabilmente, le aveva messo accanto la persona sbagliata. Infatti non era poi così sicura che l'onorevole Armando Zani, che aveva saputo adeguarsi agli spostamenti progressivi del potere, fosse l'uomo giusto per presenziare all'esumazione dei resti di quel romantico eroe, ladro, sognatore e, a suo modo, galantuomo, che era stato il nonno.

4

Ermes era nervoso e non si domandò perché. Aveva mille ragioni per esserlo. Mai tanti pensieri insieme avevano ingombrato la sua mente, mai tante pene avevano afflitto la sua anima. Ersilia, la fedele governante, questa volta non poteva essergli d'aiuto. Il telefono di Giulia gli rimandava, perentorio e petulante, il segnale di occupato. Forse per comunicare con qualcuno e non perché si sentisse in pericolo decise di chiamare, nonostante l'ora impossibile, Elena Dionisi, il suo avvocato. E lo fece subito perché ormai era in ritardo.

Gli rispose la voce giovane e assonnata di una donna che parlava un italiano precario e pittoresco. Era la domestica di colore.

« La signora avvocato non c'è », dichiarò. « Tu chi sei? »

Gli venne voglia di riattaccare. Invece rispose a tono: « Sono un amico. Ho bisogno di parlarle. Subito ».

« Tu non puoi », affermò la donna.

« Perché? »

« Perché la signora avvocato è volata con l'aereo. » Parlava con flemma, come se davanti a sé avesse l'eternità, senza nemmeno la volontà di uscire dal torpore nel quale si sarebbe rifugiata quando quel rompiscatole avesse riattaccato.

« Non ha lasciato un recapito? »

« Non capisce. »

« Quando torna? »

« Non sape. Tu chiama ufficio. Lì dicono tutto. »

Si innervosì di fronte all'ottusità della donna che non capiva il suo problema e non sapeva esprimersi. Ricordò che anche sua madre era stata una domestica quando le collaboratrici familiari si chiamavano serve e lavoravano come uomini di fatica.

« Chiamerò in ufficio », disse prima di riattaccare. Poi desistette, perché in ufficio non avrebbe trovato nessuno fino alle nove. Ricompose il numero di Giulia ricevendo di nuovo soltanto il perentorio segnale di occupato.

Arrivò in sala operatoria con qualche minuto di ritardo e di pessimo umore. Aveva in programma due interventi: uno al seno e uno allo stomaco. L'anestesista, la ferrista, gli aiuti e il personale di sala erano già ai loro posti. Ermes si spogliò, calzò gli zoccoli, si lavò e infilò il camice. Aiutato da un'infermiera mise i guanti. In quel preciso momento dimenticò tutto: Giulia, il suo male, l'avvertimento del brigadiere Caruso. Adesso c'era soltanto il suo lavoro che richiedeva la massima concentrazione e una totale partecipazione.

Quando uscì dal blocco operatorio erano le due del pomeriggio. La mastectomia non aveva presentato particolari difficoltà e aveva richiesto poco più di un'ora. La resezione gastrica, invece, gli aveva creato qualche problema. Il tumore era molto più esteso di quanto le radiografie rivelassero e l'accurata pulizia aveva richiesto un tempo supplementare. In compenso era sereno. Aveva fatto un buon lavoro.

Nilla, la caposala, gli andò incontro con insolita aggressività. Sembrava volesse travolgerlo, fermarlo o semplicemente difenderlo.

« Ci sono due signori », esordì la donna con accento drammatico. Ermes si preoccupò. Di solito quella saetta, mingherlina ma instancabile, non si lasciava intimidire neppure dall'autorità, dalla morte e dal diavolo.

« E allora? » sorrise.

« Dicono di essere carabinieri. »

Ermes conservò intatta la sua imperturbabilità, ma ricordò le parole del brigadiere Caruso: « Non si faccia trovare in casa. E neanche in clinica ».

Ma sì, che si chiarisse finalmente questa pagliacciata. Dopotutto non aveva fatto nulla di male. Provò quasi un senso di sollievo andando incontro ai due carabinieri in borghese in fondo al corridoio.

« È lei il professor Ermes Corsini? » domandò il più anziano dei due che vestiva con eleganza e aveva un'aria civilissima.

« Sono io », ammise tendendogli la mano. Era pronto a stringere quella del suo interlocutore o a ricevere un mandato di comparizione. Invece ai suoi polsi scattarono le manette.

« Mi dispiace, professore », quasi si scusò il carabiniere. « Ma io devo dichiararla in arresto. »

5

Il legno marcito e fradicio della bara spiccava nerastro sul biancore della neve e si sfaldava come cartone. I becchini infierirono con la vanga sulla cassa che conteneva le reliquie del nonno. Il coperchio oppose una fragile resistenza e, prima di andare in pezzi, Giulia sperò che l'interno rivelasse il nulla. Perché essere un cadavere è il più intollerabile degli oltraggi. Le piaceva pensare che il nonno Ubaldo si fosse dissolto insieme con tutti i morti della terra e che la sua anima aleggiasse lì intorno, tra le farfalle di neve.

« Non è necessario che tu guardi », disse l'onorevole circondandole le spalle. Giulia lesse negli occhi di pietra scura il suo stesso smarrimento. Quell'involucro marcio conteneva pur sempre la maestà infinita della morte. Armando Zani aveva sessant'anni, ne dimostrava cinquanta, ma l'idea dell'inevitabile appuntamento con l'eterna nemica cominciava ad angustiarlo.

Giulia girò gli occhi per un istante, poi decise di guardare la faccia vera della morte. Le mani inguantate dei becchini ripulivano, con una spazzola ruvida, le ossa di Ubaldo Milkovich e le deponevano nell'urna foderata con il lenzuolo di Isabella. Non provò paura né ribrezzo, anzi pensò alle ossa del nonno come a una grande energia di fuoco che si fissa e diventa terra. È scritto, ricordò: un uomo non crescerà più delle sue ossa. Gliel'aveva detto un vecchio africano. Quando un uomo muore restano le sue ossa che semina in terra. Segno che lì ogni cosa può ricominciare. Giulia si rasserenò.

« È tutto finito », la rincuorò l'uomo senza cogliere i segreti pensieri di lei che stringeva ancora fra le braccia il fascio di rose scarlatte.

Uno degli addetti si incaricò di portare la cassettina fino all'ossario che era proprio in fondo al viale. A metà percorso inciampò, sbandò pericolosamente, poi si rimise d'istinto in carreggiata ed evitò una paurosa caduta.

L'onorevole Zani tremò immaginando le ossa appena ripulite disseminate nella neve, mentre Giulia fu invasa da una solare gioia infantile. Il nonno aveva colpito ancora. Anche la sua morte, che l'aveva colto nell'alcova dell'esuberante Maria Luigia Rancati Pallavicini, vedova inquieta, preside severa e diretto superiore del professor Vittorio de Blasco, era stata allegra e beffarda, in linea con la figura picaresca di Ubaldo Milkovich. « E pensare che per me era una santa », non si stancava di ripetere il padre di Giulia vent'anni prima riferendosi alla preside, quando accadde la terribile disgrazia che per il professor de Blasco non era tanto la morte del nonno quanto il fatto che la tempestosa biografia del vecchio Milkovich si fosse conclusa a cavallo di una specchiata pedagogista, esempio e vanto della scuola media statale di via Giovanni Pascoli.

« Una grandissima puttana », aveva finalmente trovato il coraggio di gridare la rassegnata Carmen, madre di Giulia, che, per quieto vivere, aveva scelto in famiglia il partito della non belligeranza. « Mio padre avrà le sue colpe, che Dio lo perdoni, ma lei è una gran puttana. »

Il nonno era a Milano con due setter gordon d'un bel nero focato del suo allevamento. Aveva partecipato da trionfatore a un'esposizione canina e Carmen aveva insistito perché il padre venisse da loro almeno una sera. Lui aveva accettato l'invito della figlia e nel salotto buono di via Tiepolo aveva incontrato Maria Luigia Rancati Pallavicini, preside della scuola media statale di via Pascoli e diretto superiore di Vittorio de Blasco.

Di fronte a quella bruna cinquantenne ben costruita, dalle lunghe gambe accavallate con grazia, le labbra grandi e morbide, gli occhi dolci e splendenti di desiderio, il comportamento abituale di Ubaldo Milkovich si modificò radicalmente e subito Carmen si rese conto che non avrebbe dovuto temere le feroci battute che di solito gelavano gli interlocutori. Suo padre si era messo a sorbire il caffè con la disinvoltura di un lord, parlando pochissimo, annuendo con moderazione, rivolgendo all'interlocutrice garbati sorrisi. Soltanto a gentile richiesta approfondiva un tema della conversazione e da uno spunto apparentemente casuale costruiva una storia avvincente.

In quel salotto abituato alle dispute scolastiche e ai pettegolezzi tra colleghi entrò il vento impetuoso di una realtà ai confini della leggenda: giornate di caccia indimenticabili, palpitanti attese in valle, estenuanti ricerche in montagna, episodi commoventi imperniati sull'amicizia e sull'amore.

« Ma la sua vita è un romanzo! » esclamò la preside mentre un lampo di sensualità affiorava nel suo sguardo da gatta e un improvviso rossore le imporporava le guance.

« Sono gli ultimi bagliori di un fuoco languente », commentò inaspettatamente il nonno allargando le braccia e chinando il capo per meglio esplorare la scollatura della camicetta color panna e le lunghe gambe della preside che in quel momento si accavallarono rivelando un buio profumato di miele.

« Lei cerca complimenti, signor Milkovich », replicò

la donna manifestando simpatia per l'irresistibile narratore e ammirazione per quel bell'uomo non più giovane, col cuore di un pirata e l'animo di un poeta, elegante e diritto nei pantaloni di fustagno un po' sbiaditi, la giacca di velluto e il maglione a collo alto che sottolineava la bella faccia virile segnata dal tempo.

« Sono un vecchio tronco che non rinverdisce più », sorrise lui con falsa mestizia.

Più tardi, quella notte, nella quiete della sua casa, a quel tronco la vedova appoggiò la propria inquietudine e lo trovò solidissimo, ma non eterno. Furono tuttavia necessari molti assalti per spegnere la vitalità di Ubaldo Milkovich e la fine sopravvenne quando ormai gli ardori della donna si erano placati. Con l'ultimo fuoco d'artificio, esplose dentro di lui un'arteria e il sangue inondò il cervello procurandogli un dolce sonno profondo dal quale non si sarebbe svegliato mai più. Quella bella morte lo colse con il radioso sorriso acceso dall'intensa frenesia dell'ultimo orgasmo.

Una telefonata notturna aveva dato l'allarme. Giulia non avrebbe mai più dimenticato quei lunghi istanti che s'erano incisi nella memoria con la precisione di una lastra fotografica: il corridoio del piano terreno fiocamente illuminato, il telefono a muro, di bachelite nera, appeso accanto all'attaccapanni con specchiera centrale, le patetiche stampe con vedute del golfo di Napoli, le due poltroncine ottocento col sedile di velluto rosso e la famiglia de Blasco al completo in abbigliamento notturno: il pigiama a righe del padre, la camiciona a fiorellini della mamma, Benny in tuta rossa e blu, Isabella in baby-doll di nylon rosa e lei che indossava un pigiama bianco a pois verdi, comperato alla Standa, uno dei pezzi migliori della sua biancheria.

Su tutto e su tutti l'urlo soffocato del professor Vittorio de Blasco: « Tuo padre! » E l'invettiva: « Quel maiale! » Il fatto che fosse morto era secondario rispetto allo scandalo. Poi tutto si svolse con la rapidità di una comica da cinema. Il professore era terrorizzato per il posto e la carriera, Isabella pregava Dio che Alberigo, il suo fidanzato, non lo venisse mai a sapere, Carmen balbettava tra le lacrime che in fondo aveva fatto la fine che voleva, Benny, che aveva venticinque anni ed era laureato in legge, prospettò al padre i rischi cui andavano incontro accettando di trasportare la salma a casa loro per evitare lo scandalo.

Considerati i rischi e i benefici il progetto passò e i de Blasco, eccezionalmente, infransero la legge per salvare l'onore e la rispettabilità della preside e due carriere. Nel cuore della notte il corpo del nonno venne trasferito nella villetta di via Tiepolo dove, quando fu composto, anche Giulia lo poté vedere. Un sorriso beffardo aleggiava ancora sulle sue labbra.

Ora le ossa del nonno, la sua energia di fuoco, sarebbero state rinchiuse nel mausoleo, ma niente avrebbe potuto trattenere lo spirito indomito e la fantasia sfrenata di Ubaldo Milkovich. Da quelle ossa, certamente, tutto sarebbe ricominciato. L'onorevole Zani allungò una mancia ai due uomini che si tolsero il berretto per ringraziare in un gesto ormai desueto.

« Riposa in pace, comandante Gufo », mormorò Armando, ricordando le ultime sanguinose battaglie sulla Montagna Gialla quando mezza Italia era ancora sotto il potere dei fascisti e dei nazisti e la Resistenza accendeva i cuori alla speranza. Avevano vissuto insieme l'epopea partigiana, il ragazzo e l'uomo, il commissario politico e il comandante del « battaglione Mario », due contadini innamorati della libertà, della loro terra, pronti a battersi per una causa giusta e a morire per un ideale. Armando

Zani sorrise ai pensieri enfatici che gli passavano nella mente, ricordi lontani che senza quel rito sarebbero rimasti dei fantasmi dimenticati.

Giulia depose le rose rosse ai piedi dell'ossario, poi si guardò intorno cercando di ritrovare il viale dov'era la tomba di sua madre.

« Carmen è laggiù », affermò l'uomo che aveva intuito il pensiero di Giulia, indicando con la mano un breve viale di cipressi.

Una lapide ingrigita dal tempo recava la scritta: CARMEN MILKOVICH, vedova de Blasco. Sotto i segni di alfa e omega c'erano due date: 1920, anno di nascita; 1973, anno della morte. Era vissuta cinquantatré anni, non moltissimo, ma neanche poco. Il tempo per sposare l'uomo sbagliato, innamorarsi di un sogno e decidere di morire.

C'era una pianta di stelle di Natale sulla sua tomba.

« Gliele ho portate io », ammise Armando rispondendo alla muta domanda di Giulia.

« Da viva le avrebbe apprezzate molto », lo rimproverò. Ormai la neve si posava soffice sulla terra, sulle tombe, sull'ampio bavero del visone di Giulia, sulle rosse foglie della stella di Natale.

« Lo so », ammise lui.

« Adesso è un omaggio tardivo », lo accusò in modo esplicito.

« Vuoi dire che i morti non sanno che farsene dei fiori dei vivi? »

« Voglio dire che i vivi pensano di pareggiare così i conti con la loro coscienza. »

Armando guardò un attimo i suoi piedi che affondavano nella neve.

« Anche tu hai portato i fiori al nonno », disse.

« Ho portato fiori sui miei sogni. Rose morene per la mia giovinezza perduta. » Tolse un fazzoletto dalla tasca della pelliccia e si chinò a pulire la fotografia della madre. Era un'immagine degli anni Sessanta, quando Carmen aveva l'età di Giulia. Le due donne si assomigliavano moltissimo, solo che Carmen sembrava molto più giovane di lei. E triste.

« Sei spietata nei tuoi giudizi », la rimproverò.

« Sono soltanto sincera. Una qualità che non si addice ai politici. »

« Per il momento sei soltanto offensiva. Inutilmente offensiva. »

« Arrivederci, onorevole », lo salutò con voce neutra, prendendo il viale che portava all'uscita del cimitero. « E grazie di essere venuto », soggiunse con protocollare indifferenza, senza preoccuparsi di tendergli la mano.

L'uomo la raggiunse e la fermò afferrandola per un braccio, costringendola a voltarsi.

« Ma tu che cosa vuoi da me? » chiese con astio.

« Perché non si chiede che cosa vuole lei da noi? » replicò con insolita durezza. « Lei non ha nulla da spartire con quel galantuomo di mio nonno. » L'aveva detta grossa e si portò una mano alla bocca. « Questo era meglio se non lo avessi detto, vero? » confessò mentre la sua espressione da arcigna diventava ironica.

« Trattandosi di un uomo che tra le sue molte vocazioni aveva anche quella del ladro, direi proprio di sì. » Fu grato a quella dichiarazione avventata che mitigò l'asprezza del dialogo. « Pace? » propose conciliante offrendole la sua larga mano.

Giulia la strinse e disse: « Pace politica, onorevole Zani. Un velo pietoso su un cumulo di ipocrisie », ribatté sferzante. « Lei è venuto qui per salvarsi l'anima. Ma quella l'ha già perduta nei labirinti del potere. »

« Ma che cosa ne sai tu di me, ragazza presuntuosa. Che ne sai della mia vita, dei miei sentimenti? »

« Coi sentimenti non si sopravvive nel palazzo », l'accusò mettendo in quelle parole tutta la sua indignazione. « I sentimenti, i sogni e gli ideali sono sepolti con mia madre. »

L'uomo si immobilizzò come se fosse stato colpito dalla folgore e la guardò con rabbia. « Che ne sai tu, ragazzina? Che cosa ne sai di tua madre e di me? »

Ieri
Inverno 1944

1

CARMEN si era alzata all'alba e aveva fatto una lunga fila per conquistare il pane giallo della tessera. Era riuscita ad avere anche un po' di sale e dei preziosi fiammiferi. La notte era stata relativamente tranquilla. Le sirene avevano suonato due volte, aerei erano passati altissimi, ma non avevano sganciato nemmeno una bomba. Sembrava quasi di essere in pace. Carmen si preoccupò.

Disfece dai capelli i diavoletti di carta che le garantivano una economica, ma efficace messa in piega. Lavarsi la testa e acconciarsi nel modo migliore le dava piacere e la faceva sentire viva e in pace con se stessa. Afferrò un'elegante spazzola dalla pesante impugnatura d'argento e pensò a suo padre che gliel'aveva regalata.

Cominciò a ravviare i capelli che si lasciavano comporre in una ordinata pettinatura simile a quella dei paggi rinascimentali. Ammirò il risultato nella specchiera della *pétineuse*. Non ne fu entusiasta, né la soddisfaceva l'immagine riflessa dallo specchio: una donna di ventiquattro anni che aveva lasciato alle spalle i turbamenti, le emozioni violente e le illusioni della gioventù, ma ancora impreparata ad affrontare con la necessaria compostezza una vita coniugale borghese.

Si sentiva tradita e, in un certo senso, era come se la sorte l'avesse defraudata di un bene importante che le spettava di diritto. Se però le avessero chiesto di indicare questo bene, non avrebbe saputo rispondere.

Quando aveva conosciuto il professor Vittorio de Blasco (« Dovevi proprio metterti con un figlio della lupa », aveva commentato ironicamente Ubaldo Milkovich, suo padre), le era sembrato di toccare il cielo con un dito e certamente il matrimonio con quel giovane insegnante distinto, colto, perfettamente inserito nella nuova Italia, aveva impresso una svolta alla sua vita. Sposandolo aveva abbandonato l'esistenza zingaresca e scarmigliata imposta dal padre, nella quale momenti grandiosi si alternavano a lunghi periodi di miseria, sempre ai margini della città ardentemente desiderata da Carmen. Invece suo padre, che affascinava gli uomini con le sue imprese avventurose e faceva impazzire le donne con i suoi occhi slavi, era costretto a vivere in prossimità di spazi aperti con il doppio vantaggio di pagare affitti modesti e di avere a disposizione vasti prati per gli allenamenti dei suoi cani invadenti e pulciosi, tra gente che tollerava quel matto cui il regime non consentiva altra occupazione per il suo passato di antifascista. D'altra parte, onestamente, era il solo lavoro che Ubaldo Milkovich, insofferente a ogni disciplina, potesse fare.

Carmen, diventando la signora de Blasco, realizzava un sogno: trasferirsi in una grande città come Milano che appagava il suo bisogno di rispettabilità e di ordine.

Era stanca di essere additata, sia pure simpaticamente, come la « figlia del cagnaro » che, oltretutto, tra i benpensanti, passava per un uomo manesco, irascibile e violento. C'era dell'esagerazione in questo giudizio lapidario, ma certo Ubaldo Milkovich non era quello che si dice un uomo tranquillo.

Nel Ventuno, insieme a uno dei suoi cinque fratelli,

davanti al caffè Apollo in piazza Mazzini, aveva messo in fuga dieci fascisti malmenandoli brutalmente, dopodiché si era seduto su una delle poche sedie superstiti e aveva ordinato una bottiglia di lambrusco grasparossa di Castelvetro, che era la sua bibita preferita. I danni furono pagati senza rimpianto dal padrone del locale in cambio di uno spettacolo come non se ne erano mai visti e come non se ne sarebbero visti mai più. Ubaldo Milkovich fu condannato a due anni di confino.

Adesso Carmen era una signora tranquilla, aveva una casa, una vita ordinata e un ruolo nella cerchia piccoloborghese del professore. Ma era una realtà diversa da quella sognata, una quotidianità esangue, scandita da un rituale alla lunga noioso e ripetitivo, superficiale e vano. Senza parlare delle alchimie necessarie per far bastare le seicento lire al mese di stipendio del professore. Ma ciò che la faceva soffrire di più nel rapporto senza passione e senza slanci che aveva con il marito, era la mancanza di un elemento che era stato parte della sua vita come l'aria: la fantasia. Le mancavano quel masnadiero del padre, i suoi imprevedibili amici, la sua tenera, ingenua, vulnerabile madre dallo sguardo sognante che Ubaldo chiamava regina pur obbligandola a vivere in una casa colonica tra il fango.

Erano passati sei anni da quando aveva lasciato Modena e da almeno cinque soffriva dignitosamente di una rabbiosa nostalgia. La famiglia per lei era sacra, aveva due figli, un marito che le aveva dato un nome con ascendenze nobiliari e non poteva ritornare indietro, come sarebbe piaciuto a suo padre che l'avrebbe accolta a braccia aperte.

Quando si era trasferita a Milano, in via Tiepolo, nella casa avita, le piaceva pensare che avrebbe abitato quella bella villetta con giardino fino alla fine dei suoi giorni. Leggeva « avita » e traduceva « a vita ». Poi, col passare degli anni, quella casa si trasformò per lei in una specie di carcere « a vita » e la parola meravigliosa che l'aveva affascinata a diciotto anni non le sembrò più tanto bella.

Un anno dopo il matrimonio, la nascita di un bambino allietò la famiglia. Per onorare e ricordare il fondatore dell'impero, ma anche per ingraziarsi il preside che era ufficiale della milizia, Vittorio de Blasco gli impose il nome di Benito. Carmen subì la decisione e ne soffrì molto, ma Ubaldo Milkovich la tranquillizzò. Sarebbe stata una inutile crudeltà infierire sulla figlia già duramente percossa da quel matrimonio negativo. Dopo due anni nacque Isabella. Quando Benito compì cinque anni e Isabella tre molte cose erano cambiate non soltanto nel mondo, in Italia, a Milano, nella sua casa, ma anche in se stessa. Il fascismo aveva allungato lo « stivale fino all'Africa Orientale », come diceva una canzonaccia da caserma, ma aveva spinto il paese in una guerra sanguinosa, le galere erano piene di buoni democratici, persino l'aria piangeva per il dolore, la fame e la miseria. Un Mussolini rassegnato e impotente, sopravvissuto alla caduta del regime, era il goffo regista del tramonto di un'epoca.

La casa di via Tiepolo era in condizioni pietose e l'ultimo inverno avevano bruciato i mobili del salotto per riscaldarsi.

« Anch'io mi pettino? » domandò con la sua vocetta petulante Isabella sorprendendo Carmen davanti allo specchio. La piccola era carina, sembrava una donna in miniatura e prometteva di diventare molto ambiziosa.

Carmen le porse distrattamente la spazzola pensando alla faticosa giornata che l'aspettava. C'erano le incursioni aeree che obbligavano a fughe precipitose nella cantina rinforzata con travi di legno che avrebbero fatto ben poco contro gli effetti di una bomba.

Uno scampanellio prepotente la fece sobbalzare. Scese al piano terreno, seguita da Isabella e Benito, che da qualche mese il professore chiamava prudenzialmente Benny. Aprì la porta e vide un ragazzino fermo sulla bicicletta.

« Siete voi la signora Carmen Milkovich? » domandò.

« Sono io », rispose stupita.

« Allora prendete questo », replicò porgendole un avviso.

« Cos'è? » mormorò la donna intimidita.

« C'è una chiamata per voi da Modena », spiegò il ragazzo che il ruolo insolito rendeva importante. « Una chiamata telefonica al posto pubblico di piazza Cordusio. »

Carmen richiuse lentamente la porta di casa.

« Mamma, chi è che telefona? » domandò Benny.

« C'è il telefono, c'è il telefono », cantilenò Isabella.

« Il nonno », esclamò la donna e il sospetto di una disgrazia le gelò il cuore. « È successo qualcosa al nonno », soggiunse piano rivolgendosi ai bambini come se avessero potuto capire il suo dramma.

Sapeva che suo padre era nella Resistenza e quella telefonata da Modena poteva solo significare che gli era accaduto qualcosa.

Ubaldo Milkovich era libero da qualche parte, in una baita sull'Appennino o in qualche casolare sperduto e probabilmente stava bene. La brutta notizia, invece, riguardava sua madre. Carmen sarebbe partita subito e avrebbe portato anche i figli se il professore non si fosse opposto in nome, questa volta, di un provvidenziale buon senso.

La sua tenera e ingenua madre, dallo sguardo sognante, era gravemente ammalata. Lo zio Berto che le aveva telefonato non aveva saputo o potuto dirle altro.

Vittorio de Blasco si rassegnò a lasciarla partire da sola. Lui avrebbe badato ai bambini con l'aiuto di una vicina e avrebbe conservato il suo posto di insegnante fascista che lo aveva salvato dal fronte e dalla deportazione in Germania.

Alla stazione Centrale Carmen salì su un convoglio in cui si alternavano carri bestiame e carrozze di terza classe. Calzava scarpe di sughero con il tacco ortopedico e indossava un cappotto marrone del 1940. Avrebbe dovuto metterlo per andare alla grande esposizione mondiale di Roma che non fu organizzata per colpa della guerra. La sua figura s'era leggermente arrotondata dopo la seconda gravidanza e il cappotto le andava stretto.

« Ti farò avere notizie », rassicurò il marito. « E tieni gli occhi aperti con quei due bambini. »

« Torna presto », si raccomandò lui, visto che comunque non sarebbe riuscito a trattenerla. A modo suo le voleva bene.

Fu un viaggio disastroso di tre giorni, fatto di brevi spostamenti e lunghissime soste. Di giorno strade e ferrovie erano pattugliate dai caccia alleati e di notte i bombardieri inglesi non davano tregua. La gente era abituata a scrutare il cielo e a riconoscere i vari tipi di aereo. La paura era sconosciuta ai più. Perché si abitava con la morte che poteva venire da qualsiasi parte: dalla bocca di un fucile, dalla canna di una mitragliatrice, dall'esplosione di una bomba. Pochi morivano nel proprio letto e in un certo senso erano dei privilegiati. Tutti sapevano come comportarsi di fronte a un attacco aereo, senza drammi e senza isterismi.

Carmen viaggiò in treno fino a Piacenza in una calma e fredda notte di luna. Ascoltò storie disperate e allegre fino al Po dove, insieme con altri, s'imbarcò su un traghetto che li portò sull'altra riva. L'aria gelida, le chiazze di neve azzurrina, le pallide costellazioni, il chiarore della luna sull'acqua, l'odore limpido dell'inverno, le ricordavano le eroine dei romanzi russi che leggeva da ragazza. Proseguì a tappe su diversi camion fino a Parma, viaggiò per un giorno sui carri dei barrocciai che andavano e venivano dai torrenti e dai fiumi per caricare sabbia e ghiaia. Riprese il treno a Reggio Emilia. A Rubiera il convoglio fu mitragliato. Gli ultimi chilometri li fece a piedi perché la ferrovia era stata fatta saltare in diversi punti dai partigiani. Entrò in città all'imbrunire portandosi dietro una piccola e malandata valigia di fibra con dentro le cose indispensabili. Il cibo della sopravvivenza era finito e senza la generosità di un contadino si sarebbe trovata in difficoltà. Passò un camion di brigate nere con la divisa macabra e il teschio sul berretto. Cantavano con parole blasfeme un inno religioso.

Erano ubriachi di paura e di brandy, eccitati dalla violenza appena compiuta durante un rastrellamento. Tre ragazzi inermi, insanguinati, le mani legate con filo di ferro, le facce piene di escoriazioni e di lividi, stavano fermi in mezzo ai repubblichini, gli occhi fissi verso un punto lontano. Eppure sui loro volti martoriati non c'era paura. Sul petto di uno di loro, legato con la corda, pendeva un cartello: Bandito! Gli sguardi muti dei ragazzi e i canti sguaiati dei fascisti scomparvero a una svolta. Carmen si riconobbe nei giovani prigionieri, contadini come lei, con una gran voglia di vivere e tanta dignità di fronte alla morte. Pensò che in un mondo senza guerra, governato dalle leggi, quei giovani, vittime e aguzzini, si sarebbero trovati tutti insieme in una sala da ballo o in un cinema o si sarebbero azzuffati per una ragazza.

Camminò tra edifici distrutti e cumuli di macerie in una città irriconoscibile, devastata dai bombardamenti. Quando arrivò a casa, sua madre era già morta. La nonna Stella le aveva chiuso gli occhi, le vicine l'avevano vestita e il parroco recitava le preghiere dei morti. Il volto della sua tenera e vulnerabile madre dallo sguardo sognante esprimeva una grande severità. Era morta sola, con una forza che soltanto i deboli a volte posseggono. Non l'aveva uccisa una malattia, ma le percosse dei fascisti che volevano sapere da lei dove fosse il comandante Gufo. L'avevano picchiata a morte per strapparle notizie sul marito e sui suoi compagni che lei non volle dire.

In un attimo, Carmen rivide il paese della madre dove erano state insieme prima della guerra. Lei era una bambina e c'era un borgo di case sonnecchianti nel sole, immobili e silenziose come in una favola. La madre era giovane, bella e indossava un vestito a fiori. La campagna era un gran mare verde in cui tremava l'oro spento del grano reciso e il rame lucente delle foglie illuminate dal sole al tramonto. I monti, lontano, arginavano la valle come bruni giganti. Adesso era inverno, faceva freddo e c'era la guerra col suo carico di violenza e di morte. Carmen guardò quel corpo esangue con la coroncina del rosario intrecciata fra le mani giunte e cominciò a piangere.

Poi qualcuno l'aiutò a raggiungere il suo letto di ragazza dove si abbandonò e dormì un lungo sonno senza sogni.

2

Era tutto finito: il sacrificio e la vita di sua madre, la veglia, il funerale. Fruscoli di neve vorticavano nell'aria grigia prima di posarsi sulla terra fresca della fossa. Tutti sembravano avere una gran fretta: il prete, i becchini, i pochi parenti e le amiche. Ora che troppa gente se ne andava, la morte aveva perso un po' della sua antica nobiltà.

Gli unici che avevano partecipato con attenzione al rito funebre, scrutando ogni persona convenuta, erano due uomini in borghese che indossavano lunghi e ingombranti cappotti di stoffaccia nera. Erano inequivocabilmente agenti di questura. Stupidi e ostinati, cercavano Ubaldo Milkovich o un segno che potesse portarli all'ormai mitico partigiano.

Era tutto finito. La tortura, il dolore, il respiro lieve e lo sguardo sognante della sua tenera madre appartenevano al ricordo. Solo il sentimento della vendetta era presente. Un sentimento irresistibile come un grido. All'improvviso l'assalì il desiderio di uccidere. Non avrebbe pareggiato il conto, ma avrebbe evitato alle iene che avevano torturato sua madre di mordere ancora.

Ricordò una frase pronunciata da un commentatore di radio Londra: « Vergogna a chi ha fatto regredire la storia ai confini della barbarie ». Erano parole belle e nobili, ma inefficaci contro il nodo di rabbia impotente che le pesava sull'anima e le serrava la gola.

« È meglio che torni a Milano », le consigliò la nonna Stella all'uscita del cimitero. La vecchina esile, stretta nello scialle nero, aveva una intonazione diversa nella voce e il suo sguardo color fiordaliso sembrava smentire le sue parole. Anche la nonna era sulle spine. Gli unici che non avevano fretta erano i due poliziotti in borghese che investigavano con grossolana caparbietà.

« Ho la mia valigia a casa », spiegò Carmen.

« L'ha portata Tonino », la informò la nonna. « È qui ».

Tonino era appena un ragazzo. Aveva quattordici anni, ma ne dimostrava dodici. Perciò tedeschi e fascisti non lo consideravano. Anche Modena era diventata una città di donne, vecchi e bambini. Gli uomini erano o morti sui vari fronti o prigionieri, o nella Resistenza o nelle brigate nere, o indossavano le divise della Wermacht e delle SS.

Carmen capì che la vecchia voleva comunicarle un messaggio e la ringraziò.

« Ti conviene andare a vedere alla stazione se per caso c'è qualche treno che va verso il Po », incalzò la vecchia con insolita determinazione. « Dalla stazione si può partire anche se c'è la guerra », soggiunse la nonna con una punta di malizia che confermò il sospetto di Carmen.

Carmen l'abbracciò, prese la valigia e s'incamminò verso la stazione Grande. La gente la chiamava così per distinguerla dalla stazione Piccola dalla quale partivano i treni per la provincia.

Ognuno andò per la propria strada disorientando i due poliziotti costretti a scegliere chi seguire. I questurini decisero per la nonna e un vecchio amico di famiglia, lasciando Carmen libera di avviarsi da sola verso la ferrovia.

Il facchino entrò nella sala d'aspetto di terza classe e s'avvicinò a Carmen che riconobbe nell'uomo anziano e robusto un amico di suo padre. Due soldati tedeschi guardavano la donna alludendo sfacciatamente alla sua femminilità e ridevano tra loro.

« Prendo io la valigia », esordì il facchino chinandosi per raccoglierla.

Carmen lo guardò stupita ma rassegnata a seguire il percorso che le avrebbe indicato.

« Va bene », disse.

« Tu segui lei », ordinò l'uomo indicando una ragazzina con tanti capelli intrappolati in un fazzolettone grigio che non riusciva a nasconderli tutti. « Si chiama Marina. Fidati », aggiunse lievemente.

Carmen crollò il capo in segno di assenso. Marina calzava pesanti scarponi e indossava uno sdrucito cappotto marrone di una misura troppo ampia per il suo corpo esile. Quando si avviò verso l'uscita Carmen la seguì, mentre il facchino si allontanava con la valigia.

Attraversarono il piazzale della stazione e si diressero verso i portici. Appoggiate a una colonna c'erano due biciclette da donna.

« Salta su e pedala », disse Marina.

Uscirono dalla città per la via Vignolese. Sulla bicicletta Carmen era perfettamente a suo agio. Tutto intorno erano visibili i segni dei bombardamenti e dei mitragliamenti. Un pallido sole si era affacciato nel cielo ma non riusciva a mitigare il freddo che mordeva le mani e le gambe.

A Vaciglio, Marina consegnò Carmen a Maria. Al Montale, Maria l'affidò a Iris. E così, da staffetta a staffetta, passando per case coloniche che mascheravano basi segrete, seguendo invisibili segnali, Carmen, affranta dalla stanchezza, raggiunse i primi contrafforti appenninici alla luce della luna. C'era un po' di neve a terra e sui tetti. Nella casa di un borgo rosicchiato da un incendio recente, mangiò pane e formaggio e bevve vino sotto lo sguardo cordiale di due vecchi montanari dall'espressione mite e piena di ottimismo.

Una solidarietà completa e sconosciuta apriva per lei varchi insospettabili che si richiudevano alle sue spalle senza lasciare segno, come nell'acqua.

Il ricordo del marito e dei figli era un'impressione tenue che la legava al passato, ma apparteneva a un altro mondo, molto lontano dall'avventura che stava vivendo.

Carmen capì di essere arrivata a destinazione quando vide una grande e robusta capanna di tronchi. Il nuovo giorno si posava nitido e freddo sull'intatto silenzio della montagna. Era una vecchia e ampia costruzione nascosta fra i faggi, un tempo rifugio di carbonai e bracconieri. Bisognava proprio conoscere l'esatta ubicazione per arrivarci. La montagna aveva costruito intorno una folta barriera vegetale. Dietro il rifugio scorreva un piccolo e tumultuoso torrente.

Entrando, dapprima sentì l'odore rassicurante del fuoco, poi udì il suono di un'armonica a bocca, un valzer tenero e malinconico che evocava il mondo colorato e luminoso dei « baracconi » della sua infanzia. Forse erano la stanchezza, il sonno e il freddo a comunicarle quell'illusione di felicità. Invece l'odore e il suono erano reali.

Carmen batté forte per terra i piedi gelati nel tentativo di scaldarli. Una lanterna a petrolio appesa al soffitto spandeva una luce giallastra. Il fuoco scoppiettava nel camino.

« Tu sei Carmen », disse il ragazzo seduto accanto al fuoco. Aveva in mano l'armonica a bocca che rifletteva la luce come uno specchietto per le allodole.

« Sono Carmen », confermò lei. Le gambe le tremavano per l'emozione e la stanchezza.

« Siediti qui davanti al camino », l'invitò lui alzandosi e porgendole una sedia.

Carmen sedette, si tolse la sciarpa che le proteggeva il capo liberando una cascata di capelli neri.

« Non credevo che saresti arrivata tanto presto », disse il ragazzo.

« Ah, no? » replicò lei senza convinzione, provando invece un irresistibile desiderio di toccare il ceppo ardente con l'attizzatoio per vederne scaturire scoppiettanti scintille.

Jone, la staffetta con cui aveva fatto l'ultimo tratto di strada, spuntò da dietro un tramezzo con un pentolino di latte che mise sul fuoco, poi portò del pane che tagliò a fette.

« Dove andiamo? » domandò terrorizzata all'idea di dover riprendere il cammino.

« Sei alla fine del viaggio », la consolò il ragazzo. Era magro e forte, anche se sembrava più giovane dei suoi vent'anni. Il volto praticamente imberbe faceva uno strano contrasto con le mani grandi e i folti capelli. Indossava pantaloni di fustagno e un pesante maglione di lana grezza fatto a mano.

Jone versò il latte caldo nelle tazze di coccio. Una la porse a Carmen insieme con il pane abbrustolito sulla brace, l'altra la tenne per sé. L'odore del fuoco, del latte, del pane era l'odore della vita. Mangiarono lentamente mentre il ragazzo le osservava godendo del loro piacere.

Carmen indicò l'armonica a bocca che il ragazzo teneva ancora in mano.

« Suoni bene », disse.

Il ragazzo arrossì.

« Mi diverte », replicò timidamente abbassando gli occhi sullo strumento. « Me l'ha data un prigioniero russo.

Simeon. Lui sì che suonava bene. È morto », concluse come in un soffio.

Il ragazzo aveva occhi neri, grandi, ombreggiati da lunghe ciglia. E c'era tanto orgoglio nel suo sguardo indagatore e riflessivo.

« Non andiamo da mio padre? » domandò Carmen a colpo sicuro.

« No. Verrà lui da noi. È più facile e meno rischioso. » Parlava poco e a bassa voce, un'abitudine acquisita tra i partigiani.

« Come ti chiami? » chiese la donna al ragazzo.

« Chiamami Gordon. »

A Carmen venne in mente un eroe dei fumetti americani, il protagonista di avventure extraterrestri. Sorrise come se il ragazzo stesse conducendo un gioco di cui lei ancora non conosceva il meccanismo.

« È un nome strano », osservò continuando a mangiare.

« Tutti qui abbiamo un nome strano », spiegò Gordon. « Tuo padre è il comandante Gufo. »

Carmen, per reprimere una risata, rischiò di strozzarsi con una cucchiaiata di pane e latte.

« Capace che se l'è scelto lui », commentò a bocca piena, pensando a quell'imprevedibile esibizionista di Ubaldo Milkovich che aveva trasferito la sua ironica e astuta sfrontatezza nella serietà di un impegno politico e militare. « Dov'è adesso? » s'informò.

Gordon cominciò a raccontare con voce calda ed espressiva la storia del combattimento sulla Montagna Gialla, ma Carmen lo seguì per un breve tratto, poi s'addormentò di schianto. Gordon e Jone la sollevarono e la deposero su un materasso che quest'ultima aveva preparato per lei dietro la parete di assi.

Quando si svegliò nella capanna Carmen era sola e un grosso ceppo agonizzava nel camino, segno che nessuno aveva alimentato il fuoco nelle ultime ore. La luce smorta di un freddo crepuscolo invernale pioveva dalla piccola finestra. Aveva dormito per tutta la giornata e adesso si sentiva bene. Le sembrava di essere in vacanza. Era come se esistesse davvero un posto dove non c'era la guerra e lei l'avesse trovato. Da lontano venne il suono melodioso dell'armonica a bocca che evocava maestosi cavalli bianchi delle giostre. Adesso quel valzer somigliava al sorriso malinconico di Gordon che l'aveva accolta nella capanna, l'aveva nutrita e l'aveva cullata con la sua voce calda ed espressiva. Ricordava il suo sguardo, la figura gentile e le mani grandi e forti.

Gordon entrò portando con sé una folata d'aria gelida.

« Hai dormito bene? » le domandò.

« Credo di sì », rispose felice di vederlo.

Il ragazzo mise sulla brace un grosso pezzo di legno che subito prese fuoco.

« Forse dovrai aspettare ancora per una notte l'arrivo di tuo padre », le annunciò.

« Hai saputo qualcosa? »

« Ho saputo che tarderà, » tagliò corto.

Il mondo bruciava in una guerra sanguinosa, lei aveva lasciato il marito e i figli, veniva da un'esperienza di morte eppure non si era mai sentita così egoisticamente viva, una gioia radiosa le circolava calda e vibrante nelle vene.

« Aspetterò », disse con un sospiro che il ragazzo scambiò per dolorosa rassegnazione.

Carmen si rendeva conto, invece, che per la prima volta nella sua vita si sentiva completamente libera, padrona dei suoi pensieri e delle sue azioni. Suo padre, che voleva un maschio, non aveva mai avuto per lei una grande considerazione, sua madre l'aveva educata perché diventasse una brava moglie-massaia, suo marito, l'uomo cui aveva consegnato il suo futuro già in parte malinconicamente passato, era troppo pieno di sé per scendere al suo livello e lei non era abbastanza forte per salire al suo. O non era per caso vero il contrario? Ora lì, con quel ragazzo mite e rispettoso che la trattava da eguale, sentiva che qualcosa poteva cominciare, qualcosa che finalmente dipendesse soltanto da lei, dalla sua personale iniziativa. E provò un desiderio irresistibile di dirgli che le piaceva, perché la sua presenza e la sua voce le procuravano un rimescolio del sangue, una tempesta dei sensi.

Nell'attizzare il fuoco Gordon le sfiorò una mano e Carmen si sentì avvampare. Nei suoi occhi spuntarono le lacrime.

« Non stai bene? » domandò il ragazzo che attribuì la commozione al lutto recente, alla famiglia lontana, all'ansia per il padre, al trovarsi in un ambiente sconosciuto.

« Credo di essere innamorata di te », lei confessò stupendosi di tanta sfrontatezza.

« Hai voglia di scherzare », arrossì il ragazzo.

Nel silenzio che seguì si sentì limpida e allegra la voce del torrente. Gordon accese una sigaretta, tirò lunghe boccate aspirando voluttuosamente il fumo.

« Non ho mai parlato tanto seriamente », lei mormorò baciandolo piano sulle guance e agli angoli della bocca.

« Credo che tu stia facendo una sciocchezza », l'ammonì mentre lei lo spingeva dolcemente verso il letto improvvisato oltre il tramezzo.

Era dunque quella la passione che travolge gli innamorati, una specie di raptus che li spinge a prendere e a offrirsi, la spinta che la sua femminilità mortificata da un matrimonio senza amore non aveva saputo esprimere?

« Abbiamo già perso tanto tempo », lei disse sfiorandogli l'orecchio con le labbra. « E domani potremmo non esserci più. »

Il ragazzo le scompigliò i riccioli neri.

« Vieni qui », le disse piano tenendola stretta.

Si baciarono e insieme dimenticarono la guerra e l'attesa.

E furono sospiri affannosi, spezzati, dolcissime emozioni e alla fine la realizzazione del desiderio, un profondo turbamento che annientò ogni altra emozione e accese il buio di tante piccole stelle. Carmen si sentiva leggera, felice, abitata da un piacere diffuso, un tenue fruscio sotto la pelle si irradiava piano come i cerchi di un sasso lanciato nell'acqua; non bruschi sussulti, ma un lentissimo ritorno alla vita, un desiderio di tenerezza, di baci lievi, di parole sussurrate. Sognarono insieme un mondo di pace dove la gente siede al tavolino di un caffè, va al cinema o a teatro.

« Ti piacerebbe essere in un posto così? » lui domandò.

« Mi piace essere qui se tu mi stai vicino », rispose.

Lontano rimbombò il cannone e Carmen, istintivamente, abbracciò più stretto il ragazzo. Gordon intuì nella reazione di lei un bisogno di protezione.

« Non pensarci », la rassicurò. « Passerà presto e vivremo in un mondo migliore. Le cose brutte saranno cancellate per sempre. Per questo combattiamo. »

Carmen sorrise pensando all'amore appena scoperto e ascoltò la sua voce calda descrivere un posto vicino al mare dove l'avrebbe portata un giorno quando il mondo fosse tornato in pace. Quando Carmen si addormentò, il ragazzo provò a pensare alla guerra che era ancora da combattere, ma non ci riuscì, perché non c'era posto per altri pensieri se lei era tra le sue braccia e insieme sognavano il mare. Allora si abbandonò al sonno e scivolò con lei in quel posto tra gli ulivi, sentì le onde sugli scogli e vide il cielo solcato da bianchi gabbiani.

Ubaldo Milkovich, il comandante Gufo, arrivò quattro giorni dopo il combattimento sulla Montagna Gialla; per Carmen e il ragazzo erano stati esaltanti giorni d'amore. L'incontro col padre fu un brusco e doloroso ritorno alla realtà e ai recenti ricordi di morte rinfocolati dalla presenza dell'uomo che aveva perduto la sua dolce compagna. E voleva conoscere i particolari che Carmen non poteva dirgli. Era molto diverso da come lo conosceva, questo padre astutamente sfrontato, grande intrattenitore, impareggiabile raccontatore di storie spesso inventate, sempre abbondantemente arricchite. Aveva la faccia seria del combattente, la compostezza del guerriero che non può concedersi esibizionismi.

« Devi tornare a Milano », disse. « Qui sediamo su una polveriera. Forse ho fatto male a farti venire », si pentì.

Carmen l'abbracciò piena di riconoscenza e d'amore.

« Che cosa succede alla mia bambina tranquilla? » si stupì l'uomo abituato alla moderazione di Carmen.

« Quando torneremo insieme? » lei domandò.

« Presto », lui garantì. « Più presto di quanto immagini. »

Carmen rimase con suo padre un giorno soltanto; il tempo di consumare insieme un pranzo frugale, di ascoltare ancora una volta il suono struggente dell'armonica di Gordon, di scattare alcune fotografie con una Eastman « made in USA » e di consentire a suo padre di indovinare quello che era accaduto tra lei e Gordon. Poi il ragazzo l'accompagnò fino al Montale.

« Mi chiamo Armando », confessò come se le consegnasse un pegno d'amore e le mettesse in mano la sua vita. « Sono Armando Zani. E un giorno ci rivedremo, se tu vorrai », soggiunse commosso.

In quel momento Carmen ricordò di essere sposata e madre di due figli, mentre probabilmente per il ragazzo lei era stata la sua prima, vera donna.

« Se è destino ci rivedremo », affermò senza enfasi con un nodo alla gola.

Salì in bicicletta e pedalò dietro la staffetta senza voltarsi. Appesa al manubrio aveva una piccola borsa con dentro un po' di pane e formaggio, un'armonica a bocca e una vecchia edizione de *La madre* di Massimo Gorki.

« Sono le cose che mi sono più care », le aveva detto Gordon donandogliele.

Ora Carmen si allontanava dalla sua splendida storia d'amore con gli occhi velati di pianto e il cuore pieno di una infinita malinconia.

Oggi

1

Sulla via del ritorno Giulia si fermò un paio di volte in autostrada per telefonare a Ermes. Ersilia, la governante, stranamente non sapeva dove fosse. In ospedale aveva avuto la stessa risposta.

Non era mai successo, da quando si conoscevano, che Ermes si fosse sottratto a un'affettuosa reperibilità. Allora si preoccupò, ma non per l'uomo, per se stessa. Da quando la malattia l'aveva colpita passava dall'euforia alla depressione, all'indifferenza, alla negazione del fatto, alla rassegnazione, per poi lasciarsi riprendere dalla spirale dell'angoscia. Le costanti, in questa altalena emozionale, erano la visione egoistica delle cose (pensava soprattutto in funzione della propria vulnerabilità) e il sospetto. Se sorprendeva Ermes al telefono, subito immaginava che discutesse con un collega dell'aspetto più allarmante della sua malattia.

Bruciò i chilometri fino a casa nella speranza di trovare un messaggio nella cassetta delle lettere. Questo era il loro modo ottocentesco di comunicare in caso di necessità, ma per la prima volta rimpianse di non avere la segreteria telefonica.

Non trovò nessun segno del passaggio di Ermes. Abbandonò la pelliccia su una poltroncina liberty nell'ingresso, a fianco di una specchiera floreale, si liberò degli stivali e calzò confortevoli babbucce di montone.

Il suono del telefono la riempì di speranza. « È lui », pensò con un senso di sollievo. Invece era Ambra, domestica a ore, amica sincera, convinta militante comunista che considerava Giulia una compagna di strada per le sue idee progressiste.

« No, non sono Ermes », esordì avendo avvertito la delusione di Giulia. « Me ne dispiace per te. »

« Non fa niente », scherzò Giulia. « È pur sempre una voce amica che mi parla. »

« Volevo solo accertarmi che fossi tornata. Poi », s'interruppe per brevi istanti, « ricordati che ho fatto la spesa. Ah, troverai sul fornello il sugo di tonno già pronto. Devi solo riscaldarlo. È andato tutto bene col nonno partigiano? » s'informò.

« Il comandante Gufo ha raggiunto i suoi compagni nell'ossario dei caduti della Resistenza », rispose.

Erano coetanee Ambra e Giulia, ma Ambra, istintivamente, aveva assunto il ruolo di madre. Una fame perpetua, in qualche modo equilibrata da un'incessante attività, giustificava una tendenza fisica alla obesità che l'altezza considerevole rendeva meno vistosa; aveva un'espressione calma e gioiosa. Il partito era la sua fede, Giulia una figlia da proteggere. Aveva curato Giorgio con l'assiduità di una madre, l'aveva aiutato a crescere con un affetto che non escludeva qualche sculacciata. Sembrava nata per essere madre. Invece non si era mai sposata e riversava tutte le sue attenzioni sul vecchio padre, col quale viveva, su Giulia e su Giorgio. Quella era la sua famiglia.

« Sei stata cara come sempre », la ringraziò Giulia. « Ha chiamato qualcuno mentre ero via? »

« No, nessuno. Sei in pena per qualcosa? »

« No, » fece seccamente. « Se non ci sentiamo, buon anno. »

« Anche a te. Di cuore. Ma ci sentiremo ancora, spero. »

« Certo. E grazie di tutto. » Riattaccò.

Altre volte Ermes era stato una giornata intera senza farsi vivo, ma almeno sapeva la ragione e il luogo dove si trovava. Che avesse chiamato la mattina quando la linea telefonica era interrotta? Questa possibilità la convinse, ma non la tranquillizzò. Non era venerdì, non era il diciassette, ma quella restava inequivocabilmente una giornata di schifo, iniziata male e che continuava nel peggiore dei modi. Era la fine dell'anno.

Decise di salire a farsi un bagno che aveva sempre su di lei un effetto rilassante. Si immerse nell'acqua fumante e profumata traendone una sensazione piacevole, ma non la tranquillità di cui aveva bisogno. I nodi duri della tensione non accennavano a sciogliersi. Solo quando fosse venuto Ermes si sarebbe sentita meglio. Desiderava essere trattata come una bambina, una creatura un po' sciocca, innocente, immatura, indifesa, molto amata. Sì, quando fosse ritornato Ermes si sarebbe rifugiata tra le sue braccia e il balsamo delle sue rassicurazioni le avrebbe ridato l'equilibrio di cui aveva bisogno. Prima di sera si sarebbe certamente fatto vivo. Le aveva detto che avrebbero atteso insieme l'inizio del nuovo anno.

Avvicinò una mano al seno dov'era il taglio ormai cicatrizzato per sentire il modesto vuoto che l'intervento aveva lasciato, ma non riuscì a toccarsi. Era più forte di lei. Aveva persino rifiutato di guardarsi allo specchio. Le venne in mente l'albatros di Baudelaire, la capinera della *Quercia caduta* di Pascoli, pensò a una rondine ferita, a un gabbiano prigioniero del catrame, elaborò una specie di rosario-bilancio, le situazioni negative della sua vita: la morte del nonno, quella volta che abortì, la caduta di Giorgio dalla bicicletta, il ricovero in ospedale.

Lo squillo del telefono interruppe il corso dei suoi tristi pensieri.

« Giulia, sei tu? » l'aggredì una voce tutta di testa. « Se non ti avessi trovato avrei potuto suicidarmi. Perché questa volta te ne devo raccontare una che non sta né in cielo né in terra. »

Giulia riconobbe la sua amica Gaby.

« Che cosa vuoi? » chiese sgarbatamente.

« Sono letteralmente sconvolta. Interessa? » incalzò con voce petulante.

« No. »

« Forse ho scelto il momento sbagliato per telefonarti. »

« Affermativo. »

« Ti stai comportando in maniera ignobile con un'amica bisognosa di confessioni. »

« Nessuno è perfetto », concluse e riattaccò.

Gaby Gabbi, tre matrimoni, tre divorzi, quattro figli, sessuologa e direttrice di un consultorio familiare, fiera sostenitrice della scopata libera, collezionista e sperimentatrice instancabile di organi sessuali maschili, come li definiva per non scadere nel turpiloquio, era certamente pronta con una nuova avventura erotico-sentimentale da raccontare a Giulia.

L'ultima volta che si erano viste era stato quando Gaby l'aveva convocata d'urgenza al Cova, in via Montenapoleone, per un cappuccino.

Sembrava un tempo così lontano quello in cui si divertiva ai racconti boccacceschi dell'amica svitata. Ed era passato poco più di un mese. Giulia si era sorpresa a dividere il tempo in prima della malattia e dopo la malattia. Prima della malattia le avventure erotico-sentimentali di

Gaby la divertivano e si stupiva che l'amica ancora non ne avesse ricavato un libro a sensazione.

Non le mancavano né la fantasia né l'improntitudine. Se l'avesse lasciata parlare, sicuramente il suo racconto l'avrebbe tirata un po' su. L'ultima volta era stata irresistibile.

« Joseph Bertrand è un anormale! » aveva esclamato senza nemmeno salutarla, incontrandola al bar e catturando l'attenzione di alcuni clienti in attesa che la guardarono scandalizzati.

Aveva proseguito: « Trentaquattro anni, dieci di professione, il suo nome legato alle scuderie più importanti: Williams, Brabham, McLaren, Ferrari. Due mogli, un divorzio, donne e cuori infranti in ogni circuito ». Gaby l'aveva conosciuto a un pranzo in casa di amici e s'era avventata su di lui come uno sparviero. Un asso del volante mancava alla sua collezione e non se lo sarebbe lasciato scappare.

« Insomma, te lo sei fatto? » chiese Giulia osservando l'amica.

Un elegante cappotto di cammello valorizzava la massa di capelli ramati che le scendevano a onde sulle spalle, lasciando intuire un corpo giovane, armonioso e ben fatto. Il viso dai lineamenti decisi era più simpatico che bello ma l'insieme componeva l'immagine di una donna attraente.

« L'idea era quella », sospirò mentre il cappuccino si raffreddava nella tazza. « Per farla breve: lo vedo, lo guardo, lo concupisco. Lì per lì ho soltanto il modo di apprezzare 'quel marmoreo oggetto di desiderio' che gli aveva riempito i pantaloni solo a guardarmi negli occhi. Questo il preludio. Inaspettatamente, a distanza di due mesi, Bertrand mi chiama al consultorio. Dice: sono di passaggio a Milano. Raggiungimi all'hotel Rosa. Il tempo di fare un bidet e mi tuffo. Arrivo nell'appartamento e lui è al telefono. Parla con Ferrari e mi manda bacini. Io — tu sai la mia discrezione — vado in camera da letto. Mi sfilo i collant e aspetto. Dopo un po' arriva. Cominciamo a pastrugnarci. Io parto per la tangente e lui si eccita sempre di più. Però non si spoglia, e già questo m'insospettisce. A un certo momento, al colmo dell'esaltazione, abbassa la cerniera e scatta fuori un armamentario di primissimo ordine. Lui mette lì una faccia da pesce lesso, afferra il suo prototipo e comincia a masturbarsi con silenziosa assiduità fino a quando schizza un orgasmone a raffica che non ti dico. Senza fare una piega, ripone la chincaglieria e fa: piaciuto? Di', ma ti sembra normale l'eroe della Formula Uno? »

Giulia uscì dalla vasca col sorriso sulle labbra. Probabilmente avrebbe fatto bene ad ascoltare l'irresistibile Gaby Gabbi invece di chiuderle il telefono in faccia. Si avvolse in un accappatoio celeste e stette lì, sullo sgabello del bagno, ad asciugarsi con cura in attesa che il campanello della porta o il telefono suonassero per annunciare Ermes. Si vestì e si truccò come se lui stesse per arrivare.

Scese in soggiorno, accese il televisore in tempo per leggere le prime immagini del telegiornale. Dallo schermo Ermes Corsini la guardava dritto negli occhi. Era uno sguardo colmo di sgomento e di rabbia. Tra due carabinieri, in manette, come in una vecchia illustrazione della *Domenica del Corriere*, usciva dalla caserma di via Moscova per salire sull'auto che l'avrebbe portato a San Vittore. L'inviato del telegiornale sottolineava la drammatica sequenza con un freddo commento: « Arrestato a Milano il noto chirurgo Ermes Corsini. L'accusa è di imperizia e negligenza oltre che di interesse privato in atti d'ufficio ».

2

Ermes sedette di fronte al sostituto procuratore.

« Erano necessarie le manette? » domandò impassibile.

« È la legge », disse il magistrato congiungendo le mani sulla scrivania, mani piccole, dalle dita secche e sicuramente fredde. Era un tipo minuto che Ermes giudicò sovreccitabile. Il naso insolitamente grande e carnoso creava una singolare disarmonia con la bocca piccola e sottile. Gli occhi a palla potevano far pensare a disturbi della tiroide. La voce era grave e bene impostata.

Il cancelliere, invece, era un uomo robusto, di mezza età, che denunciava, nel viso rubizzo, potenti funzioni digestive. Sedeva alla macchina da scrivere e ogni tanto si voltava per sbirciare l'importante personaggio di cui stava formalizzando l'interrogatorio.

Lo studio legale, in attesa che Elena Dionisi rientrasse, gli aveva mandato il più stretto collaboratore della titolare, un ragazzo elegante dall'aspetto vispo e lo sguardo attento.

Esaurite le formalità di rito il magistrato cominciò l'interrogatorio.

« Lei ricorda di aver ricevuto due milioni dal padre di un suo paziente per ottenere il ricovero urgente del figlio e il conseguente intervento chirurgico? » s'imporporò nel tentativo di formulare la domanda tutta d'un fiato. Sembrava prevenuto nei confronti del luminare che, a suo avviso, era uno di quei tipi che vanno messi in riga.

« Potrei sapere il nome di questo galantuomo? » domandò Ermes la cui calma metteva in imbarazzo il magistrato.

« Egidio Leva. È il nome del padre. Il figlio si chiamava Camillo. Camillo è morto. Il padre l'accusa della sua morte. »

« Perché? »

« Perché lei ha rifiutato un secondo intervento. Quando un altro chirurgo ha deciso di operarlo era ormai troppo tardi. »

« Posso sapere la ragione del mio rifiuto? » domandò Ermes che adesso cominciava a ricordare.

« Certo. Perché non c'erano più soldi. Niente milioni. Niente intervento. Giusto, professore? » Nei grandi occhi sbarrati affiorò un profondo disprezzo.

La mente di Ermes andava velocemente ricomponendo la storia di Camillo Leva. Nove anni. Un bambino dall'espressione disarmata e lo sguardo dolcissimo che lo chiamava per nome. « Ermes, tornerò in bicicletta? » gli domandava. « Io spero di sì », rispondeva il medico che l'aveva operato di un osteosarcoma al ginocchio con metastasi polmonari. I protocolli internazionali suggerivano l'amputazione, ma le metastasi polmonari e altri segni lo condannavano. Ermes non se l'era sentita di mutilare il piccolo. Soltanto un miracolo poteva salvarlo. Un mese dopo l'intervento, Camillo era tornato in ospedale e gli era corso incontro con le sue gambe. « Avevi ragione tu, Ermes », gli aveva detto con riconoscenza: « Vado ancora in bicicletta ». Sembrava guarito, ma Ermes sapeva che non lo era. Comunque non soffriva più. Cautamente aveva detto ai genitori che non si facessero illusioni. La realtà smentiva le sue previsioni e il padre e la madre di Camillo credevano a quello che vedevano. Il pensiero di avere regalato al bambino alcuni mesi felici non lo consolava. Era passato l'autunno e durante l'inverno, facendo a palle di neve con i compagni, Camillo era caduto e il ginocchio in due giorni si era gonfiato. Glielo avevano portato in ospedale. Una visita rivelò la situazione in tutta la sua gravità. « È finita », aveva detto ai genitori. « Portatelo a casa. Stategli vicino con tutto il vostro amore. Faremo tutto il possibile perché non soffra. » « Lei deve operarmelo di nuovo », gli intimò il padre. « Non io », rifiutò con decisione. « Servirebbe soltanto a torturare una piccola vita che si sta spegnendo. »

« Allora andremo altrove », s'incattivì l'uomo.

« Chi l'ha operato una seconda volta? » domandò al magistrato.

« Un grande medico », rispose. « Il professor Attilio Montini. »

Ermes impallidì e il giudice annotò mentalmente la prima *defaillance*, un piccolo segno che, dato l'autocontrollo dell'imputato, aveva un grande significato. Quello di Montini era un nome che Ermes avrebbe voluto cancellare dalla sua vita e dalla faccia della terra, ma non poteva perché era legato a lui per sempre, nel bene e nel male. Il grande cattedratico amava troppo gli applausi e i riflettori per non inseguire i miracoli anche sulla pelle di un bambino. Il più delle volte non riuscivano, ma quando otteneva un risultato temporaneo, televisione e giornali erano per lui.

« Lei conosce bene il professor Attilio Montini. Vero? »

« Mi sembra ovvio. »

« E i due milioni? » lo interrogò bruscamente il magistrato.

« Quali? » si meravigliò Ermes che aveva completamente dimenticato il capo d'accusa.

« Quelli necessari per garantire il ricovero urgente in ospedale », incalzò.

« Mai visti. Sono pagato dall'ospedale. Non accetto compensi supplementari dai ricoverati. Non ne ho bisogno e non mi spettano. »

« Può dimostrarlo? »

« Ma non ho nulla da dimostrare », reagì con voce leggermente alterata. Queste cose finora le aveva viste al cinema e non l'avevano nemmeno troppo convinto.

« Il signor Leva, invece, sì. »

« Invece sì, che cosa? »

« Il signor Leva può dimostrarle di averle dato quel danaro anche se lei, per parare il colpo, lo ha preteso in contanti. »

Ermes guardò l'avvocato che gli sorrise in segno di solidarietà. Per il momento era la sola cosa che potesse fare.

« E come fa a dimostrarlo? » stava per perdere la pazienza. « È un'accusa che non sta né in cielo né in terra. » Voleva dire è un'indecenza, un'infamia; ma aveva sentito troppi imputati eccellenti difendersi prendendo a prestito dal vocabolario i termini più roboanti. E non era servito a niente. « Lo dimostri, allora. »

« Il signor Leva ha prodotto una precisa testimonianza », lo bersagliò il magistrato spostando avanti e indietro sul collo sottile la testa larga, arrotondata verso l'alto, con il grande naso carnoso che pendeva sulla piccola bocca e sul mento. « Una testimonianza precisa », ripeté.

« Conosce il dottor Gianni Macchi? »

Ermes sentì un concerto di campanelli d'allarme.

« Certo che lo conosco. È stato uno dei miei assistenti. Uno dei peggiori... » Il giovane avvocato lo interruppe con un'occhiataccia. « Mi scusi », cominciò a preoccuparsi, « cosa c'entra il dottor Macchi? »

Il magistrato non l'ascoltò e seguì invece il corso dei suoi pensieri.

« Il dottor Macchi, dunque, è stato uno dei suoi assistenti. E non godeva della sua stima e della sua fiducia. »

« In un certo senso », ammise rifiutandosi di guardare dalla parte dell'avvocato del quale non intuiva i segnali di pericolo.

« Lei lo neutralizzava con la sua autorità », l'aggredì il giudice.

« Non capisco. »

« A un punto tale che intascava davanti a lui i soldi che garantivano ai suoi pazienti privati un trattamento pubblico privilegiato. »

« Lo nego nel modo più assoluto », affermò Ermes ricevendo il muto consenso del suo avvocato.

« Invece il dottor Macchi conferma questa circostanza e giura di aver visto il signor Leva pagarle due milioni in contanti. »

« È falso. » Si sentiva prigioniero di un labirinto e non aveva nessun filo che lo orientasse verso l'uscita. Era un detenuto in attesa di giudizio inchiodato da un'accusa infamante: concussione aggravata per avere operato in un ospedale pubblico dietro compenso. La fine penosa di un bambino di nove anni sottolineava l'efferatezza del reato che portava con sé altre imputazioni: interesse privato in atti d'ufficio e falsità ideologica. « Le mie dichiarazioni di innocenza, dunque, non hanno nessun peso. »

« Contano soltanto le prove », disse il sostituto procuratore con una punta di sadismo.

Le accuse tremende che lo mettevano con le spalle al muro erano state montate con fredda determinazione e abilità da qualcuno che lo odiava profondamente.

Qualcuno che aveva saputo strumentalizzare il dolore e il desiderio di vendetta di un padre.

Fuori cominciavano a esplodere i botti di Capodanno, Giulia stava probabilmente rientrando a Milano e lui, il professor Ermes Corsini, l'eccellente ricercatore, l'insuperabile chirurgo, era in procinto di essere trasferito a San Vittore.

« Ho il dovere di comunicarle che il tribunale terrebbe in debito conto una piena confessione », lo consigliò il magistrato con tono insinuante.

Ermes provò un irresistibile desiderio di sfasciare la faccia all'uomo che lo aveva già condannato senza processo. Invece si rivolse all'avvocato.

« La legge mi consente di non rispondere alle domande? » domandò al legale.

« Glielo consente. »

« Allora intendo avvalermi di questo diritto », concluse.

Quando lasciò la caserma, giornalisti, fotografi e teleoperatori immortalarono l'avvenimento. I suoi nemici avevano voluto mettere al centro di una torta perfettamente riuscita una vistosa ciliegina.

3

POTEVA essere il giorno della vendetta, invece l'uomo provò soltanto nausea.

« No, così no! » esclamò.

« E come allora? » lei sorrise gustando perfidamente il piacere di un evento lungamente sognato. « È un atto di giustizia riparatrice. »

« Oh, Cristo! Ma sono proprio andati giù con il badile », sibilò Gianni Macchi mentre passava sul teleschermo la sequenza di Ermes Corsini ammanettato e tradotto a San Vittore. Il suo idolo, il suo maestro, il suo persecutore, anche nel momento del crollo e dello scandalo esprimeva una dignità grandiosa. Era un mito senza tramonto e continuava a essere un invito a fuggire il mondo della banalità e della noia, dell'insuccesso, della capitolazione, un'esortazione a non arrendersi mai. Lui, invece, Gianni Macchi, si comportava come un vinto, come se fosse lui in catene, privato della libertà personale. Strinse ferocemente la pelle morbida della poltrona per vincere la nausea.

« Che cosa ti aspettavi? Che lo additassero ad esempio incitando i chirurghi a comportarsi come lui? » replicò Marta Montini che sedeva al suo fianco rimestando un'oliva nel Martini e lanciando occhiate assassine ad un giovane cronista che l'aveva avvicinata per un'intervista poche ore prima. Lei gli aveva promesso di incontrarlo dopo cena.

Gianni Macchi non reagì. Sprofondò ancor di più nell'accogliente poltrona dell'american-bar. Si sentiva un verme e gli pareva che i titolati avventori dell'hotel Palace di Saint Moritz in qualche modo esprimessero la loro riprovazione come aveva fatto Marta. Guardò la donna come se la vedesse per la prima volta e il suo disagio crebbe. La notizia trasmessa dal telegiornale l'aveva sconvolto.

Marta mandò giù velocemente il suo Martini.

« Ci vediamo per la cena », disse con suprema indifferenza.

La misurò con lo sguardo mentre attraversava il breve spazio del bar con un'andatura ferma ed energica da longilinea che contraddiceva la sua figura minuta e morbida, un po' leziosa.

A quarantotto anni, Marta Montini, figlia del celebre chirurgo e cattedratico Attilio Montini e moglie separata di Ermes Corsini, s'era comprata una nuova giovinezza da un celebre chirurgo estetico che, l'estate precedente, le aveva restituito un aspetto da trentenne, cancellando le borse sotto gli occhi, le rughe, il primo accenno di doppio mento e, già che c'era, le aveva dato una sistematina al seno e alle natiche. Il risultato era davvero straordinario e le amiche, vedendola in sauna, erano schiattate per l'invidia.

Gianni si chiese se quello che in quel momento provava per lei non fosse odio. Prima della sequenza dell'arresto era pazzo di lei e si credeva riamato. Erano passati pochi minuti e la situazione si era capovolta. Ora aveva la certezza che in quell'ambiente non suo, con quella donna viziata, ricca e autoritaria, ci stava facendo la figura del cane da compagnia. Aveva trent'anni, era un bel ragazzo, aveva una laurea in medicina penosamente conseguita, ma era un chirurgo mediocre che non avrebbe brillato in sala operatoria. Che accidenti ci faceva al Palace di Saint Moritz con una donna molto più vecchia di lui che lo trattava come il suo bassotto?

« Marta! » la chiamò bloccandola sulla porta del bar.

« Sì? » rispose la donna voltandosi con un sorriso da annunciatrice televisiva. Nel vaporoso maglione rosato, così piccola e piena di curve, sembrava lieve e tenera come un piumino da cipria, ma lui era ormai certo che quell'apparenza morbida nascondesse aculei velenosi. Gli occhi dei presenti si girarono verso di loro. Il tono e l'atteggiamento dell'uomo promettevano sviluppi eccitanti.

« Eppure è ancora tuo marito. Il padre di tua figlia », scandì in modo chiaro, afferrandola per un braccio.

Il dolce sorriso di Marta si indurì appena.

« Fatti i cazzi tuoi, ragazzo », lo gelò con il tono della padrona che si rivolge allo schiavo.

Fu come se lo avesse schiaffeggiato. Si passò istintivamente una mano sulla guancia dove ancora bruciava lo schiaffo ricevuto da Ermes molti mesi prima quando aveva affondato oltre misura il bisturi nel tessuto molle di una cavità addominale. Aveva sbagliato e lo sapeva, ed era consapevole che soltanto l'intervento tempestivo di Ermes aveva salvato la vita del paziente. Era stata la sua ultima esperienza in sala operatoria. Si era sfilato il camice e aveva abbandonato per sempre la clinica. Il marchio di incompetenza con cui era stato bollato lo condannava a essere un medico generico, all'esasperante routine burocratica e al ruolo di somministratore di farmaci.

Marta Montini l'aveva ripescato vicino a riva e l'aveva rimesso in pista presentandogli il padre, già oltre i settanta, che operava ormai saltuariamente, ma continuava ad avere un peso notevole nell'ambiente medico. L'escluso si era sentito rinascere e aveva ricominciato a credere in se stesso. Marta gli era sembrata la più dolce, affascinante e desiderabile donna del mondo e avrebbe fatto per lei qualsiasi cosa. E quando lei una cosa gliel'aveva chiesta, lui l'aveva fatta senza pensarci troppo.

Adesso, per la prima volta da quando era salito sulla scialuppa di salvataggio di Marta Montini, si rendeva conto di essere stato soltanto uno strumento nelle mani di quella creatura ricca, egocentrica, viziata e vendicativa. Si era imbarcato per amore anche se il sentimento faceva da alibi alla speranza di ritornare nel giro dei bisturi d'oro sotto l'egida del padre-barone. Ora cadeva anche l'ultima illusione.

La lasciò andare. Si sentiva male e toccò il fondo quando lei sibilò piano: « Cavati dalle palle, ragazzo. Adesso non mi servi più ».

Gianni si avviò verso l'ascensore. Aveva bisogno di raccogliere i cocci della sua esistenza per valutare se valeva ancora la pena di ricomporli.

Il cronista a caccia di indiscrezioni sui personaggi della mondanità aveva seguito e memorizzato l'episodio che avrebbe opportunamente arricchito di particolari. Dettò a braccio: « Marta Montini, esponente di primo piano della Milano che conta, figlia unica di uno degli ultimi baroni della medicina, Attilio Montini, e moglie separata di Ermes Corsini, approdava al Palace di Saint Moritz nel momento in cui ai polsi del marito scattavano le manette dei carabinieri. Le accuse infamanti sono note: imperizia e interesse privato in atti d'ufficio. Marta era accompagnata da un giovane e avvenente chirurgo, il dottor Gianni Macchi, che fino a pochi mesi fa lavorava con Ermes Corsini. L'amicizia che probabilmente esisteva tra i due, non è più tanto tenera, dopo una violentissima lite dai contorni ancora imprecisi. Nessuna traccia, intanto, di Teodolinda, la sedicenne figlia di Marta ed Ermes, grande animatrice di feste. Marta Montini ha detto che la figlia è in Inghilterra per un soggiorno di studio, ma non è improbabile che sia stata allontanata al momento opportuno per evitare un coinvolgimento immediato e pesante nello scandalo paterno ».

4

TEODOLINDA stava emergendo lentamente dal torpore del sedativo, ma si trovava ancora a una confortevole equidistanza tra sogno e realtà, una specie di terra di nessuno dove regnava l'indifferenza completa per quello che succedeva dentro e fuori di lei. Poi, piano piano, il fastidio al basso ventre diventò una cupa, insistente sofferenza e lei affiorò alla piena coscienza della propria condizione. Da un misterioso cancello, il dolore entrò in lei e la invase.

Il primo pensiero fu per suo padre che aveva neutralizzato quel barbarico nome, Teódolinda, voluto dal nonno-barone, in un affettuoso, brevissimo Tea. Poi ricordò. Era nella camera numero quarantasei della casa di cura Villa Azzurra di Locarno. Dopo l'aborto. Ricostruì il rituale: rivide il sorriso freddo del ginecologo che l'avrebbe fatta abortire, riudì le parole rassicuranti dell'anestesista prima del sonno artificiale. « Va tutto benissimo. » Invece lei sentiva che qualcosa non quadrava, perché quella vita che albeggiava in lei avrebbe potuto brillare senza danno per nessuno. L'aborto non era il risultato di una scelta, ma la conseguenza di un'imposizione. E questo la faceva sentire doppiamente colpevole e infelice.

Dalla finestra vide le luci riflesse del lungolago. Era

sera. La camera era immersa in una penombra azzurrina. Le tendine di pizzo, la tappezzeria a fiori, i colorati gladioli in un vaso di cristallo, facevano pensare a un travestimento malriuscito. Nell'aria aleggiava un vago odore di disinfettante che denunciava la scarsa amenità del luogo.

Tea sentì un gran caldo e con un gesto brusco della gamba spostò la coperta. Un fiotto di sangue sgorgò dalla vagina impregnando il pannolino. Schiacciò il pulsante sul tavolino accanto al letto e immediatamente, come se fosse stata in attesa dietro la porta, entrò un'infermiera. Non era più quella della mattina, ma le assomigliava molto. Era giovane, piena di salute, ed esprimeva efficienza e sicurezza.

« Sto perdendo sangue », disse Tea.

La donna prese una padella di lucido metallo, gliela infilò sotto le natiche, le tolse gli slip e controllò il pannolino.

« Va tutto benissimo », la rassicurò.

« E il sangue? »

« È regolare », garantì. Servendosi di una brocca d'acqua tiepida la lavò, poi l'asciugò tamponandola con delicatezza, sostituì il pannolino, rimise a posto le coperte con puntualità professionale.

« E se dovesse capitare ancora? » domandò Tea.

« Allo stato dei fatti non c'è motivo di preoccuparsi », sentenziò.

Invidiava la sicurezza dell'infermiera.

« Tutto bene, dunque », ammise non senza ironia. « Come togliere un dente. »

La donna non raccolse la provocazione. Erano strane queste ragazze ricche e viziate. Prima abortivano, poi manifestavano segni di pentimento.

« Il professore ha detto che può bere un tè », le comunicò. « Desidera che glielo porti? » Era più gentile della collega del mattino. Le passò una mano sulla fronte riordinando le ciocche dei capelli biondi.

« Può chiamare mia madre? » domandò Tea.

« La signora Montini è partita », rispose.

Tea non le chiese per dove.

« Quando tornerà? »

« Verrà a prenderla tra un paio di giorni. Se non ci saranno problemi. Ma non ce ne saranno », volle rassicurarla.

Tea cominciò a piangere. Grosse lacrime silenziose come goccioloni di pioggia le rigarono le guance di pallida seta. Istintivamente voltò la faccia dall'altra parte, ma ormai la donna l'aveva vista; ne vedeva tante come lei in quella clinica, e ognuna reagiva in modo diverso. Provò una gran pena per quella ragazza, poco più di una bambina, dai lineamenti stupendi che dalla vita sembrava avere tutto, mentre in realtà era prigioniera di una cupa disperazione.

« Le accendo il televisore? » domandò.

Tea accennò un sì appena percettibile.

L'infermiera premette un pulsante, poi depose sul tavolino da notte il telecomando, quindi uscì silenziosamente. Tea si asciugò le lacrime con il risvolto del lenzuolo. Seguì distrattamente alcune sequenze di un improbabile gatto Silvestro doppiato in tedesco. Prese il telecomando e cercò programmi italiani. In quel frenetico saltabeccare catturò l'immagine di suo padre, mentre saliva ammanettato sull'auto dei carabinieri, inseguito dalla voce neutra dello speaker che lo bersagliava con le sue accuse infamanti.

« Noooooo! » Un grido lacerante e disumano proruppe dalle profondità del suo essere. Un grido alimentato dalla disperazione accumulata, dalle brutture che aveva visto intorno a sé e da quelle vissute in prima persona, una ribellione clamorosa e definitiva contro tutto e contro tutti.

A quell'urlo accompagnò un gesto involontario e violentissimo. Tea scagliò con una forza insospettabile il telecomando contro lo schermo. Il televisore esplose e l'infermiera irruppe nella stanza seguita da due inservienti. Non ci furono domande, né commenti. Se un paziente di Villa Azzurra decideva di trasformare il televisore in un bersaglio era liberissimo di farlo. L'apparecchio fu portato via. L'infermiera praticò un'iniezione a Teodolinda e tutto ripiombò nel silenzio.

Quando si svegliò il digitale da polso segnava le due del mattino. C'era una tazza di tè sul tavolino. Era tiepido. Dovevano averglielo portato da poco. Si tirò a sedere sul letto, cominciò a bere e si sentì meglio. Posò la tazza vuota e alzò il ricevitore del telefono.

« Mi dia una linea », disse alla centralinista.

La donna esitò qualche istante.

« La prego, non mi metta nei guai, signorina Corsini. Non posso darle la linea, né passarle comunicazioni che non siano di sua madre. » Sembrava sinceramente addolorata.

« Fa niente », si rassegnò Tea. Tanto sapeva che cosa avrebbe fatto. Si alzò, attraversò la camera, aprì le due antine dell'armadio a muro dove il giorno prima aveva depositato la sua roba: vestiti, scarpe, danaro e passaporto. Voleva lasciare immediatamente quel posto maledetto. L'armadio era vuoto come una piazza a Ferragosto. Era sparita persino la biancheria.

Marta aveva pensato a tutto. Nell'elaborazione dei suoi piani, spesso diabolici, non trascurava i particolari. Tea era prigioniera in quella clinica svizzera dov'era stata trascinata con un ricatto e costretta ad abortire, sola come un cane, senza neppure la possibilità di comunicare con l'uomo che amava.

« Mamma, quanto ti odio! » Espresse il suo sentimento

ad alta voce e sperò che le sue parole sferzanti colpissero Marta, dovunque fosse. L'aveva incastrata davvero questa volta. Tutto era cominciato una settimana prima quando Tea, per un momento, si era illusa di piegare la volontà della madre.

« Sono incinta », le aveva confessato sperando che la notizia sarebbe scoppiata in faccia a Marta come una bomba. Invece la donna non aveva fatto neanche una piega.

« Ah sì? » replicò con totale indifferenza.

« Non sei nemmeno stupita? »

« Con la fregola che hai in corpo e il buon senso che ti manca, mi stupisce che l'irreparabile non sia avvenuto prima. Posso sapere chi è il responsabile? »

« Il tenente Marcello Belgrano », rispose Tea.

« Dovevo immaginarlo. Tu e il tuo eroe da telenovela », commentò con disprezzo.

« Voglio sposarlo », cercò di spiazzarla.

« Splendido matrimonio », sorrise: « una cretina e un morto di fame. Oggi sposi ».

« Non ti permetto », gridò avvampando d'indignazione.

« L'ereditiera e un maestro di equitazione. Un classico. » Ricordò la faccia indimenticabile e il portamento aristocratico del conte Belgrano di Sele e le vennero in mente anche i pettegolezzi che si facevano sul suo conto. Aveva rinnovato la ferma con l'esercito per potersi permettere un cavallo. La sua famiglia di antica nobiltà che aveva conosciuto momenti di vero splendore era ridotta nella più completa povertà e lui viveva, in affitto, nella mansarda di un palazzo che era stato di suo padre. Aveva poco più di trent'anni, modi da gran signore e un conto aperto con l'alcol dal quale dipendeva. Una splendida boccia persa, insomma.

« Io lo amo », replicò Teodolinda affondando sempre

più nella banalità e nel luogo comune. Ma difendeva la sua splendida utopia e questo nobilitava la sua ribellione.

Marta la colpì con un potente manrovescio che la rintronò tutta.

« Anch'io ti amo », le sorrise perfidamente. « E ho il dovere di proteggerti. Perciò abortirai. »

« Non lo permetterò. »

« E io tolgo al tuo bel cavaliere quel po' che gli resta. Lo metto col culo per terra, se mi è consentito l'eufemismo. » La ragazza sapeva che Marta non minacciava mai invano.

Tea era sicura che di fronte a una gravidanza, la terribile madre avrebbe accettato il fatto compiuto. Invece, l'aveva messa in ginocchio col ricatto e le minacce. Forse, se si fosse rivolta subito a suo padre, probabilmente le cose non sarebbero finite così.

Ora però doveva correre da Ermes perché era lui ad avere bisogno di aiuto.

Uscì nel corridoio. Luci azzurrate conferivano un aspetto gelido al lungo camminamento su cui si aprivano le porte delle varie stanze. In fondo a destra, se ricordava bene, c'era lo studio del professor Willy Kebler che il giorno prima, durante un colloquio molto formale, l'aveva guardata col freddo disprezzo del calvinista di fronte al peccato, senza tuttavia disdegnare i cospicui guadagni che il peccato gli procurava. C'era un telefono diretto sulla scrivania, un apparecchio autonomo che non passava per il centralino.

La porta dello studio non era chiusa a chiave e cedette alla leggera pressione di Tea. La luce della luna dava rilievo agli arredi d'acciaio e ai cristalli. Rimase immobile per alcuni lunghissimi istanti terrorizzata all'idea di essere sorpresa, perché, in tal caso, si sarebbe chiusa l'unica via d'uscita. Fissò il paravento bianco dietro il quale c'era il lettino ginecologico con gli appoggi per le gambe dov'era stata visitata prima dell'intervento.

Sollevò piano il ricevitore dalla forcella e compose un numero. Le rispose quasi subito la voce stanca e afflitta del tenente Marcello Belgrano.

« Dove sei? » domandò l'uomo con un senso di sollievo. « Ti cerco da tre giorni. »

« Aiutami, Marcello », lo implorò Teodolinda cominciando a singhiozzare. « Hanno ucciso nostro figlio. E adesso vogliono distruggere mio padre. »

5

MARCELLO Ottavio Belgrano si materializzò silenziosamente accanto a lei, senza che nessuno, nella clinica, si fosse accorto della sua presenza.

« Marcello, vieni qui. E abbracciami », gli disse la ragazza che già si sentiva meno prigioniera.

Lui le sorrise. In una mano stringeva un mazzolino di mughetti, con l'altra impugnava i manici di una sacca di Gucci. Depose la sacca sul pavimento e tese i fiori a Tea che lo guardava come un angelo salvatore.

« Solo tu potevi pensare ai fiori in un momento come questo », singhiozzò gettandogli le braccia al collo. Anche lui la strinse a sé. « È stata lei che mi ha costretta », accusò la madre. « Io non volevo abortire », soggiunse alternando parole e lacrime.

« È tutto finito, ormai », lui cercò di calmarla.

« Mi ci ha proprio costretta », ripeté, « capisci? » Non gli disse che se si fosse rifiutata l'avrebbe rovinato, ma lui capiva molte più cose di quanto la ragazza immaginasse. Capì che la madre l'aveva ricattata e plagiata, ma era perfettamente consapevole d'avere agito nei suoi confronti nello stesso modo. E provò pena per questa ragazza ancora ai confini dell'adolescenza, esposta ai venti furiosi della prima giovinezza, in bilico tra una madre-padrona e un relitto dell'aristocrazia alla ricerca di una zattera di salvataggio. Certo, a modo suo, Marcello Belgrano l'amava, ma le avrebbe mai donato più di uno sguardo senza la prospettiva di una cospicua dote?

« Non pensarci più », le disse asciugandole le lacrime e parlandole con dolcezza. « Ti ho portato dei vestiti. Indossali e partiamo. »

« E i documenti? Come faccio a tornare a Milano senza passaporto? » si preoccupò.

« Tua madre è a Saint Moritz. »

« E allora? »

« Ti porterò da lei. A questo punto », ragionò, « uno scandalo non conviene a nessuno. Il suo scopo, in fondo, l'ha ottenuto, no? »

Sul volto sofferto di Teodolinda brillò la luce di un sorriso.

« Tenente Belgrano », disse tirando su col naso come una bambina. « Sei grande. Se non esistessi bisognerebbe inventarti. »

Marcello aveva solidi argomenti per dimostrare il contrario ed era fermamente convinto che, se non fosse mai esistito, il mondo non ne avrebbe risentito e lei avrebbe avuto meno problemi da risolvere. Era tanto vero quello che pensava che in un paio di occasioni aveva preso seriamente in considerazione l'idea di cancellarsi dalla faccia della terra.

« Non sopravvalutarmi, ragazzina », scherzò mentre l'aiutava a vestirsi. L'abito che aveva scelto per lei da Gucci le andava a pennello e metteva in risalto la sua figura quasi acerba.

« Ti amo », disse Teodolinda accarezzandogli la guancia scavata.

« Lo so », disse baciandola tra i capelli. Quello che era

successo, in fondo, era anche colpa sua. Anzi, era soprattutto colpa sua. L'aveva usata come gli altri uomini della sua vita. E fra tutti lui era stato il peggiore, perché l'aveva messa incinta di proposito, con l'intento preciso di sposarla, per risolvere una volta e per sempre il problema della sopravvivenza. L'aveva conosciuta per caso, corteggiata per calcolo, ingravidata per necessità, ma adesso sentiva di amarla con tutto se stesso. « Hai sofferto molto? » chiese stringendola.

« Non troppo », rispose nascondendo la testa nell'incavo della sua spalla. Stava bene vicino a lui, perché gli dava quel senso di sicurezza che non ricordava più dagli anni dell'infanzia quando suo padre viveva ancora con lei e con la madre. « Hai visto che cosa hanno fatto a papà? » domandò.

« Ho letto i giornali », disse lui che effettivamente non sapeva più di tanto.

« Ci credi alle brutte cose che hanno detto di lui? »

« Non lo so », si schermì.

« Qualcuno vuole rovinarlo. E io so chi è. E so anche perché », affermò con decisione. « Devo andare da lui. Al più presto. »

6

A MEZZANOTTE, i soliti botti avevano salutato il nuovo anno. Le emittenti televisive avevano esaurito i loro chiassosi programmi e i cani dei vicini avevano ululato disperatamente a tutto quel frastuono.

Auto con la radio a tutto volume riportavano a casa gli ultimi gaudenti.

Elena Dionisi la chiamò da Barbados.

« Buon anno », le augurò.

« Che fai, sfotti? » domandò Giulia.

« L'ironia è la tua arma migliore », ribatté l'avvocato di Ermes che era anche sua amica.

« Che cosa devo fare? » Era una domanda senza risposta e lo sapeva.

« Aspettare con fiducia », consigliò. « Io parto fra un'ora. »

« Ma che cosa potrebbe essere? » insisté alludendo all'accusa infamante che aveva giustificato il clamoroso arresto di Ermes.

« Potrebbe essere un equivoco. Una vendetta. Io non credo alla colpevolezza di Ermes. Esattamente come te. Sai bene che al giorno d'oggi basta la testimonianza di un pentito per mandare in galera un galantuomo. »

Le parole di Elena avevano attenuato per qualche minuto l'incubo di quella notte insonne. Prima dell'alba Giulia prese due tranquillanti e si addormentò.

La svegliò il telefono.

« Ciao, mammina, buon anno », le augurò Giorgio. La sua voce oscillante tra i toni argentini dell'infanzia e quelli graffianti dell'adolescenza era vicina, forte e chiara, come se il figlio, invece che lassù nel Galles, fosse nella stanza accanto.

« Anche a te, bambino mio », ricambiò lei cercando di mettere una parvenza di allegra naturalezza nella sua voce impastata di sonno.

« Di' la verità: ti ho svegliato? »

« Ma no », mentì.

« Cos'hai fatto ieri sera? » indagò. La conosceva bene e avvertì che qualcosa in lei non funzionava. « Hai lasciato detto a Salinda che avresti chiamato. Poi non ti sei fatta viva. »

« Ho avuto un sacco di impegni », tentò di giustificarsi. « Quando mi sono liberata era troppo tardi. »

« C'è Ermes, con te? » si preoccupò il ragazzo.

« Sono sola », disse sul punto di piangere.

« Perché non sei andata a sciare? » indagò.

Lei chiamò a raccolta tutte le sue capacità di mentire che, per la verità, erano poche.

« Sono abbastanza indietro col nuovo romanzo », si giustificò. « Devo recuperare. » Infilò una serie di convincenti bugie e quando si salutarono Giorgio era nuovamente allegro e tranquillo.

Agitarsi non serviva neppure a lei, né giovava alla soluzione dei suoi problemi.

Consumò la solita colazione: due grandi tazze di caffè filtrato, una fetta di pane tostato e miele. Indossò pantaloni di flanella grigia e un maglione di cachemire bianco.

Scese nel suo studio al pianterreno e si mise alla macchina da scrivere. Un foglio bianco e la sua vecchia *Valentina* materializzavano gli incantesimi prodotti dalla sua fantasia. Giulia riusciva a isolarsi e a lavorare anche quando in casa c'era una gran confusione: Giorgio che si divertiva con gli amici fingendo di studiare, Ambra che passava l'aspirapolvere, i cani dei vicini che abbaiavano. Uno scrittore però, dovunque si trovi, deve essere dentro la storia che scrive. Troppe cose avevano strappato Giulia al suo romanzo e adesso, sebbene si sforzasse di raccogliere i fili del racconto per ritrovarsi al centro della vicenda e far muovere i personaggi secondo il gioco delle parti, non ci riusciva.

Pensava a Ermes che aveva passato la prima notte dell'anno in cella e alla sequenza televisiva, ai titoli dei giornali che nessuna prova di innocenza avrebbe mai cancellato. Pensò a se stessa e al grande nemico che Ermes aveva rimosso, ma che continuava a vivere dentro di lei come un fantasma e che nessun attestato di guarigione avrebbe mai esorcizzato. Dondolava lentamente sull'onda dei suoi pensieri in attesa di un'illuminazione, ma era sempre buio.

Su tutto prevaleva spietata l'ossessione del male, un pericolo strisciante che lei intuiva, ma che ancora non sentiva e forse non si sarebbe manifestato mai più. Ma allora perché doveva fare le radiazioni? Era tutto così aleatorio e controverso. La sola certezza era che il suo organismo l'aveva tradita. Cercò di immaginare il complesso e tumultuoso universo di sessantamila miliardi di cellule di cui è fatto l'uomo e le sembrò di uscire dai confini del possibile. Navigò da sistema a sistema in una galassia che obbediva, finché obbediva, a un governo centrale capace di mantenere il progetto del nostro corpo sempre uguale a se stesso, in grado di ricostituire gli undici miliardi di cellule che perdiamo ogni minuto. Ogni secondo milioni di cellule anomale, potenzialmente cancerose, si manifestano; ma non tutti abbiamo il cancro, perché gli errori vengono inglobati dal sistema immunitario che è un sistema di controllo generale, rifusi nella complessa tipografia del nostro organismo e restituiti opportunamente corretti al grande fiume della vita. Così le aveva lungamente spiegate Ermes. Le piacque l'analogia con il sistema tipografico perché le permetteva di capire il meccanismo perverso che aveva consentito al grande nemico di insediarsi in lei. Osservava il moto inarrestabile della galassia e il lento fluire del grande fiume cercando di individuare i buchi neri che potevano risucchiare quello che restava della sua vita. Scoprì di amare se stessa in modo irresistibile. Si poneva in ascolto del proprio corpo sperando di captare i segnali affascinanti e misteriosi che ordinano alle cellule di diversificarsi a seconda della funzione. Perché l'organizzazione centrale aveva impartito l'ordine sbagliato? Dov'era il guasto? Se avesse identificato l'origine dei messaggi, probabilmente avrebbe potuto intervenire correggendo gli eventuali errori. Sapeva, sul grande nemico, anche tutte le cose che un paziente dovrebbe rigorosamente ignorare, le stesse che probabilmente rendevano problematiche le decisioni di Ermes. Il pensiero dell'uomo prevalse sulla sua ossessione. Forse un giorno avrebbe raccontato la vita di Ermes e la sua. Le luci e le ombre di una esistenza complessa, le asperità di una scalata, le cadute, i colpi bassi, i sordidi egoismi, i grandi gesti, la loro intensa storia, la sua personale esperienza di donna che a quarant'anni scopre l'amore. E la morte.

Giulia allungò una mano e prese dal vaso di porcellana sul lato destro della scrivania una rosa scarlatta. L'intenso profumo la riportò indietro negli anni verso un ricordo lontano che passò nella sua memoria con la chiarezza di un film. È l'estate dei suoi dieci anni nella casa del nonno. Caldo africano.

I cani stanno immobili e silenziosi all'ombra con la lingua penzoloni. Un ronzio di insetti galleggia nell'aria immobile. Le cicale sembrano impazzite. Lei è sola nella grande cucina. Dopo averla esplorata in lungo e in largo esce nell'aia deserta e ubriaca di sole, raggiunge il cancello, si apposta dietro il tronco nodoso di una pianta di rose che s'inerpica sul pilastro su cui poggiano i cardini. L'estenuante profumo di quelle rose e il ronzio degli insetti sospeso nell'aria calda fanno da sfondo ai suoi pensieri aggrovigliati prima, e poi svettanti verso l'alto come i rami della pianta che la nascondono agli sguardi dei rari passanti. Sotto il sole l'erba tagliata diventa fieno e intorno galleggia un gradevole profumo. Sullo stradone passano rare automobili, grandi carri trainati da buoi pazienti o da cavalli, biciclette e camion. A Giulia non piacciono i camion. Sono sgraziati, rumorosi, sferraglianti, sollevano un polverone irrespirabile e le fanno paura. Gli animali aggiogati ai carri invece le fanno una pena infinita: sudati, stanchi, rassegnati, frustati. Giulia ama le automobili e ha una sconfinata ammirazione per i suoi occupanti che sono l'espressione di un'agiatezza sognata, di un lusso proibito, di un benessere irraggiungibile. Le guarda passare e contempla la polvere che si lasciano alle spalle, simile alla coda della cometa sulla capanna del presepio. Il suo pensiero più ardito, la fantasia più audace, consiste nell'immaginarsi a bordo di un'auto sullo stradone, mentre il nonno nel ruolo dello spettatore la indica orgogliosamente ai falciatori di fieno: « Quella è mia nipote ».

Un'auto lucida, grande e nera si ferma proprio all'altezza della cancellata e Giulia vede scendere Zaira, la vistosa figlia diciottenne di una vedova vicina di casa del nonno. Un saluto, un sorriso, lo scatto di una portiera che si chiude, la macchina riparte e Zaira attraversa un pezzo di prato ancheggiando pericolosamente per via dei tacchi altissimi, facendo sobbalzare i seni larghi e gonfi che per Giulia sono un'attrazione di tipo diverso ma irresistibile come quella per le automobili. Si passa una mano sul petto scarno interrogandosi sul suo futuro di donna. Anche lei avrà seni così vistosi e belli? Forse sogna troppo in grande. Ha capelli neri e lisci la Zaira, una cascata che le accarezza le spalle con guizzi di velluto.

Sulla pelle della ragazza, Giulia vede brillare minuscole goccioline di sudore simili a rugiada. Zaira fa oscillare la borsetta di rafia intrecciata che s'impiglia nelle spine di un ramo di rose. E il rifugio segreto di Giulia è scoperto.

« Ciao », la saluta Zaira. Mantenersi in equilibrio sul terreno accidentato le è costato fatica. Sbuffa facendo un po' di teatro e diffonde intorno un vago odore di salvia e di muschio. « Che ci fai lì dietro? » la interroga.

« Guardo », confessa candidamente Giulia uscendo allo scoperto. Zaira si dondola un po' su un tacco e un po' sull'altro, trafiggendola col suo sguardo furbo di donna che conosce le cose della vita.

« Cosa ci sarà mai da vedere? » indaga.

« Non so cosa altro fare », si giustifica Giulia, respirando l'odore della Zaira e guardando le larghe macchie di sudore sotto le ascelle. Lei non ha mai visto quelle macchie sui suoi vestiti.

Perché non suda mai. Neanche con questo gran caldo.

« Vuoi venire su da me? » la invita Zaira che varca la cancellata e si avvia attraverso l'aia.

La casa è uno stanzone grande come la cucina del nonno, con il pavimento di cotto e le travi di legno al soffitto. Ma qui si respira un'aria diversa. Da muro a muro sono tirati fili che reggono indumenti intimi messi ad asciugare. Sul muro accanto alla finestra campeggiano foto di cantanti. Giulia riconosce Harry Belafonte.

« Ti piace? » chiede Zaira accennando al motivo di

« Banana Boat ». « Ha lanciato il ritmo dei Caraibi in tutto il mondo », spiega consapevole della propria cultura.

« Mi piace », afferma timidamente la bambina, ma già il suo sguardo curioso ha catturato la magia cromatica di tante boccettine di profumo, rossetti, smalti.

Zaira con due colpi di tallone si libera dei sandali, butta la borsetta su una sedia, sbuffa e comincia a spogliarsi. Parla del gran caldo, del bisogno che ha di rinfrescarsi e di altre banalità che Giulia beve come ambrosia. È rimasta appiccicata alla porta, sulla soglia, e la osserva. Quelle di Zaira non sono parole, sono perle che rimbalzano sul pavimento di cotto con suono prezioso carico di mistero.

Zaira coglie lo sguardo avido della bambina e le sorride maliziosa.

« Mai visto una ragazza nuda? » le domanda.

Giulia scuote la testa vergognandosi. Non ha mai visto una donna completamente nuda, nemmeno sua madre così timida e riservata, così pudica. Giulia si vergogna come se fosse lei nuda e l'altra completamente vestita.

Zaira invece si compiace del suo corpo dolce e aggressivo che provoca stupore nella bambina e fa nascere in lei un sentimento intraducibile che va al di là della semplice curiosità. La ragazza bagna una pezza bianca e se la passa sotto le ascelle canticchiando un motivo in voga che viene dall'America: *Only you*. Lo canta in inglese mandando in estasi Giulia che non capisce niente ma si rende conto di essere al cospetto di un essere superiore.

« Vieni avanti », la invita continuando le sue sommarie abluzioni.

« Mi hai vista scendere dall'automobile? » domanda.

« Sì », sorride Giulia spalancando gli occhioni.

« Bella, vero? »

« Meravigliosa. Di chi è? » domanda piena di curiosità.

« Di un cretino che voleva toccarmi le tette solo per il fatto di avermi accompagnato a casa. »

« Te le ha toccate? » arrossisce Giulia.

« Sì. E s'è preso anche un ceffone. Non lo sai che gli uomini vogliono sempre toccare le tette alle donne? »

« Però sono belle », dice la bambina prendendo il coraggio a due mani.

Zaira sorride compiaciuta.

« Tu puoi toccarle, se vuoi. »

Giulia esita, avvampa, si confonde, vorrebbe scappare ma è incatenata da una malia. Zaira le prende una mano e la guida verso il seno grande e sodo con un turgido capezzolo scuro al centro dell'areola color caffelatte. Sotto il palmo della mano Giulia sente il tepore liscio della carne palpitante e le sembra, chissà perché, di compiere un sacrilegio. Si ritrae spaventata. La ragazza scoppia allora in una gran risata e comincia a canzonarla.

« Ti sei scottata? O hai paura che ti mangi? Dai, rispondi. » La provoca e intanto va a sdraiarsi su un lettino alla turca contro una parete, accanto a un tavolino carico di giornali dove c'è una grossa radio Marelli. Ha una voce roca e lenta la Zaira, una voce morbida come una spugna e, forse, un'anima cupa, pensa Giulia che prova per questa ragazza un'attrazione irresistibile. Le ricorda un crudo e beffardo dipinto riprodotto su un libro nello studio del padre-professore. E nel momento stesso in cui affiora l'immagine paterna, la bambina si sente in colpa e si convince che sta guardando e pensando qualcosa di riprovevole, qualcosa che merita una punizione, un peccato che avrebbe giustificato il castigo del professore. Giulia fugge inseguita dalla risata grassa di Zaira.

Il telefono la districò dai suoi pensieri e per afferrare la cornetta staccò la mano dal seno malato. S'era portata istintivamente la mano al petto come quando aveva dieci anni e aveva visto il seno gonfio e sodo della Zaira. Allora accarezzava una speranza, adesso organizzava una difesa.

« Buon anno, splendore », augurò una voce d'uomo dall'altra parte del filo. « Anche a nome di Corinna », soggiunse. Era Leo, il suo ex marito, il padre di Giorgio. Corinna era la sua attuale compagna.

« Grazie, altrettanto », replicò fredda, perché fosse chiaro che non gradiva quella intrusione e che non le importava niente di lui e ancora meno di Corinna. Ma era evidente che Leo non le telefonava il primo giorno dell'anno per il piacere di farle gli auguri. Non aveva mai avuto pensieri del genere nemmeno quand'erano sposati. Figurarsi adesso. Certo il gatto e la volpe volevano un favore; e presto avrebbe saputo quale.

« Hai notizie di Giorgio? » domandò col tono del padre amorevole.

Giulia si controllò. Era troppo provata per reagire come avrebbe desiderato.

« Sta bene », rispose.

« Hai gente? »

« No. »

« Non vorrei averti disturbato », si preoccupò con l'abituale tono finto-mansueto-soccorrevole del patriarca protettivo. Sapeva tutto di lei: che a quell'ora stava sempre lavorando, che era sola e che la sua intrusione le recava fastidio. Per due ragioni: perché era un figlio di puttana e perché aveva brigato per far andare Giorgio nel Galles.

« Sì, mi hai disturbato », affermò con sincerità ma senza risentimento.

« Mi dispiace. »

« Non te ne frega niente. Che cosa vuoi? »

« Be', come sai, Corinna e io facciamo coppia fissa. Lei è in casa tutto il giorno e si annoia. »

« Vorrei tanto annoiarmi un po' anch'io, ma non ne ho il tempo », replicò.

Leo ignorò la battuta.

« Così ci siamo detti », riprese l'uomo, « che magari tu potevi proporla al tuo editore come traduttrice. Sai, lei conosce il tedesco molto bene. Sua madre è una von Manstein. Te l'avevo già detto, mi pare. E così... » Continuò a sgranare il suo rosario di luoghi comuni, ma Giulia non l'ascoltava più. S'era sempre distinto per la sua improntitudine. Lei era nella più nera disperazione e lui veniva a perorare la causa di questa mezza crucca che non sapeva come impiegare il tempo. Tipico di Leo.

Ricordò dopo tanti anni una vacanza a Forte dei Marmi. Era sera, era estate, era fresco. Erano alla Capannina con alcuni amici e si era alzata una brezza pungente. Leo ballava con una ragazza appena conosciuta. A un certo punto si era avvicinato a lei e Giulia sperò che la invitasse a ballare togliendola da una situazione umiliante. O che la portasse a casa. O stesse vicino a lei. Invece le aveva tolto delicatamente lo scialle dalle spalle dicendole: « Tu permetti, vero? La signora che balla con me ha freddo ».

Le montò dentro una rabbia feroce per tutti gli anni della sua vita che aveva passato a fargli da schiava.

« Va' all'inferno, Leo », disse pacatamente all'uomo che aveva disperso al vento parte della sua giovinezza.

« Pardon? » finse di non capire quello che aveva capito benissimo.

Giulia riattaccò e si sentì serena. Il coraggio della verità le diede un senso di pace. Non era più disposta a essere paziente con nessuno, tranne che con Giorgio ed Ermes, perché nessuno era stato paziente con lei; né Leo, né gli altri uomini che aveva conosciuto, se si escludeva il nonno Ubaldo che era un caso a parte. Non erano stati pazienti con lei, né suo padre, né sua sorella, né suo fratello.

Ogni volta che usciva dalle righe, e le capitava spesso, erano lì col fucile spianato per ordinarle perentoriamente di rimettersi in carreggiata. E non sempre avevano ragione, anzi, il più delle volte avevano torto. E poi doveva essere una ragione a senso unico, perché non stava mai dalla sua parte.

Cercavano di ricondurla nell'alveo familiare o indurla al rispetto delle regole che erano il vanto dei de Blasco, ma Giulia non avrebbe mai potuto comportarsi come loro, perché lei apparteneva a un'altra razza.

Ieri
Agosto 1945-1956

1

Fu come un fulmine a ciel sereno. Carmen s'era allungata su una sedia a sdraio nell'esiguo cortiletto della casa di via Tiepolo e mangiava con grande voluttà una banana di pane bianco farcita con burro e zucchero. La vestaglietta di cotone a fiori non riusciva più a contenerla tanto si era ingrossata.

Dalla finestra della sala da pranzo, che fungeva anche da studio, giungeva la voce professorale e un po' chioccia del marito che declamava: « *Superior stabat lupus, longeque inferior agnus*... Come lo tradurremo? » interrogò.

« Il lupo stava in alto e, molto più giù, l'agnello », scandì un'esitante voce infantile, quella del figlio più piccolo del salumiere, che barattava i primi rudimenti della cultura classica con saporita mortadella di Bologna, formaggi e uova fresche. Il professor Vittorio de Blasco ce la stava mettendo tutta. Se il ragazzo fosse stato promosso a settembre, c'era la speranza di un regalo supplementare.

Dalla cantina giungevano martellate tremende alternate alle voci allegre dei suoi due figli, sovrastate di tanto in tanto dalla voce tonante di suo padre. Benny, di sei anni, e Isabella, di quattro, guardavano il nonno Ubaldo costruire un passeggino di legno per il nuovo fratellino. Era una torrida mattina d'agosto e il termometro sarebbe salito ancora. Il glicine intristiva nell'aria immobile e Carmen, tra un boccone e l'altro, meditava sull'assenza di vento che peggiorava la situazione, quando un'acuta contrazione lacerò il suo torpore. Proprio come un fulmine a ciel sereno. Poi ancora la normalità. Sperò che fosse stata un'impressione o comunque un segnale che non riguardasse la sua gravidanza. Se i suoi calcoli erano esatti avrebbe dovuto partorire nei primissimi giorni di settembre. Adesso, contò sulla punta delle dita, era appena il 13 agosto. Venti giorni di anticipo? Che avesse sbagliato a fare i conti? Un sospetto s'insinuò nei suoi pensieri, ma subito lo escluse. Abbandonò il panino sul tavolo di ferro e quella rinuncia istintiva sottolineava l'importanza del dubbio e del segnale. Soltanto una ragione molto seria poteva indurla a mettere da parte quel pane bianco e soffice, fragrante di burro e zucchero, una squisitezza alla quale non si era ancora abituata dopo i lunghi anni di guerra in cui il cibo era stato poco e pessimo.

Che cosa le veniva in mente di dar credito a un segno che forse era esistito soltanto nella sua immaginazione? No, no, si era sbagliata. Una nuova contrazione accompagnata da un forte dolore alla schiena la smentì, comunicandole la certezza di essere prossima al parto. Il sospetto di poco prima si imboscò nei sotterranei della coscienza e si mimetizzò con gli altri pensieri rimossi.

Carmen chiamò il marito e l'uomo si affacciò alla finestra con aria seccata.

« Perché non dici a tuo padre che la smetta con quell'insopportabile martello? » la rimproverò come se fosse lei la responsabile di quel fastidio. « Io sto lavorando », concluse pieno di sussiego.

Carmen non lo sentì neppure.

« Va' a chiamare la levatrice », ordinò con un tono che non ammetteva repliche.

« La levatrice? » interrogò con curiosità e preoccupazione. « Perché? »

« Perché ho l'impressione che ci siamo », disse accarezzandosi la pancia enorme.

Il professore arrossì, fece una smorfia, bofonchiò parole incomprensibili travolto dalla prospettiva di un evento più grande di lui, poi scomparve alla ricerca dell'ostetrica.

Carmen invece si calmò e decise che aveva ancora il tempo di finire il suo panino al burro e zucchero, prima di trascinarsi in casa e salire la scala che portava in camera da letto. Per la prima volta si interrogò su questo nuovo figlio. Adesso era veramente curiosa di vedere che faccia aveva; e inoltre non le dispiaceva liberarsi finalmente di quel fardello. Portare in giro una pancia come la sua, con quel gran caldo, era davvero una fatica immane.

« La chiameremo Giulia », disse il professore. « Come Giulia Beccaria, la mamma di Alessandro Manzoni. » Era rigido e goffo davanti alla levatrice, una donna formosa, esuberante, dal largo sorriso, che gli porgeva quel fagottino urlante.

« La prenda », cercò di scuoterlo, ma lui non osava allungare le mani. La vide brutta e cattiva quell'ultima figlia. Gli altri due appena nati non erano così paonazzi e non strillavano come indemoniati.

Carmen osservava il marito aspettando una reazione che tardava a venire e che, forse, non sarebbe mai venuta. Era madida di sudore per il caldo e per la fatica.

Il professore si decise a prenderla in braccio e la piccola aumentò il proprio impegno strillando con un'intensità disperata.

« Giulia de Blasco, » ripeté il professore avvicinandosi alla finestra per osservarla meglio. La luce affievolita del crepuscolo ombreggiava ormai la stanza e lui voleva guardare meglio quella creatura per la quale aveva scelto un nome illustre che si intonava perfettamente con il nobile cognome dei de Blasco, di antica derivazione spagnola, portato anche da Teresa de Blasco, nonna del Manzoni, sposata a Cesare Beccaria. Questo almeno sosteneva il professor Vittorio de Blasco che gongolava come un corvo sapiente e sussiegoso quando parlava dell'illustre casata.

« La nobiltà del sangue », si compiaceva di ricordare, « non ha bisogno di ricchezze per manifestarsi. » E gonfiando il petto soggiungeva: « Io lo sento scorrere nelle vene questo sangue blu che discende per li rami ».

Carmen, dal letto, continuava a osservare il profilo del marito, perennemente severo, che scrutava la neonata strillante nell'ansia di trovare in lei qualche analogia con i de Blasco.

« Ha tutta l'aria di essere una grande invadente », giudicò. « È nata prima del tempo e poi... Dio come strilla. »

In quel momento sulla porta della camera si affacciò un uomo imponente, la zazzera folta e bionda, gli occhi da slavo, il sorriso impavido.

« Vieni babbo, » lo accolse Carmen con senso di sollievo. Sembrava il fratello minore di suo marito. Aveva 49 anni e l'espressione di un ragazzo.

« Mi hanno detto che è femmina », disse senza rimpianto ma con una punta di nostalgia per il maschio che aspettava. « E da come si fa sentire sono pronto a scommettere che saprà farsi rispettare. » Aveva l'aria soddisfatta mentre si chinava a sfiorare con un bacio la guancia della figlia. Poi si rivolse al genero tendendo le braccia: « Dalla a me. Io ci so fare con le ragazze. »

Il professore fu sollevato all'idea di liberarsi di quel fagottino chiassoso.

« Bambina, non piangere, » le sussurrò Ubaldo Milkovich. « Non c'è motivo di piangere se intorno a te c'è l'amore. »

A quelle parole, nella nicchia formata dal braccio forte del nonno, la bambina si placò e atteggiò le labbra tenere a una smorfia curiosa che poteva anche essere interpretata come un sorriso.

« La chiameremo Giulia, » ripeté il professore al suocero, « come la mamma di Alessandro Manzoni. »

« La chiameremo Giorgio, » disse piano il nonno pensando al nome che aveva in serbo per il figlio che non aveva potuto avere. Poi affidò Giulia alla madre che se l'attaccò al seno.

Carmen guardò la bambina, era morbida e rosa e succhiava beatamente il suo latte e il suo amore. Aveva molti capelli neri e lisci e lunghissime ciglia.

« Giulia, ti piace? » insisté il professore in cerca di applausi per la sua scelta felice.

« Certo, suona bene, » rispose distrattamente.

Carmen osservò con occhi diversi il marito, il padre e la figlia, ma il suo pensiero era lontano in una solida capanna di tronchi mentre un nuovo giorno si posava sul silenzio nitido e freddo della montagna. Risentì l'odore del fuoco, del latte e del pane, l'odore della vita che era quello della figlia appena nata. Rivide Gordon e lo ritrovò nella piccola Giulia.

« Giulia Zani », pensò cullando il suo dolce segreto.

Era agosto, era caldo e la città sembrava trattenere il fiato nella vampa dell'estate, ma spirava un vento nuovo sul mondo e la gente, ebbra di libertà e d'amore, ancora ballava nei cortili finalmente illuminati per guarire più in fretta dalle ferite che la guerra aveva inferto anche all'anima.

« Giulia de Blasco », insisté il professore.

« Giulia Zani » si ripeté Carmen, perché il suo unico sogno d'amore non avesse mai fine.

Anche Benny e Isabella si erano affacciati alla porta della camera e guardavano incuriositi la nuova venuta.

« Venite avanti, bambini », li invitò il padre. « Avete visto che cosa ci ha portato la cicogna? »

Quando erano cominciate le doglie i due piccoli erano stati mandati dai vicini perché, secondo il professore, potevano essere traumatizzati dai lamenti e dalle urla della partoriente, ma soprattutto per evitare che, alla loro età, acquisissero nozioni sui misteri della gestazione e del parto e quindi del concepimento.

Giulia si era addormentata. Il nonno trasse dalle profondità di una tasca che conteneva un po' di tutto (dal coltello da caccia alla pipa) un ciondolo con una catenina. Era un piccolo topazio bianco a forma di cuore incastonato in un bordo di smalto azzurro con tanti piccoli zaffiri. Aveva tutta l'aria di essere un pendente antico.

« Glielo metterai al collo quando verrà il momento », disse alla figlia, accennando a Giulia.

« Grazie, babbo », sorrise Carmen guardandosi bene dall'interrogarlo sull'origine del gioiello.

« Adesso bisogna che vada », ammiccò furbescamente. « Il treno per Modena parte fra un'ora. » Perderlo significava dormire in casa della figlia e non avrebbe chiesto di meglio adesso che c'era anche Giulia, ma la contiguità con il professore lo metteva a disagio. Tra i due uomini correvano spazi infiniti.

Carmen lo ringraziò. Era arrivato carico di provviste proprio nel giorno in cui Giulia aveva deciso di nascere e dinanzi alla nipotina, che si ostinava a chiamare Giorgio, aveva intuito il grande segreto della figlia e quasi se ne era compiaciuto.

« Meglio una rissosa e sanguigna Zani-Milkovich che un'anemica de Blasco », decise fra sé.

2

GIULIA scoppiò in lacrime. Era smarrita, angosciata. Aveva fatto pipì a letto. Che vergogna. Ricordava le parole severe del padre: « Sette anni sono sette anni. A sette anni certe debolezze e certi vizi non sono più ammissibili ». Si rendeva conto che, alla sua età, certe trasgressioni non erano consentite e non andavano fatte. Eppure lei aveva fatto pipì a letto. Stava sognando ed era felice. Provava la sensazione esaltante di stringere tra le cosce il tronco liscio e caldo di un albero, mentre saliva leggera come aria sempre più in alto verso le pere dorate che brillavano tra il fogliame lucente. Ma il trionfo di questa esaltazione che la possedeva sarebbe esploso nel momento in cui avesse afferrato la pera d'oro verso la quale tendeva le mani. Si era svegliata proprio quando stava per afferrarla e il tenue cristallo della felicità si era frantumato. Il tepore del sogno era quello della pipì che le fluiva lungo le gambe diventando subito fredda e sgradevole. Che vergogna!

Carmen le andò vicino, si chinò su di lei e, con un gesto che le era abituale, le passò le dita tra i capelli.

« Perché piangi? » le chiese sottovoce, con tanto affetto.

« Mi sono fatta pipì addosso », confessò profondamente umiliata, senza osare muoversi.

La mamma si portò l'indice della mano destra alle labbra imponendole il silenzio.

« Se papà sente, sai che musica », mormorò Carmen con un filo di voce.

Giulia obbedì asciugandosi i lacrimoni col dorso delle mani. L'idea che il padre scoprisse che aveva di nuovo bagnato il letto la terrorizzava. Avrebbe dato in pasto a tutti la vergognosa notizia umiliandola ferocemente.

« Mia figlia, a sette anni, fa ancora pipì a letto », raccontava ad amici e parenti. « La madre, certo, ha la sua parte di colpa », precisava. « Se invece di viziarla le scaldasse il didietro con qualche salutare sculacciata, certe incontinenze sarebbero evitate. » E ribadiva che Benny e Isabella, sotto questo profilo, erano sempre stati perfetti.

Ogni occasione era buona per sottolineare la diversità di Giulia che si comportava come se non appartenesse alla famiglia de Blasco. Il sospetto che l'ultima nata fosse il risultato di un tradimento, non l'aveva mai sfiorato, naturalmente. Nello smisurato orgoglio dei de Blasco non c'era posto per un dubbio tanto vergognoso che avrebbe travolto il piedistallo di fragili certezze su cui poggiava una grande illusione.

Carmen aveva portato la bambina dal pediatra per una visita accurata.

« È una bambina sana », l'aveva rassicurata il medico. « E nel suo caso il disturbo, che si chiama enuresi notturna, non può essere attribuito a una malattia vera e propria. È molto probabile che dipenda da cause psicologiche. »

« Non c'è una medicina? »

« Ce ne sono due: l'amore e il tempo. Faccia sentire a Giulia che le vuole bene. Ma, soprattutto, non la sgridi quando si bagna », aveva concluso.

Il professore si era arrabbiato con tutt'e due, ma questa volta soprattutto con la moglie che aveva speso ben duemila lire in cambio di un giudizio assolutamente insensato.

Era inverno e Carmen pensò che anche il freddo non fosse estraneo al disturbo di Giulia. La casa di via Tiepolo, costruita ai primi del Novecento dal nonno del professore, era priva di un impianto di riscaldamento. L'unica stanza calda della casa era la cucina dove una stufa economica aveva la doppia funzione di riscaldare l'ambiente e di cuocere i cibi. Nel 1952 la nobile famiglia de Blasco viveva peggio dei contadini nei casolari di campagna.

Carmen le cambiò il pigiamino bagnato, l'avvolse in un telo di spugna e la portò nella sua camera dove il letto conservava ancora il tepore del suo corpo.

Giulia si sentì nuovamente felice. Il professore era in cucina e non sarebbe più risalito per cacciarla dal letto con l'indice proteso, ammonendola che i bambini dovevano crescere spartanamente; qualche anno prima diceva « romanamente ».

Carmen pensava che quello non fosse un vivere da spartani, ma, più semplicemente, da poveretti, con la differenza che i miserabili non erano condannati ai riti di un formalismo odioso e ipocrita.

Entrò Benny che aveva già la cartella di fibra in mano. Fece le boccacce a Giulia, poi si alzò sulla punta dei piedi per baciare la madre. Carmen vedendo com'era vestito si sentì stringere il cuore. A scuola si burlavano di lui perché calzava un paio di sue vecchie scarpe cui il professore aveva fatto segare il tacco e, per effetto di questa modifica, avevano le punte che guardavano in su.

Poi fu il turno di Isabella. Per allungare gli orli del suo cappottino celeste Carmen aveva tagliato una pellicciotta d'agnello che stava andando in pezzi. Isabella pizzicò l'orecchio a Giulia che le tirò una treccia. Si azzuffarono furiosamente senza parlare. Carmen le divise e i due grandi uscirono.

« Oggi non vai a scuola », decise la madre.

« Mi tieni a casa con te? » esultò Giulia sgranando gli occhioni neri dalle lunghe ciglia di seta.

« Oggi usciamo insieme. Andiamo in centro a comperarci qualcosa », decretò Carmen mostrando alla figlia alcuni biglietti da mille che aveva pescato nella tasca del grembiulino a fiori.

« Sono del nonno Ubaldo, vero? » interrogò la piccola che sapeva benissimo la risposta.

L'ex partigiano, lasciata ormai la vita politica, era diventato un istruttore cinofilo di cui parlavano le riviste specializzate. Negli ultimi anni aveva vendemmiato premi nelle più importanti gare di caccia classica e pratica e i clienti più facoltosi se lo contendevano. Ma lui, Ubaldo Milkovich, che per i suoi meriti sportivi era stato insignito della croce di cavaliere, operava una selezione rigorosissima: si occupava solo dei cani che gli erano simpatici e, fedele a un suo personale principio, lavorava quando ne aveva voglia. Un aiuto per Giulia e Carmen, però, non mancava mai.

Il professore imprecava ogni volta contro quel danaro e quella roba la cui origine — e in questo Carmen non poteva dargli torto — era quanto mai dubbia. Le frequentazioni di Ubaldo Milkovich non escludevano ladri e truffatori, tipi per altro simpaticissimi e brillanti, che manifestavano stima e considerazione per l'amico coinvolgendolo nei loro commerci. Le sue mani poi, per unanime riconoscimento di maestri del furto con destrezza, erano mani d'oro che all'occorrenza sapevano entrare in azione obbedendo al leggendario principio di prendere ai ricchi per dare ai poveri, escludendo in ogni caso la violenza.

Il pendente a cuore che Giulia portava al collo veniva

da uno scrigno che era sul troumeaux della camera da letto della marchesa Ludina Manodori-Stampa, una creatura di rara bellezza in cui fascino, nobiltà e ardore erano profusi in egual misura. Dopotutto era stata lei a invitare il sorridente cacciatore in camera da letto e lui, tra i preziosi dello scrigno, aveva scelto il meno importante, perché era bello e gli piaceva. Probabilmente la marchesa, col sangue blu acceso dalla passione proibita, non si era neanche accorta che le mancava la catenina col cuore di topazio: prima aveva avuto altro a cui pensare, dopo, aveva un fantastico ricordo da accarezzare.

« Un cappotto per me? » chiese Giulia in estasi.

« Un cappotto per te e uno per la tua mamma », sorrise Carmen che sentiva di avere diritto a un capo decente. Aveva trentadue anni e non voleva che la sua giovinezza le scivolasse tra le dita come sabbia. Sentì irresistibile il desiderio di buttare alle ortiche quell'inutile rispettabilità formale che il marito le imponeva. Lei, che era stata la sola a non ballare per le strade dopo la liberazione perché il decoro dei de Blasco non lo consentiva, provò una smania di allegria e un bisogno di avventura. La colpa era anche sua che aveva scelto la certezza di un'esistenza borghese, ma riteneva di aver ormai scontato per intero il suo errore giovanile. Guardava Giulia che irrazionalmente e ingiustamente prediligeva anche perché le ricordava la sola grande passione della sua vita, l'esaltante abbandono tra le braccia di un ragazzo che, nel frattempo, era diventato un uomo importante: l'onorevole Armando Zani, un politico di primissimo piano e di grande avvenire. Era una storia irrimediabilmente finita, ma Carmen sentiva che sotto le ceneri di quell'amore era rimasta una brace ardente che non accennava a spegnersi.

Nella camera accanto Giulia rivoluzionava i cassetti del comò nel tentativo problematico di trovare un abitino decente. Scelse il migliore, per uscire con la madre. Era commovente il legame che univa quella donna ancor giovane e rassegnata a quella bambina strana dai grandi occhi sognanti e pieni di paura. Formavano un mondo a parte che gli altri guardavano con sospetto.

« Mammina, sono pronta », annunciò Giulia sulla soglia della camera da letto. Indossava un cappottino marrone smesso dalla sorella e aveva in testa la cuffietta di lana celeste che il nonno le aveva regalato a Natale.

Carmen si girò di scatto verso di lei, sorpresa nel pieno dei ricordi mentre cercava in una vecchia scatola di cioccolatini una fotografia un po' sbiadita.

« Perché ridi, mamma? » domandò la bambina andandole incontro.

Carmen aveva gli occhi lucidi e la commozione l'obbligava a una smorfia che Giulia scambiò per allegria.

« Perché sei bella e sono fiera di te », mentì rassicurata dall'abbaglio di Giulia.

« Che splendore », esultò vedendo la scatola sul coperchio della quale erano dipinte delle rose. « È nuova? »

« È di tanti anni fa », rispose Carmen cercando di non dar peso alla cosa.

« Posso vederla? »

Ora Carmen non poteva più sottrarre lo scrigno dei suoi segreti a quella dolce bambina piena di curiosità. In fondo, oltre lei, era la sola che ne avesse diritto.

« Certo che puoi », le sorrise spingendo la scatola verso Giulia che sollevò il coperchio e vide una lucente armonica a bocca, una vecchia edizione de *La madre* di Massimo Gorki e una fotografia un po' sbiadita.

« Suona? » chiese indicando il piccolo strumento.

« Prova », l'invitò la donna.

Giulia avvicinò l'armonica alle labbra e soffiò traendone qualche suono.

« È tua? » l'interrogò la bambina che non ebbe il coraggio di chiedergliela in dono.

« Un giorno sarà tua », disse la madre intuendo il suo pensiero.

« Dici davvero? » replicò felice riponendo delicatamente lo strumento al suo posto.

« Hai finito, signorina curiosetti? » scherzò Carmen.

« Posso vedere quella fotografia? »

La donna le tese la piccola istantanea che la ritraeva felice vicino a un bellissimo ragazzo con i capelli scompigliati dal vento.

« Ma questa sei tu », esclamò. « E lui chi è? » inquisì.

« Sì, sono io », confermò Carmen evitando di rispondere.

« Com'eri giovane. »

« Tu invece non eri ancora nata. Stavo col nonno. In montagna. »

« E lui? » insisté Giulia.

« È un partigiano. Si chiamava Gordon », spiegò Carmen recuperando il prezioso ricordo e riponendolo nella scatola come una reliquia.

« Che nome strano. È per questo che ridevi? » si insospettì la piccola. Quella fu la prima volta che Giulia vide suo padre.

3

La prima volta che incontrò suo padre, Giulia aveva undici anni, era a Modena e il nonno, eccezionalmente, l'aveva portata al caffè *Molinari*, il locale più prestigioso e meglio frequentato della città, sulla via Emilia, in pieno centro storico subito dopo i Portici del Collegio, a un passo dal duomo e dalla Ghirlandina. Lì c'erano i dolci più prelibati e, tra questi, i gelati che Giulia prediligeva.

Ubaldo Milkovich ordinò un caffè corretto per lui e un cono gigante per la bambina. Questa era vita brillante per la piccola Giulia, una vita diversa dal grigiore della casa di via Tiepolo. Intorno al nonno era uno sbocciare di saluti e di sorrisi, uno scoppiettare di battute divertenti. C'era stima e considerazione per questo zingaro che all'occasione aveva saputo comportarsi da eroe sfidando la morte col sorriso sulle labbra. Adesso viveva in un piccolo casale all'estrema periferia della città con i suoi cani e i suoi sogni.

All'improvviso il brusio del caffè lasciò il posto a un profondo silenzio. Furono pochi istanti, poi le voci ripresero. Sulla soglia era apparso un bell'uomo, sui trent'anni, la faccia sorridente, lo sguardo vivacissimo e penetrante. Gli abiti, di gran taglio e di eccellente fattura, così eleganti da passare inosservati, non riuscivano a cancellare l'origine contadina del personaggio che era tutta nelle mani grandi e possenti.

Intanto l'uomo si era avvicinato a Giulia e al nonno.

« Questo bel tipo era un partigiano », disse Ubaldo direttamente all'interessato che gli sorrideva con amicizia avendone in cambio un disprezzo che, forse, era soltanto apparente.

« Beato chi ti rivede », lo salutò Armando. « Io, quando vengo da Roma, qualche volta mi faccio vivo, ma tu, morire se dai un segno. »

« Siamo due persone molto impegnate », ironizzò il nonno. Ricordò l'ultimo combattimento e i superstiti della formazione appisolati nelle buche scavate sulla montagna. Lui e Gordon erano sdraiati sul terreno freddo dell'alba. Pennellate biancastre tingevano l'orizzonte. Due grosse nubi dai bordi lilla erano immobili nel cielo tranquillo. C'era una sola stella, piccola e smarrita, dimenticata dalla notte. E presto sarebbe scomparsa. La strada che saliva a tornanti era un nastro grigio e deserto che si contorceva fin dove arrivava l'occhio. La strada andava verso nord e da lì sarebbero passati i tedeschi. Per l'ultima volta. Il cerchio si stringeva con l'inesorabile lentezza della lava, bruciando la coda al nemico in fuga. La terra tremava e i cuori degli uomini in agguato battevano come campane a festa. L'ultima volta. Dopo, ognuno avrebbe preso la strada di casa. Una casa vera, un letto vero. Una donna. Gente nelle strade a salutare il loro ritorno. Un colombo selvatico si era appoggiato sul ramo di un albero. Era di un bel colore cenere, aveva il collo fasciato di bianco e guardava da una parte e dall'altra con gli occhietti vispi e neri. Poi aveva ripreso il volo e Ubaldo l'aveva seguito e gli aveva sorriso come a un segno di pace. L'ultimo combattimento. La colonna motorizzata che saliva lentamente, a tratti scompariva per riapparire più grande. I vetri dei parabrezza riflettevano i raggi del sole appena nato. Erano sei autocarri neri di soldati con gli elmetti luccicanti. Li precedeva un'automobile con due ufficiali che fu la prima a rovesciarsi quando cominciarono a esplodere le bombe a mano. La prima l'aveva lanciata il comandante Gufo, la seconda Gordon. Aveva coraggio da vendere il ragazzo, determinazione e intelligenza.

Ubaldo guardò Armando Zani nel caffè e alla sua figura elegante si sovrapposero soldati tedeschi falciati dalle raffiche, piegati in due come vecchie divise insanguinate sulla sponda di un autocarro. Altri giacevano sulla strada e sull'erba. Un caldo sole dorato brillava nell'alto cielo d'aprile e la gente impazziva per le strade sventolando bandiere e fazzoletti. I partigiani tornavano a casa e le donne li abbracciavano anche se non li avevano mai visti. A sera, le stelle vennero fuori a grappoli nel cielo sereno. Per tutta la vallata bruciarono immensi falò. La guerra era finita.

« E chi è questa bella bambina? » domandò Armando.

« È la figlia di Carmen », rispose il nonno.

L'autocontrollo dell'uomo abituato a mascherare le emozioni e a padroneggiare i sentimenti scattò al momento giusto. « Complimenti », disse. « Somiglia molto alla madre. » Rivide Carmen che aveva amato nel rifugio di montagna allontanarsi in bicicletta in un triste giorno d'inverno.

« Questo bel tipo una volta era un uomo », disse Ubaldo rivolgendosi a Giulia. « Adesso è solo un politico. Ti presento l'onorevole Armando Zani. Rappresentante del popolo. Si fa per dire. »

« Come ti chiami? » chiese Armando chinandosi su di lei.

« Giulia », rispose facendosi rossa.

« È un nome importante, Giulia deriva dal greco *Jou-*

los », spiegò sorridente Armando. « Significa 'lanuginosa'. Sei lanuginosa, tu? » soggiunse scherzoso.

« Non direi », obiettò la bambina. Era 'lanuginoso' il misterioso triangolo sul ventre della Zaira, ma si guardò bene dal dirlo.

« No, tu sei soltanto bella », l'adulò l'uomo.

Molti avventori del caffè Molinari salutarono l'onorevole Armando Zani. Qualcuno indugiava a guardare l'uomo e la bambina, nessuno notò la loro straordinaria somiglianza: gli occhi neri e fondi, le seriche ciglia lunghissime, il sorriso spontaneo che conferiva luce e intelligenza all'espressione. Giulia provò per l'uomo un'attrazione irresistibile, ma obbedì allo sguardo del nonno che la induceva a mantenere le distanze.

Ora i due uomini si fronteggiavano e la bambina affascinata seguiva il loro dialogo insolito.

« Sono passato nella speranza di trovarti », disse Armando.

« Sei passato perché ti ho detto di venire », precisò Ubaldo.

« Più diventi vecchio e più diventi insopportabile. »

Il nonno toccò un braccio all'amico e uscirono dal caffè. Attraversarono la strada e si incamminarono sotto i Portici del Collegio seguiti dalla bambina.

« Volevo presentarti Giulia », disse il nonno.

« L'hai fatto e ne sono lieto », replicò Armando.

« Io divento vecchio », ammise malinconicamente.

« Questo l'avevo già detto io. »

« E lei », indicò Giulia, « ha tanti anni davanti a sé. Può darsi che, quando non ci sarò più, possa avere bisogno di te. E tu l'aiuterai », soggiunse in tono fermo, « come un padre. »

Il nome di Carmen non fu nemmeno pronunciato e nessun ricordo affiorò dalla conversazione. I due uomini si strinsero la mano.

Oggi

1

Armando si passò sulle guance il palmo della mano che aveva inumidito di *Floris 89*, la colonia inglese dal vago profumo di agrumi che usava ormai da vent'anni, da quando Giulia gliela aveva regalata durante un incontro casuale all'aeroporto di Linate.

Giulia era un incanto e lui si era specchiato nei suoi occhi intensi in cui guizzavano piccole fiamme gialle. Le aveva già viste negli occhi di Carmen, ai tempi del loro amore. Solo che i riflessi d'oro nello sguardo della fanciulla erano generati dall'ira. Qualcuno che si aspettava di trovare all'aeroporto aveva mancato l'appuntamento. Così aveva teso ad Armando, incontrato per caso, un elegante pacchettino confezionato con cura da una profumeria londinese.

« Era per qualcuno che non c'è. Posso offrirlo a lei? »

C'era in quella ragazza qualcosa che lo attraeva, ma c'era anche qualcosa che lo metteva a disagio. Probabilmente lei sapeva di quella vecchia storia con sua madre e questa certezza aveva per lei significati che lui non riusciva a comprendere fino in fondo.

Sistemò il nodo della cravatta, lasciò che il cameriere lo aiutasse a infilarsi il cappotto di cammello, prese la cartella e uscì dal vestibolo luminoso del suo appartamento che si affacciava su piazza Navona. Una delle guardie del corpo lo stava aspettando alla porta aperta dell'ascensore. Dagli anni di piombo gli avevano assegnato una scorta.

In macchina continuò a pensare a Giulia e al loro ultimo incontro nel cimitero di Modena. Che cosa gli aveva detto a proposito delle stelle di Natale che aveva deposto sulla tomba di Carmen? « Da viva le avrebbe apprezzate molto. Adesso sono un omaggio tardivo. »

Che cosa avrebbe dovuto fare? Portarla con sé su un cavallo bianco? Era sposata, era madre di due figli, era più vecchia di lui e avrebbe rischiato di compromettere tutti i suoi progetti. E lei, fedele com'era ai suoi principi, l'avrebbe seguito? Si vergognò di queste riflessioni da romanzo rosa. Quella storia aveva un senso perché era durata il tempo di una grande fiammata. Aveva vent'anni quando la guerra finì, e l'aveva subito dimenticata. Era stato un episodio importante, forse il più importante tra quelli che avevano costellato la sua vita sentimentale, ma le donne erano soltanto parentesi più o meno piacevoli, più o meno coinvolgenti nella faticosa scalata al successo. Negli anni ruggenti della contestazione e della protesta femminista, una delle più accese esponenti del movimento, che si era portata a letto, aveva raccontato in un'intervista-verità che, come amante, lui non valeva granché. Era una storia ormai lontana che lo faceva sorridere.

L'automobile ministeriale si destreggiava a fatica nel traffico caotico della capitale, ma lui era talmente immerso nei suoi pensieri che neppure se ne rendeva conto.

Sì, Carmen non era caduta nel nulla come le altre, perché era la sua prima, vera storia d'amore, perché era la figlia di Ubaldo Milkovich, perché era la madre di Giulia, quella strana bambina che ritrovava tutte le estati quando tornava nella sua città e che aveva continuato a vedere per una serie inspiegabile di singolari coincidenze. A Modena, però, la bambina, diventata donna, sembrava avere assunto il ruolo dell'accusatrice.

In ufficio ricevette distrattamente i primi visitatori. Non dedicò nessuna attenzione particolare neppure alla stupenda collaboratrice di un famelico imprenditore che cercava il suo consenso per un grosso affare.

« Onorevole Zani, non vorrebbe approfondire l'argomento, magari durante il prossimo week-end? » propose la bionda sfavillante con un sorriso inequivocabile e uno sguardo pieno di promesse. Sotto la pelliccia di leopardo indossava un abito scarlatto della stessa tonalità del rossetto, che accentuava la plasticità di un corpo straordinario.

Tutti sapevano che Armando Zani concedeva certe agevolazioni solo se i progetti erano puliti, socialmente utili e se il margine da devolvere al suo partito era compatibile con i suoi principi morali. Certo era un modo singolare di vedere le cose, ma, secondo lui, non era il modo peggiore di affrontare il nodo politico del finanziamento necessario alla sopravvivenza del partito. Sul piano personale era incorruttibile, quindi l'unica probabilità per ottenere qualcosa era di infilargli una donna nel letto.

« L'aereo personale della ditta è a disposizione per gli eventuali spostamenti », propose con voce flautata la bionda che riteneva di avere percepito un segnale positivo. L'imprenditore l'avrebbe compensata adeguatamente, ma anche il solo pensiero di entrare nell'intimità di un personaggio così misterioso la eccitava terribilmente.

« Alla mia età i week-end di approfondimento, diciamo così, non mi interessano più », affermò con l'aria più cordiale di questo mondo. « Non voglio pensare come lei mi giudicherà », soggiunse fingendo preoccupazione, « ma non gliene vorrò qualunque sia la sentenza. Un uomo che rifiuta tanta grazia, merita soltanto disprezzo. Avrei tuttavia preferito un progetto che tenesse conto degli interessi generali oltre che di quelli personali del suo amministratore delegato che ha voluto affidare pieni poteri a una così affascinante ambasciatrice », concluse alzandosi per congedarla.

Recitava con maestria ma non poteva cancellare i segni di stanchezza sotto gli occhi e le rughe che s'infittivano e si approfondivano sulla fronte quando superava il livello di guardia. Era davvero stanco. E deluso. Il pensiero di Ubaldo Milkovich, di Carmen e di Giulia non l'abbandonava. Il suo sguardo di pietra nera, che faceva tremare nemici e avversari, mostrava segni di cedimento. Aveva passato la vita a scalare la ripida montagna del potere, si era corazzato contro tutte le possibili avversità in un settore dove si combatteva senza esclusione di colpi. Eppure bastava il ricordo di un amore, la memoria di un amico, il tono aspramente critico di Giulia per far affiorare la vulnerabilità nascosta, quella parte di sé che sembrava perduta insieme con quel buffo nome di battaglia, Gordon, che aveva abbandonato sulle montagne.

Schiacciò un pulsante e un solerte segretario aprì la porta dell'ufficio. Era un chiaro invito, il segno inequivocabile che l'incontro era finito. La signora allacciò la pelliccia di leopardo, s'irrigidì in un sorriso di circostanza, strinse la mano che l'uomo le porgeva e si allontanò con tutta la dignità che le consentivano i tacchi a spillo e gli ancheggiamenti imposti dal vestito rosso e aderente.

Il segretario chiuse la porta alle spalle della visitatrice.

« C'è una chiamata per lei da Milano », annunciò il collaboratore.

« Chi è? »

« La signora de Blasco. »

Armando si passò una mano sulla fronte. Pescò una sigaretta in una scatola d'argento sul piano della scrivania, l'avvicinò alle labbra, poi la rimise al suo posto. Quante fastidiose cautele gli imponevano i medici.

« Devo dire che non c'è? » domandò il segretario vedendolo perplesso.

« No. Passamela subito », ordinò assumendo un'espressione seria e attenta.

Era la prima volta nel corso di una vita che Giulia lo chiamava a Roma, al ministero.

« Giulia », esclamò lui appena sentì la sua voce. « Come stai? »

« Ho bisogno d'aiuto », lei replicò saltando i convenevoli.

« Che cosa è successo di tanto grave? » domandò Armando.

« Lei conosce Ermes Corsini? »

« Certo. Chi non lo conosce? Soprattutto dopo le note vicende è sulla bocca di tutti. Ma tu », si preoccupò, « che cosa c'entri con lui? »

Giulia gli raccontò tutto quello che sapeva cercando di essere breve, concisa e chiara.

L'uomo disse che aveva capito.

« Potrà fare qualcosa? » domandò lei con voce angosciata.

« Tutto quello che è nelle mie possibilità sarà fatto. »

« Non la ringrazierò mai abbastanza. »

« Cerca di rilassarti, se puoi », la consigliò. « Se esiste una strada per uscire da questo ginepraio, io la troverò. » Sapeva che l'avrebbe aiutata.

2

Armando prese posto sull'aereo per Milano. Una hostess, riconoscendolo, gli sorrise con simpatia. Lui ricambiò il sorriso, poi si chiuse nei suoi pensieri. La telefonata di Giulia, la storia che lei gli aveva raccontato, la richiesta di aiuto che gli aveva rivolto, avevano aperto un ampio squarcio sul passato. Nel tentativo di ripercorrere in senso inverso le tappe salienti della sua vita, si ritrovò a faccia a faccia con quel ragazzo esile, le mani da gigante e la faccia da bambino, che era il partigiano Gordon.

Che cos'era rimasto in lui del ragazzo di allora? Niente. E non tanto per le cellule che si erano perdute e ricostituite e per i tratti somatici che si erano modificati, ma per l'assenza di illusioni. Quel ragazzo capace di stupirsi e di sognare era svanito nel nulla. Come se non fosse mai esistito. La concretezza della vita politica gli imponeva degli schemi e dei ritmi che talvolta escludevano la purezza dei principi morali che l'avevano spinto nella lotta antifascista. Ora che il comandante Gufo era morto, l'unico riferimento alla sua grande utopia era Giulia.

Ignorò le raccomandazioni dei medici, chiamò lo steward, gli chiese una sigaretta e l'accese. Poi si vergognò della sua debolezza e la schiacciò nel portacenere.

« Giulia », mormorò, la più amata dei suoi figli. Finalmente aveva formulato in modo esplicito il pensiero che da troppi anni cercava inutilmente di rimuovere. Da anni sapeva che Giulia era sua figlia, da quando Ubaldo Milkovich lo aveva convocato a Modena.

Sì, Giulia era sua figlia anche se, per non sconvolgere la vita di Carmen e la sua, per generosità e per paura o, da politico, per una semplice opportunità, si era accontentato di seguirla da lontano, per non scoprirsi, per non complicarsi l'esistenza, per non guardare nella sua stessa coscienza, dove intristivano i ricordi della sua vita sentimentale e dei suoi affetti.

Crissy, la moglie americana, sposata trent'anni addietro, più per snobismo intellettuale che per vocazione al matrimonio, se n'era tornata da tempo a Boston, portandosi dietro i loro due figli: John, che adesso insegnava matematica all'università del Massachusetts, e Linda, che studiava da soprano, viveva a Los Angeles con un regista troppo impegnato e poco intraprendente per fare opere che riempissero i cinema e facessero cassetta. Crissy si era risposata con un avvocato e passava da Roma una volta l'anno, perché la capitale d'Italia era una tappa del suo itinerario turistico europeo.

Crissy, John e Linda appartenevano al passato, come il partigiano Gordon e Carmen. Giulia invece era il presente, la proiezione dei suoi giorni migliori.

Aprì la cartella di pelle nera, ne trasse un dossier e cominciò a leggere le informazioni relative al magistrato che aveva privato Ermes Corsini della libertà e lo stava inquisendo. Una talpa e alcuni collaboratori, in un brevissimo spazio di tempo, gli avevano fornito un minuzioso identikit dell'uomo il cui cognome incuriosì Armando per la sua singolarità: Cesena. Amilcare Cesena. Indimenticabile. In quelle poche cartelle c'era tutto di lui, della sua vita, della sua carriera, vizi privati e pubbliche virtù. Nella chiara sintesi il parlamentare vide il profilo di uno scheletro che giocava a nascondino nell'armadio del magistrato. Proprio quello che cercava. Soprattutto quando ci si batte per una causa giusta, un'arma efficace è indispensabile. L'innocenza è la condizione più difficile da provare quando l'accusa è bene architettata.

A Milano scese all'hotel Manzoni dove, da sempre, gli veniva riservato lo stesso appartamento, tranquillo, confortevole, con una linea indipendente che gli consentiva di comunicare telefonicamente senza il rischio che orecchie curiose ascoltassero le conversazioni. Uno dei ragazzi della scorta, esperto del ramo, controllava sistematicamente che l'impianto fosse pulito.

Compose un numero e domandò alla donna che gli rispose all'altro capo del filo: « Dove incontrerò, diciamo casualmente, il nostro amico? »

« Alle venti e trenta. Cena al Toulà. »

« Si concede qualche lusso. »

« Eccezionalmente. Sarà in compagnia di una signora cui tiene particolarmente. »

« Chi è? »

« La fotomodella americana che lei sa. »

« Faccia in modo che non ci sia », ordinò con naturalezza, certo di essere obbedito.

Così quando il dottor Amilcare Cesena attraversò la sala del ristorante preceduto da un maître che lo guidava verso un tavolo appartato, al sicuro da sguardi indiscreti, incontrò l'onorevole Armando Zani seduto a un tavolo centrale apparentemente interessato solo al liquido ambrato di un aperitivo.

« Mi perdoni l'ardire », lo apostrofò Armando. « Lei è il dottor Amilcare Cesena. L'acchiappabaroni », soggiunse con simpatica ammirazione. « Mi consenta di complimentarmi con lei. » Gli tese la grande mano contadina e strinse quella secca e fredda del magistrato. « Davvero encomiabile. E devo dire che la sua foto pubblicata sui giornali non le rende giustizia. Non vorrebbe sedersi al mio tavolo? » incalzò senza lasciargli il tempo di ribattere. « Lo considererei un piacere e un'occasione per un costruttivo scambio di opinioni. »

Il magistrato, che aveva subito riconosciuto il potente uomo politico, in qualsiasi altro momento avrebbe considerato un privilegio sedersi allo stesso tavolo di Armando Zani, ma proprio quella sera aspettava Diana Brown, una fotomodella americana conosciuta recentemente e non voleva essere visto in sua compagnia. Per una volta che si concedeva una parentesi mondana doveva proprio imbattersi in un personaggio così importante e scomodo, date le circostanze.

« Il fatto è che aspetto qualcuno », si scusò il dottor Cesena guardando nervosamente l'orologio.

« E allora nell'attesa », lo invitò Zani con irresistibile cordialità, « si accomodi un momento e assaggi un goccio di questo autentico Albana di Romagna. Secco », magnificò, « color dell'oro con dentro il sole e la simpatia della sua terra d'origine. È di una riserva specialissima », proseguì con aria complice che rivelava un aspetto inedito dell'uomo politico conosciuto come un campione di serietà e di rigore. « Qui ne tengono sempre in serbo una piccola scorta per me », rivelò Armando, mentre nei suoi occhi brillava una luce scanzonata.

« Lei mi lusinga, onorevole », il grande naso carnoso sulla piccola faccia dagli occhi bovini si mosse in modo buffo per effetto di una contrazione nervosa, una specie di tic che lo assaliva nei momenti di nervosismo segnalando un disagio profondo. « Non vorrei approfittare », soggiunse tentando di salvarsi in extremis.

« Approfitti, approfitti », lo invitò Armando. Fece un cenno al maître che fu svelto a spostare la poltroncina per consentire all'ospite di prendere posto.

« Quando si dice il caso », notò Armando col tono convincente e misurato di un attore di razza. « Ma lo sa che stavo giusto pensando a lei nel momento in cui è entrato? »

Il maître versò il vino nel fine bicchiere di cristallo.

« Davvero una strana combinazione », disse senza entusiasmo. Gli sarebbe piaciuto poter credere alla storiella adulatrice di quel marpione che gli mandava a monte la serata e certo perseguiva un suo oscuro disegno.

« Davvero è stato un bel colpo », infierì Armando. « Un individuo abbietto assicurato alla giustizia. E subito dopo il fatto mi si offre la possibilità di potermi congratulare con lei. »

« Un caso », replicò il magistrato rendendosi ormai conto che la presenza di Zani lì, a quell'ora, non era affatto casuale.

« Bravo, dottor Cesena », si complimentò con seriosa partecipazione. « Un caso. Ma soltanto il caso può apparirci come un messaggio. Gli eventi prevedibili sono muti. Il caso soltanto ci parla. E noi dovremmo cercare di leggervi dentro come gli zingari nei fondi di caffè. »

Che cosa voleva costui? Il sorso di Albana gli andò per traverso. Soffocò stizzosi colpi di tosse nel tovagliolo.

« Può essere », belò.

L'uomo politico cambiò registro, espressione e tono.

« Ermes Corsini », ripeté, « un personaggio al di sopra di ogni sospetto. I mass-media amplificheranno la sua immagine per settimane, mesi, anni e rimarrà per sempre nella storia del costume. »

« Probabile », disse il magistrato senza capire se l'interlocutore, parlando della proiezione dell'immagine nel tempo e nello spazio, alludesse alla sua o a quella del chirurgo. Doveva stare in guardia. Era composto, controllato, solo il tic facciale lo tradiva. La sua mente, con la velocità di un computer, recuperò le informazioni relative al caso Corsini.

« Peccato, però », riprese Armando. Adesso non sorrideva più. Serietà e rigore avevano cancellato il buonumore e la disponibilità del suo viso. « Eppure questo chirurgo, che tutto il mondo ci invidia, si è macchiato di un così infamante delitto. Un uomo straordinario », continuò osservando controluce il giallo-oro dell'Albana nel bicchiere di cristallo. « Un ricercatore geniale. Una vita specchiata. Una carriera folgorante. Un prestigio internazionale. Poi, improvvisamente, inspiegabilmente, per una manciata di spiccioli, il più infamante dei crimini. Lo sfruttamento del dolore altrui. Ma che cosa dico », sottolineò, « non il dolore generico. Il dolore e la vita di un bambino, la disperazione di una famiglia. » Adesso parlava in maniera appena percettibile, ma la sua voce era piena di rabbia. Il dottor Cesena lo fissò con i suoi grandi occhi bovini.

« Purtroppo i fatti sono contro di lui », quasi si difese.

« E se i fatti fossero stati costruiti da qualcuno che voleva infangare il suo nome? »

« Guardi che qui la camorra, la mafia e i pentiti non c'entrano », lanciò un primo segnale. « Da quello che risulta, il buon nome se l'è infangato da sé. »

« E se io le dicessi, sulla mia parola d'onore, che Ermes Corsini è innocente? Se le dicessi che è stato arrestato in base a una calunniosa macchinazione, mi crederebbe? »

Amilcare Cesena si sentì incastrato. Guardò Armando che adesso taceva e capì che il suo interlocutore aveva alcuni assi nella manica e li avrebbe giocati al momento opportuno. Seppe che Diana Brown non sarebbe venuta e che Armando Zani era al corrente di certi suoi piccoligrandi segreti. Ermes Corsini era diventato una castagna rovente sul fuoco alimentato dal politico inspiegabilmente e visceralmente interessato alla vicenda.

« Come uomo », ribatté, « per nessuna ragione al mondo oserei mettere in dubbio la sua parola. Il magistrato, invece, ha bisogno di prove. Prove certe e inoppugnabili. »

« Come quelle che l'hanno indotto ad arrestarlo? » lo sfidò.

« Come quelle che hanno giustificato l'intervento restrittivo. Non avrei mai privato un cittadino della libertà personale se non avessi avuto la piena coscienza della sua colpevolezza. » Aveva schiacciato i piedi a un intoccabile, ma aveva la verità dalla sua parte e in suo nome avrebbe rischiato la carriera. Aveva delle testimonianze schiaccianti, quindi non doveva temere niente e nessuno. E le sue trasgressioni sessuali riguardavano il suo privato, come amava giustificarsi con la propria coscienza.

« Io ho un'ammirazione sconfinata per gli uomini sicuri di sé », disse Armando. « Lei sa quello che vuole. »

« Mi sembra legittimo. La verità è dalla mia parte. »

Armando bevve un sorso di vino traendone piacere.

« Qualcuno sostiene che la verità sia, qualche volta, un punto di vista », affermò. « Si dice anche che la verità trionfa sempre, ma questa non è una verità. »

Dove voleva arrivare quel cialtrone in guanti gialli? Quando avrebbe tirato fuori dal mazzo truccato l'asso pigliatutto? Perché si ostinava a difendere quel barone fottuto?

« Sua madre sarebbe morta lo stesso », lo stupì Armando con voce calma ricordandogli un episodio segreto nella sua vita. « Nessuno avrebbe potuto salvarla. I medici hanno fatto il loro dovere, mi creda. Il suo odio è ingiustificato. Lei confonde giustizia e vendetta. »

Una volta l'umanità deponeva nelle mani dei sacerdoti

le proprie ansie e le proprie paure e dai sacerdoti aspettava, implorante, una parola di conforto, un segno. Poi erano arrivati i medici a soppiantarli con le loro asettiche cattedrali che promettevano guarigione e immortalità. Lui aveva sperimentato che all'interno di quelle strutture i nuovi sacerdoti assolvevano e condannavano a loro piacimento. Ricordò la straziante agonia di sua madre e una mano di ferro gli attanagliò lo stomaco. Era sicuro che gliel'avevano uccisa gli sciamani onnipotenti, curando per artrosi un tumore della colonna vertebrale.

« Vedo che sa tutto di me », sibilò mentre sulla sua faccia incartapecorita, sovrastata dal grande naso, si diffondeva un colore grigiastro.

« E dei suoi amori, dottor Cesena. Forse non so proprio tutto, ma ho approfondito il tema delle sue predilezioni sessuali. »

« Siamo al ricatto », replicò con disprezzo.

« Ma no », minimizzò, « siamo a una svolta in cui s'intravede una via d'uscita. »

Il magistrato si chinò in avanti e appoggiò le mani sul tavolo.

« Io andrò fino in fondo », minacciò.

« Ha tutta la mia approvazione », disse Armando. « Ma poiché la stimo, vorrei evitarle un errore che potrebbe influire sulla sua carriera e offuscare la sua immagine di magistrato. »

« Lei sta sprecando il suo tempo, onorevole Zani », replicò sul punto di congedarsi.

« Mi presti ancora un attimo della sua attenzione », lo pregò. « Immagini che qualcuno sia disposto a testimoniare che lei ha circuito e violentato la sorellina di Diana Brown. Un magistrato che usa violenza a una quindicenne. È o non è un reato infamante? »

« È un'infamia! » reagì. « Io ho avuto... »

« Rapporti sessuali completi? È la definizione corretta. »

« Ho avuto rapporti liberamente accettati. »

« Con la complicità e la mediazione della sorella in cambio di favori che soltanto un uomo della sua condizione e della sua posizione era in grado di farle. Anche così il quadro, qualora fosse portato a conoscenza dei suoi superiori, non favorirebbe la sua posizione professionale. Lasciamo stare la moralità che è assolutamente fuori luogo. Ma ammettiamo che un suo collega si trovasse di fronte alla prova certa dell'avvenuta violenza. Una versione sostenuta da almeno due testimonianze giurate. Come si comporterebbe? »

« Ma io so con certezza di essere innocente. »

« Ma il suo collega la riterrebbe colpevole. Esattamente come lei ritiene colpevole Ermes Corsini che, come risulterà al processo, è del tutto innocente. E adesso si risparmi le parole di sdegno », concluse alzandosi e sovrastando l'interlocutore con la sua figura. « Pensi invece al modo più rapido per fare uscire dal carcere Ermes Corsini. Se non sarà libero subito, lei proverà sulla sua pelle che cosa significa essere accusato ingiustamente. »

La protuberanza piazzata come un timone sulla faccia del magistrato si arricciò con insolita frequenza.

Gli occhi acquosi si venarono di tristezza e rassegnazione.

« Non credo che sarà tanto facile », cercò di prendere tempo.

« Non sarà stato facile nemmeno decidere l'arresto di Ermes Corsini, suppongo. Eppure lei c'è riuscito. »

« Farò del mio meglio. » Era distrutto.

« Non ne ho mai dubitato », concluse Armando piantandolo in asso. Fuori l'attendevano i gorilla. Dieci minuti dopo avvertiva Giulia che il suo incubo stava per finire.

3

Giulia si fece piccola piccola per potersi nascondere nell'abbraccio di Ermes, il suo gigante offeso ma ancora capace di garantirle aiuto e protezione, ancora in grado di darle la fiducia e la sicurezza di cui aveva bisogno. In pochi giorni aveva conosciuto l'infamia della galera e l'umiliazione di vergognosi rituali. In una sequenza televisiva di poco più d'un minuto, in poche colonne dei giornali, erano naufragati il prestigio e la credibilità di un grande medico che aveva dedicato tutta la vita alla scienza e alla ricerca. La sua condizione di inquisito gli impediva di esercitare. Era stato sospeso da ogni incarico.

« Come stai? » le domandò stringendola a sé.

« E sei proprio tu a chiedermelo? » replicò dandogli tanti piccoli baci sul collo e nell'incavo della spalla. « Ti hanno trattato come un delinquente. Povero amore mio. »

« Almeno sono fuori, un termine che ha un significato incredibile per chi è stato dentro », ribatté con una punta di ironia accarezzandole la schiena nuda e procurandole un piacere tutto particolare.

Avevano evitato di incontrarsi all'uscita dal carcere. Una decisione improvvisa l'aveva rimesso in libertà e, questa volta, il magistrato aveva conservato il più assoluto riserbo sulla notizia e né un fotografo né un giornalista erano presenti al momento della liberazione. Libertà provvisoria, ma pur sempre libertà. Restava il marchio infamante, la prospettiva del processo, ma esisteva la possibilità di difendersi e la speranza di scoprire la verità.

Giulia era arrivata a casa sua. Ermes era solo, lei si era rifugiata tra le sue braccia e si erano amati con il trasporto che sempre nasce dal dolore e dalle lacrime. Soltanto adesso, esausti, ma non placati, si riconoscevano anche nelle parole.

« Cosa farai? » lei domandò preoccupata.

« Vacanza. Una lunga, immeritata vacanza », scherzò ostentando l'espressione serena e decisa che gli era abituale. Sembrava che gli eventi non avessero neppure appannato il suo smalto. « È la prima volta dalla laurea che posso disporre del mio tempo. Avrò bisogno della tua consulenza turistico-geografica. Non sono mai uscito dal circuito chiuso dei congressi. Delle più grandi città del mondo ricordo gli aeroporti e grandi sale gremite di medici. Una malinconia che non ti dico. »

« Mi farebbe piacere se mostrassi odio, risentimento, rabbia. Forse ti farebbe bene », osservò Giulia.

« Servirebbe a qualcosa? » obiettò l'uomo. Quante volte di fronte a un quadro patologico irreversibile avrebbe voluto infuriarsi, ma era sempre riuscito a controllare la propria emotività. La rabbia non produce esiti favorevoli e allontana le soluzioni possibili.

« Ti hanno arrestato ingiustamente. »

« Questo sì. »

« Ti hanno accusato ingiustamente. »

« Dipende dai punti di vista », osservò Ermes.

Giulia si mise a sedere sul letto e lo guardò incredula.

« Decisamente non ti capisco », esitò.

« Mettiti nei panni di quel pover'uomo straziato dalla

morte del figlio. Non potendo accusare il padreterno, accusa me che certamente sono più vulnerabile, meno potente e facilmente perseguibile », disse cercando di non prendere la cosa troppo sul serio, almeno per quanto lo riguardava.

« Ma l'accusa di peculato? » indagò Giulia.

« Grave, infamante, difficilmente sostenibile perché falsa, ma altrettanto comprensibile. Viene da un assistente che ho offeso di fronte a tutti. Ha voluto vendicarsi. »

« Possibile che un medico arrivi a tanto? »

« Il medico è un uomo », affermò alzandosi e infilandosi un chimono di spugna. Passò in rassegna i colleghi. Li conosceva tutti a memoria. C'era il moralista, il timido, il tecnico, il superficiale, il buono, il cattivo, l'intelligente, il perverso, il cinico, l'indifferente. Perché purtroppo non esiste attività umana intorno alla quale non ruotino ambizione, amore, odio, rancori e vendette.

« Dove vai? » chiese Giulia vedendo che Ermes si apprestava a uscire dalla camera. « Mi lasci sola? »

« Sono affamato. Vuoi seguirmi nella spedizione o preferisci che il grande cacciatore ritorni con la preda? »

Ersilia, la governante, si era prudentemente eclissata lasciando il campo libero. Dopo un'incursione in cucina si trasferirono sul divano del soggiorno a mangiare frutta e a chiacchierare avvicinandosi per larghi cerchi concentrici al problema centrale che li angustiava. In prossimità del punto dolente le parole non servivano più ed Ermes le sfiorò delicatamente il seno.

Giulia reagì bruscamente e si ritrasse. Era dal giorno dell'intervento che non voleva più lasciarsi toccare. Improvvisamente si era resa conto che il seno, oltre a essere particolarmente vulnerabile, era importantissimo dal punto di vista psicologico. Ricordava adesso la prima funzione procreativa legata all'allattamento e le successive funzioni simboliche che aumentano quando quella fisiologica diminuisce.

Ora che aveva paura di perderlo, e in parte riteneva di averlo già perduto, si rendeva conto che il seno fa parte della vita di relazione, non solo come meccanismo di seduzione in funzione erotica o come stimolo diretto tattile, ma era parte dell'integrità corporea.

All'inizio aveva consentito a Ermes di medicarle la ferita, ma una volta rimarginati i segni dell'intervento non gli aveva più permesso di toccarla. Soltanto sul lettino dell'ambulatorio aveva potuto visitarla. Giulia aveva alzato una barriera tra il suo seno offeso e il resto del mondo, riducendo la possibilità di un contatto spontaneo e naturale anche con Ermes. Forse le cose sarebbero andate meglio se tutto si fosse concluso con l'intervento chirurgico, ma la prospettiva della radioterapia la obbligava a un lungo confronto con il proprio male e la propria menomazione. Eppure qualche volta sentiva che la disperazione porta in sé la speranza, come se della depressione si potessero elaborare gli aspetti positivi. Risultavano potenziati l'amore per la vita e la gratificazione derivante dalle piccole banalità quotidiane. Le sembrava di essere sulle montagne russe in balia di un meccanismo che la trascinava faticosamente in alto e subito dopo la precipitava vertiginosamente in basso: un'altalena che le toglieva il respiro e minacciava il suo equilibrio. Così si aggrappava alle sue risorse e a quelle di Ermes. Erano una coppia anche più unita adesso che avevano un nemico comune contro il quale lottare.

Il suo seno, come tutte le cose della vita, diventava importante nel momento in cui avrebbe potuto perderlo e perdersi con lui. Nel volgere degli anni lo aveva gravato di esperienze e di significati. Era stato un attributo corporeo legato alla sessualità, al rapporto erotico e alla vita di relazione, invidiato e disperatamente invocato. Giulia, da ragazza, guardava i seni gonfi e sodi di Isabella, poi li confrontava con i suoi, acerbi, appena rilevati, privi di qualunque richiamo. « Mia cara, devi rassegnarti », la umiliava la sorella portandosi le mani a coppa sotto i seni pesanti, sfidandola con un sorriso vittorioso. « Sei secca, povera Giulia. Certo che un bel seno è tutto in una donna. Vuoi mettere la figura che fa un vestito addosso a me. Su di te che sei un'asse piallata, non c'è abito che tenga. »

Giulia credeva di sapere la causa di questo difetto. Era colpa sua. Stava sempre ingobbita, con le spalle curve, invece di muoversi con il petto in fuori, disinvolta e libera, come le aveva insegnato la Zaira. La Zaira dai seni di burro e zucchero, la Zaira dall'odore di salvia, di erba appena tagliata e di muschio, la Zaira dalla pelle vellutata, la Zaira che succhia dolcemente i suoi capezzoli acerbi.

« Vedrai che belle tette ti vengono, poi, se io te le succhio un pochino », le diceva con la sua voce lenta e un po' roca dai toni appassionati e sensuali.

Giulia non aveva neanche la forza di respirare tanto era sconvolta da quello che la Zaira le stava facendo. Fiotti di sangue caldo le facevano battere il cuore in gola. Era un piacere indicibile. Chiudeva gli occhi e vedeva girandole impazzite esplodere con i colori dell'arcobaleno quando finalmente Zaira sfiorava con tocco di farfalla il suo ventre e poi indugiava con dita esperte e chiacchierine oltre la peluria del pube lasciandola svuotata di ogni energia.

« Ti piace così? » chiese la ragazza. « Di' la verità che è bello. » soggiunse.

Giulia accennò di sì. Aveva le guance in fiamme, il sangue in tumulto e continuava a tenere gli occhi chiusi per non disperdere tutti quei colori che svanivano lentamente nel buio come stelle cadenti. Morivano lontano, sul mare, le splendide rose del nonno, ma senza nostalgia e senza rimpianto come muoiono i desideri appagati.

« Ti verranno delle tette stupende, vedrai », le promise. « Ma ricordati di tenere sempre il petto in fuori », l'ammonì. « Adesso sei una ragazzina, ma quando avrai diciotto anni come me sarai un bocconcino da mangiare », incalzò con la sua voce lenta e un po' roca, aprendosi la vestaglietta di cotone a fiori.

Erano sdraiate sul lettino della Zaira, nello spazio tra il muro e la stufa spenta. Il frinire drammatico delle cicale nel brusio della controra sbatteva contro le imposte socchiuse. Nessun altro rumore se non quello dei loro respiri e la voce della Zaira gonfia di sensualità come il gran seno di burro e zucchero e il grembo odoroso di salvia e di muschio.

« Sei capace di farmi quello che ho fatto a te? » chiese la ragazza.

« Tu non ne hai bisogno. Hai le tette già grosse », esitò Giulia spaventata all'idea di dover prendere l'iniziativa.

« Così restano belle. Non lo sai? Sei proprio un disastro, Giulia. Non sai niente di niente. Ricordati: i baci di donna fanno venire le tette belle. Quelli degli uomini, invece, le avvizziscono. Non ti far mai toccare dagli uomini. Non sanno niente di noi. Hai capito? »

Giulia annuì mentre goffamente e di malavoglia si dava da fare con i capezzoli della Zaira.

« Sei proprio negata, piccola mia », si spazientì Zaira alzandosi di scatto dal letto e allacciandosi la vestaglia. « E adesso tirati su », la esortò. « Tra poco arriva mia madre. Gli altri non devono sapere di questi nostri giochi. Sono un segreto tra di noi. Non dimenticarlo. Mai. »

La Zaira le parlava come se lei fosse una deficiente. Invece aveva una mente sveglia ed era piena di curiosità. Non le importava nulla di Zaira, mentre le importavano moltissimo i giochi che la ragazza inventava per lei. Peccava senza conoscere il peccato e soltanto molto più tardi, prima con la gravidanza e poi con l'insorgere del male, aveva elaborato tormentosi sentimenti di colpa cui attribuiva un'azione nefasta anche nello scatenamento della proliferazione cellulare anomala.

Alcuni anni dopo i suoi seni sarebbero diventati opulenti, ma solo per un breve periodo, dopo la nascita di Giorgio, che si attaccava selvaggiamente ai capezzoli e le procurava un dolore che la faceva piangere. Il piccolo passò al biberon e il seno di Giulia si ammalò: divenne duro come la pietra e dolente. Così il seno che aveva abdicato alla sua funzione erotica e di relazione era diventato una fonte di dolore e di paura, prima di ritornare alla normalità. Ma dovettero passare mesi prima che Leo, suo marito, potesse accarezzarlo ancora. Adesso le succedeva la stessa cosa.

Guardò Ermes che sorrideva scuotendo il capo.

« Io ti parlo e tu non mi ascolti », la rimproverò dolcemente.

« Sì che ti ascolto », protestò lei.

« Allora fammi vedere », insisté lui.

« Che cosa? »

« Vedi che ho ragione io. Parlo e non mi ascolti. Devo vederti il seno. »

« No », si rifiutò lei rannicchiandosi sul divano e portandosi le ginocchia all'altezza del petto. « Un'altra volta », cercò di differire.

« Ignorare il problema equivale a nascondersi. »

« Ma se non ho più niente », si affannò alla ricerca di giustificazioni.

« Una ragione di più per lasciarmi dare una palpatina », argomentò lui con il tono suadente di chi si rivolge a una bambina irragionevole.

« Una palpatina di che genere? » indagò Giulia sospettosa.

« Erotico-professionale », garantì sforzandosi di essere convincente.

Giulia lo lasciò fare, ma era sempre un po' tesa. Ermes esaminò le cicatrici, indagò in profondità con i polpastrelli, seguì sotto le ascelle la catena dei linfonodi asportati. Sembrò soddisfatto.

« Come va? » lo interrogò con voce preoccupata.

« Come ti avevo detto. Benissimo. Lo sai che domattina ti aspettano in clinica per programmare la terapia radiante? »

« Sono di nuovo malata, vero? » Si ripiegò su se stessa come una marionetta abbandonata dai fili.

« Se lo fossi butterei la testa contro il muro », esplose lui. Era sincero. « È una garanzia ulteriore. Una procedura prevista dal protocollo per avere la certezza che la cosa non si ripeta. Mai più. »

« Non possiamo aspettare? » propose. « Prima vorrei che tu uscissi da questo ginepraio », cercò di temporeggiare.

« Fai conto che ne sia già fuori e obbedisci. » Era ritornato il medico infallibile, il demiurgo che la prendeva sotto la sua ala protettiva e lei, improvvisamente, si sentì tranquilla come un gatto acciambellato al sole che vive quell'attimo senza nostalgia per il passato, senza paura del futuro, senza l'immagine della morte sospesa sui suoi giorni tormentati. In quel momento giunse la telefonata di Elena Dionisi. L'avvocato era raggiante.

« Amilcare Cesena ha rinunciato al suo incarico », annunciò. «Ermes, credo davvero che abbiamo un santo in paradiso. »

Il santo in paradiso si chiamava Armando Zani. Questo Elena Dionisi ed Ermes non lo sapevano. Giulia sì.

4

MARTA emerse da una nuvola di vapore dalla vasca rosa del grande bagno nella suite del Palace di Saint Moritz. Prese, dalla mensola sopra il lavabo, pettine e forbicine con cui pettinò e pareggiò i peli del pube. Si avvolse in un morbido accappatoio, inserì l'asciugacapelli e orientò il getto d'aria calda verso il perfetto triangolino simile a una minuscola aiuola di un giardino all'italiana, continuando a pettinarlo in modo da rendere la peluria bionda gonfia e soffice. Pensava al giovane cronista a caccia di notizie mondane. Era seriamente intenzionata ad agganciarlo. Era giovane, aitante, le piaceva e poteva diventare utile.

Si tolse l'accappatoio e spalmò su tutto il corpo il latte *First* dopo bagno, massaggiando con cura soprattutto le caviglie, le ginocchia e i gomiti. Finita l'operazione si guardò allo specchio. Era perfetta, senza un filo di grasso né un grumo di cellulite. Soltanto il ventre aveva perduto elasticità e la ginnastica per rinforzare gli addominali non bastava più ad arginare il guasto prodotto dal tempo. Avrebbe compiuto quarantotto anni tra pochi giorni e doveva mettere in preventivo un nuovo intervento estetico riparatore, questa volta al ventre.

Marta era una perfezionista. E non ammetteva che ci

fossero situazioni capaci di evolvere indipendentemente dagli schemi che lei aveva in mente. Quando si profilava questa eventualità correva immediatamente ai ripari senza badare ai mezzi per farlo. Si era comportata così con Teodolinda quando aveva avuto l'ingenuità di farsi mettere incinta; aveva agito nello stesso modo con Ermes quando aveva avuto il cattivo gusto di rompere il sodalizio matrimoniale perché l'aveva sorpresa nel bel mezzo di uno spogliarello. E pensare che aveva fatto tanto per lui e per la sua carriera. Il padre-barone aveva rimosso ogni ostacolo tra la sua miserabile base di partenza e le vette del successo. Indossò un abito di crespo nero che sottolineava la perfezione dei seni, la vita sottile e ravvivava l'oro dei capelli ricci. Chiuse ai polsi due bracciali di diamanti e mise diamanti alle orecchie. Lo specchio le rimandò l'immagine di una signora elegantissima e bella, dal sorriso celestiale. Questa splendida creatura scintillante di gioielli e di fascino era all'altezza della situazione. Marta si ritenne soddisfatta. Entrò nel salotto che comunicava con la camera da letto e la separava da quella di Gianni Macchi. Doveva fare un paio di telefonate prima di scendere per la cena. Poi avrebbe liquidato quel giovane medico indeciso a tutto, un uomo senza futuro e senza spina dorsale, un personaggio scomodo e ingombrante, un complice che non le serviva più.

Chiamò suo padre in vacanza nel Kenia. Naturalmente si guardò bene dall'informarlo di quanto era successo a Ermes. Gli avrebbe dato la sua versione dei fatti quando fosse tornato, manovrando in modo che l'anziano cattedratico restasse fuori da quel pasticcio. Il vecchio sarebbe rientrato dopo un mese e sperava che nel frattempo non leggesse i giornali italiani.

Poi fu la volta della clinica Villa Azzurra di Locarno.

« Sono la signora Montini », annunciò alla centralinista. « Mi passi mia figlia. »

Le sue sensibili antenne captarono un segnale anomalo quando la donna le disse: « Un momento, prego », invece del solito: « Immediatamente signora ».

Una voce d'uomo la fece trasalire.

« Sono Corrado Mambretti. Il direttore. Sono costernato, signora Montini. Sua figlia... »

« Ha tagliato la corda », concluse Marta per lui.

« Allora lei sa... »

« L'ho intuito dal tono della sua voce », replicò in modo sbrigativo. « Ha idea di dove sia andata? » domandò.

« Nessuna, signora Montini. Sono costernato », si affannava a precisare.

« Quando se n'è andata? »

« Nel pomeriggio. L'infermiera le aveva somministrato un sedativo che avrebbe dovuto farla dormire fino all'ora di cena. Mi creda ... »

« Lei è costernato, lo so. Ma è chiaro che la cosa non finisce qui », lo avvertì Marta che riattaccò senza salutare.

Chissà se quel buono a nulla di Gianni Macchi le avrebbe reso un ultimo servizio prima di uscire dalla sua vita. La porta di comunicazione era chiusa a chiave. Bussò, ma non ottenne risposta. Probabilmente era ancora al bar a ubriacarsi. Decise di scendere imprecando mentalmente contro di lui, contro quella vipera di sua figlia e quel mascalzone di Ermes. Tale e quale al padre, pensò. Sempre pronti a mordere anche quando credi di averli neutralizzati. Il sorriso celestiale era scomparso, le labbra si erano fatte sottili, taglienti e una contrazione rabbiosa diceva la sua ansia di vendetta. Davanti a uno specchio della hall modificò l'espressione in un atteggiamento affabile e sognante. Sapeva fare di meglio, ma anche quella veloce correzione non era male. Riuscì soprattutto a spianare certe grinze che nei momenti di collera si beffavano del delicato e laborioso lifting.

Gianni Macchi non era al bar, non era al ristorante, non era uscito perché non c'era la chiave in casella.

« Vuole che lo faccia cercare? » si offrì il concierge pronto ad assecondare la cliente che gli elargiva mance considerevoli.

« No, lasci », replicò acciuffando al volo l'ascensore che si stava chiudendo.

Capace che si è addormentato, il cretino, pensò con rabbia.

Quando lei aveva un problema non era consentito a nessuno di starsene in pace, tutti dovevano coalizzarsi per risolverlo nei tempi e nei modi che lei decideva.

Risalì al piano e bussò alla porta che si affacciava sul corridoio, ma non ottenne risposta. Tentò la maniglia e la porta si aprì. Gianni Macchi era in poltrona accanto alla finestra, proprio di fianco al letto, e la guardava con sorridente fissità.

« Sei ubriaco come un carrettiere », lo sferzò. « Ma del carrettiere ti manca la forza e la virilità. » Raccolse un bicchiere da whisky rotolato sulla moquette e lo depose sul tavolino dove c'era una bottiglia quasi vuota. « Che cosa c'è di tanto piacevole? » l'apostrofò rimproverandogli l'immobile sorriso beffardo. S'avvicinò a lui risentita, pronta a schiaffeggiarlo, ma dopo averlo osservato da vicino si portò una mano alla bocca per soffocare un grido. Era paralizzata dal terrore di fronte alla macabra fissità di quello sguardo senza vita.

Le bastarono alcuni secondi per ritrovare la necessaria freddezza.

Nella stanza non toccò nulla all'infuori del telefono.

« C'è urgenza di un medico », disse al concierge. « Il dottor Macchi sta male. »

Fu il sanitario dell'albergo a dire che era morto. Marta vide il blocchetto dei *memoranda* accanto al telefono e lesse il messaggio scritto da Gianni: « Preferisco morire da uomo, poiché ho vissuto da verme. Chiedo scusa a tutti, a Ermes Corsini in particolare ».

Strappò il foglietto, fece in tempo ad appallottolarlo nascondendolo nel palmo della mano prima che alle sue spalle comparissero alcune persone. C'era anche il cronista mondano. Quella sera avrebbe scritto il suo primo articolo di nera.

5

Dalla terrazza panoramica Giulia vide l'aereo planare con la lievità di una gigantesca libellula, lo seguì lungo la pista fino all'area di parcheggio e quando il portello si aprì cominciò a trepidare d'impazienza. Si consumò gli occhi per individuare il suo ragazzo tra la folla dei passeggeri. Un'emozione molto vicina al panico le impediva di comportarsi razionalmente nel tentativo di identificare, tra la gente, il figlio. Poi vide una zazzera folta e bionda, un Moncler azzurro, uno zainetto Invicta e, a quella distanza, intuì i lineamenti dolcissimi di Giorgio. Allora il suo cuore fece balzi di gioia e ricordò le parole che il nonno le ripeteva ogni volta che le lacrime spuntavano nei suoi occhi: « Non c'è motivo di piangere se intorno a te c'è l'amore ». Aveva un futuro ora che anche Giorgio era tornato a casa.

Si abbracciarono nella sala degli arrivi e si accorse che in quei pochi giorni era cresciuto ancora. Ormai era più alto di lei. E aveva solo quattordici anni.

« Sei andato sul pesante con le confezioni di Mars, la Brown Sauce e la Coca-Cola », lo accolse Giulia.

« Come benvenuto non c'è male », si rabbuiò.

« Ho sbagliato? »

« Centro », ammise. « Ma tu come fai a saperlo? » continuò con un sorriso rassegnato. Non c'era verso di nasconderle niente e questo lo mandava in bestia.

« Te lo leggo in faccia. Tutti quei brufoli non sono soltanto acne giovanile. »

« Da domani mi metto a dieta. Promesso », affermò solennemente il ragazzo portandosi una mano all'altezza del cuore. I suoi buoni propositi cominciavano sempre domani.

Lungo l'autostrada dalla Malpensa a Milano Giorgio fu impareggiabile cronista della sua breve vacanza natalizia: narrò di un mare burrascoso che aggrediva le coste del Galles, di ragazzine petulanti e maliziose che lo tormentavano con una domanda che lo faceva arrossire e lo mandava in confusione: *are you virgin*? Era vergine, e non amava parlarne. Giulia seppe di una ritirata strategica di fronte a un branco di punk minacciosi e di una onorevole sconfitta nel tiro delle freccette. Mister Mattu lo aveva ovviamente battuto. La deliziò con i particolari ingenui e spassosi della festa di Capodanno e le spiegò nei dettagli come si cucina il pollo al curry.

« E tu come hai passato le feste? » la interrogò a sua volta. Avevano appena superato il casello ed erano diretti verso corso Sempione.

« Io? » domandò a sua volta per prendere tempo come se le avesse chiesto la distanza fra la terra e la nebulosa di Andromeda. Giulia, dalla nuvola sulla quale galleggiava, precipitò sulla dura realtà.

« Sai che mi sono pentito di averti lasciata sola? » le confidò accarezzandole un braccio.

« Davvero? » lei disse reprimendo un singhiozzo.

« Qualcosa non va? » incalzò Giorgio che aveva letto un insolito turbamento nel profilo tirato della madre.

Come poteva parlargli del grande nemico che si era annidato in lei, della terapia radiante appena programmata, dell'arresto e della sospensione di Ermes dopo l'infamante accusa di peculato? Lei non era pronta e forse lui non era ancora in grado di capire una situazione tanto complessa.

« Non hai una domanda di riserva? » replicò invece di rispondere.

« Mamma, non sono più un bambino. Se ti succede qualcosa ho il diritto di saperlo », protestò Giorgio con un tono così autorevole che la sorprese.

« Il gattino è scappato », annunciò. Era pur sempre una disgrazia, una brutta notizia che poteva servire a misurare il grado di sensibilità del ragazzo.

« Perché l'hai fatto scappare? » l'aggredì. Ecco, in certi momenti, Giorgio diventava simile a Leo: pronto ad accusarla prima ancora di sapere com'erano andate le cose.

« Non l'ho fatto scappare », reagì con rabbia. « È scappato lui. Saltando dalla finestra al piano terreno. »

« Com'è finita? »

« Male. »

« Quanto male? » s'incupì.

« Malissimo. Una macchina l'ha investito. Ambra e io abbiamo soltanto potuto raccogliere le sue spoglie mortali », continuò Giulia sottovoce.

« Oh, no! » gridò il ragazzo pestando i pugni chiusi sul cruscotto.

« Piantala, Giorgio », lo ammonì. « Anch'io gli ero molto affezionata. E ho sofferto. E soffro. Ma ci sono fatti inevitabili di fronte ai quali bisogna rassegnarsi. I tuoi isterismi non lo richiameranno in vita. Siamo tutti mortali. Anche tua madre lo è. »

« Ma intanto lui è morto. E tu sei viva », quasi la rimproverò. Era un'osservazione di una logica implacabile. Giulia decise di chiudere lì il rubinetto delle riflessioni e degli approfondimenti che avrebbe rimesso in moto la spirale della depressione e l'instabilità emotiva.

Si ritrovarono tutti e tre, lei, suo figlio e Ambra, seduti al tavolo di cucina, davanti a una grande zuppiera dalla quale veniva l'aroma squisito del risotto giallo, mantecato con burro e grana come piaceva a Giorgio. Nessuno mangiò.

« Lo faremo stasera al salto », concluse Ambra con molto buon senso, certa che poche ore sarebbero bastate al ragazzo per ritrovare l'appetito perduto.

Giorgio volle rendere omaggio alla tomba del gattino scavata nell'aiuola dove, in primavera, fioriva il croco che tingeva quell'angolo di giardino di un blu intenso venato di giallo. Il ragazzo fece una smorfia buffa, poi esplose in singhiozzi liberatori. Dieci minuti dopo corteggiava con successo la zuppiera di risotto giallo.

Quando Ambra se ne andò, Giorgio telefonò prima a suo padre, poi ai Mattu per dir loro che era arrivato a casa. Quindi abbracciò Giulia come quando era bambino.

« Scusami », le sussurrò.

« Di cosa? » lei sorrise deliziata dalla spontanea tenerezza di Giorgio.

« Lo so che non è colpa tua per il micio. Per quello eri tanto seria? » domandò.

« Anche per quello. »

« E poi? »

Qualcosa doveva dirgli e scelse la confessione più semplice e credibile, quella più facile da spiegare e da capire, la storia di Ermes.

« Hanno messo Ermes sotto inchiesta », dichiarò senza esitazione.

« Perché? » si indignò mentre i suoi occhi d'oro brillavano di rabbia.

« Lo accusano di aver preso danaro da un poveretto. L'accusano di non avere prestato le cure, di cui aveva bisogno, al figlio di quest'uomo. Il bambino è morto. »

« Naturalmente non è vero niente », affermò convinto. « È un'accusa assolutamente infondata. »

« È in prigione? »

« C'è stato per pochi giorni soltanto. Ma non è questo il punto. L'hanno sospeso da qualsiasi incarico e... Oh, tesoro mio... » Giulia si rifugiò tra le braccia del figlio come quando da bambina cercava protezione tra quelle della madre.

« Andrà tutto bene, mamma », la consolò. « Ermes è tosto. È uno di *first quality* », cercò di sdrammatizzare accarezzando i folti capelli della madre che adesso taceva rassicurata dalle parole del ragazzo. « Vedrai che ne uscirà in bellezza. »

« Lo spero. È tosto, come dici tu, ma l'esclusione lo uccide. Lontano dal suo ambiente è come un pesce fuor d'acqua. »

« Lo ami tanto, vero? »

« Sì, gli voglio molto bene. »

« Come a me? » s'insospettì.

« Sono due specie diverse di amore. »

« Guarda che potrei esserne geloso », scherzò, ma non troppo.

« Non ne hai nessun motivo », lo accarezzò.

« E poi », replicò allegro, « noi due ci conosciamo da quattordici anni. Ermes è un amore recente. »

« Oh, no », lo corresse lei. « In questo ti sbagli. Avevo quindici anni quando l'ho incontrato per la prima volta. »

« Non me l'avevi mai detto », brontolò Giorgio dolorosamente spiazzato.

« Posso farlo adesso. Se vuoi », lo allettò.

« Davvero? » esultò accoccolandosi sul divano del soggiorno vicino a lei nell'atteggiamento gioioso in cui, da bambino, si accingeva ad ascoltare una lunga fiaba da quell'inesauribile miniera di storie che era sua madre.

Ieri
1960

1

Il potente raffreddore era stato una valida giustificazione per sottrarsi alla messa che lei trovava noiosissima e che nessuno era riuscito a farle amare. La domenica era il giorno del mal di testa, dei formalismi rituali, delle prediche insulse, dell'uscita in gruppo della famiglia de Blasco, dei saluti sul sagrato, dei pettegolezzi sussurrati a mezza bocca in chiesa e fuori, della sosta nel bar-pasticceria dove il professore degustava l'inevitabile camparino, mentre Benny e Isabella avevano diritto a un Aperol e lei, Giulia, a una cedrata Tassoni. Carmen osservava quel malinconico cerimoniale che si concludeva con un vassoietto di cinque-cannoli-cinque che il capofamiglia faceva confezionare per dopo, a casa, alla fine del pranzo. Giulia, a quella logora procedura, preferiva un potente raffreddore causato probabilmente da una brusca caduta della temperatura che era scesa a valori autunnali. Era giugno, ma il vento freddo che portava raffiche di pioggia battente non lo sapeva.

Giulia aveva il naso rosso, le lacrimavano gli occhi e starnutiva continuamente. In compenso sarebbe stata tranquilla per un paio d'ore, padrona assoluta del silenzio della casa.

Affondò la mano tra la rete e il materasso e afferrò il libro che vi aveva nascosto la sera prima, un romanzo proibito di Henry Miller, *Tropico del Cancro*. Un'amica gliel'aveva prestato e lei lo divorava di nascosto. Giulia era sempre stata una scolara poco convinta, ma un'accanita lettrice. Aveva cominciato da bambina su istigazione del nonno e contro i divieti del padre, a leggere Salgari, Verne, Raphael Sabatini, London e, per sopravvivere alla noia degli schemi imposti dalla liturgia familiare, rielaborava le avventure del Corsaro Rosso e fantasticava di essere una nobile damigella catturata dai pirati del Mar dei Caraibi; oppure si univa a un gruppo di esploratori per andare alla scoperta delle miniere del re Salomone e pranzava alla tavola del capitano Nemo sul *Nautilus*. Poi aveva letto avidamente i libri trovati in casa: i grandi francesi, i grandi russi. Un anno prima aveva scoperto gli americani. Adesso Henry Miller provocava in lei rossori e stupori.

Si coprì le spalle con uno scialle e riprese a leggere dal punto in cui era arrivata la sera prima. Stava affrontando una situazione particolarmente scabrosa quando un rumore la disturbò. Veniva dal giardino. Richiuse il libro di scatto e lo nascose sotto il cuscino. Non era sola. Al primo colpo ne seguirono altri più decisi e violenti. Abbandonò il tepore del letto e andò alla finestra, scostò la tendina e vide un uomo molto giovane che, con una pesante ascia, stava abbattendo il pino malato e irrimediabilmente condannato a morte. La decisione dolorosa era stata presa dal professore e adesso la sentenza stava per essere eseguita. Per un attimo, Giulia si sentì Lady Chatterley, ma poi prevalse un sano realismo e si domandò chi potesse essere quel matto che a torso nudo, nonostante il freddo, menava contro il povero albero fendenti da cavaliere antico.

Quando il giovane si voltò dalla sua parte lo riconobbe. Era Ermes, il figlio di una domestica a ore che, saltuariamente, da quando le condizioni economiche della famiglia de Blasco erano migliorate, dava una mano in casa. Il ragazzo aveva un fisico straordinario. La sua insegnante di storia dell'arte avrebbe paragonato la sua virile dolcezza all'Apollo di Prassitele.

Il raffreddore che le faceva lacrimare gli occhi non le impediva valutazioni di carattere estetico. Rabbrividì di fronte a quel tipo strambo che a torso nudo s'accaniva contro un povero pino ammalato. Chiuse l'argomento con un'alzata di spalle e un prudente ritorno nel letto caldo, rassicurata dal fatto che non c'era nessun pericolo in vista. Poteva tranquillamente riprendere a leggere. Recuperò il libro, l'aprì, s'avventurò tra i caratteri del primo capoverso e subito lo richiuse. Le lacrime le facevano velo, il naso le pizzicava, la testa le rintronava come una stanza vuota. Chiuse gli occhi e si accorse che il torace nudo del ragazzo e la sua bella faccia da eroe greco le erano rimasti impressi nella mente come su una pellicola fotografica. Tornò alla finestra per guardarlo. La certezza di non essere vista accentuava il suo desiderio. Notò che aveva un fazzoletto al collo nel momento in cui se lo tolse per asciugarsi il sudore che gli scendeva copioso dalla fronte.

Il giovane bazzicava per casa ormai da alcuni giorni e il professore l'aveva ampiamente citato a tavola, mettendo a confronto la sua intelligente solerzia con la deprecabile ottusa indolenza di Isabella.

« È figlio di una serva, d'accordo », aveva pontificato. « È il prodotto di una famiglia dissestata e miserabile, eppure sa di greco e di latino quanto ne so io che queste materie le insegno. Mentre tu, una de Blasco, rischi la bocciatura. Vergogna! » Ora Giulia ricordava nei particolari tutto quello che riguardava Ermes come se, improvvisamente, fosse entrato nel suo cuore e nei suoi pensieri.

« Se è tanto bravo, perché viene a lezione? » aveva ribattuto con accento polemico Isabella che si preparava di malavoglia alla maturità.

« Perché vuole vincere una borsa di studio. Perché vuole fare l'università. Per sdebitarsi si occupa dell'orto. »

Tirando su col naso e starnutendo con gusto, Giulia si vestì velocemente, scese in cucina e si affacciò alla porta del giardino. Ermes menava colpi poderosi e Giulia vide i muscoli guizzare sotto la pelle lucida. Lui le dava le spalle e lei dovette urlare per farsi sentire. Finalmente si voltò e i suoi occhi azzurri sprigionavano lampi. O così le sembrò e rimase per un attimo a contemplare quel viso meraviglioso, d'una bellezza ardente e grave.

« Ti serve qualcosa? » le domandò appoggiandosi al manico dell'ascia che aveva puntato a terra.

« Ti ho chiesto se vuoi un caffè. »

« Magari », esclamò regalandole un affabile sorriso.

« Allora vieni dentro », l'invitò lisciandosi la lunga treccia con un gesto che le era abituale.

« Chiamami quando è pronto », lui replicò riprendendo la sua guerra contro il povero albero.

« È pronto! » gridò la fanciulla irritata dalla burbera sicurezza del giovane.

Ermes interruppe il lavoro e infilò una maglietta di cotone. Sedettero insieme al tavolo della cucina.

« Papà dice che hai vent'anni. È vero? » lei domandò.

Lui beveva il caffè a piccoli sorsi con grande piacere e la guardava, ma era come se non la vedesse. Annuì distrattamente. Si capiva che per lui, in quel momento, la cosa più importante era quel caffè profumato, nero, dolce, bollente.

« Papà dice che sei bravo », incalzò.

« Bontà sua. »

« Ma allora, se sei tanto bravo, perché dai la maturità soltanto adesso? »

« Ho cominciato le elementari a otto anni. »

Giulia soffocò uno starnuto nel fazzoletto e rimpianse di non poterlo liberare fragorosamente com'era sua abitudine.

« Perché? »

« Perché, cosa? »

« Perché sei andato a scuola a otto anni? »

« Una semplice dimenticanza di mia madre. Io poi non è che morissi dalla voglia di studiare. »

Caterina, sua madre, cercava nel vino di pessima qualità un antidoto a un'esistenza avvelenata dalla disperazione, dalla miseria, con il marito che entrava e usciva dalle patrie galere dove scontava furtarelli e imbrogli da quattro soldi. Era spesso ubriaca e allora si dimenticava di essere una madre affettuosa, una persona, un essere umano. Giulia queste cose le sapeva, ma per la prima volta la interessavano.

« Perché ti chiami Ermes? » continuò a interrogarlo.

« Un'idea di mio padre », lui rispose. « Ermes era il messaggero degli dei », precisò, « ma il mio compito è quello del cane da guardia. Fine dell'intervallo », soggiunse raccogliendo col cucchiaino lo zucchero che era rimasto sul fondo della tazzina e gustandolo come una chicca. « Grazie », si congedò avvolgendola nel suo tenero sguardo azzurro.

Ermes uscì in giardino e Giulia lo seguì. Era convinta che non esistesse al mondo un ragazzo più bello. Lo aveva sotto gli occhi da tempo, ma soltanto adesso gli si era rivelato. Non pioveva più.

« Perché il tuo compito è quello del cane da guardia? » martellò dopo uno starnuto in grazia di Dio.

« Hai provato con i fumenti? » s'informò Ermes, eludendo la domanda.

« Non servono. E poi oggi è il terzo giorno. Domani

sarò guarita. Dai, racconta, perché il tuo compito è fare il cane da guardia? »

« Mi è stato affidato da mio padre », rispose Ermes calando l'ascia alla base del tronco dove aveva già scavato un profondo cuneo. Lasciò l'attrezzo infisso nel legno, si sputò sulle mani e fregò energicamente i palmi tra loro.

« Vai avanti », lo sferzò implacabile.

Gli occhi combattivi del giovane si fissarono in quelli di lei.

« Sei sicura di voler conoscere tutta la storia? » la mise in guardia.

« Mi piacciono le storie. Mi piace ascoltarle e raccontarle. E quella del cane da guardia m'incuriosisce particolarmente. »

« Dovevo badare a mia madre », spiegò.

« Perché? »

« Ogni volta che papà andava in galera, lei finiva per trovarsi gravida. Sei figli ha avuto, da sei uomini diversi. » La pena che affiorava nei suoi occhi chiari smentiva il sorriso disincantato che aleggiava sulle labbra morbide e ben disegnate. Perché raccontava quei particolari crudeli della sua vita proprio a lei, alla ragazzina dalla treccia nera e gli occhi di velluto scuro?

La limpida sincerità di Ermes, invece di scandalizzarla, commosse Giulia.

« Sono proprio una stupida », si vergognò spaventata dalle verità che aveva estorto con le sue infantili domande. « Quando apro questa boccaccia non combino che danni. »

Ermes le sorrise e l'assolse con una leggera alzata di spalle.

« Sono cose che nel quartiere tutti sanno », disse, « cose di cui tutti parlano, ma che tutti fingono di non sapere. Sanno che mia madre beve e tutto il resto. Potevo liquidarti con una bugia. Ma tu sei troppo pulita. Non meriti bugie. Comunque voglio molto bene a mia madre e anche a mio padre di cui mi considero figlio a tutti gli effetti. Ercole Corsini non è stato per me il peggiore dei padri, anche se non discende da una illustre famiglia aristocratica. »

« Non parliamo di discendenza », si allarmò Giulia pensando all'origine vera o supposta dei de Blasco.

« Non ti scandalizzi? » domandò lui.

« Perché dovrei? Papà dice che sei molto intelligente e preparato », cambiò discorso.

« Senti, piccolina, io devo finire questo lavoro. Dopo vado a casa a studiare. Perché non aspetti che abbia passato la maturità per continuare la conversazione? »

« Come dice mio nonno, non so bene quello che voglio, ma lo voglio subito. In luglio non ci sarò. Vado a Modena », spiegò Giulia.

Ermes fece una cosa che lei non si aspettava, ma che giudicò sorprendente. Infisse l'ascia nell'albero con un colpo vigoroso, prese tra le mani forti e calde il volto arrossato di lei e, guardandola intensamente, le disse: « Sei una creatura preziosa e rara, Giulia. Anche col naso rosso e questi poveri occhi gonfi e pesti. Sei ingenua come una ragazzina, intelligente come una donna. E sei anche simpatica », concluse baciandola sulla punta del naso.

Giulia in quel momento pensò alla Zaira, alle sue labbra tiepide di raso e fu percorsa da un brivido che nemmeno la dolce amica aveva saputo darle. Afferrò i polsi del giovane sentendo sotto le palme la seta della sua peluria bionda e li strinse forte perché quel momento magico non le sfuggisse.

« Tu sai come mandare in confusione una donna », s'inorgoglì sorridendogli tra le lacrime che non erano provocate, questa volta, soltanto dal raffreddore.

« Non ho tempo per le ragazze, soprattutto se sono come te. »

« Cos'hanno le ragazze come me? »

« Impediscono ai ragazzi come me di far bene il loro lavoro. »

« Di' piuttosto che non ti piaccio. »

« Mi piaci, anche se, di solito, sei molto più bella. »

« Perché non me lo dimostri », lo provocò socchiudendo gli occhi.

Ermes si chinò su di lei, appoggiò le labbra sulle labbra di Giulia e le inumidì appena con la punta della lingua. Giulia trattenne il fiato illanguidita dalla struggente delicatezza. A quindici anni un uomo l'aveva baciata, come nessuno mai, come nemmeno Zaira sapeva fare.

« Milioni di virus sono passati nel mio organismo. Due giorni d'incubazione e avrò anch'io il tuo stesso raffreddore. Ti basta come dimostrazione di quanto mi piaci? »

« Sei meraviglioso, Ermes », lei confessò senza ritegno. Aveva il naso rosso, gli occhi gonfi e lacrimosi, la voce in cantina, era emozionata e stupendamente ridicola, ma non era mai stata tanto felice e non si era mai sentita così bella.

Il giovane le voltò le spalle e tornò al suo abete malato per finirlo.

« Vai in casa, che prendi freddo », la consigliò.

Giulia rientrò di corsa e andò a chiudersi nella sua stanza. Aveva bisogno di restare sola a fantasticare sulla prima, autentica esperienza d'amore della sua vita. Poco dopo udì il tonfo dell'abete che cadeva.

2

Ermes, tutte le sere, dalle cinque alle otto, lavorava dal macellaio di via Beato Angelico che lo pagava come un lavorante finito perché, secondo lui, aveva la mano fatata. Nessuno, neanche il titolare, trattava la carne con tanta maestria. Nelle sue mani il coltello si trasformava in una bacchetta magica e il risultato era sorprendente. Sempre tagli da esposizione.

Preparava gli ossibuchi, il girello, il controgirello, il filetto, il controfiletto, il biancostato, la punta di petto, il roast beef e le fiorentine in modo impeccabile.

Le clienti se lo contendevano perché era bello e bravo e finivano per andare in macelleria soltanto la sera quando erano sicure di trovare Ermes.

« Senti, perché non butti tutti quei libri e non vieni a lavorare con me? » gli aveva proposto il macellaio. Era un uomo alto e magro dalla faccia cavallina, gli occhi cisposi e ridicoli baffetti alla Charlot.

« Io lavoro per potermeli pagare, i libri. Non voglio fare il macellaio. »

« E che cosa vuoi fare? »

« Il chirurgo. »

« Perché adesso, qui, che cosa fai? » lo sorprese l'uomo rivelando l'aspetto ironico del suo carattere. « Fai il chirurgo. Con il vantaggio che i tuoi pazienti non si lamenteranno mai di te. Dammi retta: hai un mestiere d'oro nelle mani. Io non ho figli. Un giorno potresti rilevare la bottega. Pensa che fior di prospettiva! »

Fosse stato per l'età, quell'uomo poteva anche essere suo padre ma la faccia escludeva ogni legame di sangue. Eppure, a pensarci bene, diventare proprietario di una delle macellerie più redditizie del quartiere sarebbe stato un traguardo davvero importante per lui, che era nato e cresciuto nella miseria. Il figlio di Caterina, padrone di negozio. Ermes sorrise.

« Ci penserò », mentì per chiudere una discussione che non lo interessava.

Da quella domenica di giugno, Giulia era diventata un'assidua frequentatrice della macelleria di Ermes. E quando era lì, lasciava passare le clienti che erano venute dopo di lei per poterlo guardare più a lungo al riparo di qualche prosperosa casalinga. Nel momento in cui la serviva, aveva sempre per lei un sorriso. Una strizzatina d'occhio le ricordava il primo bacio che il giovane sembrava non aver dimenticato. Quando s'incontravano nella casa di via Tiepolo, Ermes, al contrario, sembrava che non la vedesse neppure, preso com'era dalla prospettiva degli esami imminenti.

Giulia non sapeva dare un nome al sentimento che provava per lui, ma voleva quel ragazzo con tutta se stessa e se avesse potuto esprimere un desiderio avrebbe voluto che lui tornasse a baciarla come aveva fatto quella fredda domenica di giugno.

« Ehi, bambina, sveglia! » cercò di scuoterla Carmen cogliendola in ammirazione di Ermes seduto nel giardinetto sotto il glicine che traduceva per suo padre gli *Annali* di Tacito.

« Che cosa c'è? » domandò Giulia voltandosi di scatto. Una vampata di rossore le incendiava le guance.

« C'è che è davvero un bel ragazzo », affermò Carmen mettendole affettuosamente una mano sulla spalla. « Ma ho l'impressione che sia in ben altre faccende affaccendato », soggiunse sorprendendosi in un'inconsapevole imitazione del marito professore.

« Forse se mi tagliassi i capelli », osservò passandosi la mano sulla lunga treccia nera nel gesto grazioso che le era abituale. « O se mi mettessi il rossetto come Isabella », continuò spingendo avanti le labbra, per fare il verso alla sorella.

« Non credo che servirebbe », replicò la madre. « Quel ragazzo ha ben altro per la testa. E tu, bambina mia, sei così giovane. » La baciò sui capelli guardando lontano verso un passato che aveva ormai assunto i contorni del sogno.

« È normale che io pensi sempre e solo a lui? » le chiese.

« È normale e giusto. La tua è l'età del grande amore », sorrise con una punta di malinconia per il suo amore perduto.

« Credi che sia innamorata? »

« Credo proprio di sì. Ma sono sicura che non hai esaurito la tua riserva d'amore in questa prima esperienza. Ti innamorerai tante altre volte ancora prima di trovare l'uomo giusto », pronosticò Carmen sperando che, da qualche parte, l'uomo giusto per sua figlia esistesse veramente. « Dai, andiamo su », la esortò sospingendola dolcemente verso la scala. « Devi preparare la valigia. O ti sei dimenticata che domani andiamo dal nonno? »

« Ma non potrò rivederlo, se vado a Modena », disse Giulia fermandosi sul primo pianerottolo come se fosse una stazione della Via Crucis. Il suo viso esprimeva lo smarrimento più completo.

« Lo rivedrai quando torni », cercò di convincerla la madre. « Non puoi dire: fermate il mondo, voglio scendere, solo perché credi di aver perso la testa per un tale che neppure si accorge di te. »

« Oh sì che lo farei, mamma, se soltanto fosse possibile », confessò rifugiandosi tra le sue braccia. Carmen la strinse a sé.

« Forse non sono la persona più adatta per dare consigli. E poi i giovani sanno sbagliare così bene da soli », concluse. « Ma ormai », soggiunse inciampando questa volta consapevolmente in un altro luogo comune, « posso parlarti da donna a donna. Quello che voglio dirti è di non sacrificare mai niente per un uomo: non ne vale la pena. »

3

CARMEN annunciò che si sarebbe fermata a Modena soltanto un giorno e a nulla erano valse le insistenze del nonno che la voleva trattenere almeno una settimana. Ubaldo Milkovich sembrava invecchiato nel giro di un anno, anche se era sempre vitale, energico, pronto di braccia e di pensiero, prodigo di doni e di premure. Carmen aveva letto sulla *Gazzetta* che l'onorevole Armando Zani era in città, sapeva che le probabilità di incontrarlo erano remote, ma una possibilità esisteva e lei non voleva che un incontro casuale potesse riaprire una ferita mai completamente rimarginata.

« Mi domando perché hai portato una valigia, per fermarti una notte soltanto », la rimproverò il nonno il mattino dopo il loro arrivo.

« A casa hanno bisogno di me », affermò alla ricerca di un alibi.

« Un uomo e una donna », ribatté alludendo a Benny e Isabella, « più un professore », soggiunse con disprezzo, escludendo volutamente dalla categoria delle persone di famiglia il marito della figlia, « hanno bisogno della mamma. Contamela giusta. »

Carmen era pronta a partire. Indossava un bell'abito

di seta a grandi fiori rosa su uno sfondo cupo. Il corpetto attillato e la gonna che cadeva in pieghe abbondanti accentuavano la figura snella sottolineata da una cintura alta e da sandaletti con il tacco sottile. I folti capelli scuri, raccolti sulla nuca, scoprivano la linea flessuosa del collo. Giulia la guardò ammirata.

« Ti accompagno alla stazione », si offrì la figlia.

« Credi che non conosca la strada? » scherzò Carmen.

« Infatti », replicò acido il nonno. « Se la sapessi ci verresti un po' più spesso. E soprattutto ti fermeresti un po' più a lungo. » Aveva mangiato una frittata con le cipolle e bevve il vino che restava nel bicchiere pulendosi la bocca col dorso della mano. Quella era la sua prima colazione.

« Babbo, perché dobbiamo polemizzare? » lei sorrise conciliante sperando che il padre non insistesse per trattenerla.

Ubaldo si alzò dal tavolo ergendosi in tutta la sua statura e borbottò: « Forza, Giorgio. Tua mamma ha il fuoco addosso stamattina. Andiamo ».

Dalla casa del nonno alla stazione c'era mezz'ora di strada, prendendo per la via Emilia fin dopo il ponte della Pradella per poi seguire a destra il grande viale che costeggiava i giardini pubblici. La depressione s'era allontanata, il vento freddo era caduto e il caldo respiro dell'estate accarezzava la città.

Andarono in bicicletta. Giulia salì in canna su quella del nonno, la valigia venne fissata sul portapacchi e Carmen inforcò la vecchia Bianchi da donna che era stata di sua madre e che adesso era la « bici » preferita da sua figlia. Attraversarono l'aia, salirono la breve rampa e furono sulla via Emilia. Entrarono in città che le botteghe cominciavano ad alzare le saracinesche.

Si fermarono al semaforo del Ponte della Pradella e

fu lì che Giulia vide Armando Zani che stava attraversando la strada deserta.

« Buon giorno, onorevole », esclamò felicemente sorpresa con la sua voce tintinnante. « Anche quest'anno ci si rivede. »

L'uomo sorrise compiaciuto da quell'incontro imprevisto, fece un cenno di saluto a Ubaldo e soltanto allora riconobbe Carmen nella donna che seguiva a breve distanza nonno e nipote.

Armando Zani s'avvicinò al piccolo gruppo, guardò Carmen come si guarda una sconosciuta, ma piano piano, nel volgere di lunghissimi istanti, affiorarono i ricordi di guerra al centro dei quali si consumava una vampata d'amore.

Giulia non sapeva spiegarsi quel silenzio imbarazzato, ma osservò che Armando Zani, a paragone della madre, che pure le era parsa tanto giovane, sembrava un ragazzo.

« Ti trovo bene », disse guardandola intensamente.

Carmen pregò che non le contasse le rughe e notò che il partigiano Gordon aveva perduto ogni inflessione dialettale. Guardò i pedali della bicicletta come se bastasse quell'ingenuo atteggiamento per nascondere il rossore che le imporporava le guance.

« Tu stai benissimo », ricambiò. Era la prima volta che si vedevano e si parlavano dopo sedici anni, da quando in un malinconico crepuscolo invernale si erano lasciati con promesse di amore eterno.

C'era imbarazzo e tensione tra loro, un silenzio carico di sentimenti non espressi, di parole non dette, di gesti trattenuti. Fu il nonno a ritrovare il senso della realtà.

« Vedo che ti sei sposato », disse indicando la fede che brillava all'anulare di Armando.

Giulia ricordò la fotografia che sua madre custodiva gelosamente in una vecchia scatola di cioccolatini nel cassetto del comò e capì l'imbarazzo, la tensione, il dolore di Carmen. Rivide un ragazzo e una ragazza felici, sorridenti, i capelli scompigliati dal vento.

« Gli anni passano », quasi si giustificò. « E allora ti viene voglia di metter su casa, di chiudere con la vita randagia. » Chinò lo sguardo a sua volta verso la punta dei mocassini per nascondere il proprio imbarazzo.

« Addio, Gordon », lo salutò Carmen porgendogli la mano.

Lui la tenne stretta nella sua per qualche istante, ma non passò nessuna corrente, nessun fremito, solo una vibrazione tenue come la sua speranza di ricominciare. Un sogno impossibile.

« La conservi ancora quella piccola armonica a bocca? » le chiese sottovoce.

« Che domande », rispose Carmen in modo vago, lasciandolo nel dubbio. Poi volle essere esplicita soprattutto per farlo sentire in colpa. « Conservo anche una fotografia. »

« Una fotografia? » rifletté soprappensiero.

L'aveva dimenticata, ma erano passati tanti anni e lui era cambiato e aveva mille impegni, mille cose a cui pensare. Soltanto la sua giovinezza era rimasta inalterata.

« Non importa », disse lei scuotendo la testa. Liberò la mano dalla sua stretta, afferrò il manubrio, diede una spinta col piede e riprese a pedalare, verso la stazione, seguita a breve distanza dal nonno e da Giulia che si erano frettolosamente congedati da Armando Zani.

Alla stazione sedettero vicine, Carmen e Giulia, su una panca della sala d'aspetto di seconda classe, mentre il nonno era andato al bar a bersi un caffè corretto e a fare quattro chiacchiere con i suoi amici facchini.

Carmen sembrava distratta e sulle sue labbra aleggiava un vago sorriso, in realtà cercava di arginare l'onda dei ricordi a lungo soffocati, la vergogna per essersi tradita con improvvisi rossori, l'umiliazione per essere stata dimenticata.

« Pensavi ad Armando Zani, quando mi hai detto di non sacrificare mai niente per un uomo? » le domandò Giulia.

Carmen fece spallucce e non rispose. Il labbro superiore tremava per l'emozione e lei aveva paura, parlando, di scoppiare in lacrime.

Giulia aveva capito che tra lei e Armando c'era stato qualcosa di molto importante. Si chiese se sua madre aveva provato per lui quello che lei provava per Ermes. Chissà se il partigiano Gordon l'aveva baciata come Ermes aveva baciato lei. Si vergognò di quel pensiero irriverente. Figurarsi. Carmen, la moglie del professor Vittorio de Blasco, non si sarebbe mai abbandonata a una simile licenza.

« Armando Zani è tuo padre », confessò Carmen quasi in un bisbiglio. Deglutì come se ingoiasse un boccone amaro. Quelle parole le erano costate una fatica immane.

« Mio padre », balbettò Giulia quasi senza capire il senso di quelle parole.

« Puoi dire liberamente quello che pensi di me », l'autorizzò a manifestare il proprio pensiero.

« Oh, mamma », l'abbracciò con affetto tenace. « Lui, lo sa? »

« Non credo », rispose Carmen. « E vorrei che non lo sapesse mai. »

A queste parole essenziali cariche di significati profondi si sovrappose l'annuncio dell'arrivo del treno che entrò in stazione pochi minuti dopo.

« Ti voglio bene, mamma », disse Giulia baciandola prima che salisse sul vagone.

Carmen afferrò la valigia che suo padre le porgeva e sparì nel corridoio. Giulia e il nonno sperarono invano di vederla affacciarsi a un finestrino. Quando il convoglio si mosse Carmen stava piangendo in una toilette di seconda classe.

Trascorsero alcuni giorni nei quali Giulia, ripensando alla confessione di sua madre, passò attraverso emozioni e stati d'animo molto diversi.

Finché all'improvviso le sembrò di uscire come da una nebbia confusa, e si rese conto che, comunque fosse, da quel momento avrebbe cominciato a capire chi era, da dove veniva. Doveva abituarsi alla nuova realtà della sua vita, ma intanto aveva una base di partenza, poteva contare su un punto fermo per ritrovare la sua vera identità.

Un pomeriggio il vecchio e la ragazza presero la via Emilia verso est. Giulia pedalava leggera sentendosi, per la prima volta, di nuovo felice.

« Andiamo a casa? » domandò.

« Hai voglia di fare una bella pedalata? » chiese il nonno a sua volta.

« Sempre », affermò Giulia.

« Allora gira a destra », ordinò Ubaldo. « Andiamo dai marchesi Manodori Stampa. »

« A che fare? »

« Vogliono affidarmi un setter inglese da addestrare. »

Percorsero molti chilometri sotto il sole sulla via Vignolese. Dopo Vaciglio varcarono un grande cancello di ferro battuto e percorsero un viale lunghissimo di antichi pioppi al termine del quale, in una prospettiva quasi magica, si vedevano i gialli e gli arancioni della villa dei marchesi incastonata nel verde.

Man mano che si avvicinavano le proporzioni dell'edificio aumentavano e, una volta giunti in vista del piazzale, il nonno deviò per un sentiero che girava intorno alla villa.

« Ma non era nella grande casa che dovevamo andare? » protestò Giulia.

« Noi dobbiamo andare al canile, che è dietro le scuderie », spiegò paziente il nonno. Costeggiarono un giardino dove alcuni addetti provvedevano a mantenere siepi, aiuole e alberi in una perfetta geometria. Nell'aria aleggiava un delicato profumo di tigli. Superarono la villa, aggirandola, e sbucarono nell'area delle scuderie che percorsero in tutta la lunghezza fino a un muro di cinta ricoperto da un fitto intreccio di rose canine. E furono su un piccolo spiazzo dove sorgevano i recinti dei cani.

Un inserviente stava rimestando una minestra di riso e carne per gli animali. Era un uomo di mezza età, leggermente ingobbito dall'artrite e dal lavoro. Aveva occhi piccoli, d'uno splendido azzurro marino, che facevano uno strano effetto su quella faccia cotta dal sole e dal vento, nera di barba, con le sopracciglia cespugliose e le orecchie a sventola. Un logoro feltro era solidamente calcato sulla testa, ben salda sul collo forte e muscoloso. L'uomo posò svelto la marmitta e andò incontro al nonno salutandolo con rispettosa cordialità.

« Sei venuto per il setter inglese? » domandò.

« Sì », affermò il nonno appoggiando la bicicletta. « Sono venuto per la nuova recluta. » I cani lo riconobbero e si avvicinarono uggiolando e scodinzolando alla rete metallica del recinto.

« E questa bella signorina è la tua aiutante? »

« È mia nipote. Modenese per sangue, milanese per caso. Si chiama Giorgio. »

« Giorgio? » trasecolò il guardiano dei cani andandole incontro per salutarla con il cappello in mano. « Lieto, signorina », si presentò con fare cerimonioso e impacciato.

« Mi chiamo Giulia », lo rassicurò lei stringendo la mano forte dal palmo calloso.

« Lieto », ripeté l'uomo.

« Sarà anche felice di conoscerti », spiegò il nonno, « ma cerca di dirti che il suo nome è Lieto, anche se, ragionevolmente, pensando alla faccia che si ritrova, dovrebbe essere triste. » Giulia rise a quel gioco di parole.

« Il setter ce l'ha la signora marchesa », avvertì Lieto con un lampo d'ironia contadina negli occhi azzurri. « Dice di andare da lei », soggiunse indicando le scuderie.

Giulia appoggiò la sua bicicletta vicina a quella del nonno e insieme si avviarono nella direzione indicata.

« Ancora non ti ho detto chi è la signora marchesa », mormorò il nonno come se fosse sul punto di rivelarle un grande segreto.

« Sono io la marchesa », disse una voce che veniva da un box, una voce lenta, sensuale e un po' roca che Giulia conosceva bene.

Sulla porta, sovrastata dalla testa bella e nobile di un cavallo dal mantello lucido, apparve Zaira, la dolce Zaira dalla pelle di velluto. Era elegantissima nel completo da amazzone. I neri capelli dai riflessi di seta le coprivano le spalle. Era splendida.

« Ciao, Giulia », la salutò con un caldo sorriso andandole incontro. Accostò il viso a quello di lei, ma la fanciulla si mosse e le sue labbra di raso sfiorarono le labbra di Giulia.

4

« Sei diventata grande », notò Zaira.

« Tu sei diventata marchesa », replicò Giulia che ormai era alta come lei e la guardava negli occhi per cercarvi nel fondo le dimensioni dell'anima o un messaggio d'amore o un sentimento qualsiasi nel quale potesse riconoscersi.

« Ma non sono cresciuta di un centimetro », scherzò.

« Però sei cambiata. »

Quel colpo di scena aveva appannato la severa consapevolezza conquistata in quei giorni difficili dopo che sua madre le aveva consentito di leggere nel libro segreto del suo passato. Nello sguardo sensuale di Zaira individuava soltanto piccole cose concrete.

« In che cosa mi trovi cambiata? » indagò girandosi su se stessa.

« Per esempio hai cambiato odore », la sorprese.

« No, quello che senti è il profumo della ricchezza », affermò Zaira alzando una mano al cui anulare brillava un solitario dal taglio *navette* e posandola tra la clavicola e il seno di Giulia. « Ma anche qui qualcosa è cambiato. » Chiuse la mano a coppa e le regalò un sorriso malizioso.

Giulia si sottrasse istintivamente a quel grossolano tentativo di seduzione che un tempo l'aveva catturata.

« Sei molto elegante », si complimentò per farsi perdonare.

Il nonno intanto provava il cane nel prato di erba medica dietro le scuderie e lo lanciava per vedere la velocità, il portamento e lo stile.

« Ho un guardaroba che non finisce mai », cercò di ingolosirla.« Puoi provare i miei vestiti più belli. »

Giulia si sentiva a disagio e non sapeva se era il luogo, la presenza del nonno, la Zaira nuova versione, il segreto da poco confidatole dalla madre o il ricordo di Ermes a farle quell'effetto.

« Io non so indossare vestiti importanti », si sorprese ad affermare come se stesse giocando alle signore.

« Bella come sei », l'adulò Zaira accarezzandola col suo sguardo carico di desiderio, « potresti fare la *mannequin*. »

« Proprio io », arrossì.

« L'hai mai vista la villa? » Più che una domanda era un invito. « Merita, sai », soggiunse.

« Io credo che dobbiamo andare, adesso. » Giulia eluse abilmente la domanda insidiosa dell'amica più esperta. Qualcosa era irrimediabilmente cambiato dentro e fuori di lei e non riusciva più a comunicare con la spontaneità di una volta.

« Di', sarai mica gelosa, eh? »

« Gelosa di che? »

« Gelosa del fatto che mi sono sposata. » La voce lenta e un po' roca della donna scherzava sui toni sommessi e produceva l'effetto dei refoli di vento sulla pelle che rabbrividiva a quella carezza lieve.

« Sono soltanto sorpresa », confessò Giulia che ancora non conosceva la gelosia.

« Vieni con me », ordinò prendendola risolutamente per mano. « Le rapisco per un momento sua nipote », disse rivolta al nonno che in quel momento stava rientrando con il setter ansimante per la breve corsa.

Ubaldo Milkovich si voltò a guardare quelle due stupende creature: una un po' cupa e inquietante, l'altra solare e piena di stupori.

« Ma che sia un momento davvero, marchesa », dichiarò con fermezza il vecchio calcando con la sua voce irridente sul titolo nobiliare.

Percorsero una fuga di sale e salotti che, secondo Giulia, avrebbero meritato una riverente attenzione per la perfezione degli arredi, la meraviglia dei quadri, dei tappeti, delle suppellettili, mentre Zaira attraversava quegli ambienti raffinati con l'indifferenza suprema dei nuovi ricchi cui tutto sembra dovuto.

« Ecco, questo è il mio regno », annunciò Zaira spalancando una porta a due battenti, in lacca chiara con rifiniture dorate. Giulia si affacciò su una stanza di rara bellezza: accanto a preziosi arredi del periodo neoclassico sapientemente accostati a mobili stile impero, troneggiava, su un prezioso tavolino d'epoca dalle rifiniture in bronzo dorato, la monumentale Radiomarelli.

« Che te ne pare, eh? » domandò Zaira.

« Mi pare una profanazione », disse Giulia guardando il grosso apparecchio radio.

Zaira si lasciò cadere su un divanetto ricoperto di broccato e scoppiò in una grassa risata.

« Sei straordinaria, Giulia. Dico davvero. Pensa che mia suocera, vedendo quella radio, ha detto esattamente la stessa cosa. Una profanazione. »

Giulia si guardò intorno come se si sentisse prigioniera di un incantesimo. Ma che accidenti ci faceva lì, in quella specie di manicomio? La favola bella di Cenerentola e del principe azzurro non si addiceva a Zaira. C'era qualcosa di torbido dietro l'eleganza e il lusso, c'era il sospetto di un'alleanza satanica, di un patto sinistro.

« È soltanto un'opinione », precisò Giulia.

« Hai classe. Come Ludina. È una scassapalle ma ha stile da vendere. E tu le somigli. »

« Ludina », mormorò Giulia. « Tua suocera », precisò come se mettesse in dubbio le sue stesse parole che evocarono un'avventura galante del nonno della quale aveva sentito parlare sottovoce e alla quale non aveva voluto credere.

« La conosci? »

« Ludina Manodori Stampa? » ripeté interrogando e portandosi una mano al collo, assicurandosi che il suo ciondolo a forma di cuore, il suo talismano, fosse ben nascosto sotto il colletto della camicetta.

« Proprio così. Dove l'hai conosciuta? » s'incuriosì Zaira.

« Ne ho sentito parlare. Come tutti da queste parti. Non l'ho mai vista. Giuro », garantì portandosi la mano destra all'altezza del cuore. C'erano più misteriose coincidenze in quella casa, in quel momento, che in tutta la sua vita: lei, Zaira, il loro rapporto ambiguo, il ciondolo, la marchesa, il nonno erano le tessere di uno stesso complicato mosaico che però alla fanciulla appariva offuscato dal ricordo di Ermes.

« Vieni qui, vicino a me », la invitò Zaira. « Sono quella di sempre. »

Giulia non si mosse. Come poteva spiegarle che lei, invece, non era più quella di allora? Che si era innamorata di un ragazzo, di Ermes.

« Tu sì, bestiolina mia, sei davvero cambiata », mormorò Zaira che andava scoprendo nella bellezza ardente e primaverile di Giulia modulazioni che non le appartenevano più, come se la giovane amica, che aveva iniziato ai piaceri sottili di un amore proibito, fosse ormai sintonizzata su una diversa lunghezza d'onda.

Glielo diceva il suo istinto, quella spinta interiore che aveva guidato i suoi passi dai livelli più bassi della scala sociale ai quartieri alti dell'aristocrazia del sangue.

« Probabilmente sono cambiata davvero », ammise.

Zaira prese la grossa treccia di Giulia e le solleticò una guancia.

« Ti sei innamorata », affermò.

« Mi sono innamorata », confessò guardandola negli occhi.

« Ma quando lui ti bacia, le vedi le girandole che esplodono in mille colori? » le mormorò sulle labbra.

« L'unica volta che mi ha baciato ho visto la fiamma del sole », replicò, anche se non era sicura che Zaira potesse capire.

La marchesa fece scorrere i polpastrelli lungo il collo di Giulia, li lasciò scivolare sul seno dove disegnò una spirale che si concluse sul capezzolo.

« Dimmi di lui », la sollecitò.

« Dimmi piuttosto di tuo marito », ribatté Giulia allontanandosi dall'amica e andando accanto alla finestra che dava sul parco. Vide il nonno che si avvicinava alla villa lungo un viale inghiaiato, fiancheggiato da siepi di bosso. Era in bicicletta e teneva al guinzaglio il setter dei marchesi.

« Un giorno ti racconterò la mia storia con lui. »

« Perché non ora? » la interrogò piena di curiosità.

« Adesso posso dirti una cosa. Guarda i miei seni. Sono più belli che mai, perché nessun uomo li ha mai toccati », spiegò prendendole le mani e appoggiandole sulla candida seta della camicetta.

Giulia si strappò da lei con forza.

« Questo gioco non mi diverte », affermò con forza. « Non mi diverte più. » Aprì la porta e attraversò di corsa le antiche stanze inseguita dal suono dei suoi sandaletti sul mosaico e sul marmo dei pavimenti, dal suo nome scandito dall'amica che la credeva offesa. Invece era soltanto felice. Perché aveva quindici anni ed era innamorata.

Zaira dalla voce lenta e roca, Zaira dall'anima cupa e dalle labbra di raso, Zaira che le accendeva i sensi come girandole impazzite, non esisteva più. C'era la virile dolcezza di Ermes nella sua vita, una radiosa aurora che nasceva a Oriente.

Giulia e il nonno tornarono in bicicletta sotto il sole. Il setter inglese giovane e vivace, dopo l'estenuante prova sul prato, aveva raffreddato la propria aggressività e trotterellava al fianco dell'allenatore verso il quale, talvolta, alzava gli occhi dolci e buoni con l'aria di chiedere comprensione per le sue forze in via di esaurimento. Giulia pedalava senza parlare. Era diventata seria, pensierosa.

« Che cosa c'è? » domandò il vecchio.

« Niente », mentì.

« È per via della Zaira? » insisté il nonno che intuiva il disagio della ragazza.

« Anche », ammise lei.

« Ti ha parlato del marito? »

« No. Pare che ci sia sotto un grande mistero. »

« È un mistero solo per te, piccola. Lo sanno tutti che il giovane Francesco è un poveretto. Malato qui », disse toccandosi la testa con la mano occupata dal guinzaglio.

« Pazzo? » domandò lei.

« In un certo senso », esitò il nonno smentendo la sua abituale franchezza.

« Non me lo puoi dire? » s'incuriosì manifestando la propria delusione.

« Nel senso che non è un uomo », confessò con riluttanza senza osare guardarla in faccia. « Ha bisogno di certi giochi, diciamo così. Ma è impotente. E la tua amica l'accetta com'è, assecondandolo in tutto. I gioielli, le ricchezze e i titoli hanno il loro prezzo. Un prezzo che non tutti sono disposti a pagare. »

« Ma Zaira sì », affermò tristemente Giulia pensando all'amica.

« Mi faresti un favore se non la frequentassi più », disse il nonno. « Sapevo che questa mattina, molto probabilmente, l'avremmo incontrata. Volevo che tu la vedessi per poterti spiegare subito come stavano le cose. »

Giulia adesso si sentì in colpa per i giochi erotici voluti e subiti al tempo stesso.

« Non la vedrò più », promise.

« Sei una brava bambina », si complimentò. « Perché vedi », soggiunse, « i ricchi sono gente strana. Non sai mai da che parte prenderli », spiegò il nonno. « Si servono di te, ti usano e ti buttano via. »

« Anche la marchesa Ludina? » sorrise Giulia.

Il vecchio continuò a pedalare come se non avesse sentito.

5

« ERMES non c'è più », disse il macellaio.

« Come non c'è più? » insisté Giulia.

« Non lavora più qui. Se n'è andato », aveva il tono desolato e offeso di un marito tradito da una moglie ingrata.

Giulia si sentì morire. Aveva passato tutto il mese di luglio e metà agosto a pensare a lui, a contare i giorni e lui era sparito.

« Non ha lasciato detto niente per me? » domandò afferrandosi all'ultima speranza.

« No. Perché, avrebbe dovuto? »

« Doveva lasciarmi un libro », arrossì.

« Puoi sempre andare a casa sua », la consigliò sottolineando ancora una volta il suo decisivo distacco dal collaboratore cui teneva di più.

Giulia salutò e uscì precipitosamente dalla macelleria. Divenne triste, intrattabile e si chiuse come un riccio. Ai fratelli il comportamento di Giulia non faceva né caldo né freddo, il padre non la vedeva proprio, Carmen che sapeva tutto la osservava e taceva. Che cosa avrebbe potuto fare per alleviare questa prima cocente pena d'amore? L'amore, almeno dal suo punto di vista, era come certe pensioncine cosiddette familiari dove il lusso è tutto nell'ingresso. E la sua bambina ancora non si era addentrata nello squallore delle stanze dai mobili malandati, dai pavimenti di linoleum appiccicosi, dalle pareti piene di macchie. Forse faceva male a generalizzare la sua personale esperienza. Forse il destino aveva in serbo per Giulia un diverso avvenire. Intanto, però, la figlia era persuasa di essere la più infelice delle donne e soltanto nuove esperienze sentimentali avrebbero cancellato quella prima delusione.

Carmen poteva soltanto registrare la differenza tra Giulia e Isabella. Quest'ultima, lasciandosi coinvolgere emotivamente quel tanto che bastava per trarre il maggior piacere da un generico innamoramento, teneva sulla corda diversi ragazzi senza impegnarsi definitivamente, concedendosi a quelli che le piacevano, frequentando i pochi che, secondo lei, avevano i requisiti per diventare dei probabili mariti. Isabella era un concentrato di razionalità e di concretezza. Era una di quelle donne che chiedono tutto e non danno niente. Giulia era diversa e la sua bilancia sentimentale sarebbe sempre stata in deficit, perché quello che offriva era sempre molto più di quello che riceveva.

Era settembre. Mancava una quindicina di giorni all'apertura delle scuole. Per placare l'ansia paterna, più che per una naturale inclinazione allo studio, Giulia leggeva e commentava i primi canti dell'Inferno. Il professore sosteneva che quello studio le sarebbe servito poi, nel corso dell'anno. Era sicuramente vero, ma lei aveva la testa altrove. Carmen che sferruzzava sotto il glicine l'ascoltava e interveniva quando aveva l'impressione che Giulia fosse in difficoltà. Ascoltando il marito e sostenendo per anni il ruolo di supplente con Benny e Isabella, soprattutto nelle materie classiche, si era fatta una cultura di buon livello. E mentre ragionavano insieme sul disperato dolore che premeva il cuore del conte Ugolino condannato a mangiare il capo dell'arcivescovo Ruggieri, Giulia, lontana mille miglia dai sublimi endecasillabi, chiese: « Mamma, posso andare a casa sua? »

« No », rispose seccamente Carmen. Sapeva benissimo a chi si riferiva.

« E Caterina? »

« Forse non verrà più », cercò di tagliare corto.

« E io come farò ad avere notizie di Ermes? » domandò pronunciando per la prima volta il nome del ragazzo.

« Caterina è stata ricoverata in ospedale per una grave malatia del fegato », le comunicò.

« Quando? »

« I primi di agosto. »

« E di Ermes hai saputo niente? »

« È venuto una settimana prima a ringraziare il professore per il buon esito degli esami. »

« Allora l'hai visto! » esclamò. « Com'era? » avvampò.

« Felice. Aveva conseguito la maturità con il massimo dei voti. Il *Corriere d'Informazione* gli ha persino dedicato un trafiletto. »

« E tutto questo è avvenuto mentre io non c'ero », osservò con profondo rimpianto. « Se non lo vedo, impazzisco. Lasciami andare da lui con una scusa. »

« Sa dove stai », replicò inflessibile. « Se ha voglia di vederti verrà. E smettila di mangiare quella povera matita. Sembra il capo dell'arcivescovo Ruggieri. »

« Potresti andare tu per chiedere notizie di sua madre. Sarebbe sempre un gesto di carità cristiana », insisté facendo scempio di quel che restava del suo orgoglio.

« Sarebbe ipocrisia vergognosa », si oppose Carmen. « Il modo più sicuro per perdere un uomo è corrergli dietro. Non farlo mai. Per nessuna ragione. »

« Così rischio di non vederlo più », si lamentò in preda alla disperazione.

« Nessuno può dirlo. »

« Cos'è, la solita storia del destino? »

« Anche. E poi sei così giovane. »

« Non so che farmene della giovinezza se sono questi i doni che porta », pianse disperatamente Giulia.

« Conoscerai altri ragazzi », cercò di consolarla Carmen aprendole le braccia. « Ti innamorerai ancora. »

« Nessuno è come lui. È unico. Solo. Oh, mamma, non voglio nessun altro. » Dai suoi occhi sgorgavano le lacrime che rotolavano lungo le guance di seta.

Passò un autunno tristissimo durante il quale deperì vistosamente e consumò i dischi delle più romantiche canzoni d'amore. Quando venne l'inverno il professore fu d'accordo con la madre e il nonno di regalarle una breve vacanza sulla neve. Giulia andò a San Vigilio di Lana d'Adige, presso Merano. Qui conobbe il maestro di sci Karl Zuegg e s'invaghì del sorridente e atletico altoatesino. A vacanza finita Giulia tornò a piangere sulla spalla di Carmen e continuò questa sana e liberatoria abitudine fino a quando incontrò Leo. Da allora, diventata donna, imparò a tenere per sé segreti e lacrime.

Poi erano passati gli anni, era diventata mamma, aveva conosciuto le gioie e i dolori del matrimonio e si era resa conto che, ancora una volta, aveva sbagliato tutto. Aveva conosciuto altri uomini, molti li aveva desiderati, qualcuno l'aveva amato, ma ogni volta, in un angolino della memoria, spuntava la splendida faccia di Ermes, la sua forza, il limpido sorriso, l'estenuante dolcezza del primo bacio.

Questo Giulia non lo disse mai, neppure a sua madre.

Ermes rimase per venticinque anni il ricordo più bello della sua vita.

nessuno può [illegible]».

«Cosa, a sono [illegible] del destino?»

«Anche. E poi [illegible]».

«Non [illegible] stare [illegible] questa [illegible] non [illegible] Ogni [illegible]».

«Cosa [illegible] di comandare [illegible] [illegible] [illegible] tutte le cose. Oh, mamma [illegible] Da [illegible] ora [illegible] [illegible]».

[illegible] di [illegible] quella epoca [illegible] più [illegible] d'amore. [illegible] da [illegible] una [illegible] [illegible] il [illegible] di [illegible] maestro di [illegible] del [illegible] [illegible] questa [illegible] diventata [illegible] e [illegible].

[illegible] il [illegible] e [illegible] molti [illegible] [illegible] anche [illegible] [illegible].

Questo [illegible] la sua [illegible] [illegible] e [illegible] [illegible] dell'[illegible].

Oggi

1

QUANDO l'interesse giornalistico su Ermes e le sue tristi vicende stava spegnendosi, lo scandalo dell'« infame chirurgo » si arricchì di una lunga coda. La storia d'amore tra lui e Giulia venne buttata sulla prima pagina di tutti i giornali che pubblicarono almeno un'immagine della coppia tra quelle rubate nei luoghi più impensati ed evidentemente scattate in un lungo periodo precedente quello dell'arresto.

Giulia poté contare i suoi nemici e si stupì che fossero tanti, ma lo stupore più grande lo provò nel vedersi ritratta accanto a Ermes in una serie di servizi fotografici realizzati a tradimento: nelle vie di Milano, a Parigi, su una spiaggetta sulla costa Smeralda, durante una visita agli scavi di Morgantina, su un battello lungo il fiume Hudson e davanti a Buckingham Palace durante il cambio della guardia. C'erano foto di Giulia mentre varcava il portone del palazzo dove abitava Ermes e foto di Ermes mentre entrava nella casa di Giulia in via Tiepolo. La storia d'amore segreta del chirurgo inquisito e della scrittrice diventò il fatto di cronaca più seguito con il risultato che persino i primi romanzi di Giulia si riaffacciarono nelle vetrine e nelle classifiche dei best-seller.

« Te lo predico da quand'eri una ragazzina alta così: stai lontana dagli uomini. O ti rovinano le tette o ti rovinano l'esistenza », le ricordò la marchesa Zaira Manodori Stampa, lasciandosi sprofondare in poltrona e accavallando le lunghe e perfette gambe affusolate.

A quell'accenno scherzoso Giulia avvertì un dolore lancinante proprio nel punto dove Ermes aveva individuato il male e lo aveva rimosso. Istintivamente si portò una mano al seno e impallidì.

« Sei monotona », mormorò spaventata. « Monotona e banale. » Come poteva impedire a quella boccaccia di nominare la parte del suo corpo che per lei era diventata tabù se l'amica, per fortuna, non sapeva niente del suo male?

« Una volta ti divertivo », s'impermalì.

« C'era una volta, poi non c'è più », scherzò servendosi delle parole di una vecchia canzone. Giulia sedeva di fronte all'amica per dovere di ospitalità, ma senza entusiasmo e senza piacere.

Zaira si era presentata a casa di Giulia avvolta in una cappa di volpe argentata, con un fascio di rose d'un bel rosso cupo in una mano e una scatola di cioccolatini *Cova* nell'altra.

« Eppure ti sei imbarcata nuovamente su una nave sbagliata », la rimproverò cercando maldestramente di aprire la scatola di cioccolatini e rinunciando subito all'impresa.

« Che ne sai tu della mia vita? » l'aggredì. « Che ne sai di un uomo e di una donna insieme? » soggiunse Giulia alzando insolitamente la voce. La ferita al seno le faceva sempre più male. Il fantasma della malattia era una presenza allarmante.

« Anch'io ho fatto parte della tua vita », le ricordò. « Nello scrigno dei tuoi segreti c'è anche un po' della Zaira », lei soggiunse con voce lenta e grave.

« Chi è senza peccato, scagli la prima pietra », recitò Giulia guardando l'ospite. In fondo stimava quella donna di quarantasette anni, grintosa e intelligente, opportunista e fantasiosa che aveva vinto anche la partita più difficile, quella contro il tempo.

Sembrava ancora una ragazza. Nata nella miseria, cresciuta nell'ignoranza, oggi era una delle stiliste più affermate e il suo patrimonio, valutabile in miliardi, se l'era costruito con l'intelligenza, l'immaginazione e l'istinto, mentre la fortuna economica dei marchesi Manodori-Stampa si era perduta tra cani, cavalli, case da gioco, feste e investimenti sbagliati.

« Il solo uomo con cui ho vissuto », rifletté, « mi ha insegnato ben poco sulla vita di coppia. Non era in grado di farlo. Se anche fosse stato il migliore dei mariti avrebbe avuto ben poco da dire a una moglie che ha sempre rifiutato questo ruolo. Di tutte le cose che dici tu, Giulia », continuò, « dell'affetto e della protezione che ti può dare un uomo, io non so niente. Nessuno mi ha mai amata », mormorò mentre il suo sguardo s'illanguidiva. « Nessuno mi ha mai protetta. Tutti mi hanno usata, così come io ho usato quelli che ho potuto. » Parlava così piano che Giulia percepiva appena le sue parole. « Dell'amore conosco soltanto gli aspetti più umilianti e dolorosi: quello mercenario e quello del rifiuto. Sì, ho amato qualcuno che ho avuto con l'inganno, qualcuno che, quando ha scoperto il gioco e l'amore, non ha più voluto saperne di me », confessò guardandola intensamente. Giulia vide brillare una lacrima, ma Zaira fu svelta a neutralizzarla con un fazzolettino prima che sciogliesse il mascara sulle ciglia.

« Scusami, Zaira. Io non sapevo », balbettò Giulia confusa.

« Stavo parlando di te, stronza », l'apostrofò la marchesa mettendo altrettanta volgarità nel tono della voce.

« Ma non farti troppe illusioni. Probabilmente ti ho amata perché non ho mai potuto averti davvero. »

Giulia capì che soffriva.

« Scusami lo stesso », ripeté.

« Non c'è problema », ridacchiò. E subito riesplose la Zaira di sempre, scanzonata e beffarda, dalla voce lenta, un po' roca e lo sguardo goloso. « Però che bello dare scandalo. »

« Davvero? » intervenne Giulia scoprendo di essere distratta e di non prestare nessuna attenzione alle parole dell'amica. Provava invece un'invidia inestinguibile per la sua salute sfacciatamente ostentata, ma soprattutto per il suo seno integro.

« E che scandalo », proseguì con enfasi. « Mica una robetta così », sottolineò misurando tra l'indice e il pollice della mano destra l'esigua dimensione dei suoi peccati. « Sì, Giulia mia, lasciatelo dire: in questo ti ho sempre ammirata. Sei di quelle acque chete che, sotto sotto, si arruffano, ribollono e finalmente gonfiano imponenti cascate dalle quali nasce l'arcobaleno. »

Nel torrente tumultuoso dei suoi pensieri e delle sue angosce Giulia vedeva invece nascere un nastro nero e luttuoso nel quale affioravano tutti i momenti negativi della sua vita. Poi si salvò pensando che la disperazione può portare in sé la speranza e ringraziò mentalmente l'amica che l'aiutava ad elaborare gli aspetti positivi della sua condizione.

« Sei una forza della natura, tu », sorrise.

« Perché, tu no? A quarant'anni sei esplosa come un fuoco d'artificio seminando stupore e invidia. Ti sei presa l'uomo che hai sempre amato. E che uomo! Lasciatelo dire da una che i maschi li vede con supremo distacco. Tutti i giornali parlano di voi. Le vostre immagini sono sotto gli occhi di tutti. Stai vivendo un'avventura che fa invidia alla migliore protagonista dei tuoi romanzi. Lascia che il tribunale lo scagioni dalle accuse alle quali nessuno crede e il gioco è fatto. Per avere la pubblicità che hai prodotto gratuitamente tu, noi dobbiamo spendere miliardi. »

Era la versione ottimistica di una delle sue disgrazie, quella che riguardava Ermes, vista con gli occhi di chi è abituato a misurare il proprio successo dalle immagini proiettate sui mass media. Le luci sfolgoranti della pubblicità, secondo Zaira, cancellavano tutto il male mettendo in risalto l'aspetto positivo della vita.

Giulia ricordò la telefonata della sua agente, una donna dolcissima, intelligente, affascinante, bella d'una bellezza indimenticabile. L'aveva chiamata da poco per annunciarle che anche i suoi primi romanzi erano tornati sui banchi, nelle vetrine e, quello che più contava, erano balzati ai primi posti nella classifica dei best-seller.

L'aspetto positivo dello scandalo era dunque innegabile, ma se il prezzo da pagare era la carriera e la posizione di Ermes, per lei quello restava comunque un pessimo affare.

« Usa l'ottimismo come detergente e togliti dalla faccia questo velo di tristezza », la consigliò Zaira nel momento del commiato. « È tutta una montatura quella organizzata contro Ermes. Una perfida buffonata di qualche collega invidioso. Ermes ne uscirà pulito. Credi al mio istinto », la rassicurò abbracciandola.

Fu un abbraccio amichevole, solidale, senza malizia, che esprimeva sinceramente il suo stato d'animo e il suo punto di vista sull'innocenza di Ermes.

2

Ermes era escluso dagli impegni della professione e le sue giornate non finivano mai. Le testimonianze di solidarietà e di stima che gli venivano da tutto il mondo non erano sufficienti a mitigare l'umiliazione della forzata inattività nella quale era stato confinato in attesa di giudizio. Con Giulia interpretava il ruolo dell'uomo forte e sereno, fiducioso nella giustizia, perché lei aveva bisogno di certezze. In realtà era sconvolto dall'inazione e dalla precisa consapevolezza che lo scandalo in cui era stato coinvolto era il risultato di una diabolica macchinazione organizzata in ogni particolare che non poteva dipendere soltanto dalla disperazione di un padre e dal desiderio di vendetta di un collega offeso.

Né Gianni Macchi né il padre del piccolo Camillo potevano aver portato la sua storia d'amore su tutti i giornali. Pensò a Teodolinda, sua figlia. Si stupì che, a quel punto, non si fosse ancora fatta viva. Decise di chiamarla. Tea aveva diritto a una spiegazione, anche perché Marta non era la persona più giusta per aiutarla a ricostruire un quadro obiettivo dei fatti.

In quel momento Ersilia gli passò una comunicazione. Era Elena Dionisi.

« Novità? » s'informò Ermes.

« Buone notizie, credo », esordì l'avvocato.

« Sentiamole », replicò rassicurato dal tono allegro della donna.

« Ascoltami bene », proseguì. « Quello che ha tentato di screditarti ha fatto una mossa in più. »

« In che senso? »

« Nel senso che ci ha fornito il modo di individuarlo. »

Ermes aveva sotto gli occhi il paginone di un rotocalco così titolato: « L'allegro chirurgo sulle rive della Senna ».

Vicino al titolo, la foto del piccolo Camillo corredata da una lunga didascalia che con ipocrita abilità lasciava intendere che il responsabile della sua morte era « lo spregevole oncologo » pescato con le mani nel salvadanaio del bambino condannato. Seguiva una sequenza fotografica sua e di Giulia a Parigi.

« Allora fammi il favore di dirmi il nome », replicò senza curarsi di nascondere la sua irritazione.

« Ho saputo da dove vengono le fotografie pubblicate dai giornali in questi giorni. »

« Non distillare gli ingredienti per preparare il colpo di scena. Qual è questa agenzia? »

« La *Capitol*. Ha intelligentemente distribuito questi servizi fra i giornali più importanti, lasciando le briciole ai piccoli. »

« Ma le foto chi le ha scattate? Chi si è preso l'impegno di spendere un patrimonio per violare in tutto il mondo la nostra privacy? »

Elena s'innervosì.

« Abbiamo fatto un passo importante, ma è soltanto il primo. Capisco la tua ansia di chiarire tutto e subito, ma diamo tempo al tempo », affermò. « Non è che mi aspettassi di essere decorata sul campo », s'indispettì, « ma un modesto riconoscimento per il lavoro svolto mi avrebbe fatto piacere. »

« Ti ringrazio, Elena », disse Ermes. « E ti chiedo scusa. Ma se anche tra noi non possiamo essere sinceri, finirò in manicomio », confessò. « Ormai la menzogna e l'autocontrollo sono diventati strumenti di vita. »

« Scusami tu. Il fatto è che abbiamo compiuto davvero un grosso passo avanti. La *Capitol* è un'agenzia fotografica tra le più importanti. Ora dobbiamo sapere da chi ha avuto i servizi. È un'operazione delicata, ma non impossibile. Fidati di me. »

« Se non mi fidassi non sarei sincero al punto di rivelarti la mia vulnerabilità. »

Ersilia si affacciò alla porta del soggiorno.

« È arrivato il brigadiere Caruso », gli sussurrò.

« Lo faccia entrare », disse coprendo il microfono con la mano. « Chiamami a qualsiasi ora, se hai delle novità », fece rivolgendosi a Elena. « Ma credo che tu abbia ragione: non c'è niente d'impossibile », concluse salutando.

Carmine Caruso varcò la soglia del soggiorno muovendo esitante i grandi piedi: la sola cosa che in lui tradisse la professione del poliziotto. Era un siciliano dagli occhi azzurri e dai capelli biondi, longilineo e leggermente curvo, aveva l'aspetto garbato dell'impiegato di concetto vecchia maniera. Procedeva timidamente come un contadino di una volta. Il suo occhio esercitato in anni di frequentazioni nelle case dei ricchi inquisiti, più spesso a ragione che a torto, colse tutti i preziosi particolari di quell'ambiente luminoso e avrebbe potuto classificare e stimare tappeti, quadri, mobili e suppellettili antiche e moderne.

Ermes gli andò incontro sperando che il graduato portasse la soluzione del mistero.

« Di tutte le informazioni che ci interessano, professore, ne ho una. Una sola, ma sicura e molto interessante », esordì saltando i preliminari con la concreta essenzialità dell'investigatore.

Aveva pregato Ermes di lasciargli fare delle indagini dal momento che credeva fermamente nella sua innocenza.

« Si accomodi », l'invitò.

Sedettero su un ampio divano.

« Solo un momento », precisò. « Devo prendere servizio tra mezz'ora. E non ho molto tempo », soggiunse porgendogli una grande busta che estrasse da una borsa nera. « Qui troverà tutto quello che ho scoperto fino a questo momento. Sto rendendomi responsabile di un reato. Se qualcuno lo scoprisse finirei in un mare di guai. » Sorrise. « E saremmo in due a doverci salvare. »

Ermes soppesò il plico voluminoso.

« Lo sappiamo soltanto noi », lo rassicurò. Era la pura verità. Non ne aveva parlato neanche con Giulia.

« L'hanno fatta seguire, professore. Dappertutto », l'informò. « Lei e la signora de Blasco siete stati bersagliati dai fotografi della *Detective International* che ha sedi nelle principali città del mondo. È un lavoro che dura da quattro anni. Qui », e indicò la busta, « c'è tutta la storia. Parole e musica. »

« Quattro anni », ripeté Ermes e provò un senso di nausea. « E il cliente? » domandò.

« Questa sera vedrò un amico che mi deve più di un favore. Credo sia in grado di dirmi il nome della persona o delle persone che han messo in piedi questo imbroglio. »

« Quindi la denuncia e questa messinscena sono due elementi dello stesso disegno », pensò ad alta voce.

« Questa sera, professore, sapremo esattamente come stanno le cose. »

Ogni ulteriore domanda sarebbe stata inutile. Non gli restava che aspettare. Salutò Caruso e telefonò a casa di Marta nella speranza di trovarvi Tea. Un domestico gli disse che le signore erano partire per Saint Moritz. Allora cercò Tea al Palace. Il portiere lo riconobbe.

« La signorina non è ancora arrivata », gli comunicò. « C'è soltanto la signora. Vuole che gliela passi? »

« È previsto l'arrivo di mia figlia? » chiese ignorando la domanda.

« Non saprei, professore. »

« Se dovesse arrivare le dica, ma soltanto a lei », puntualizzò, « che ho bisogno di parlarle. »

3

Piergildo Grandi, il giovane intraprendente cronista a caccia di scoop tra i nomi più in vista dell'alta società, scivolò di lato accanto a Marta nel letto sontuoso della *suite* del Palace. Era nudo, sudato, umiliato e vulnerabile. Si trovava nella situazione peggiore che possa capitare a un uomo. Aveva fatto ripetutamente cilecca. Si era affannato per mezz'ora, aveva fatto ricorso ai trucchetti più ignobili, ma le fantasie erotiche inutilmente evocate non avevano saputo accendere le sue virtù generative che non erano uscite dallo stato di deplorevole abbandono in cui, per altro, ancora si trovavano. La faccia aveva la desolante mestizia del suo armamentario virile.

L'avventura con Marta, che si era prospettata eccitante per tutte le implicazioni che sembrava comportare, aveva perduto ogni attrattiva nel momento in cui il giovane si era trovato di fronte a quello splendido nudo di donna. Un fisico perfetto attraversato però da lunghi rivoli di tessuto cicatriziale soprattutto alla base del seno.

Piergildo Grandi, cronista intraprendente, aveva un sacro terrore delle cicatrici. Il tessuto lucido e rilevato gli dava la sensazione di un orrido serpentello viscido e schifoso in agguato, pronto a scattare e a mordere.

Aveva scoperto in se stesso quella paura irrazionale e immotivata durante la sua prima esperienza sessuale. Lui aveva diciotto anni, lei trentasei. Era una donna attraente e insegnava educazione fisica nel liceo dove il ragazzo stava conseguendo la maturità. Quando si era spogliata aveva visto sul corpo perfetto, dall'ombelico al pube, il serpentello malefico e ripugnante risultato di un taglio cesareo. Fu un disastro. La sua chincaglieria dichiarò *forfait* e lui dovette rimandare di due anni il proprio battesimo sessuale.

Con Marta cercò di vincere la fobia, ma l'ambizione virile non produsse i risultati sperati, mentre il tessuto cicatriziale condannò alla mortificazione il giovane amante. Le accarezzò un seno e si sentì perduto. Sotto il velluto della pelle avvertì la plastica compattezza di una protesi al silicone. Era la fine. Si sarebbe sprofondato per la vergogna di trovarsi in una situazione tanto umiliante con quella donna autoritaria e dolce che prometteva un paradiso di delizie.

« Scusami », mormorò.

Marta balzò agilmente fuori dal letto, si infilò una vestaglia, prese una sigaretta da una scatola d'argento, l'accese e andò in salotto piazzandosi davanti al televisore. Era furibonda.

Nelle ultime ore era successo di tutto. Quell'idiota di Gianni aveva avuto il pessimo gusto di ammazzarsi mentre era in vacanza con lei, la polizia svizzera l'aveva interrogata oltre il lecito e, quando sperava di rimediare una nottata decente, ecco che il brillante cronista s'inceppava come un meccanismo logoro. Tese l'orecchio verso la sua camera sperando di udire i segni di una ragionevole ritirata, ma captò soltanto il desolato silenzio notturno.

Marta spalancò la porta.

« Alza le chiappe dal mio letto, impotente », sibilò e ritornò sui suoi passi.

Piergildo Grandi comparve poco dopo sulla soglia, vestito di tutto punto.

« Ti avevo chiesto scusa », disse con voce querula. « Non è il caso di insultarmi. »

« Ti ho solo chiamato per nome. O ne hai un altro? Sei per caso gay? No. Gli omosessuali hanno virilità da vendere. » Provava un piacere ineffabile nell'insultarlo.

« Forse dovevo mettere in bilancio la tua veneranda età », lui cominciò a reagire. « Ma forse non è nemmeno questo il problema. Ci sono le tette di plastica. I segni stratificati di pazienti restauri. Quanti anni hai? Sessanta? O forse sono di più? » Erano arrivati allo scontro diretto, al turpiloquio, alle oscenità.

« Impotente e vile », l'ingiuriò.

« Sei soltanto una vecchia laida che vuol sembrare una ragazzina. »

« Nessuno mi ha mai insultata così. » Era congestionata e il suo sguardo celestiale era iniettato di sangue e sprizzava odio.

« Era ora che qualcuno lo facesse. »

Marta gli artigliò la faccia come una pantera inferocita lasciandogli sulla guancia sinistra quattro solchi insanguinati. L'uomo la spinse violentemente mandandola a sbattere sul pavimento. Un folto tappeto attutì provvidenzialmente la caduta. Lei si sollevò appoggiandosi al braccio destro.

« Se sai qualche altro mestiere comincia a guardarti intorno, perché la tua carriera di giornalista finisce qui », sentenziò. Piergildo Grandi, inspiegabilmente, alla vista del sangue che si asciugava con un fazzoletto, aveva recuperato una straordinaria tranquillità. Tornò sui suoi passi, si avvicinò alla donna e le appoggiò un piede sulla spalla impedendole di alzarsi. Il giovane cronista, che poche ore prima la guardava con aria umile e sottomessa, le regalò un sorriso crudele. « So che puoi molto, ma non farai nulla contro di me », minacciò. « Se ti azzardi a muovere un dito, io racconto alla polizia che ti sei appropriata di un messaggio di Gianni Macchi. Hai commesso un reato. Si chiama occultamento di prove. Lo sai, vero? Conosco a memoria il contenuto di quel biglietto. Le parole del dottor Macchi erano leggibilissime anche sul foglietto sottostante a quello che hai strappato. »

« Bastardo! » gli gridò, ma lui non la sentì. Era uscito e si era chiuso la porta alle spalle.

Marta non trovò subito la forza di rimettersi in piedi. Si sentiva improvvisamente vecchia e stanca. Era pur vero che si era imbattuta in un complessato, una mezza cartuccia, un impotente, ma era altrettanto vero che tutti i suoi sforzi per rimanere aggrappata alla giovinezza erano naufragati sulla faccia inespressiva di quello scribacchino da strapazzo. Si mise a piangere silenziosamente. Era la prima volta che piangeva con tanto gusto. Che cos'era questo disperato bisogno di lacrime? Questo sentirsi improvvisamente vuota e sfiduciata? Era vecchia, ricostruita, sapientemente restaurata. E doveva sentirselo dire da quell'impotente che l'aveva violentata con una verità che cercava inutilmente di nascondere.

« Sei vecchia », gridò a se stessa. « Sei vecchia e fai schifo! »

Fu così che Tea la vide aprendo la porta del salotto.

Marta si tirò agilmente in piedi e si passò una mano tra i capelli scomposti.

« Perché sei scappata dalla clinica? » domandò.

« È una lunga storia. »

« Chi ti ha aiutato ad arrivare fin qui? »

« Voglio andare da mio padre. »

4

Il tenente Marcello Belgrano dei conti di Sele stava appollaiato sull'alto sgabello dell'american bar, un gomito appoggiato al banco in un precario equilibrio opportunamente mascherato da un atteggiamento elegante e disinvolto. Soltanto l'occhio esercitato del barman, che sapeva riconoscere tutti i tipi di sbronza, da quella signorile a quella cattiva, aveva individuato nel giovane aristocratico, che amoreggiava con il suo bicchiere di whisky, il perdente per vocazione che naviga verso la catastrofe in un perenne stato di dignitosa ebbrezza.

L'aveva incrociato nella hall, mezz'ora prima, e l'aveva visto accompagnare la giovane Teodolinda Corsini verso l'ascensore. Poi, come l'ago della bussola si orienta verso il polo magnetico, il giovane dal profilo gentile si era diretto verso il bar attratto da un irresistibile richiamo. Lì l'aveva ritrovato nel momento in cui aveva dato il cambio al collega. Nello sguardo appannato del giovane, il barman lesse i segni di una sconfitta recente, forse l'ultima di una lunga serie; e avrebbe scommesso le mance della giornata contro un bicchier d'acqua fresca che, nel disagio del cliente, c'entravano la giovane Corsini e la madre di lei, Marta, arrivata qualche giorno prima con un giovane partner che si era suicidato rischiando di provocare uno scandalo in piena stagione invernale. L'uomo aveva fatto i capelli bianchi dietro i banchi dei bar di mezza Europa; i suoi occhi ancora vivi e scintillanti di saggezza ne avevano viste di tutti i colori, il suo robusto naso aquilino sapeva annusare i guai a un chilometro di distanza. Aveva raccolto le confidenze di avventurieri, di cialtroni senza una lira, di cortigiani pronti a tutto, di potenti in disgrazia, di miliardari generosi e sadici, grandiosi e meschini, tutti uomini, insomma, che si erano inginocchiati al suo confessionale, l'avevano corteggiato e blandito a seconda del tasso alcolico presente nel sangue, dimenticandosi di tutto il giorno dopo, a mente fresca.

Qualche volta sbagliava nella classificazione della categoria perché spesso un miliardario e un cialtrone possono confondersi, ma era sicuro di riconoscere esattamente i due gruppi fondamentali: i perdenti e i vincenti. E i perdenti avevano lo sguardo appannato, l'indifferenza totale, ma non sempre avevano lo stile del cliente che, in quel momento, gli porgeva il bicchiere ormai vuoto.

Il barman lo riempì. Era la quarta volta in mezz'ora.

L'uomo allungò il braccio sinistro per scoprirsi il polso e guardare l'orologio.

« Qui c'era un Patek-Philippe », confidò l'ubriaco sentendosi osservato.

« Sono le undici, signore », disse il barman con aria compita.

« E il tempo è buono », replicò Marcello con un sorriso. « E Teodolinda più bella che mai », soggiunse alzandosi per salutare Tea che entrava in quel momento.

« Amore, torno a Milano con la mamma », gli comunicò guardandolo con severità.

Marcello si chinò baciandole la mano.

« Come vuoi, cara », accondiscese senza discutere la sua decisione.

« Hai bisogno di nulla? » si preoccupò Teodolinda.

« Di saperti serena », ribatté. Non le avrebbe mai detto che per raggiungere Locarno, portarla via dalla clinica e condurla a Saint Moritz dalla madre aveva impegnato il suo Patek-Philippe che difficilmente avrebbe potuto riscattare.

« Il consiglio che mi hai dato si è rivelato prezioso », disse la ragazza con riconoscenza. « Ho riavuto libertà e passaporto. »

« Questa sì che è una buona notizia », esultò Marcello.

« E tu? » lei chiese più per dovere di cortesia che per reale interessamento.

Marcello Belgrano si rese conto che quello era un addio.

« Mi resta il piacere di essere stato al tuo fianco quando ne hai avuto bisogno », mormorò con la sua voce grave.

Tea lo baciò sulla guancia e lo salutò con l'indifferenza dei giovani ricchi mutevoli come il cielo primaverile.

« Quando torni a Milano fatti vivo », gli disse senza passione e senza entusiasmo.

L'aborto, la fuga, le umiliazioni patite appartenevano ormai a un passato da dimenticare.

« Mi farò vivo », ripeté senza espressione.

Teodolinda si allontanò e scomparve oltre la porta del bar.

Il tenente Marcello Belgrano dei conti di Sele vide allontanarsi e scomparire la prospettiva di un ricco matrimonio che gli avrebbe permesso di ridare lustro al suo arrugginito blasone. La sua peggiore allieva, Teodolinda, non avrebbe mai imparato a cavalcare come si deve. Lui sarebbe rimasto nell'esercito, visto che era il solo modo per mantenersi un cavallo, e avrebbe continuato a vivere nel ricordo di lei. L'aveva messa incinta per calcolo, ma adesso l'amava veramente.

Guardò la porta dalla quale era sparita Teodolinda, poi,

per antica abitudine, ripeté il gesto di chi guarda l'orologio e trovò il polso nudo.

« Qui c'era un Patek-Philippe, » ripeté al barman. « Un vecchio, prezioso ricordo di famiglia. E forse non tornerà mai più al suo posto », soggiunse con sorridente nostalgia.

« Non è detto, signore », cercò di consolarlo.

« Sono ridotto alla mendicità », confessò candidamente.

« Sono cose che succedono. Ma il più delle volte passano. »

« Sei un uomo saggio e paziente », si congratulò Marcello allungandogli l'ultimo biglietto da cento franchi.

« E lei è il cliente più simpatico della giornata », ricambiò il barman. « Così, se permette », continuò rifiutando il danaro, « offre la casa. »

5

La rossa Ferrari mordeva l'asfalto lungo i tornanti che portavano a valle, in un paesaggio gonfio di neve come un pan di zucchero. Marta aveva riacquistato sicurezza e fiducia e guidava la scattante vettura con grande abilità. Aveva fretta di mettere il maggior numero di chilometri possibili tra lei e un posto che aveva fatto da sfondo a una sgradevole *defaillance*. Per lei Saint Moritz era una parentesi chiusa.

Teodolinda osservava il profilo delicato della madre e sentì di detestarla profondamente, anche se, prima di lasciare il Palace, aveva firmato con lei una specie di armistizio.

« Non mi hai ancora detto come hai fatto a scappare dalla clinica e ad arrivare fin qui », aveva cercato di sapere Marta quand'erano nel salotto dell'appartamento.

« Bell'*exploit*, vero? » aveva replicato beffarda la ragazzina. « E inoltre senza abiti, senza soldi, senza documenti. Indovina un po'? » Era pallida, d'un pallore affaticato e dolente che la rendeva più bella ingentilendone i tratti.

« Ti ha aiutato un uomo, è evidente. Quel debosciato di Marcello. »

« È stato splendido. Generoso e splendido. » Mentre sosteneva il difficile confronto con la madre, Tea aveva continuato a guardarsi intorno cercando di spiegarsi tutto quel disordine. « È sotto che mi aspetta. E io ho una gran voglia di sposarlo. »

« Sai bene che posso rovinarlo. »

« Lo so. Ma fra due anni potrò disporre pienamente delle mie proprietà. Due anni passano presto. Papà mi aiuterebbe, ne sono sicura. E se anche si opponesse, chiunque sarebbe disposto a darmi una mano sapendo la fortuna che mi aspetta. Se avessi riflettuto con calma qualche giorno fa, certamente non avrei accettato di abortire. Ma sposandomi posso avere altri figli. »

« Mi parli e mi guardi come se fossi la tua peggiore nemica. »

« Mamma, lasciamo perdere le definizioni. »

« Sono tua madre. E ho il dovere di pensare al tuo futuro. »

« Parole. »

« Credi davvero che il tuo nobile cialtrone ti ami? » Era stanca, segnata da occhiaie profonde, scarmigliata, aveva una gran voglia di abbandonare la presa e che andassero tutti al diavolo. Poi aveva bevuto un gran sorso di whisky, aveva acceso una sigaretta ritrovando la necessaria grinta.

« Marcello mi ama », affermò Tea.

« Marcello mi ama », l'aveva canzonata. « E siamo in pieno melodramma. Però tu hai abortito e lui non ha mosso un dito. Perché non ha protestato? Perché non ha scatenato il finimondo? Perché non ti ha portato via prima sul suo cavallo bianco? Sapeva le mie intenzioni. E non ha mosso un dito. Neanche una telefonata per una debole, aristocratica protesta. »

« Lui non sapeva niente. » Di fronte alla perfidia della madre stava perdendo la calma.

« Lui sapeva tutto, ma non ha fatto niente. Però se tu mi dici che, di fronte al fatto compiuto, è impazzito per il dolore, si è strappato i capelli, ha minacciato una carneficina, allora mi rimangio tutte le accuse e ti dico: sposalo. Hai la mia benedizione. Quell'ubriacone ti ama davvero. » Marta si era chiusa alle spalle la porta del bagno lasciando la figlia con quel sospetto. Lei aveva un gran bisogno di una doccia bollente che le desse l'illusione di rimuovere l'ansia.

Tea aveva abbracciato un anonimo cuscino d'albergo, ricordando di avere buttato il suo amato orso di peluche la notte in cui suo padre aveva definitivamente abbandonato la loro casa. Poi aveva rimuginato le parole della madre. Effettivamente Marcello, di fronte a quel figlio perduto, non si era disperato, non aveva protestato. Si era limitato a sorridere e a dire che non era successo niente. Marta aveva ragione, neanche lui l'amava. E lei era una ragazzina rifiutata dalla madre, abbandonata dal padre, sedotta per convenienza, con un disperato bisogno di affetto e di protezione. A modo suo, Marcello Belgrano le voleva bene, ma niente di più. Non aveva nemmeno pianto con lei la perdita di una vita.

Quando Marta era ricomparsa completamente vestita e perfettamente truccata, Teodolinda le aveva detto:

« Riportami a casa. Voglio vedere mio padre. Con Marcello Belgrano è tutto finito ».

La donna aveva opportunamente frenato il sorriso trionfante prendendo atto della vittoria conseguita. C'era tempo per i festeggiamenti.

Adesso, mentre viaggiavano verso Milano, Tea osservò la madre e si chiese come mai avesse conservato il più assoluto silenzio sullo scandalo e sulla lunga coda di servizi fotografici pubblicati da tutti i giornali. Le sarebbe piaciuto leggere nei suoi pensieri, ma la faccia di Marta era impenetrabile. Eppure era certa che stesse vivendo il momento più difficile della sua vita. Gianni Macchi si era suicidato nella camera vicina alla sua e, per quanto ingenua fosse, aveva abbastanza buon senso per capire che quella storia non sarebbe finita lì. Suo padre alimentava le cronache di uno scandalo vergognoso e animava le sequenze rosa dei servizi giornalistici, ma sua madre, pettegola e calunniatrice, si era trincerata dietro un dignitoso riserbo.

« Papà ha trovato la donna della sua vita », esordì ironica provando gelosia e odio per Giulia.

« La cosa non ci riguarda », replicò.

« Hai portato l'arte di mentire a livelli impensabili », si complimentò.

« Le performance erotiche di tuo padre non ci riguardano. »

« E l'accusa di peculato? La vergogna dell'arresto? Tu lo conosci bene. E sai che non si sarebbe mai macchiato di una simile colpa. »

« Deciderà il tribunale. Ma noi siamo fuori da questa tempesta. »

« Tu sei fuori. Io sono sua figlia. »

« E io sono ancora la signora Corsini, se vogliamo far valere i rapporti di parentela. Nessuna sentenza definitiva ha ancora sancito il nostro divorzio. »

« E nonostante la sorpresa reagisci con composta signorilità », la provocò Tea. « La televisione e i giornali mostrano tuo marito ammanettato e tu resti impassibile come la regina d'Inghilterra. Lo capisco. E capisco che dietro l'apparente disinteresse si nasconda una perfida soddisfazione. Ma siccome sono donna e conosco i morsi della gelosia, mi rifiuto di credere che la tua indifferenza di fronte alla storia d'amore di papà con quella scrittrice sia sincera. A meno che... » la lasciò nella curiosità.

« A meno che? » la sollecitò Marta.

« A meno che tu non conoscessi da molto tempo la verità », la sorprese. « E non ti fossi abituata all'idea. »

« Sei pazza », sibilò perdendo improvvisamente la sua imperturbabilità.

« Può darsi di sì », sorrise. « Ma può darsi di no », continuò pensierosa. Strano che si ricordasse soltanto adesso di una conversazione telefonica di sua madre con un anonimo interlocutore: « Sono scesi al Ritz. Sempre con Giulia de Blasco », aveva commentato Marta. Erano passati mesi o anni? Era comunque un episodio lontano come quello dell'orso rifiutato. Ricostruendo i fatti si rese conto che chi stava « sempre con Giulia de Blasco » era suo padre.

« Tu lo sapevi da tempo », l'apostrofò a voce alta tirando le fila del suo ragionamento.

« Che cosa sapevo? » replicò Marta.

« Di papà e della scrittrice », l'accusò. Ecco perché eri così tranquilla. « E forse sai tante altre cose. »

« Ti dispiace farti gli affari tuoi? » l'invitò cercando di essere gentile.

« Mi domando dove prendi le energie per combattere su tutti i fronti », la provocò Tea. « Da dove viene tutta questa perfidia. Tutto questo odio. Tu vuoi vederlo nella polvere, mio padre. Vuoi vederlo morto », la sferzò.

Marta impallidì.

« Fatti i cazzi tuoi! » sibilò distraendosi dalla guida per un attimo. La Ferrari si trovò a pochi centimetri da una vettura che veniva in senso contrario. Marta sterzò a destra per evitare lo scontro e recuperò l'assetto della macchina, inseguita da un colpo di clacson furibondo.

« È quello che sto facendo », disse Tea.

« Sei una piccola sgualdrina. »

« Noto un salto di qualità nel linguaggio. »

« Che cos'hai intenzione di dire a tuo padre? » domandò Marta che si sentiva con le spalle al muro.

« Che lo stai spiando da un pezzo. Da quando lui ti ha piantata, per essere esatti », affermò Teodolinda. Aveva in mente altri sospetti e li avrebbe riferiti a Ermes.

6

Carmine Caruso parcheggiò la sua 127 azzurra sul piazzale del cimitero di Lambrate a una certa distanza dalla Panda rossa che aveva tallonato dall'estrema periferia sud della città. Osservò la coppia non più giovanissima scendere dalla Panda e quando la vide imboccare il cancello del cimitero, uscì a sua volta dalla vettura e s'incamminò verso la sconfinata città dei morti dominata dal clamore frenetico delle ruspe, dei carrelli elevatori, dai martelli pneumatici. Il tradizionale silenzio dei cimiteri era violato dal frastuono assordante dei mezzi meccanici destinati a creare nuove tombe.

Caruso osservò la donna e l'uomo. Lei piccola, un po' robusta, più vicina ai cinquanta che ai quaranta, reggeva un cestino di paglia intrecciata da cui spuntavano fitte piccole margherite bianche. Lui, di poco più alto, portava un sacchetto di plastica di un supermercato. Indossavano pesanti cappotti grigi di tonalità quasi uguale. Se il graduato avesse dovuto descriverli in un rapporto li avrebbe definiti dozzinali. Ma non aveva nessun verbale da stendere per quel pedinamento.

Entrò nell'ufficio dei custodi e chiese di telefonare.

« Sono al cimitero, professore », disse. « Mi raggiunga

appena può. Sì, sono arrivati. Puntuali come sempre. Segua il percorso che le ho tracciato in quella specie di piantina. Non può sbagliare.

L'uomo stava pulendo la tomba con una pezza di lana. La donna sfiorava con dita leggere i contorni della fotografia di un bambino dai grandi occhi sognanti, bello e malinconico. Caruso si fermò a pochi metri dalla coppia e riuscì a leggere sul marmo bianco un nome inciso a caratteri dorati: « Camillo Leva di soli nove anni ». Il cesto di margherite era ai piedi della lapide.

« Hai sentito che freddo, oggi, bambino mio? » disse la madre. Aveva una luce affabile nello sguardo e un'espressione serena. « Pensa che in piazzale Loreto il termometro segna meno cinque », soggiunse.

L'uomo la guardava con rassegnata mestizia. Aveva raccolto i barattoli di cera e gli strofinacci che gli erano serviti per lucidare la tomba.

« Oggi è venuta a trovarci la tua maestra », riprese la donna. « In classe ha spiegato le moltiplicazioni con i decimali. Sono sicura che tu le capiresti al volo, intelligente come sei. »

« Basta così, per oggi », disse l'uomo prendendole una mano e invitandola a seguirlo. « Col freddo che fa ti prenderai qualche malanno. »

« Ecco, lo senti tuo padre? » lei continuò. « È sempre lo stesso. Sempre di furia. Sempre a fare le cose di corsa. Fortuna che tu hai preso da me. Sei più calmo. Più riflessivo. »

L'uomo si alzò, si morse il labbro inferiore e scosse il capo.

« Vieni via, Laura », la esortò.

« Lasciaci stare ancora un po' qui », lo pregò. « Noi stiamo bene. »

« Non ti sente, Laura. Non può sentirti », cercò di convicerla il marito.

Per tutta risposta gli fece un gesto che era un invito a non interrompere la conversazione. Perché lei viveva con suo figlio e suo figlio con lei. E insieme parlavano e si capivano. Così sarebbe stato fino al gran giorno della Resurrezione. L'uomo si arrese e si tirò da parte.

Quello fu il momento che Carmine Caruso scelse per farsi avanti. Era un rischio che aveva lungamente calcolato. O adesso o mai più.

« Il signor Leva, vero? » chiese.

L'uomo assentì.

« Che cosa vuole? » replicò con malgarbo.

« Sono Carmine Caruso. »

« Quello che mi perseguita con le sue telefonate », reagì rabbiosamente parlando sottovoce ma con estrema veemenza. « Se ne vada. Tutto quello che avevo da dire l'ho già detto ai carabinieri e al magistrato. »

« Io vengo da amico, non da carabiniere. Amico del professor Corsini e amico suo », precisò Caruso in tono cortese, offrendogli un sorriso conciliante.

« Se è amico di Corsini, non può essere amico mio », sibilò. « Ecco che cosa ha fatto il suo caro amico », soggiunse indicando la tomba di Camillo. « Abbia almeno rispetto per loro. Per lui. E per il dolore di quella povera donna. Non lo vede che è fuori di testa? Vada via! » gli intimò il padre alzando la voce.

La donna continuava il suo commovente, folle dialogo con il figlio. Quello che accadeva intorno non la toccava.

« Lei è un galantuomo, signor Leva », lo apostrofò Caruso. « Quello che mi aspetto da lei, proprio qui, davanti alla tomba di suo figlio e al dolore di sua moglie, è un chiarimento leale. Perché ha voluto accusare il professor Corsini? »

« Perché è un assassino e un ladro. Ha ucciso mio figlio e ha rubato i miei soldi. »

« Corsini aiuta i malati a guarire. Ha guarito mia moglie e avrebbe guarito suo figlio se ci fosse stata una possibilità. »

« Se ne vada! »

« Inoltre lei non gli ha mai dato un centesimo. Perché non gliene doveva. Né lui ha mai chiesto denaro », lo accusò con severità.

L'uomo lo afferrò per il bavero del cappotto.

« Se ne vada », ripeté. « Altrimenti chiamo la polizia. Ha capito? »

C'era un dolore che trascendeva i gesti e le parole in quel brutale confronto.

« Suo figlio amava molto il professor Corsini. Crede che approverebbe il suo comportamento? » martellò spietato Caruso.

« Quell'uomo me l'ha ucciso », accusò guardandolo negli occhi. « Ha ucciso e deve pagare. »

La caparbia insistenza del padre, che era certamente in buona fede, fece vacillare le certezze dell'investigatore. E se Leva avesse avuto ragione?

Corsini aveva curato e guarito sua moglie, ma se nonostante le apparenze e gli episodi positivi che lo assolvevano fosse stato colpevole? Se in certi momenti avesse prevalso in lui una personalità perversa? Questi pensieri non avevano ancora preso forma definitiva ma stavano timidamente affacciandosi alla mente di Caruso.

Aveva cominciato a piovere, una pioggia sottile, gelida, pungente che penetrava fin dentro le ossa. L'operaio della ruspa che lavorava nei pressi spense il motore. Chiamò un collega che lavorava vicino a lui e insieme si allontanarono in Vespa.

« È lui il colpevole », insisté Leva con le lacrime agli occhi. « Lui si è rifiutato di operarlo. »

La donna, che fino a quel momento era rimasta accovacciata accanto alla tomba, si alzò. Vide dal fondo del vialetto avanzare un uomo, alto e diritto, le mani affondate nelle tasche del cappotto di cammello, il bavero rialzato. Man mano che si avvicinava, il volto e la figura rivelavano una persona conosciuta. E quando fu a pochi passi lo riconobbe e gli tese le braccia.

« Professor Corsini », esclamò. Sorrideva. Ermes ricordò che Camillo aveva lo stesso sorriso.

« Come sta? » le chiese con interesse.

La donna si voltò verso la tomba.

« Hai visto che il professore è venuto a trovarti? » esclamò rivolto alla fotografia del figlio. « Ti ha sempre voluto bene il professore, sai? Siete grandi amici voi due. »

Ermes e Caruso si guardarono cercando di capire, mentre Leva tentò di convincere la moglie a seguirlo.

« Vieni via », disse.

« Ma no, c'è il professore. Ha visto, professore, come ce l'hanno sistemato bene? » domandò con un sorriso.

« Allora lei sa che il professor Corsini voleva bene a Camillo », intervenne Caruso.

« Ma certo che lo so. Si è alzato anche in piena notte per curarlo. E soprattutto gli ha sempre tolto il dolore. Che è una gran brutta maledizione. »

« Suo marito, però, non la pensa così », osservò Ermes.

« Ci vuole pazienza, professore. Bisogna capirlo », volle discolparlo. « Con qualcuno doveva pur prendersela », minimizzò.

« Il professore è stato denunciato da suo marito e imprigionato », intervenne Caruso.

« Denunciato? Arrestato? E perché mai? »

« Perché suo marito lo ritiene responsabile della morte di suo figlio », proseguì Caruso.

« Il professor Corsini responsabile? »

« Non solo di quello, ma anche di aver ricevuto dei soldi per autorizzare il ricovero in clinica di Camillo. »

La donna guardò il marito senza astio, con aria di benevolo rimprovero.

« Hai visto che cos'hai combinato con la tua mania di voler punire il professore? Quella gente ti ha messo in testa delle cose sbagliate. È peggio di un bambino », riprese lei. « E poi dice a me che mi comporto in maniera insensata. »

« Quale gente? » chiese rapido Caruso.

La donna non l'ascoltò.

« Non vuole che parli con Camillo », spiegò a Ermes. « Ma io gli parlo e lui mi ascolta. Perché è qui con me. E poi si accanisce contro di lei soltanto perché qualcuno gli mette in testa che quello che è successo a nostro figlio è colpa sua. Per non dire di questa storia dei soldi che non sta né in cielo né in terra. Hai visto che pasticcio hai messo in piedi? » disse avvicinandosi al marito e accarezzandogli la testa. « E io che non sapevo niente. »

Ermes le circondò le spalle e prese a guidarla fuori del cimitero. Il marito e Caruso li seguirono.

« Lei non sa il bene che mi ha fatto con le sue parole », la ringraziò Ermes.

« Perché vede, professore », lei riprese seguendo il discorso che aveva in mente, « Camillo è nato tardi, quando non speravamo più di avere figli. È stato un dono di Dio. Il cielo ce l'ha dato. Il cielo ce l'ha tolto. Nell'altro ospedale, qualcuno ha convinto mio marito che se lei avesse subito amputato la gamba, Camillo sarebbe guarito. Io lo lasciavo fare quel pover'uomo, perché prendersela con qualcuno, sia pure con la persona sbagliata, gli serviva da sfogo. Ma non avrei mai immaginato che avrebbero tirato in ballo i carabinieri e il tribunale. E la prigione. Potrà mai perdonarlo? »

« Se io glielo chiedessi, signora, sarebbe disposta a dire al magistrato quello che ha detto a me adesso? » domandò Ermes.

« Io sì. Ma mio marito verrà condannato? »

« Probabilmente », replicò Ermes con sincerità. « Ma certo i giudici saranno clementi. E forse non finirà in prigione, come è successo a me. Capiranno il dolore di un padre, come l'ho capito io », concluse Ermes.

7

Giulia stava per lasciare il bunker del centro alte energie.

« È soltanto un problema di pazienza e di metodo », le spiegò il professor Mauro Pieroni. « Non c'è niente di magico e di misterioso. Abbiamo le strumentazioni più attuali, è vero, ma cerchiamo di star dietro agli ammalati. Cerchiamo di far capire loro che i controlli sono fondamentali. L'importante è che i tumori siano aggrediti nei limiti dell'operabilità chirurgica e dell'intervento radiologico. »

Giulia trovava una grande consolazione nelle parole pacate dell'uomo dai capelli bianchi. Lo definiva in cuor suo « il guardiano del bunker », il solo, dopo Ermes, che sapesse infonderle fiducia, il solo che l'aiutasse a spezzare la spirale della depressione dalla quale rischiava di lasciarsi prendere ogni volta che si recava in quel luogo, una specie di rifugio antiatomico per la terapia radiante.

Mauro Pieroni le aveva spiegato le motivazioni della sua scelta professionale.

« Durante la guerra », le raccontò, « ero in Russia col Savoia Cavalleria. Mentre cavalcavo nella steppa mi si sferrò il cavallo. Si fermò per soccorrermi un allievo maniscalco del terzo squadrone. Un siciliano che mi arrivava alla spalla. Si chiamava Connestabile. La sua aspirazione più grande era diventare caporale maniscalco », sorrise inseguendo il suo ricordo. « Connestabile tirò fuori la borsa, mi ferrò il cavallo e io raggiunsi il reggimento. Se avesse tirato diritto, probabilmente non sarei qui a raccontare questa storia. »

« E poi? » lo sollecitò Giulia.

« Poi basta, cara Giulia. » Le dava del tu affettuosamente come a una giovane amica. « Altrimenti finisco diritto su uno dei tuoi romanzi. Comunque quel giorno », riprese, « ho cominciato a pensare che per aiutare la gente a proseguire nella steppa, bisogna fermarsi e soccorrerla. »

Amava il suo lavoro ed era fiero delle modernissime apparecchiature di cui disponeva il suo centro. La punta di diamante era il Microtron, un apparecchio che produce fotoni ed elettroni.

Giulia capì il meccanismo della macchina quando Mauro le fece questo esempio:

« Fai conto che gli elettroni siano sassi. Se un sasso lo lanci direttamente dal pugno gli imprimi una certa forza. Se lo metti in una fionda come il ragazzino Davide, assume una potenza tale da abbattere il gigante Golia. Il nostro gigante cattivo è la malattia. E non a caso i tedeschi chiamano gli acceleratori circolari 'fionde di elettroni'. Noi ti guariremo, Giulia », le garantì col suo pacato sorriso.

Quando uscì dalla zona protetta, venne raggiunta da un'infermiera.

« Signora de Blasco », la chiamò con un tono di voce che la mise subito in allarme.

« Cosa c'è? »

« La vogliono al telefono », l'informò la ragazza che la conosceva bene ed era un'appassionata lettrice dei suoi romanzi.

« Mi hanno chiamato qui? » si stupì Giulia.

« Meno male che l'ho trovata. Pare sia urgente. Da casa sua. »

Giulia impallidì e il suo cuore incominciò a battere impazzito. Il sangue le pulsò nelle tempie. « Giorgio », pensò. E fu presa dal panico mentre correva verso il telefono indicatole dall'infermiera. In quel drammatico, affannoso avvicinamento si rese conto che suo figlio era la sola cosa che contasse davvero per lei. Lo vide straziato da una macchina, schiacciato da un camion, violentato da un bruto, trafitto dalla pallottola di un rapinatore o di un poliziotto, dilaniato da una bomba.

Le gambe non la reggevano più, il cuore era sul punto di scoppiare, aveva la testa in fiamme. Riuscì a raggiungere il telefono in un piccolo studio del reparto. Il ricevitore era posato sul piano lucido di una scrivania di formica bianca, in apparenza innocuo.

« Pronto », rantolò.

« Scusi, ma chi parla? » domandò una donna dall'altra parte del filo.

« Sono Giulia », rispose sforzandosi di apparire calma.

« Sei proprio tu? » s'informò la voce serena di Ambra. « Ma che cosa ti succede? »

« Giorgio... dov'è? » chiese Giulia incespicando nelle parole. « Che cosa gli è successo? »

« Calmati », l'ammonì Ambra, « tuo figlio è a scuola. Sta benissimo. Non è per lui che ti chiamo », proseguì calma la donna.

Giulia riprese fiato, il cuore si calmò, il sangue prese a scorrere in modo meno tumultuoso e si sentì invasa da una profonda stanchezza. Sedette su un angolo della scrivania cercando di controllare l'affanno.

« Che cosa c'è, Ambra? » domandò. Giorgio era salvo, ma doveva pur sempre trattarsi di una cosa seria se la fedele amica l'aveva cercata in clinica sottolineando, anche con l'infermiera, l'urgenza della comunicazione.

« Ha chiamato la governante di Ermes », l'aggiornò. « Voleva sapere se il professore era da noi. È uscito di corsa dopo una telefonata. Adesso qualcuno, dall'ospedale, lo cerca con urgenza. Tu non sai dove possa essere? »

« Ti riferisci all'ospedale dove sono io? »

« Perciò ti ho telefonato. »

« Non ho idea di dove sia. » Che cosa potevano volere da lui con tanta urgenza? Era sotto inchiesta, sospeso da qualsiasi incarico. « Comunque ti ringrazio, Ambra. Adesso cerco di sapere qualcosa. »

L'infermiera che le aveva annunciato la telefonata era sulla porta dello studiolo. Giulia la guardò perplessa.

« Qualcuno sta cercando il professor Corsini? » domandò.

La ragazza non ne sapeva niente. Giulia conosceva la strada per arrivare in chirurgia, dove avrebbe trovato certamente la chiave del piccolo mistero, ma si domandò se era il caso di andare in un reparto dove tutti la conoscevano: come paziente e come amante del primario sotto inchiesta. Non aveva voglia di mettersi in mostra. E poi che senso aveva cercare di sapere una cosa che forse nemmeno la riguardava?

Si sarebbe messo in contatto Ermes con i suoi colleghi non appena fosse tornato a casa. O non appena si fosse fatto vivo con lei.

« Posso telefonare? » domandò all'infermiera.

Chiamò Elena Dionisi.

« L'avvocato è dal sostituto procuratore, signora », le comunicò la segretaria. « Il professor Corsini era con lei. »

« La ringrazio. »

« Lo sa, vero, signora de Blasco, che l'uomo che lo accusava ha ritrattato? »

No, non lo sapeva fino a quel momento e la rivelazione provocò un riso liberatorio dopo ore e giorni di tensione. Rise dapprima sommessamente, poi più forte e infine a piena gola. L'infermiera la guardò allibita e preoccupata. Bizzarria d'artista, pensò. Giulia continuò a ridere mentre attraversava il grande vestibolo con i visitatori, gli infermieri, i medici che guardavano quella signora elegante e felice.

Quando passò davanti alla cabina trasparente dell'ingresso, il portiere che la conosceva bene la chiamò.

« Signora », le disse, « dal reparto di chirurgia d'urgenza cercano il professore. Lo cercano dappertutto. »

Giulia era troppo contenta per interpretare la voce allarmata dell'uomo. Suo figlio era a scuola, Ermes era dal sostituto procuratore perché il suo accusatore l'aveva scagionato, Mauro Pieroni l'aveva rassicurata sul grande nemico ucciso dai colpi di fionda della sua macchina anticancro.

« Non so proprio dove sia », confessò con sorridente leggerezza. « Ma che cosa c'è di tanto urgente? »

« Un incidente d'auto », annunciò l'uomo. « La figlia del professore è gravissima. »

8

TEODOLINDA avvertiva intorno a sé un'animazione frenetica di cui non avrebbe potuto né voluto individuare la natura. Perché era protetta da un buio ovattato e di quello che accadeva intorno non le importava niente. Le interessava soltanto ritrovare il suo orsetto di peluche. Dov'era finito? L'unico ricordo nitido era l'orsetto che volteggiava come una foglia nello spazio ritagliato dal rettangolo della finestra sullo sfondo della notte.

Dalla finestra al terzo piano di corso Venezia, guardava il marciapiede e non vedeva niente. Era buio, ma l'orsetto bianco avrebbe dovuto in qualche modo spiccare sul grigio scuro dell'asfalto, se ci fosse stato.

E se non fosse stata lei a buttarlo dalla finestra, ma avesse deciso lui di andarsene, come suo padre? Papà se n'era andato sbattendo l'uscio di casa con tale veemenza che i cristalli dell'*étagère*, in salotto, avevano tintinnato.

Ora Tea sembra ricordare. C'è un intenso profumo di oleandri e dal mare spira una brezza salmastra, dolcissima. Dalla villa incastonata nel verde, si vede, coloratissima e ridente, la baia di Portofino, le barche ancorate come in un dipinto di Cascella. Tea indossa un kimono che il nonno le ha portato da Tokio. Papà è arrivato da Milano.

Gli corre incontro. Lui ride per quel kimono troppo grande e buffo. Quanti anni ha Tea? Otto compiuti da poco.

« Mamma dov'è? » chiede Ermes.

Tea ride e si porta l'indice della mano destra alle labbra.

« Ssst! non dobbiamo disturbarla », ammonisce. « Mi ha ordinato di stare alla larga. Sai, è con un amico. »

La bambina gioca e il padre l'asseconda.

« Noi lo conosciamo questo amico? »

« Credo di no. »

Ermes sembra riflettere.

« Sai che cosa facciamo noi due? » propone. « Andiamo all'Hotel Splendido. Ci facciamo dare una bella camera. Ci mettiamo in costume, poi andiamo in piscina a farci una nuotata. Ti va? » propone.

« Che gioia! » esclama Tea.

Quando tornano alla villa è ormai sera. Marta è in salotto. Ascolta musica brasiliana. Piace anche a Tea quel ritmo di samba.

« Devo parlare con la mamma », dice Ermes. « Va' a dormire, adesso. »

Lei, come ha visto fare tante volte alla madre, finge di allontanarsi, poi torna in punta di piedi a origliare alla porta.

La voce di Ermes è bassa e tagliente.

« Se non puoi fare a meno di accoppiarti come una cagna in calore », le dice sferzante, « abbi almeno l'avvertenza di assicurarti che nostra figlia non sia nei pressi. »

Marta ride.

« Ha parlato l'asceta », ribatte. « Ogni tanto ti ricordi anche di avere una moglie. Passi sedici ore al giorno in ospedale. E io che cosa dovrei fare? Per te esiste solo la carriera. L'hai scelta? Mi va benissimo. Però lascia che io viva la mia vita. » La voce della mamma è beffarda, sferzante. « Mi hai sposato per la carriera. Credi che non lo sappia? Forse non ti sono mai piaciuta. Ma ero la figlia di Attilio Montini e la cosa ti faceva dannatamente comodo. Strisciavi come un verme davanti al barone. Professore di qua, professore di là, professore, posso respirare? E adesso che sei direttore di clinica e cattedratico, sali in cattedra anche con me. Esattamente il cinquanta per cento di quello che hai, e la stima è per difetto, lo devi a me. Io a te non devo niente. Perciò, che ognuno viva la propria vita. »

« Ti stavo parlando di Tea. Quello che fai di te stessa non mi riguarda. Ma ti avverto: se mai accadrà ancora che la bambina sia coinvolta nelle tue sordide relazioni, chiederò il divorzio. »

« Se fai tanto di divorziare, ti rovino. »

« Sposandoti ho avuto dei vantaggi, ma oggi a te fa comodo essere la signora Corsini. Ormai il mio nome è più importante del tuo. Se coinvolgi ancora la bambina nelle tue storie io questo privilegio te lo tolgo, da un'ora all'altra. »

Ma perché stanno sempre a litigare? pensa Tea. Tutt'e due dicono di volerle bene. Corre in camera sua e abbraccia il suo orsetto. Lei e l'orso non litigano mai. Il loro sì, è un bel rapporto. Non come quello di papà e mamma. Ma allora perché lo ha buttato dalla finestra?

Adesso ricorda. Sono passati gli anni e lei frequenta la prima media. Mamma e papà sono usciti. È il giorno di Sant'Ambrogio. C'è l'inaugurazione della stagione lirica alla Scala. Ci sono anche due medici americani.

A tarda notte Tea si sveglia sentendo voci provenire dal soggiorno. Poco dopo, la porta della sua camera si apre e nel buio riconosce il buon odore di papà, l'odore della forza e della sicurezza. Ermes la bacia.

« Se ne sono andati gli ospiti? » domanda la bambina.

« Non ancora. Ma io vado a dormire. E anche tu dormi. »

« Com'è stata l'opera? »

« Dignitosa. »

« La gente? »

« Noiosa. »

« E la cena? »

« Una barba. »

Tea ride divertita.

« Sei orso, papà. Sei più orso del mio orso. »

« Papà orso e bimba orsetta », scherza Ermes abbracciandola.

« Quando se ne vanno gli americani? » chiede Tea. « Devono alzarsi presto anche loro, no? »

« Certo. Ma sono ragazzi. Possono permettersi di dormire poco. Io sono vecchietto, lo sai. »

« Quarantuno anni sono una certa età. Sono tanti davvero. Però non sembri un vecchietto. Le mie amiche sono pazze di te. »

« Buonanotte, chiacchierona. » Ermes la bacia sui capelli e se ne va.

È la canzone brasiliana che le piace tanto a svegliarla. L'orologio sul comodino segna le due. Tea si alza. Esce dalla sua stanza, percorre il corridoio che porta nella zona giorno. Dal salone viene un ritmo di samba e la luce filtra dalla porta socchiusa. Tea si avvicina e, attraverso lo spiraglio, vede la mamma che balla e mentre balla si spoglia a suon di musica. I due giovani americani bevono e ridono. Un gelo le attanaglia lo stomaco, gli occhi le si riempiono di lacrime e comincia a singhiozzare accovacciata per terra. In quel momento si accorge che papà è lì, in piedi, accanto a lei. Spalanca la porta del soggiorno e dice: « Voi due fuori dai piedi ». Poi, rivolto a Marta: « E tu rivestiti. Mantengo la mia promessa: da questo momento non sei più mia moglie ». Poi torna vicino a Tea, la prende in braccio e la riporta a letto.

L'indomani suo padre non c'è. Se n'è andato per sempre, senza una parola, e non tornerà più in quella casa. Tea afferra il suo vecchio, spelacchiato, amatissimo orso di peluche e lo butta dalla finestra.

Teodolinda torna ad affacciarsi sul rettangolo di cielo incorniciato dalla finestra. Si sporge per guardare e precipita nel vuoto. È una discesa lenta e fluttuante come quella di una foglia d'autunno. E finalmente rivede il suo orsetto. È lì, bianco, spelacchiato, sorridente che le viene incontro. Poi si accorge che non è l'orso, è suo padre.

Ermes indossa un camice verde e la mascherina da chirurgo. Tea sorride ma nessuno se ne accorge.

« Tea, mi senti? » domanda Ermes con voce sicura.

La ragazza apre gli occhi e subito li richiude.

« Mi hai sentito, vero, piccolina? Ora dormirai, Tea. E quando ti sveglierai sarà tutto finito. »

Tea continua a cadere come una foglia d'autunno nella notte. Poi è il silenzio senza colori e senza suoni, il nulla assoluto dell'anestesia.

9

ERMES guardò le radiografie del torace di Tea e quando fu sicuro di sapere a memoria quali erano i guasti provocati dal terribile incidente automobilistico, disse:

« Va bene. Cominciamo ».

Alla sua destra c'era Franco Rinaldi, uno degli aiuti, a sinistra Luigi Tosi, specialista in chirurgia toracica. Di fronte la ferrista. A capo del tavolo operatorio c'erano l'anestesista e il suo aiuto.

Ermes, sospeso per legge da qualsiasi incarico, non avrebbe dovuto trovarsi lì, ma quando Marta e Tea erano giunte in ospedale, Tosi, viste le condizioni della ragazza, aveva ordinato: « Chiamate Corsini. Trovatelo e fatelo venire qui ».

« Professore, Corsini non potrebbe comunque intervenire », osservò con studiata timidezza Rinaldi, e non si capiva se il riferimento fosse diretto alla legittimità dell'intervento o alla improbabilità che il caso potesse risolversi positivamente.

« Non le ho chiesto un'opinione », replicò sferzante.

Il giovane e ambizioso chirurgo si era affrettato a obbedire, anche se per lui la ragazza era spacciata e il primario di chirurgia toracica rischiava inutilmente di essere accusato di complicità.

Marta Montini era sotto shock. C'era un leggero trauma cranico e qualche contusione. Praticamente era uscita illesa dalla paurosa collisione con un Tir alle porte di Milano. Ermes l'aveva vista un attimo, e non si era nemmeno fermato a visitarla. Adesso l'aveva completamente dimenticata. Davanti ai suoi occhi c'era Tea e le radiografie che indicavano i danni prodotti dall'incidente. Ermes ricordava alcuni interventi analoghi eseguiti molti anni prima, quando faceva tirocinio in un ospedale a New York. E altri ancora, di poco più recenti, nel reparto di chirurgia d'urgenza, dov'era approdato al ritorno dagli Stati Uniti.

« Quante probabilità ci sono? » aveva chiesto a Tosi formulando una domanda stupida di cui conosceva la risposta meglio di chiunque altro.

« Quaranta, forse cinquanta su cento », aveva risposto onestamente il chirurgo toracico. « È un caso difficile », sottolineò.

« È un caso disperato », precisò Ermes.

Rivide i casi trattati: stesso tipo di compromissioni, stesse fratture. Interventi lunghi, complessi, delicati. Pochi erano sopravvissuti.

I medici erano tesi davanti a quel corpo in bilico tra la vita e la morte. Tutti erano allenati ad affrontare situazioni di alta emergenza: dalla grave emorragia all'arresto cardiaco, ma ognuno reagiva in modo insolito di fronte a Tea. Perché non era un paziente qualsiasi, era la figlia del professor Corsini.

Il cuore di Tea cessò due volte di battere nel corso dell'operazione e per due volte Ermes lo rimise in funzione massaggiando con le sue mani la miracolosa pompa che minacciava di arrendersi. Ricordò le poche volte in cui aveva abbassato la mascherina in sala operatoria e gettato il bisturi perché il cuore del paziente non si era ripreso. Questo non doveva e non poteva accadere con Tea.

Nel vestibolo del blocco operatorio, Giulia aspettava ormai da cinque ore di conoscere l'esito dell'intervento. Era stata lei a rintracciare Ermes e a farlo venire in ospedale. Era stata lei, per prima, a dargli la tremenda notizia. Una volta sola si era allontanata per telefonare a Giorgio, ma subito dopo aveva ripreso la sua paziente, dolorosa attesa.

Ermes la trovò lì, seduta su una panca di plastica. Si tolse la cuffia, sedette accanto a lei. Giulia lo guardò.

« È viva », le annunciò. Era tutto quello che poteva dirle. Le baciò una mano e soggiunse: « Vai a riposare un po'. Ci vediamo domani ».

Giulia si allontanò ed Ermes raggiunse il reparto di terapia intensiva dove Tea era stata ricoverata dopo l'intervento. L'uomo ricordò le parole di un maestro: non c'è nessun reparto di medicina, tranne forse la chirurgia d'urgenza, in cui balzi in primo piano la solidarietà umana e l'impegno di un medico come in un reparto di rianimazione. La ragazza era su uno speciale lettino collegata a complesse apparecchiature che respiravano per lei, tenevano sotto controllo la pressione arteriosa, il battito cardiaco e la funzione cerebrale.

C'era Rinaldi insieme con l'anestesista-rianimatrice che gestiva quella particolare emergenza.

« I parametri sono nella norma », disse l'anestesista.

Ermes aveva fatto tutto quello che era nelle sue possibilità e sapeva che soltanto il tempo avrebbe dato una risposta definitiva. Si fermò ai piedi del lettino.

« Vada a riposare », ordinò a Rinaldi. « Potrei avere ancora bisogno di lei questa notte. »

Il giovane medico si ritirò in buon ordine.

« Grazie », disse Ermes quando il giovane collega fu sulla porta, « grazie a tutti. »

« Siamo a sua disposizione », rispose piano il medico.

Ermes sperò di non dover ricorrere a lui, si augurò che tutto procedesse per il meglio e che Tea riaffiorasse lentamente alla vita. I parametri erano nella norma, aveva detto l'anestesista. Almeno in quel momento. Ma poi? Che cos'è la norma in medicina? Aveva davvero eseguito tutte le manovre necessarie per strapparla alla morte? Ripercorse mentalmente le varie fasi dell'intervento come se sfogliasse un libro che sapeva a memoria. Che cosa avrebbe fatto Tosi al suo posto? I monitor davano segnali tranquillizzanti. Tea doveva sopravvivere. Che senso avrebbe avuto altrimenti la sua vita?

Perché uno come lui nato nella miseria, cresciuto nella disperazione, sarebbe arrivato ai vertici della medicina? Per quale singolare disegno del destino? Era smarrito davanti a quel corpo martoriato, come lo era davanti a quello di Giulia. C'erano volute tutte le cognizioni accumulate in anni di studio e di lavoro per riparare quelle ferite. C'erano voluti anni di sacrifici, di piccole gioie, di grandi delusioni, di tormenti, di compromessi, di infinita pazienza. Veniva da lontano l'uomo che per ben due volte aveva tenuto tra le mani il cuore di sua figlia e lo aveva rimesso in moto. Era partito da lontano, da molto lontano. Era un combattente nato e l'inazione lo affaticava più della lotta. Ma adesso poteva soltanto aspettare. E si sentiva così stanco.

Ieri
1960

1

« Così abbiamo fatto mezzogiorno », disse Adone consultando l'Omega da polso in acciaio.

Due becchini riempivano la fossa e le zolle, cadendo sulla cassa, rimandavano un'eco soffocata e molle. Ermes pensava a quella montagna di terra che avrebbe pesato sul petto di sua madre e ricordò un'epigrafe latina per un amico morto: *Sit tibi terra laevis.* Poteva quella nera coltre esserle di conforto, povera Caterina? Le tribolazioni di una vita aspra erano state tante e forse nell'infinito silenzio del nulla avrebbe trovato la pace. Cercò lacrime consolanti, ma trovò un nodo aggrovigliato in mezzo al petto e un cupo turbamento. Era tutto lì il dolore per la morte della madre? La ricordò giovane, inquieta; poi vecchia e malata, ma sempre con gli occhi scintillanti di un'ansia febbrile, aggrappata a una speranza che aveva la fragile consistenza dei sogni.

Al funerale di Caterina c'erano soltanto Adone, il figlio più grande, e lui, il figlio più piccolo, che in ospedale l'aveva assistita fino all'ultimo. C'era anche un prete, con un chierichetto annoiato e distratto, che impartiva frettolose incomprensibili benedizioni. Ercole Corsini, il marito, era a San Vittore. Il carcere era diventato la sua residenza abituale. Gli altri quattro figli non avevano considerato indispensabile rinunciare ai loro impegni per assistere a un rito che serve solo ai vivi, perché tanto i morti se ne fregano, come aveva puntualizzato Minerva che teneva, insieme con il convivente, un banco di pesce al mercato rionale.

« Già mezzogiorno », esclamò Ermes. Doveva prendere servizio in ospedale all'una e attraversare tutta la città con i mezzi pubblici era un gran viaggio.

« Abbiamo fatto il nostro dovere », sospirò Adone preparandosi ad andarsene. Era un uomo sulla trentina, ben piantato, un po' più piccolo di Ermes, con gli occhi buoni e un'espressione concreta nel volto massiccio.

« Allora possiamo andare », ripeté Ermes sperando che Adone gli offrisse un passaggio sulla sua Seicento nuovissima di un bel grigio perla. Guardò le foglie ingiallite che si staccavano dagli alberi e danzavano leggere nell'aria ormai autunnale.

Il prete se ne andò seguito dal chierichetto.

« Be', ciao », lo salutò Adone tendendogli la mano. « Ci vediamo uno di questi giorni. Hai fatto molto per la mamma », riconobbe. « Ti ringrazio. »

« Figurati », si schermì Ermes.

« Sono cose che succedono », replicò guardando l'orologio come se fosse seduto sui carboni ardenti. « Io devo proprio andare. Ciao. » Non gli aveva offerto un passaggio e, per evitare che glielo chiedesse, l'aveva preceduto verso l'uscita.

Intuì che l'imbarazzo del fratello era il risultato di un'imposizione della moglie, una piccoletta antipatica, brutta e grassa, che lo considerava un suo feudo personale e si imponeva con il peso di una personalità dominante. Adone era il solo figlio vero di Ercole e Caterina, ed era anche l'unico con un mestiere in mano e una famiglia regolare: lui operaio specializzato, la moglie sarta, un figlio educato e diligente e un appartamentino a riscatto.

Ermes immaginava gli ammonimenti della moglie che forse lo aspettava in macchina: « E che non ti venga in mente di dargli un passaggio sulla nostra macchina. A quelli, se gli dai un dito, ti prendono un braccio ».

Alle nove di sera Ermes varcò il portone di un grande edificio popolare in via Beato Angelico. Prese a salire gli infiniti gradini circondato da odori stagnanti, sgradevoli, ma familiari che stava per lasciare. Adesso che sua madre era morta la sua presenza in quella casa non aveva più senso.

Dopo cinque rampe di scale uscì su una ringhiera a cielo aperto che si affacciava sul cortile. Respirò l'aria frizzante e rabbrividì nel maglioncino misto lana un po' slabbrato. Pensò che doveva risparmiare i soldi necessari all'acquisto di un capo adatto per ripararsi dal freddo imminente.

Entrò nel momento in cui Achille, un altro fratello, belloccio, fragrante di profumo da poco prezzo, si apprestava a uscire.

« Ciao! » esclamò il giovane che si credeva un elegantone e vantava successi con le donne, « dove sei stato tutto il giorno? » Era una domanda oziosa, formale che non esigeva una risposta.

Ermes gliela diede lo stesso.

« Prima, al funerale della mamma. Poi, a lavorare. »

« Bravo, bravo », replicò lui che probabilmente non aveva neppure sentito le parole del fratello. Achille era il ricco di casa. Trafficava in automobili oltre i limiti del lecito e manifestava la propria generosità pagando l'affitto per tutti. « Allora ciao », lo salutò.

« Io me ne vado », gli gridò dietro Ermes.

« Fai bene. Bravo. Svagati un po'. Ne hai bisogno. »

Sul tavolo di cucina, ricoperto di tela cerata a quadretti bianchi e marrone, Ermes trovò la sua cena. Tolse dalla fondina il piatto che la proteggeva e avvertì l'odore del minestrone ormai freddo e un po' scotto, che era pur sempre più gradevole del panino con la mortadella che mangiava a mezzogiorno. Affondò il cucchiaio nel piatto e cominciò a mangiare, senza passione, con metodo, masticando coscienziosamente ogni boccone, perché aveva bisogno di nutrirsi. Non era un buongustaio né un mangione. Purché fosse commestibile, il cibo andava bene.

Sulla porta della cucina, proveniente dalla stanza accanto, si affacciò Diana, una bella ragazza di venticinque anni, in vestaglia e spettinata.

« Com'è? » chiese alludendo alla minestra.

« Buona », rispose Ermes a bocca piena.

Diana era una ragazza dolce, mansueta, vittima di sogni impossibili, di uomini rozzi e violenti. Sedette al tavolo di fronte a lui. Appoggiò i gomiti sulla tovaglia di tela cerata e sbadigliò.

« Non mi domandi niente? » chiese alzando la voce con tono irritato.

« Parla piano », lei lo ammonì. « Ho un amico di là », soggiunse indicando la porta dell'altra stanza. « Riposa. »

Ermes immaginò il gentiluomo che s'era addormentato come un macigno dopo i furiosi amplessi che soltanto lei definiva amore.

« Non mi domandi niente della mamma? » insistette lui abbassando la voce. Caterina se n'era andata per sempre e in quella casa nessuno sembrava essersene accorto. Eppure li aveva messi al mondo e aveva fatto per loro tutto quello che poteva e sapeva. A ognuno aveva dato una parte di sé. Ogni volta che un figlio o una figlia nasceva, interpellava Ercole: « Che nome gli vuoi mettere? » E il marito, lettore di testi mitologici, sceglieva tra dei e semidei: « Lo chiamerai Achille o Ermes ». Oppure: « La chiamerai Diana o Tersicore ». Era rassegnato, questo mite ladro di polli, a passare più anni in galera che fuori e accettava la moglie come tutte le disgrazie che il destino gli aveva dispensato: fatalisticamente.

« La mamma è morta, poveretta », commentò Diana. « Pace all'anima sua. Che cosa puoi fare per uno che è morto? » C'era della logica nel suo cinismo.

« Però, fino a due mesi fa ha continuato a spaccarsi la schiena per tutti noi », le fece notare.

« E a ubriacarsi. Beveva come una spugna, che Dio l'abbia in gloria. »

Diana si passò una mano stanca tra i capelli aggrovigliati, poi versò del vino nel bicchiere di Ermes e in un altro che prese per sé.

Brindarono alla sua memoria e parlarono di lei. Era anche quello un modo per rendere omaggio alla madre che riposava nella terra fresca sotto un cielo autunnale.

« Sono venuto a prendere le mie cose. Me ne vado », annunciò Ermes allontanando da sé il piatto ormai vuoto.

« Ma poi torni? » domandò.

« Me ne vado per sempre. »

« Resteremo soltanto Achille e io », prese atto Diana, pensando allo spazio in più di cui avrebbe potuto disporre.

« Ricordiamoci di Ercole. È anche casa sua. »

« Capirai », sottolineò con un gesto indolente, « per il tempo che quello si ferma a casa. Comunque stai tranquillo. Il letto della mamma non lo tocca nessuno. »

Ermes prese una sacca di tela da un ripostiglio sopra la porta d'ingresso e cominciò a riempirla con le sue cose.

« Dove vai? » s'informò la sorella.

« In una camera ammobiliata », rispose il ragazzo. « È

a Porta Romana. L'ho presa con un collega di lavoro, così dividiamo le spese. »

« Perché, lavori? »

« Ho sempre lavorato », precisò Ermes continuando a mettere nella borsa i suoi effetti personali.

« Un lavoro fisso, intendo. »

« Un lavoro fisso », confermò lui senza guardarla.

Era un dialogo insolito perché nessuno in famiglia era seriamente motivato dalla curiosità. « Ognuno per sé e Dio per tutti », era il motto dei Corsini.

« Che lavoro? » chiese Diana forzando gli schemi abituali della discrezione.

« In ospedale. Faccio l'inserviente. Pulisco i cessi e altro. Cambio le padelle. Trasferisco i malati. » Erano due mesi che lavorava al policlinico, da quando sua madre vi era stata ricoverata.

« Ti piace? » si stupì Diana.

« È un lavoro », disse lui allargando le braccia.

« Con tutto lo studiare che hai fatto, credevo che avresti trovato di meglio. Un posto più su. Tipo impiegato », commentò delusa.

Come faceva a spiegarle che un diploma di maturità classica non lo abilitava a nessun lavoro impiegatizio? Gli studi di greco e di latino, di storia e di filosofia, di scienze e di letteratura, non avevano alcuna finalità pratica. Erano soltanto un solido pilastro per poggiarvi le strutture successive, esercizi di erudizione per sveltire la mente e consentire l'accesso a una disciplina universitaria. Se avesse dovuto scrivere una lettera commerciale o compilare un versamento di conto corrente si sarebbe trovato in difficoltà. E se anche fosse riuscito a far capire questi concetti alla sorella, Diana gli avrebbe dato ragionevolmente del matto.

Ma lui voleva fare il medico e un buon medico, gli avevano detto, deve aver fatto il liceo classico. Lo sapeva fin da bambino quale sarebbe stata la sua scelta. La persona che ammirava più di tutti, nel quartiere, era il dottor Ronchi. Abitava in una graziosa villetta con giardino in via Cicognara, era guardato con ammirazione e rispetto da tutti ed Ermes lo vedeva soffuso da un alone magico, come se gli fosse bastato toccare un malato per guarirlo.

« Mi sono iscritto all'università », si limitò a dirle.

« Allora ti manca proprio un venerdì », gli disse scuotendo la testa.

Ermes non le badò.

« Ho dei libri da prendere di là, come faccio? »

Dall'altra stanza giunse un richiamo gutturale.

« Vado a prenderteli io, i tuoi libri », si offrì. « Tanto il mio amico si è svegliato. »

« Lo conosco? » domandò Ermes che aveva perso il conto dei corteggiatori della sorella.

« Credo di no. È uno nuovo », lei disse candidamente.

Diana tornò poco dopo con alcuni volumi che il giovane ficcò nella sacca.

« Be', ciao », la salutò.

« Ci vediamo », lei rispose.

« Certo », disse Ermes sapendo che forse non si sarebbero visti mai più.

Lui aveva già preso a scendere le scale quando lei lo chiamò.

« Dimenticavo una cosa. »

« Cosa? » si bloccò.

« È venuta una ragazza a cercarti. »

« Quando? »

« Qualche giorno fa. »

« Ti ha detto chi era? »

« Qualcosa come Gianna. O Giulia, credo. Ma è scappata di corsa. »

Ermes sentì il nome di Giulia e ricordò l'espressione dolcissima, gli occhi grandi e inquieti, la lunga ed esile figura della ragazzina.

« Grazie », disse.

« Ti dice niente questa Giulia? » domandò Diana.

« Non mi ricorda niente d'importante », mentì.

Riprese a scendere. Era contrariato, perché per un attimo quel ricordo aveva confuso l'assetto ordinato dei suoi pensieri.

L'idea che Giulia lo cercasse agiva su di lui con più forza di una semplice lusinga. Ma si rendeva conto di non avere tempo per lei. Che cosa lo spinse allora verso la casetta dei de Blasco? Che cosa lo indusse a sostare accanto al muro di cinta del giardino? Prima di tutto, la certezza che quell'imprevedibile ragazzina non l'avrebbe visto: erano le dieci di sera e l'aria era fredda. Poi, il bisogno di figurarsela ancora nel giardinetto, sullo sfondo di un'ortensia rosa e azzurra, il naso e gli occhi arrossati per il gran raffreddore e quel fascino innocente e gentile che l'aveva fatto innamorare. Se mai avesse amato una donna, quella sarebbe stata Giulia de Blasco. Ma adesso, come avrebbe detto il professore, quella ragazzina non era pane per i suoi denti.

Riprese la strada allontanandosi per sempre dalla villetta di via Tiepolo con la nostalgia e il rimpianto che non aveva avuto lasciando il casermone di via Beato Angelico. Davanti a lui c'era un mondo nuovo da scoprire.

2

Ermes aprì il grosso volume di anatomia comparata e lisciò con cura la prima pagina. Era nello studiolo lindo e confortevole di suor Alfonsa che lo amava come un figlio. Era imponente, suor Alfonsa. Aveva la stazza di uno scaricatore di porto, grinta mascolina, baffi scuri e folte sopracciglia. Sapeva mettere in riga il personale paramedico e i dottori. Persino il primario faceva attenzione quando parlava con lei.

Se qualcosa non funzionava nella sua corsia, il che succedeva con una certa frequenza, alzava la voce anche con il Padreterno.

« Signore mio », pregava inginocchiandosi e alzando gli occhi verso il crocefisso, « qui c'è bisogno del vostro aiuto. E allora dateci una mano, per la miseria! »

Aveva una voce poderosa che si sarebbe sentita fin lassù se l'avesse alzata al massimo. Ermes era sicuro che l'Onnipotente passasse i guai suoi quando suor Alfonsa lo sollevava di peso.

Era proprio una « dura » e soltanto con Ermes il suo vocione si addolciva e i modi si facevano teneri. Gli preparava il tuorlo d'uovo sbattuto nel caffè con tanto zucchero, perché, diceva, un povero ragazzo che studia e lavora ha bisogno di sostenersi. Per la stessa ragione integrava la dieta monotona della mensa con robusti panini imbottiti.

Ermes aveva inaugurato il libretto universitario con uno sfolgorante trenta e lode e il seno sontuoso di suor Alfonsa, sotto la pettorina candida inamidata, si era gonfiato d'orgoglio. I grandi occhi scuri erano lucidi come chicchi d'uva dopo la pioggia.

« Tu diventerai qualcuno, figlio mio », si era lasciata scappare come se fosse davvero il figlio inconsciamente desiderato e finalmente trovato.

« Non so se diventerò qualcuno », le sorrise. « Mi basterebbe diventare medico. »

Nello stanzino di suor Alfonsa, il giovane poteva studiare quando voleva, anche di notte, nelle pause o dopo il turno di lavoro. Poteva studiare al caldo, mentre il locale che divideva col compagno di lavoro era piccolo, gelido e inospitale. Viveva praticamente in ospedale.

Aveva una grande passione, forse una vera e propria vocazione, ma la spinta più forte verso il camice bianco gli veniva dall'intima certezza che quella del medico fosse la professione più prestigiosa. Aveva visto quella povera donna di sua madre illuminarsi di fronte alle parole dei dottori, ma anche le persone importanti, al cospetto del medico, si comportavano nello stesso modo. E poi vedeva i primari, i cattedratici, i baroni della medicina che evocavano un mondo fatto di autorevolezza, di rispettabilità, di signorilità. Erano i sacerdoti di un potere misterioso circondato di parole magiche che lo rendevano inaccessibile al profano. Aveva visto persone indubitabilmente malate ritrovare la volontà, il desiderio e la capacità di guarire soltanto alla vista del demiurgo. Ermes aveva deciso che, un giorno, lui sarebbe stato uno tra gli eletti e, possibilmente, fra tutti, il primo.

Ora che aveva varcato i solenni portali dell'università, Ermes sapeva che non sarebbe stato soltanto un medico. Sarebbe diventato uno di quegli specialisti di cui la gente parla e di cui i giornalisti scrivono.

Qualcuno bussò alla porta dello stanzino e lui si strappò ai suoi ambiziosi pensieri.

« Ermes, apri », lo esortò imperiosa la voce dell'infermiera di notte.

Il giovane si alzò, aprì la porta e si affacciò sul corridoio lungo il quale l'infermiera si era già avviata.

« Vieni, presto », disse la donna.

« Che cosa c'è? » chiese. Si trattava certamente di un'emergenza grave se l'infermiera aveva tanta fretta.

Camminarono sul linoleum lucido nella fioca luce notturna, fino alla cameretta singola, proprio in fondo al corridoio, dove venivano ricoverati i moribondi, i malati in isolamento e, qualche volta, i prigionieri bisognosi di cure ospedaliere. C'era un carabiniere davanti alla porta.

« C'è uno che dice di essere tuo padre », gli comunicò dubbiosa l'infermiera facendosi da parte perché Ermes potesse entrare.

Era proprio lui, il vecchio Ercole Corsini. Aveva il colorito cereo, le guance incavate, gli zigomi sporgenti, gli occhi infossati. Sembrava più piccolo e minuto del solito.

« Che c'è, papà? » gli domandò come se continuasse un discorso interrotto da poco.

« Non lo so. Dicono che ho un'emorragia interna. Tu stai bene, vedo. Hai fatto strada, eh? » Un pallido sorriso si traformò subito in una smorfia di dolore.

Venne un medico, lo visitò con cura e guardò le radiografie.

« Può accompagnarmi fuori? » chiese a Ermes.

Il giovane lo seguì nel corridoio.

« È un cancro gastrico in fase terminale », sentenziò.

« Mi dispiace. Possiamo soltanto programmare una terapia del dolore. »

« Che cosa ti ha detto? » domandò Ercole al figlio che era di nuovo accanto a lui.

« Che ti cureranno », mentì. « Sono bravi in questo ospedale, sai? »

« Sono bugiardi. »

« Perché? »

« Perché sto morendo », lo stupì con la sua brutale franchezza. « E oltre al fatto non secondario che devo morire, sono costretto anche a far finta di credere a un figlio stronzo che dice le bugie. » Parlava con fatica e il respiro si faceva affannoso.

« Ti stancherai, papà », disse Ermes, piano.

« Io voglio parlare », continuò. « Voglio parlare della mia morte. Sono stanco di dire quello che gli altri si aspettano da me. Io muoio, Ermes. Non ti ho mai dato niente. Ma non ti ho mai chiesto niente. Stammi vicino prima che la luce si spenga. » Il giovane gli prese una mano e gliela strinse.

« Sì, papà », promise Ermes.

Ercole Corsini morì alle prime luci dell'alba.

3

NEGLI anni dell'università accaddero fatti memorabili: Yuri Gagarin compì il primo volo orbitale umano attorno al globo, Hemingway e Marilyn Monroe scomparvero tragicamente dalla scena del mondo. I Beatles vi entrarono. L'America che lo aveva creato cancellò il mito di Kennedy in un tragico novembre a Dallas. Ermes accusò i sintomi di tutte le patologie con le quali entrò in contatto per ragioni di studio e, all'ospedale dove lavorava, conobbe tutto quello che c'era da conoscere sulla vita e sulla morte, sul dolore e sulla gioia.

Il suo sogno erano gli Stati Uniti dove avrebbe potuto fare un *training* veloce e intenso. Lo realizzò vincendo una borsa di studio che gli permise di raggiungere New York e di lavorare come *research fellow* alla Columbia University. Si fece le ossa nel reparto di chirurgia d'urgenza rimanendo in servizio anche per cinquanta ore consecutive. Imparò a dormire in piedi, per pochi minuti, appoggiandosi alla porta della toilette. Azionava l'interruttore del sonno in qualsiasi condizione. Quando aveva una giornata di riposo riusciva a dormire per quindici ore filate. Ebbe diverse ragazze senza mai trovare il tempo di approfondire seriamente un rapporto. Aveva molti colleghi e pochi amici, il più importante dei quali era un austriaco, Adolf Schneiter, un fuoriclasse della medicina.

Ermes imparò le procedure della chirurgia toracica, di quella addominale, intervenne sull'apparato gastroenterico, sulle vie biliari, sul colon, sul pancreas; ricucì buchi di pallottole; ridusse fratture. Divenne talmente bravo che, dopo sei mesi, la Columbia University gli assegnò uno stipendio.

Quando tornò in Italia era il chirurgo generale più completo che un ospedale potesse desiderare. Inoltre, aveva titoli sufficienti per dare l'esame e diventare assistente universitario. Entrò nell'organico del reparto di chirurgia d'urgenza dello stesso ospedale dove, a vent'anni, era stato assunto come inserviente. Ora però avrebbe esercitato quella che, secondo lui, era la più grande delle professioni: la chirurgia. Sapeva di non poter più fare a meno della sala operatoria, ma non voleva insabbiarsi in una struttura che non gli avrebbe consentito sbocchi. Puntava in alto, come aveva sempre sognato. Voleva diventare aiuto, ma nell'organigramma della chirurgia d'urgenza i giochi erano fatti e non c'era posto per lui che pure era il migliore in assoluto.

Aveva bisogno di un elemento trainante, di un cavallo vincente, di un barone che gli aprisse la strada e, entro certi limiti, gli garantisse l'accesso alla carriera universitaria, per dedicarsi, oltre che all'assistenza al malato, alla ricerca scientifica e alla didattica. Ermes si era dato un obiettivo e voleva raggiungerlo. Doveva tenere gli occhi bene aperti e aspettare che qualcuno si accorgesse di lui. I due primari, con i quali avrebbe lavorato volentieri, avevano già i loro aiuti. Alla fine stava decidendo di prendere in considerazione l'eventualità di seguire il professor Arturo Micheletti a Sassari, per inserirsi come assistente volontario. In quei giorni capitò a Milano Adolf Schneiter per un congresso.

« Per quanto bravo tu sia », gli disse l'amico, « se

vuoi aprirti una strada, devi far finta di avere ancora molte cose da imparare. E non è un problema tipicamente italiano, come dici tu. Forse qui è soltanto più accentuato. »

« Micheletti mi aiuterebbe volentieri », spiegò Ermes.

« Ma non ha niente da insegnarti », osservò Schneiter.

« Il numero uno non è sempre il migliore », proseguì Ermes. « Il carro però lo guida lui. Non ci sono alternative. O sali, o rischi di rimanere a terra per sempre. »

Passeggiavano lungo le vecchie strade del centro storico, tra facciate di antichi palazzi che lasciavano intravedere rigogliosi giardini e cortili austeri.

« Tu sei davvero bravo », l'elogiò Schneiter che mentalmente paragonava la garbata familiarità di Milano con la magnificenza della sua Vienna dai grandi spazi.

« Peccato che lo sappiamo soltanto noi due », sorrise Ermes.

« Questo non è vero. E tu lo sai. Di' piuttosto che il merito non è un elemento sufficiente. » La sua voce era venata di amarezza. « Tu sei fatto su misura per gli States. E l'America per te. Mi domando ancora per quale misteriosa ragione tu non ci sia rimasto. »

Come poteva spiegargli che lui voleva essere qualcuno qui, in Italia, a Milano, dove aveva vissuto, dove era partito dal nulla?

« Ho il complesso dell'emigrante. »

« Santa Lucia luntana? » scherzò fingendo di pizzicare il mandolino.

« In un certo senso », ammise Ermes.

« Se ci ripensi sai dove trovarmi », lo salutò.

« So di poter contare su di te. Ti ringrazio. »

Schneiter partì, ma restò il problema di Ermes. Era praticamente impossibile penetrare nei fortilizi dei baroni difesi da pretoriani pronti a tutto, con il solo ausilio delle proprie capacità professionali.

Per quanto gli dispiacesse lasciare la sua città, decise che sarebbe andato in Sardegna a fare l'assistente con Micheletti. Poi accadde qualcosa che modificò i suoi piani e impresse una svolta decisiva alla sua carriera e alla sua vita.

4

« C'È una chiamata per lei, dottor Corsini », gli comunicò la caposala raggiungendolo al pronto soccorso.

« Ho da fare », replicò Ermes continuando a interrogarsi sull'addome gonfio e teso di una paziente in preda a forti dolori.

« Mi scusi se insisto, dottore », continuò la donna con voce resa insicura da un timore reverenziale. « Al telefono c'è il professor Montini. »

Con quel nome da papa e l'arroganza del dittatore, Attilio Montini era uno degli ultimi baroni della vecchia scuola, medico insigne, gran signore, lucido pensatore, tenace intrallazzatore, instancabile frequentatore dei potenti.

« Gli dica che adesso non posso », confermò Ermes senza distrarsi dalla paziente che poteva presentare un guaio addominale, ma anche un'infezione polmonare.

« Io glielo devo dire? » replicò terrorizzata la caposala.

« Glielo faccia dire da qualcun altro », le consigliò ironicamente. « Io e la signora », soggiunse sorridendo alla paziente, « dobbiamo risolvere un piccolo problema. »

Sentendo quelle parole la donna lo guardò piena di riconoscenza.

« Gli dirò che ha un'urgenza », cercò di rimediare la

caposala, sapendo tuttavia che il professor Montini considerava urgenze giustificate soltanto le proprie.

« Gli dica quello che vuole », ribatté calmissimo continuando la sua indagine. Montini viaggiava su un'altra galassia e i loro interessi non si sarebbero mai incontrati. Superbo fino all'insolenza, il barone infieriva anche sui collaboratori di maggior prestigio con un atteggiamento tracotante e presuntuoso.

Quando Ermes, concluso il turno di lavoro, andò a cambiarsi nello spogliatoio, trovò un messaggio della caposala attaccato al suo armadietto: « Il professor Montini l'aspetta nel suo studio ».

Il *sancta santorum* del professor Attilio Montini era un piccolo appartamento arredato con molto gusto e senza risparmio. Per Ermes, che viveva in un monolocale ammobiliato con spartana essenzialità, il regno di Montini era l'espressione del lusso più sfrenato.

Ermes salì al terzo piano, superò un ingresso con le pareti rivestite di noce scuro, intravide, da una porta socchiusa, un candore abbagliante. Un'infermiera elegante, molto graziosa, giovane, consapevole del proprio ruolo, lo fece accomodare in un salotto dalle poltrone accoglienti rivestite di nappa azzurra. Le pareti erano tappezzate di lino color miele. Un grande Guttuso, figure femminili sullo sfondo di un paesaggio siciliano, campeggiava in tutta la sua violenta e appassionata bellezza sulla parete di fondo.

« Le piace? » domandò Montini sorprendendolo ad ammirare il dipinto. Aveva aperto la porta dello studio per invitarlo a entrare.

« Moltissimo », rispose Ermes.

« Quello che ammiro di più in Guttuso è la potenza descrittiva », indugiò Montini sulla soglia osservando a sua volta il capolavoro. « In qualche modo ci somiglia », continuò fissando i suoi occhi neri e penetranti in quelli di Ermes.

« Guttuso? » l'interrogò.

« L'artista in genere », precisò. « E lo scienziato in particolare. Che è a modo suo un artista. Un grande dipinto. Un grande romanzo. Una poesia sublime. Un delicato intervento chirurgico. Sono tutti risultati ottenuti da menti eccelse capaci di guidare una perfetta manualità. »

« È un'ipotesi affascinante », ammise Ermes.

« Proprio così, amico mio », disse con affabilità insospettata.

« Sia che costruisca una cattedrale o una bomba atomica, sia che realizzi un dipinto o porti a termine l'operazione più complessa, le risonanze per l'artista e lo scienziato sono analoghe. È in ogni caso un uomo che si compiace, come ogni uomo d'ingegno, del risultato raggiunto. Magari lei penserà che sono presuntuoso », ammiccò. « Io credo invece che sia legittimo il riconoscimento dei propri meriti. Ma le faccio perdere del tempo prezioso con le mie elucubrazioni », si scusò invitandolo a entrare. Era gentile e amabile, ma Ermes, che aveva passato l'infanzia in un mondo indifferente e ostile, riconosceva l'ostilità e l'indifferenza dietro il sorriso del cattedratico e l'espressione bonaria della faccia tonda. Unico indizio apparente del suo autoritarismo era una voce metallica e petulante che vestiva ragionamenti impeccabili.

Montini prese posto dietro una vasta scrivania e accennò a Ermes una grande poltrona di pelle trapuntata.

« Lei si sarà chiesto il motivo di questo incontro, dottor Corsini », disse il cattedratico. Non fece riferimento alla telefonata.

« Se devo essere sincero, no. Casomai sono sorpreso da questa convocazione. »

« Me l'avevano detto che lei ha un carattere difficile », l'avvisò con la grinta di chi ha ridotto alla ragione tipi più duri di lui.

Ermes attese in silenzio gli sviluppi.

« Le tengo gli occhi addosso da un sacco di tempo », riprese.

« Ne sono lusingato. »

« Ieri ho visto un uomo a pezzi che lei ha letteralmente ricucito. »

« Il miracolato », ricordò Ermes pensando a un muratore pugliese caduto da un'impalcatura e trasferito in chirurgia d'urgenza in condizioni pietose. Lo aveva davvero ricucito. Era riuscito a rimettere in sede anche un testicolo che era stato raccolto a pochi metri di distanza dal ferito.

« Già », annuì Montini, « il miracolato. Ma si dà il caso che il miracolo l'abbia fatto lei. E che sia soltanto l'ultimo di una lunga serie. Se ne parla molto nell'ambiente », sottolineò con fare salottiero.

« Questa popolarità, di cui prendo atto, non mi ha portato poi grandi vantaggi », dichiarò.

« Potrebbe portarglieli », l'ingolosì Montini. Il sorriso scomparve dalla sua faccia tonda. « Vuole venire a lavorare con me? » gli propose a bruciapelo.

Ermes lo guardò impassibile e non disse una parola. L'idea di entrare nell'*équipe* del grande barone non l'aveva mai neppure sfiorato e, probabilmente, non avrebbe mai mosso un dito per chiedere di farne parte. Improvvisamente, però, la situazione si era capovolta. Era Montini che gli chiedeva di aggregarsi perché aveva bisogno di lui. Il luminare operava poco in ospedale, molto in clinica privata. Anzi, si diceva che la clinica fosse sua. Presentava parcelle astronomiche, ma da qualche tempo le prestazioni non erano all'altezza dei compensi. Probabilmente cercava un chirurgo capace di eseguire i capolavori che lui avrebbe firmato. Era un'ipotesi verosimile. Se l'intuizione corrispondeva al vero, Ermes aveva pescato la carta giusta per mettere insieme una combinazione vincente. Ma sarebbe stato tanto cinico da pagare questo prezzo? Anche nella più onesta alleanza si proietta l'ombra sinistra della complicità, ormai lo sapeva per esperienza diretta.

Montini sostenne da par suo l'impassibilità di Ermes. Avrebbe potuto allettarlo con la prospettiva di grandi guadagni, ma si sarebbe sentito rispondere che, per il giovane, il problema non era quello dei soldi.

« Vede, dottor Corsini », prese a spiegare con l'atteggiamento disinvolto dell'uomo di mondo, « io credo che lei dovrebbe riflettere bene sull'opportunità che le offro. Lei viene da molto lontano. Io lo so e anche per questo l'apprezzo », rivelò aprendo uno squarcio sul suo passato.

« Personalmente, invece, non ho motivi validi per andare fiero delle mie origini. Lei sa davvero tutto di me », prese atto Ermes.

Il barone aveva decisamente bisogno di lui. In caso contrario non avrebbe speso tutto quel tempo e tutte quelle parole.

« Io amo l'ospedale e la ricerca », disse finalmente Ermes.

« E io le offro la possibilità di realizzare i suoi grandi amori. Oltre all'opportunità di operare in clinica. Conoscendola mi rendo conto che il danaro per lei non è tutto », lo prevenne, « ma converrà con me che può sempre essere utile. » Montini si prese il mento tra il pollice e l'indice, appoggiò il gomito alla scrivania simulando una profonda riflessione.

« Attualmente ho bisogno di un assistente », riprese. « Un collaboratore intelligente e capace che potrebbe diventare aiuto e seguire così la carriera universitaria. Io credo di averle detto tutto », concluse lasciandosi andare contro lo schienale della poltrona girevole. « Adesso parli lei. »

« Vorrei prendere un po' di tempo per pensarci », replicò Ermes.

« Quanto tempo? » s'irrigidì Montini.

In quel momento, provvidenzialmente, qualcuno bussò e subito dopo la porta si aprì quanto bastava per consentire a Ermes di inquadrare una figura femminile minuscola e graziosa, una macchia rosata sullo sfondo dell'anticamera buia. L'impressione che ne ricavò fu quella di un vaporoso, soffice, profumato piumino da cipria.

« Disturbo? » quel piumino aveva una voce flautata, uno sguardo dolcissimo, un sorriso radioso e un incedere deciso, da padrona. « Ciao, papà. » Salutò il grande medico avvolgendo Ermes in uno sguardo pieno d'interesse.

Il giovane, che adesso poteva considerarla meglio, corresse la sua prima impressione: il piumino da cipria si era trasformato in un granello di pepe. Somigliava al padre e non si poteva dire una bellezza, ma a differenza di Attilio Montini, che era decisamente scostante anche quando si sforzava di essere cordiale, aveva un fascino irresistibile.

« Dottor Corsini, le presento Marta », disse orgogliosamente Montini. « La mia unica figlia. »

« E tuo grande cruccio », pensò Ermes. Si alzò, salutò Marta e le sorrise.

« Molto lieto », disse regalandole un lungo sguardo di ammirazione. « Stavo andandomene », si giustificò accingendosi a sgombrare il campo. « Le telefonerò presto, professore », soggiunse. « Al massimo entro domani », precisò.

Quando fu sulla porta, Marta lo bloccò con un fermo ammonimento: « Dottor Corsini, lei deve venire alla mia festa ».

« La mia disponibilità dipende dai miei ammalati », esitò.

« È per sabato prossimo », insisté la ragazza.

« È un raro privilegio quello che lei mi offre, ma non sono in grado di decidere ora. »

« Conoscerà un sacco di gente interessante. La nostra casa di Portofino è davvero un porto di mare. Passerò io a prenderla, se vuole », decise mentre le labbra morbide si schiudevano sui piccoli denti bianchi e brillanti.

Ermes vide accendersi un segnale di pericolo. Qualcosa in quella ragazza lo attraeva, ma una forza contraria gli imponeva di tenere le distanze.

« I miei pazienti non sanno che lei, sabato prossimo, dà una festa a Portofino », cercò di convincerla. « Sono completamente nelle loro mani. »

« So tutto di lei, dottor Corsini », gli rivelò sorprendendolo. « Papà mi ha parlato della sua eccezionale bravura. E io non sono capitata qui per caso. Sono venuta apposta per conoscerla e per invitarla da noi. »

« Sa davvero tante cose sul mio conto », cercò di difendersi. Ma più si opponeva alle sabbie mobili di quella nuova alleanza, più si sentiva prigioniero.

« So anche che sabato è il suo giorno libero. Quindi non voglio scuse », concluse.

Tre giorni dopo, davanti al mare di Portofino e sotto un cielo brulicante di stelle, Ermes si trovò invischiato in una storia d'amore e di interesse che avrebbe segnato la sua vita e deciso la sua carriera.

5

A VENTINOVE anni Ermes era diventato aiuto di clinica chirurgica, Marta era la signora Corsini, tutt'e due divennero i genitori di Teodolinda. La bambina nacque nella casa di cura del nonno e nel momento stesso in cui venne alla luce fu sommersa da una montagna di milioni: il cinquanta per cento delle azioni della clinica. E fu subito ricca, vezzeggiata dal nonno, adorata dal padre nel poco tempo consentitogli dalla professione, scarsamente considerata dalla madre che desiderava un maschio.

Quando Teodolinda compì un anno ricevette in dono dal nonno la villa in Brianza, di cui non le importava assolutamente nulla. A un marito completamente assorbito dal lavoro, Marta annunciò che non voleva altri figli. Problemi di linea. Subito dopo partì con un'amica per una vacanza a Barbados. Il breve periodo di riposo durò un mese, durante il quale Marta non telefonò mai per avere notizie della figlia e del marito. Nel frenetico ping-pong tra clinica e ospedale, Ermes riusciva a pensare che nella sua famiglia, purtroppo, tutto funzionava nel modo previsto. Era stato un matrimonio di interesse basato su un'ambigua alleanza. Tutti ne erano stati avvantaggiati: Marta aveva avuto il marito che voleva, Montini l'aiutocomplice che desiderava, Ermes la carriera che sognava. L'amore era un ingrediente per i romanzi rosa. Quando, con il passare del tempo, Ermes si rese conto che la vita di sua moglie non rientrava nello schema « sposa esemplare » instaurò con lei una specie di tacito accordo basato sulla reciproca tolleranza. Lei non chiedeva spiegazioni sui suoi impegni di lavoro che l'assorbivano completamente, lui non indagava sull'uso che la moglie faceva del tempo libero, ed era tanto.

Continuavano ad abitare insieme nella casa di corso Venezia, dono di nozze di Montini alla figlia, ma dormivano da tempo in camere separate. Tea era affidata alle cure di una signorina tirannica, dispotica e un po' sadica che tuttavia suppliva alla figura materna totalmente assente. Tea adorava il padre che però non si segnalava certo con una presenza assidua.

Una sera, rincasando presto, Ermes sorprese la figlia davanti al televisore. Trasmettevano un film di sesso e di violenza. Spense l'apparecchio e sedette sul letto accanto a lei chiedendosi che danni potevano produrre quelle immagini oscene nella psiche di una bambina di sei anni.

« Dov'è la mamma? » domandò alla piccola.

« Fuori », rispose Tea. Le sequenze che erano passate davanti ai suoi occhi l'avevano sconvolta.

« Fuori da tanto? » si informò.

« Da quando ho mangiato. »

« E la tua Ina? » insistette Ermes.

« È andata a ballare », lo informò. « È la sua serata libera. »

« Ma non c'è nessuno in casa? » si allarmò.

« No, papà. Anche Giovanna è fuori. » Giovanna era la cameriera.

Sembrava fosse normale per Tea trovarsi sola nella grande casa. « E tu, naturalmente, non hai paura », finse di scherzare.

« Un pochino sì », ammise.

« Così non dormi », si controllò Ermes che era sconvolto dalla recente scoperta.

« Guardo la televisione. »

« E ti spaventi anche di più. »

Tea annuì vistosamente nascondendo un sorriso. Aveva delle domande da fare su quello che aveva visto, ma non trovò il coraggio di formularle.

« Adesso dormi », la esortò Ermes. « Ci sono io con te », la rassicurò.

Tea si addormentò tenendo la mano del padre. Ermes era furibondo con Marta che aveva abbandonato la figlia e con se stesso che non si era reso conto della situazione in cui viveva la bambina. Uscì sul balcone del suo studio, seguì per qualche istante il traffico notturno e vide una macchina fermarsi proprio davanti all'ingresso del palazzo. Marta scese, mentre un uomo le teneva aperta la portiera. L'accompagnò al portone, la baciò e si assicurò che fosse entrata prima di risalire in macchina.

Il fatto che sua moglie avesse passato la serata con un altro non suscitava in lui né gelosia, né stupore, né indignazione. Forse quell'uomo l'amava, ma lui era mai stato veramente innamorato di lei? Ricordò il loro primo bacio durante la festa a Portofino. Era lei che guidava la danza pavoneggiandosi con le amiche per aver catturato l'uomo più bello e il chirurgo più promettente.

Aprì la porta prima che Marta infilasse la chiave nella serratura.

« Sei tornato presto », quasi lo rimproverò.

« Non abbastanza per impedire alla bambina di trovarsi sola in casa a morire di paura », l'accusò con voce dura.

« Ti prego, non recitare la commedia del marito indignato con una moglie che trascura i teneri figlioletti », si risentì buttando la borsa su un divanetto accanto alla porta d'ingresso, passando poi in soggiorno.

« I tipi come te andrebbero messi in galera », gridò. Era infuriato con la moglie che sembrava non rendersi conto della gravità del suo comportamento.

« Se la mettiamo su questo piano, anche tu hai abbandonato tua figlia », si difese accusando. « E sei responsabile come me. »

« Lascia perdere », replicò senza molta convinzione.

« Senti, quando sono uscita alle otto e mezzo », riprese più battagliera che mai, « Tea dormiva. È vero », ammise accendendosi una sigaretta, « in casa non c'era nessuno, ma mi ero ripromessa di tornare presto. Come vedi », documentò la sua affermazione guardando l'orologio da polso, « sono appena le undici. E sono già qui. Del resto quello che vale per me, vale anche per te. Se tu esci, perché non dovrei uscire anch'io? Con quelle arie da apostolo. Lo sanno tutti che ti porti a letto tutte quelle che puoi. » Spense la sigaretta in un portacenere, si versò del whisky e ne bevve un gran sorso.

Ermes provò vergogna per se stesso e per sua moglie.

« A partire da domani », dichiarò, « una ragazza sostituirà la signorina. Così Tea non resterà più sola. »

Marta non lo ascoltò neppure e si ritirò in camera sua. La sostituta della signorina avrebbe riempito un vuoto, non risolto un problema. La paura di Tea non nasceva da quegli sporadici abbandoni, che indubbiamente avevano il loro peso, ma dipendeva dal fatto che era stata sola da sempre, essendo il padre e la madre occupatissimi a vivere ciascuno la propria vita.

Oggi

1

GIULIA, per un attimo, ebbe paura dello specchio. Poi si vinse e si guardò. Il risultato la rassicurò e sorrise alla sua bellezza non più primaverile, ma ricca di sfumature. I capelli, nonostante la radioterapia, erano ancora folti e luminosi, e il taglio sapiente di Vittorio attutiva l'aggressività del suo profilo. I fili d'argento che comparivano tra le ondulazioni brune non le dispiacevano affatto. Per niente al mondo si sarebbe sottoposta alla procedura laboriosa di una tintura. Giulia considerava i primi capelli bianchi e le prime rughe i segni di una vita intensamente vissuta e non temeva l'accentuazione di quei segni che testimoniavano il progredire dell'esistenza e caratterizzavano le tappe della sua avventura umana. Il trucco discreto di Teresa aveva accentuato la profondità dei grandi occhi scuri dissipando le ombre di una terapia debilitante. Vittorio firmò il suo piccolo capolavoro con un sorriso soddisfatto, l'aiutò a infilarsi il mantello di visone e la accompagnò all'ascensore. Giulia percorse le vie del centro piacevolmente immersa nel freddo di quel mezzogiorno invernale. Era una di quelle giornate milanesi che la commuovevano per la luminosità e la chiarezza. L'aria aveva la trasparenza del cristallo e smentiva i dati catastrofici sul tasso di inquinamento. Milano in quei momenti le assomigliava e lei voleva vedere, di quell'amabile scenario, soltanto i segni positivi.

Aveva un appuntamento con Ermes e godeva quell'esaltante prospettiva. Non si vedevano da una settimana, dall'intervento di Teodolinda. La ragazza era fuori pericolo e sarebbe guarita perfettamente.

Quella mattina Ermes le aveva telefonato molto presto.

« Come va? » aveva esordito. Si sentiva in colpa per averla un po' trascurata.

« Tutto bene », lei l'aveva rassicurato. « Dimmi di Tea, piuttosto. »

« Meglio di così non potrebbe andare. »

« Non immagini che sollievo sia sentirtelo dire. »

« Hai un po' di tempo per un vecchio amico? »

« Tutta la vita. » Di fronte a quell'affermazione categorica si era sentita improvvisamente triste. Quanto sarebbe durata la sua esistenza? Quel pensiero passò rapido come un ronzante moscone e si allontanò. « Tutto il tempo che vuoi », aveva soggiunto.

« Va bene oggi a colazione? »

« Va benissimo. »

« Al Toulà? »

« Ottimamente. »

Da quel momento l'umore di Giulia cambiò. Si sentì calma e felice. Come non le succedeva da mesi, tornò a soffermarsi davanti alle vetrine lasciandosi sedurre dalla bellezza degli abiti, dallo splendore dei gioielli, dalla originalità degli accessori. Era un buon segno. Passando davanti a Brigatti progettò l'acquisto di un paio di bellissime tute da ginnastica per quando avesse ripreso a frequentare la palestra; inoltre decise che quel pomeriggio si sarebbe concessa un delizioso tailleur di Chanel. Poi ricordò che doveva andare da *Caravelle* in corso Europa.

Lasciò la sua vecchia tracolla di Celine che aveva una cerniera rotta e acquistò una sacca floscia, molto vivace, che s'intonava perfettamente con la sua pelliccia. Arrivò al Toulà con dieci minuti di ritardo e lei, che aveva la vocazione della puntualità, si sentì a disagio. Il direttore, vedendola entrare, le andò incontro premuroso. « Signora de Blasco », la salutò con un elegante baciamano. Sembrava insolitamente preoccupato di metterla a proprio agio. « Vuole accomodarsi al solito tavolo d'angolo? Posso servirle un aperitivo? » Occhi curiosi riconoscendo in lei la protagonista di un clamoroso fatto di cronaca, oltre che l'autrice di romanzi piacevoli, si volsero dalla sua parte.

« No, grazie », replicò seccamente Giulia esplorando il locale alla ricerca di Ermes.

« Il professore ha telefonato pochi minuti fa », le comunicò il direttore intuendo la sua muta domanda.

« Sempre in ritardo questi luminari », sorrise Giulia aggrappandosi a un'esile speranza.

« Ha lasciato un messaggio », ribatté il direttore dolendosi del ruolo scomodo di ambasciatore. « Un contrattempo. Si scusa di non poter venire. Si scusa moltissimo », precisò. « La chiamerà a casa nel pomeriggio. »

La sua felicità che navigava colorata e iridescente come una bolla di sapone esplose lasciandola nella più cocente delusione. Sentì il desiderio di abbandonarsi su una comoda poltroncina.

« Mi offra quel drink di poco fa », sorrise ritenendo di avere il diritto di afferrarsi a una maniglia per non affondare.

« Ha delle preferenze? »

« Decida lei », boccheggiò ironicamente.

« Certo, signora de Blasco. »

L'uomo, con l'aspetto e l'efficienza di un manager, le servì un delizioso cocktail champagne che Giulia bevve come una medicina. Percepì una fitta al seno e ricordò che ogni essere produce ottocento milioni di cellule anomale al minuto che le difese organiche riescono a neutralizzare quando l'equilibrio psicofisico è solidamente attestato. Il suo equilibrio era a pezzi. Pensieri atroci le ribollivano in mente. Doveva sapere subito quello che stava accadendo.

« Sia gentile, mi faccia chiamare un taxi », pregò il direttore. L'uomo attese l'arrivo dell'auto, accompagnò Giulia, le aprì la portiera e le offrì una rosa.

Il tassista, cui aveva comunicato l'indirizzo della clinica, voleva illustrarle due suoi progetti originali per risolvere il problema della disoccupazione e quello del costo del danaro, rivelandosi un potenziale presidente del consiglio clamorosamente sprecato in un banale servizio pubblico. A metà strada l'uomo propose un complicato marchingegno per cancellare ogni traccia d'inquinamento. A Giulia però, ferocemente immersa nel suo dramma personale, in quel particolare momento non interessava nulla della disoccupazione, del costo del denaro, dell'inquinamento atmosferico. Pensava solo a se stessa e ai suoi problemi, disperatamente.

Quando arrivò il momento di pagare la corsa si rese conto di essere senza soldi: il portafogli era rimasto in una tasca della vecchia borsetta che aveva lasciato da *Caravelle*. Il portiere della clinica pagò per lei, mentre il tassista imprecava contro le clienti ricche che non hanno nessun rispetto per la gente che lavora.

« Il professore? » domandò Giulia.

« Al secondo piano », rispose cerimoniosamente il portiere, un ometto insignificante, ossequioso con i potenti, indifferente con gli sconosciuti. « Nella camera della figlia », soggiunse con l'aria di chi sa tutto di tutti.

Giulia s'infilò nell'ascensore con una certezza: non era successo nulla di grave a Tea. Il portiere l'avrebbe sicuramente avvertita. Però il suo istinto, che raramente la tradiva, segnalava pericolo.

Un'infermiera le indicò la stanza di Tea. Forse stava facendo una cosa che non doveva fare, forse avrebbe dovuto attendere la telefonata di Ermes, ma ormai era troppo tardi. Giulia socchiuse la porta d'ingresso della stanza in penombra, trafitta da una lama di luce. Riconobbe subito la figura di Ermes che le dava le spalle.

« Farò come vuoi », promise l'uomo.

« Mi sembra un sogno saperci di nuovo insieme », scandì la voce di Tea. Giulia vide Ermes che abbracciava una donna piccola e bionda: sua moglie.

« Potresti anche darmi un bacio », bisbigliò Marta. Parlava a Ermes e guardava Giulia con un sorriso di trionfo.

Lui la baciò e Giulia si sentì morire.

« Saremo ancora una famiglia unita », riprese Marta, « tu, io e Tea. »

Giulia richiuse lentamente la porta, barcollò per un attimo prima di ripercorrere a piccoli e lenti passi il corridoio. Il mondo si era fermato e con lei tratteneva il respiro. Era la fine di tutto. Fece appello al suo orgoglio che le aveva sempre impedito di crollare nelle situazioni più difficili e avvilenti. Camminò più spedita e si allontanò per sempre da Ermes.

2

Ermes provò un senso di nausea. Era il profumo di Marta, una forte essenza di Chanel, che gli evocò i momenti squallidi di un'intimità subita. Pensò a Giulia che riconosceva nel profumo dei tigli. Si sciolse dall'abbraccio lentamente, ma decisamente.

« Mi dispiace », disse rivolgendosi alla figlia, « ma non posso. Scusami. »

« Tea ci chiede semplicemente di provare », intervenne Marta ipocritamente.

« Certo », osservò Ermes soprappensiero.

« Dai, papà », sorrise la ragazza.

Era una pantomima disgustosamente appiccicosa e dolciastra nella quale il solo elemento sincero era il furore nevrotico di Tea che, dopo l'incidente, si era invaghita di un sogno: la famiglia nuovamente riunita.

Ermes sapeva che la cosa non poteva funzionare. Era innamorato di Giulia e la sua storia con Marta era un capitolo sbagliato e definitivamente chiuso della sua vita. Nello sguardo di Marta brillava una luce trionfante. Non era disposta a lasciare il campo libero alla rivale, tanto più che, a distanza di anni, stava scoprendo quanto fosse attraente il suo ex marito.

« Provare non costa niente », insisté improvvisando un atteggiamento e un tono remissivi e innocenti.

Istintivamente Ermes si spostò verso la porta: aveva fretta di uscire, voleva vedere Giulia. Aveva bisogno di stare con lei. « Ora pensa a guarire », esortò la figlia.

« Io non voglio che tu ritorni da quella donna », gridò Tea e subito si immobilizzò, perché quello sforzo le aveva provocato una fitta dolorosa al torace.

Marta sorrise vittoriosa ed Ermes si rese conto che, nel labirinto nel quale si era perso, difficilmente avrebbe trovato una via d'uscita. Si avvicinò alla ragazza e sedette accanto a lei. Non poteva lasciarla senza una spiegazione. Giulia avrebbe aspettato.

« Perché ce l'hai con lei? » chiese l'uomo dolcemente.

« La odio, papà », dichiarò Tea con la sincerità dei giovani che esclude le mezze misure. « La odio al punto che vorrei vederla morta. »

Il desiderio di Tea aveva buone probabilità di avverarsi. Ermes pensò al male della sua donna. Marta si era comodamente seduta sul divano accanto alla finestra. Non si sarebbe persa quella scena per niente al mondo.

« Ti capisco », mormorò Ermes. « Ma temo di non poterci fare niente. Non posso impedirti di odiarla, come non posso impedirmi di amarla. I sentimenti che mi legano a te non hanno niente a che vedere con i sentimenti che mi legano a lei. Non posso assecondare la tua gelosia tornando a vivere con tua madre. Tu stessa, un giorno, non mi perdoneresti la mia ipocrisia. » Disse ipocrisia e pensò sacrificio. « Non posso darti quello che non ho. Per te farei qualsiasi cosa. Ma nessuna felicità durevole può essere costruita sull'infelicità degli altri. Se accettassi farei torto alla tua onestà e alla tua intelligenza. Ora pensa soltanto a guarire. Possiamo parlarne quando sarai completamente ristabilita. » Era il discorso più lungo che avesse fatto alla figlia, e anche il più sincero.

« Ho bisogno d'affetto », replicò Tea con accanimento infantile. « Ho bisogno anch'io di uno straccio di famiglia al quale fare riferimento. »

« Tutti abbiamo bisogno di affetto. Tu non sei diversa dagli altri. Ma rifiuto di credere che tu possa accettare la menzogna come affetto. »

« Ho vissuto nella menzogna », lo sorprese, « e sempre da sola », lo accusò. « Dov'eri quando ero piccola e avevo bisogno di te? Dov'eri quando ho avuto il mio primo rapporto sessuale? Ti stavi occupando dell'umanità sofferente e del tuo personale successo. Anche lei non c'era », soggiunse guardando la madre immobile, raccolta su se stessa come un gatto pronto all'aggressione. Da Marta, Tea aveva assorbito le regole principali dell'arte della guerra: sapeva dove, come e quando colpire per far male e lasciare il segno.

Era un'accusa spietata che lo fece vacillare.

« Stai cercando di mettere sul mio conto anche questa esperienza? » domandò sentendosi davvero responsabile degli errori della figlia.

Tea lesse nel suo sguardo un grande dolore e capì d'aver centrato il bersaglio.

« Avevo quattordici anni », continuò implacabile. « E lui ne aveva quasi trenta. Mi sentivo protetta. Forse riconoscevo in lui il padre che non avevo mai avuto. Tu che te n'eri andato. E lei », indicò sua madre, « rincorreva le sue fantasie. Quella volta stetti malissimo », proseguì. « Eravamo in Grecia. Tu mi regalavi brevi telefonate. Mamma era in crociera da qualche parte. » Schizzava veleno intorno coinvolgendo tutti e due i genitori. « Gli avevo fatto perdere la testa e lui, dopo l'amore, si allarmò all'idea che potessi restare incinta. Così facemmo una corsa ad Atene per cercare le iniezioni che si fanno dopo, per evitare la gravidanza. Mi sentii male. Si spaventò a morte e mi riportò a Milano. » Tea descriveva col tono pacato e preciso con cui avrebbe raccontato una gita scolastica.

« Abbiamo capito », intervenne Marta. « Però adesso smettila. » Stava immobile sul divano. « Le tue prodezze erotiche non ci riguardano. »

« Perché? Questo è soltanto l'inizio. La storia ha uno svolgimento ricco di colpi di scena. Capisco che non è gradevole per un padre e una madre sapere queste cose », martellò Tea.

« Basta così », ordinò Marta con un tono di voce dolce che tuttavia non ammetteva repliche. Poi si rivolse al marito: « Dopo quello che hai sentito credi ancora che non valga la pena di tentare? Una famiglia rattoppata è sempre meglio di niente: non ti pare? »

Ermes la ignorò.

« Che altro c'è? » chiese alla figlia. Pensò che se in quel momento si fosse chiusa la grata del confessionale, non si sarebbe riaperta mai più. Gli venne in mente Diana, sua sorella, vittima di uomini rozzi e violenti che le offrivano pur sempre una specie d'amore negatole dalla famiglia sconnessa dalla quale proveniva.

Marta la fulminò con lo sguardo mutevole dei suoi occhi chiari e freddi. Tea era debole e stanca, ma aveva soprattutto bisogno di liberarsi del peso che la opprimeva.

« Prima dell'incidente ho abortito », confessò al padre. « È accaduto in Svizzera. »

« Sei stata tu », Ermes accusò la moglie.

« È stata anche colpa mia », precisò la ragazza. « Soprattutto colpa mia. Alla fine non credevo più in me stessa. Né alla vita che cresceva dentro di me. Non ero più sicura dell'amore dell'uomo che avevo vicino. »

Marta guardava il marito senza riuscire a vedere oltre la sua maschera di totale indifferenza. Lei, però, lo conosceva abbastanza per sapere che dietro quella compostezza formale si era scatenato il finimondo. Forse aveva spinto il suo gioco oltre i limiti del lecito e si stava preparando al peggio.

Tea aveva chiuso gli occhi, reclinato il capo presentando a Ermes il profilo di una bambina stanca e sofferente. La sua bambina. Un groviglio di dolori fisici e morali, un naufrago senza nemmeno la forza di tenersi aggrappato al relitto che lo può salvare.

« Tornerò a vivere con te e con la mamma », affermò Ermes chinando la testa.

« Grazie, papà », disse Tea.

Ermes s'irrigidì sentendo sulla spalla la mano di Marta. Quel contatto lo infastidiva. Vide la desolante prospettiva di una vita con lei e lo considerò un sacrificio da compiere per il bene della figlia.

Il telefono sul comodino diede un trillo sommesso. Ermes alzò il ricevitore.

« Professore, c'è una chiamata per lei », disse la centralinista. « È il signor... »

« No », l'interruppe, « non voglio parlare con nessuno. » Era stanco, sconvolto.

« Sembra che sia una cosa urgente », si permise di insistere la donna.

« Va bene », sospirò Ermes rassegnato.

« Sono Caruso, professore. » La voce del sottufficiale era tesa e vibrante.

« Mi dica », replicò indifferente il chirurgo.

« L'indagine è stata laboriosa, ma siamo arrivati al dunque. Voglio dire che l'autore dello scandalo giornalistico ha un nome. E lei non immagina neppure di chi si tratta. »

Ma di che cosa stava parlando? Ermes era lontano mille miglia dalla vicenda giudiziaria che ancora lo coinvolgeva e dalla lunga coda di servizi fotografici apparsi su tutti i giornali. Che senso aveva ritornare sull'argomento se doveva rinunciare a Giulia?

« Chi dobbiamo ringraziare? » chiese Ermes.

« Sua moglie, professore », rivelò Caruso. « È lei che lo ha fatto seguire per tutti questi anni. È lei che ha trattato la cessione delle foto all'agenzia che le ha poi distribuite ai giornali. »

« Le sono molto grato », si limitò a dire fissando gli occhi nello sguardo celestiale di Marta.

3

Giulia camminò a lungo con passo svelto, sostenuta da una straordinaria energia. Si muoveva con la rapida determinazione dei cani randagi che seguono misteriosi itinerari verso mete sconosciute. Non sapeva dove andava, ma ci andava velocemente. In realtà stava allontanandosi da una cocente delusione, da un terribile dolore.

Nonostante tutto, il mondo esisteva, le case non crollavano, la gente viveva, il frenetico brulichio della grande città continuava come se niente fosse accaduto. Perché il cielo, l'aria, i passanti frettolosi, i palazzi impenetrabili, le vetrine ammiccanti, le automobili irascibili, i camion prepotenti, non segnalavano un piccolo accenno di sgomento per quanto le era accaduto? Perché questo mondo infame non si accorgeva del suo dolore? Lei non era una persona qualunque, era Giulia. Giulia. Disperatamente, Giulia!

Ermes, il suo uomo, il suo primo amore, il suo salvatore, il suo tutto, che poche ore prima le aveva telefonato per invitarla a colazione e discutere sull'unica cosa certa, il sentimento che li univa, qualche ora dopo era con sua moglie, nella camera della figlia, a ricucire i lembi di una famiglia lacerata.

Superò un mendicante, un uomo di mezza età, piuttosto tarchiato con una gran testa di capelli grigi, il bavero del pesante cappotto rialzato, all'angolo di una boutique sotto i portici all'inizio di corso Matteotti. Aveva un'espressione triste che contrastava con la faccia ben pasciuta. Erano anni che occupava quella postazione, in un dignitoso, immobile silenzio, lo sguardo alla punta degli stivaletti foderati di pelo. Sul petto campeggiava un cartello, una pietosa epigrafe alla propria indigenza e alla disperazione della sua progenie. Giulia, con la curiosità della scrittrice, lo aveva seguito un giorno mentre lasciava la sua postazione e si infilava nella metropolitana. Lo aveva visto, opportunamente riassettato, il bavero a posto, il cartello arrotolato, farsi cambiare dalla cassiera del bar le monete in banconote, poi si era seduto a un tavolino, aveva ordinato un *bloody-mary* e aveva cominciato a fare i conti dell'incasso. Una cifra più che rispettabile, al netto di trattenute, prelievi fiscali e spese. Giulia allora gli aveva dato del danaro e il mendicante, in cambio, aveva interpretato una sceneggiata imperniata sui vari gradi della miseria umana usando uno stile ben delineato per rendere il racconto avvincente. Giulia riconobbe dietro la tentazione costante di suscitare la pietà del prossimo un carattere allegro, un temperamento godereccio che brillava negli occhi marrone molto più giovani dei suoi capelli grigi. Seppe che andava a tutte le partite del Milan, leggeva *Capital* e la *Gazzetta dello sport*, spesso seguiva la squadra del cuore anche in trasferta e aveva l'ultimo modello della *Uno*, « sciccosa » e « comodosa », parcheggiata in via Borgogna. Quella volta si era compiaciuta della scoperta, ma adesso la capacità dell'uomo che sapeva felice, appagato e in ottima salute, di mobilitare la misericordia degli altri su un dolore inesistente, faceva nascere in lei una profonda indignazione. Quell'attore consumato aveva il senso del pubblico e la capacità di rendere verosimile una sequela di miserabili bugie, mentre lei, immersa nella sofferenza, suscitava ammirazione e invidia.

« Giulia », la chiamò una voce ben nota alle sue spalle. Una mano si posò sul suo braccio.

Voltandosi incontrò due grandi occhi scuri che l'accarezzavano e le sorridevano. C'era tanta dolcezza in quello sguardo, tanta comprensione in quella voce calda e vellutata. Giulia si sentì più leggera. Le venne in mente sua madre, anche lei la guardava in quel modo quando la sapeva in crisi.

« Oh, lei », esclamò e avrebbe voluto buttargli le braccia al collo e piangere.

« Ti ho cercata dappertutto », la rimproverò Armando Zani.

L'espressione di lei si indurì e il suo sguardo si raffreddò. « Credo di non averla ancora ringraziata per quanto ha fatto per il professor Corsini », si ricordò.

« Ti difendi sempre », replicò lui. « Perché non provi a lasciarti andare? » L'aveva presa sottobraccio e si erano incamminati lungo la via Santo Spirito.

« Sono stanca, Armando », mormorò stringendosi a lui. Per la prima volta lo chiamava per nome e gli dava del tu.

« Perché non mi hai parlato del tuo intervento? Ho dovuto saperlo da altri », chiese con dolcezza.

« È tutto finito ormai. Acqua passata », mentì.

« Questo non giustifica il silenzio. »

« È vero », sorrise lei.

« Tu sai chi sono, vero? »

« L'ho sempre saputo. »

« E mi hai perdonato? » domandò Armando.

« Non ho niente da perdonarti. Solo che adesso non possiamo più continuare a fingere », disse Giulia.

« Siamo in tempo per ricominciare? » lui interrogò. « Ho bisogno del tuo affetto », soggiunse.

Giulia lo abbracciò.

I rari passanti si stupirono di vedere in quel freddo pomeriggio invernale una donna splendida ed elegante piangere tra le braccia di un bell'uomo di mezza età, proprio come padre e figlia che si incontrano dopo una lunga separazione.

4

GIULIA stava rannicchiata in un angolo del taxi che la riportava a casa. Aveva gli occhi chiusi e avrebbe voluto che anche sui suoi cupi pensieri calassero, morbide, le palpebre dell'oblio. Ma il suo dolore non aveva palpebre né schermi di nessun tipo. Aveva parlato a lungo con Armando Zani, il suo vero padre, ma la voce del sangue non si era fatta sentire con l'intensità cara alla tradizione. Lui si era commosso, lei aveva tratto qualche consolazione da quest'incontro, percepiva l'uomo più come un padrino che come un padre, un amico potente al quale rivolgersi in caso di necessità, una solida spalla sulla quale piangere. Le aveva parlato di sua madre, del loro incontro nel rifugio sull'Appennino modenese, della loro storia d'amore, della sanguinosa battaglia sulla Montagna Gialla, ma erano ricordi ormai sbiaditi.

La sera calava rapidamente, una fredda sera d'inverno che rabbrividiva sotto un cielo d'inchiostro. La villetta di via Tiepolo era immersa nel crepuscolo incombente. Soltanto attraverso le persiane della camera di Giorgio filtrava un po' di luce. Dentro era caldo, ma Giulia non trasse nessun conforto da quel tepore.

Sul tavolo della cucina Ambra aveva lasciato un messaggio per lei: 1. Ricordarsi di pagare la bolletta della luce; 2. Il bollo dell'auto; 3. Il conto del giardiniere che ha lavorato sei ore.

Infilò il foglietto al chiodo accanto alla credenza. Dalla stanza di Giorgio, al piano di sopra, non veniva alcun rumore. Sperò che il figlio stesse studiando.

Giulia passò nel suo studio e sul tavolo, accanto al telefono, trovò alcuni appunti di Giorgio. Tradusse faticosamente i geroglifici del ragazzo che aveva una grafia scombinata come i suoi pensieri adolescenti: « Ha chiamato Ermes.

Di nuovo Ermes.

Insistentemente Ermes.

Instancabilmente Ermes.

Ermes che rottura!

Ancora Ermes.

Sempre Ermes, ma che cazzo combinate voi due? »

Salì al piano superiore. La porta della camera di Giorgio era socchiusa e lui non pensava neanche lontanamente allo studio. Era impegnato in una partita di calcio con il computer. Quegli scontri che opponevano la sua fresca intelligenza ai programmi di un cervello elettronico la avvilivano e la indisponevano. Ma in quel momento l'ossessione del figlio la lasciò del tutto indifferente.

Lui brontolò un vago saluto senza distogliere lo sguardo dagli ometti computerizzati, lei lo guardò indecisa sull'atteggiamento da assumere. Le sembrava di non sapere più come si fa a vivere. A quarant'anni non aveva ancora imparato questo difficile mestiere. E alla sua età, nelle sue condizioni, erano davvero poche le speranze di recuperare il tempo perduto.

Giorgio era il più stupito dei due. Quando veniva sorpreso, come diceva lui, a fornicare con i videogiochi, subiva l'ostilità della madre contro il suo passatempo preferito.

« Ehi, mamma », si risentì, « non mi saluti? » Era completamente disorientato dallo sguardo vacuo e dal comportamento incoerente della madre.

« Ciao », disse Giulia muovendosi verso la propria camera.

Giorgio la seguì.

« Problemi? » l'interrogò.

Lei si lasciò cadere sul letto. Era a pezzi.

« Qualcuno. »

« Tu non stai bene », replicò il ragazzo con un tono consapevole da persona adulta.

Giulia lo guardò come se lo vedesse per la prima volta. Era un ragazzo meraviglioso. I capelli folti color miele incorniciavano un viso d'angelo. Era più alto di lei. Aveva un fisico solidamente armonioso che la felpa sfilacciata e i jeans stinti mettevano in risalto. Quella giovinezza che pulsava accanto a lei non le dava, però, il conforto sperato.

« Star bene, star male », filosofeggiò con ironia: « è tutto molto relativo ». Doveva essere conciata da buttar via, ma almeno con il figlio non doveva preoccuparsi di nascondere il proprio aspetto. Fino a che punto poteva essere sincera?

« Mi pare che stai dicendo delle gran cazzate », la criticò con il suo linguaggio da caserma. La voce ingenua e l'intenzione affettuosa mitigavano le asprezze del nuovo lessico famigliare.

Negli occhi neri e infelici di Giulia tremò la commozione.

« Tu mi nascondi qualcosa », la criticò teneramente Giorgio accostando al letto il pouf imbottito sul quale sedette ponendosi proprio di fronte a lei.

Un sorriso esile e tagliente si disegnò sulle labbra di Giulia accentuando l'indisponibilità a qualsiasi forma di dialogo. Si vergognò del suo egoismo e le tornò in mente l'atteggiamento aggressivo e rissoso del nonno Cesare de Blasco barricato dietro un disperato ed esclusivo amore di sé. Allora il sorriso tagliente si addolcì e provò un sincero trasporto per quel ragazzino adorabile che si sentiva uomo per aiutarla a rimuovere i suoi crucci, per partecipare alla sua vita. E se fosse stato davvero maturo per capire le sue ansie e condividere le sue preoccupazioni? Era corretto continuare a nascondergli la verità?

In quel momento squillò il telefono.

« Appassionatamente Ermes », disse Giorgio socchiudendo gli occhi in un divertente tentativo di imitazione di una donna innamorata, indicandole l'apparecchio sul comodino.

« Rispondi tu e digli che non ci sono », ordinò lei velocemente. Giorgio alzò la cornetta.

« Ciao, Ermes », salutò a colpo sicuro. « Mamma mi prega di dirti che non c'è. Io però te la passo. Vedetevela tra di voi. » Depose il ricevitore sul letto e uscì dalla stanza. Con un sospiro Giulia lo afferrò e se lo portò all'orecchio.

« Che cosa ti succede, Giulia? » domandò preoccupato.

« Credo che non abbiamo più molte cose da dirci, noi due », mormorò lentamente e faticosamente.

« Qualcosa non va? » interrogò riferendosi alla sua salute.

« Niente va », lei rispose alludendo invece ai problemi che l'angustiavano.

« Non capisco », replicò smarrito.

« Eppure, dopo quello che è successo oggi, la situazione mi sembra chiarissima », tagliò corto lei.

Ermes pensò al mancato appuntamento.

« Proprio non potevo raggiungerti », si giustificò con sollievo. « Avevo dei problemi con Tea. Perdonami », soggiunse stupito che Giulia, solitamente così equilibrata e razionale, reagisse con tanta irrazionale veemenza.

« Problemi con Tea. Va bene. Ma non con tua moglie », replicò.

« Che cosa c'entra mia moglie? »

« Se è la signora che abbracciavi accanto al letto di tua figlia, allora c'entra », lo spiazzò. « Come si sono concluse poi le trattative per la commovente riconciliazione? »

« Oh, Cristo! » esclamò Ermes che finalmente capiva l'atteggiamento di Giulia. « Come hai saputo? »

« Non ho saputo », lei precisò. « Ho visto. Ho avuto il privilegio disgustosamente raro di vedervi abbracciati nel superiore interesse della famiglia », lo sferzò. « Ero venuta in clinica a cercarti. »

« Ma tu non sai cos'è accaduto veramente. Non sai nulla. »

« So quanto basta. E adesso vogliamo chiudere l'episodio con un minimo di dignità? » propose.

« Non fare la bambina, Giulia, Io ti amo, lo sai. Sei la mia donna. Io sono nei casini fino agli occhi. E ho bisogno di te. »

« Perché non ti rivolgi alla signora Montini? » replicò beffarda, degradando la conversazione a una rissa. Era pronta a sparare salve di banali volgarità per difendere il suo amor proprio offeso, il suo orgoglio ferito, ma si trattenne per non perdere la faccia. « Smettila Ermes, non ti ascolto più. » L'immagine di Ermes che abbracciava Marta le danzava agli occhi. Sapeva che il suo era un comportamento irrazionale, ma non lo voleva più. Ermes era contaminato. Se l'avesse sfiorata avrebbe contagiato anche lei.

« Vuoi farmi la grazia di starmi a sentire un momento solo? » gridò.

« Addio, Ermes », disse Giulia concludendo quella penosa conversazione. Si domandò per un attimo se aveva agito giustamente. Ma che cosa è giusto quando sono in gioco gelosia e risentimento? Aveva seguito il suo istinto, la sua rabbia, le sue emozioni, la sua sofferenza.

Aveva sofferto a causa di Leo, suo marito, quando aveva scoperto il tradimento che lui aveva cercato inutilmente di contrabbandare per un banale incidente di percorso, un'insignificante divagazione sul tema della vita coniugale. Un episodio senza peso che però l'aveva fatta soffrire atrocemente. Solo che allora aveva ventisei anni e a quell'età i colpi si assorbono meglio. La sua intransigenza e il suo moralismo, invece, erano rimasti gli stessi.

Scese in cucina e trovò Giorgio che stava facendosi uno sfilatino col tonno. Era immusonito e scontroso.

« Cosa c'è, bambino? » cercò d'interrogarlo.

« E non chiamarmi bambino », protestò.

« Che c'è? » lo accarezzò.

« C'è che tu non mi stimi », la rimproverò.

« Come puoi dire una cosa simile? » s'impermalì.

« Se tu mi stimassi ti confideresti con me. Tu pretendi la sincerità, ma sei piena di misteri. »

Giulia aprì il frigorifero, prese una terrina dove c'era una barbabietola rossa tagliata a fettine condita con succo di limone. Era uno degli alimenti che lei assumeva in funzione antitumorale. Glielo aveva consigliato un'amica che aveva conosciuto un guru durante un viaggio in India ed era convinta di controllare il proprio cancro alimentandosi in un certo modo, con particolari verdure e nel rispetto della cucina macrobiotica. La donna in effetti da quattordici anni conviveva con un linfogranuloma linfocitico che, secondo la scienza, avrebbe dovuto annientarla nel giro di pochi anni.

La scienza smentiva questo tipo di terapia dei tumori; la storia personale della donna la confermava. Giulia pensò che tutti possono esprimersi su un argomento in gran parte ancora avvolto nel mistero. Non ne aveva mai parlato con Ermes ma aveva osservato alcune regole, per altro compatibili con la terapia chirurgica e con quella radiante.

Sedette a tavola proprio di fronte a Giorgio. Guardò la terrina colma di barbabietole rosse che costituiva tutta la sua cena e disse:

« Sai che Ermes mi ha operata al seno. »

« Lo so », disse il ragazzo a bocca piena sollevando su di lei gli occhi spruzzati d'oro.

« Be', non era proprio una cosa benigna. »

« Che cosa vuol dire? »

« Che devo fare una terapia supplementare per neutralizzarla completamente. »

« Però si guarisce », si allarmò.

« Si può guarire », lei affermò temendo di essersi spinta troppo al largo e di non avere più la forza di rientrare.

« Allora non devi preoccuparti », cercò di rassicurarla senza troppa convinzione.

« Ma c'è dell'altro », continuò Giulia che era ormai decisa a vuotare il sacco. « Oggi ho scoperto Ermes che si riconciliava con sua moglie. In clinica. In pratica ti ho detto tutto », concluse infilzando le barbabietole con la forchetta come se fossero l'immagine di Ermes e Marta abbracciati.

Giorgio la guardava con la bocca ancora piena, sulle sue labbra tremò un sorriso di pena e gli occhi s'inumidirono.

« Sei proprio sfigata, mamma », decretò deglutendo pane, lacrime e sfilatino. « Perdonami per le accuse ingiuste. Sono proprio uno stronzo. »

Giulia gli strinse una mano attraverso il tavolo e gli parlò come a un vecchio amico.

« Ho un tumore e soffro di gelosia », confessò. « Non è certo un segno di maturità. »

« Anche con papà soffrivi di gelosia », le ricordò.

« E tu lo sapevi? » si stupì.

« Non ci voleva l'acume del commissario Colombo per scoprirlo. Vi siete lasciati perché eri gelosa? » domandò.

« Gelosa lo sono diventata. Prima ero pazza. Perciò mi sono messa con lui. Lui era un uomo, io una ragazzina inquieta. Quando lo incontrai lui faceva un mestiere affascinante: scriveva. Sono passati vent'anni », precisò. « È successo il giorno in cui morì il nonno Ubaldo », concluse e quel ricordo la fece sorridere.

Ieri

1965

1

Il corpo senza vita del nonno era stato composto sul divano a fiori del salotto e Benny aveva telefonato al medico di famiglia, il dottor Benzoni.

«Il nonno si sente male», annunciò il giovane.

«Quanto male?» interrogò il sanitario per avere un'idea della situazione.

«Forse è morto», gli comunicò Benny dopo un attimo di esitazione.

«Insomma è vivo o morto?» si scaldò il medico.

«Perché non viene a dargli un'occhiata così ce lo conferma?» propose.

Il professor Vittorio de Blasco fu colto da malore per il brutale insulto alla rispettabilità della famiglia; così, quando venne il dottore, dovette anzitutto occuparsi di lui.

Il dottor Benzoni non era un genio della medicina, ma era carico d'anni e di esperienza. Capì che il problema del padrone di casa era il cuore. Gli prescrisse riposo assoluto in attesa di esami più approfonditi e gli praticò un'iniezione.

Isabella, preoccupata più per il suo fidanzamento pericolante che per la crisi cardiaca del padre e per la morte del nonno, si era barricata nella camera che divideva con

Giulia giurando che da lì non si sarebbe mossa fino a quando il cadavere di Ubaldo Milkovich non fosse uscito da quella casa.

Carmen piangeva e Giulia, che conosceva il carattere del medico meglio degli altri, decise di raccontargli tutta la verità sulla morte del nonno. Il dottor Benzoni capì e dichiarò che il vecchio era morto nella villetta di via Tiepolo per un colpo apoplettico.

Fu in quella notte tragica che Giulia conobbe Leo. Benny, che era andato alla farmacia della stazione centrale per procurarsi dei medicinali prescritti dal dottor Benzoni al padre, lo aveva incontrato e, in nome di un'antica amicizia, lo aveva invitato a casa. Aveva bisogno d'aiuto in quella difficile circostanza.

«Questa è mia sorella Giulia », disse Benny all'amico. « Questo è Leo Rovelli. » Erano in cucina con l'idea di prepararsi un caffè.

«Rovelli, l'inviato del *Corriere*? » domandò Giulia che aveva tanto sentito parlare di lui dal fratello.

«Suppongo di sì », scherzò inquadrandola con i suoi occhi azzurri.

«Ma è fantastico! » esclamò lei senza ritegno. E sentì che per quell'uomo alto, dai lineamenti gentili, i folti capelli biondi, l'espressione aristocratica e intelligente, avrebbe fatto qualsiasi cosa. Intanto se lo mangiava con gli occhi.

« Lei, piuttosto, mi sembra stupenda », l'adulò sinceramente conquistato dalla sua esuberante ingenuità.

« Stupenda? » mormorò accorgendosi, in quel momento, di essere impresentabile: era in pigiama, spettinata e stravolta. Arrossì e sembrò ancora più bella e desiderabile. « Dovrei andare a mettermi in ordine », soggiunse.

« Perché? » domandò lui senza smettere di guardarla.

«Ho letto i suoi reportage dall'Africa. Che vita meravigliosa la sua », non poté trattenersi dall'esclamare.

«Diamoci del tu, vuoi? » lui propose.

«Ma certo », arrossì. « Sai una cosa? Credevo che Benny dicesse di conoscerti per darsi un tono. »

«Invece è la pura verità. »

«Sembri più vecchio di lui », azzardò.

«Tipico di voi ragazzine », la prese in castagna. « Per voi un uomo sulla trentina è vecchio. »

« Non volevo dire questo », si scusò facendosi di fuoco. Entrò Carmen sorprendendoli in piena conversazione. Benny presentò alla madre l'ospite.

« Sarebbe opportuno che tu ti cambiassi », la esortò Carmen con severità. I suoi occhi duri le ricordarono che in un momento come quello, con il nonno morto e il padre colto da una crisi cardiaca, non era il caso di mettersi a civettare con il primo venuto.

« Torno subito », si scusò lei.

Dovette minacciare l'intervento di Carmen per farsi aprire la porta da Isabella che s'era chiusa dentro a chiave. Aveva i capelli arrotolati nei bigodini e la faccia impiastricciata con una disgustosa crema marrone.

« Blah! » fece Giulia mostrandole la lingua. « Mi sembri una mummia. » Intanto si era infilata una gonna a fiori scarlatti e una camicetta di piquet bianco.

« Sei scandalosa », disse Isabella.

Giulia ruotò su se stessa sollevando la gonna a campana.

« Scandalosa? Perché? »

Isabella era seduta sul bordo del letto intenta a tagliarsi le pellicine delle unghie.

« Giù c'è il nonno morto, nostro padre sta male e tu ti vesti come la bella del luna park. »

« Tu invece sei grottesca. Se ti vedesse il tuo fidanzato scapperebbe come una lepre », la stuzzicò Giulia passandosi velocemente una spazzola tra i capelli.

« Sei la vergogna della famiglia », insisté.
« Ricevuto. »
« Tale e quale tuo nonno. »
« Che è di là. Morto. E tu l'offendi. »
« Io offendo te. »
« Hai paura che venga di notte a tirarti i piedi? » cercò di spaventarla.
Isabella inconsciamente sollevò i piedi e li infilò sotto di sé assumendo un goffo atteggiamento di difesa. « Il nonno mi è sempre piaciuto », mentì.
« Io al tuo posto non sarei tanto sicura », insinuò richiudendosi la porta alle spalle.
Giulia abbandonò Isabella e si avvicinò in punta di piedi alla stanza dei genitori dove, accanto al letto di suo padre, c'era Benny.
« Come sta? » domandò Giulia piano.
« S'è addormentato. »
« Che cosa dice il dottore? »
« Non gli sembra tanto grave, ma deve essere ricoverato in un reparto cardiologico per accertamenti. » Benny era molto legato al padre, mentre della morte del nonno non gli importava proprio nulla. « Cerca di convincere la mamma a riposare un po' », riprese. « Penseremo noi a vegliare il nonno. »
« Noi chi? »
« Io, tu, Leo. La mamma è molto stanca. »
Quando scese in salotto, Giulia trovò la madre che lavorava all'uncinetto accanto al nonno. Ogni tanto sollevava gli occhi per osservare quel volto cereo sul quale aleggiava ancora l'idea di un sorriso che lei ricambiava.
Giulia non riuscì a dissimulare il proprio stupore di fronte alla serenità di Carmen.
« Stavo ripensando all'ultima volta che siamo stati veramente insieme, il nonno e io », raccontò. « La guerra

era agli sgoccioli. E tu non eri ancora nata. Tu gli assomigli. »

« Vai a letto, mamma. » Giulia le accarezzò i capelli e le depose un bacio sulla fronte.

« Non preoccuparti per me. Qui sto benissimo. Prepara del caffè. E vedi se ci sono dei biscotti. »

Giulia si sentiva in pace con se stessa e con gli altri e si domandò come potessero coesistere dolore e felicità e come il desiderio di vivere prevalesse sulla disperazione in quella casa visitata dalla morte. Eppure erano quelli i sentimenti che leggeva sulla bella faccia di sua madre, gli stessi che abitavano la sua anima.

In cucina Giulia trovò il maestro Leone Bossi, il vicino della villetta accanto. Era un violinista da balera che qualche volta, a gentile richiesta e per un modico compenso, si esibiva in chiesa nelle occasioni solenni. Il suo cavallo di battaglia era l'Ave Maria di Gounod. Aveva una moglie brutta, bisbetica e dispotica, originaria dell'entroterra ligure, che parlava un italiano catastrofico. Il solista era abituato a tirare mattina e la veglia in casa de Blasco era un'occasione per un'assenza giustificata dall'aborrito talamo e un pretesto per stare in buona compagnia.

Giulia lo sorprese nell'occupazione che più gli era congeniale: il racconto di storie eccezionali. Aveva la faccia tonda, occhi grandi e sporgenti da batrace, l'alta fronte bombata, una lucida piazza coronata di lunghi e folti capelli bianchi, labbra carnose e mobilissime che rivelavano una dentatura imperfetta, con qualche vuoto, annerita dal fumo e dalla piorrea. Aveva un fisico singolare: più da nano alto che da uomo piccolo. Simpatico nell'insieme, con una voce da basso profondo in cui vibrava un'intensa virilità. La sua platea era rappresentata da Leo, che trovava interessante la sceneggiata di quell'insolito personaggio.

« Mi racconti tutto », lo incitò Leo. « Non mi tenga sulla corda », aggiunse guardando Giulia con inequivocabili intenzioni. « Sei stupenda », le sussurrò sfiorandole una mano quando gli passò vicino per andare verso l'acquaio.

« Lei, dottor Rovelli, che è un giornalista, potrebbe scriverci un libro su una storia come questa », continuò il signor Leone. « E la storia che le racconto è tutta vera come il Vangelo. »

« Vada avanti, la prego », disse Leo che non perdeva d'occhio Giulia.

« Questo mio amico era inequivocabilmente deceduto », riprese il suo macabro racconto. « Bene. Io mi allontano un momento. Quando torno nella camera del morto, lo trovo seduto sul letto, duro come un baccalà, gli occhi sbarrati, le braccia tese parallelamente alle gambe. Roba da restarci secchi », soggiunse accentuando i toni cupi della sua voce per sottolineare l'orrore del racconto. « Se l'immagina la scena? La stanza silenziosa, la luce vacillante dei ceri e il morto al centro del letto, improvvisamente seduto, teso come un burattino che ti sbrana con gli occhi. Questo è accaduto al mio paese. Prima della guerra. Mi deve credere. »

« Le credo, ma poi? » domandò il giornalista che intanto non smetteva di guardare Giulia.

« Gli si erano ritirati i nervi », continuò il violinista. « Capisce, dottore? Lo sapeva lei che a volte ai morti gli si ritirano i nervi? Così succede che il cadavere, invece di stare disteso, si mette a sedere. »

« E lei come risolse il problema? » insisté Leo.

« Chiamai soccorso. Venne un amico. Lui lo teneva per i piedi, io cercavo di spingerlo giù per le spalle. I nervi stridevano come le corde di un violino quando sono sul punto di saltare. Credo di esserci riuscito. Mollo la presa e il braccio del morto scatta come una clava e mi colpisce proprio qui », soggiunse spaventato toccandosi il naso bitorzoluto. « Una legnata che mi fa sanguinare. »

Giulia colse un'espressione divertita di Leo, ma non capì se fosse effetto del racconto o dello stupore dipinto sul suo volto.

« Roba da non credere », commentò seriosamente Leo.

« Cosa le avevo detto? » saltò su il signor Bossi mentre i suoi occhi da batrace si sporgevano pericolosamente fuori dalla loro sede naturale.

« Se non fosse lei a raccontare questa storia, verrebbero dei dubbi. »

« Ma non finisce qui », rincarò la dose passandosi la punta della lingua sulle labbra carnose.

Giulia versava il caffè nelle tazzine del servizio buono. Tra lei e il giornalista ci furono sguardi carichi di complicità. Lui le fece l'occhiolino e quell'ammiccamento confidenziale contribuì ad aumentare la sua confusione.

« E come finisce, signor Bossi? »

« Pensammo di metterlo subito nella cassa. Ma il morto riuscì a schiodarla. Così si dovette chiamare un medico che gli recise i nervi e finalmente il poverino riposò in pace. Proprio così », concluse il violinista mescolando il caffè nella tazzina, crollando ripetutamente il capo.

Giulia andò in salotto a portare il caffè a sua madre. Guardò il nonno tremando all'idea che da un momento all'altro potesse scattare a sedere con le braccia tese e gli occhi sbarrati come l'amico del signor Bossi. Ma non successe niente. Però, mentre lo guardava, ebbe l'impressione che il petto del vecchio si alzasse e si abbassasse per effetto di un lento respiro.

« Mamma, non ti sembra che sia vivo? » mormorò come se temesse che il nonno potesse sentirla.

Carmen si chinò a sfiorare la fronte di suo padre.

« Questo è quello che tu vorresti. È la proiezione di un desiderio. »

« Forse dipende dal fatto che non mi rassegno all'idea che sia morto. È una realtà che non accetto », confessò Giulia. « Non mi stupirei se adesso si alzasse davvero e dicesse che è stato uno scherzo. Mamma », mormorò, « c'è una cosa di cui mi vergogno. È difficile persino parlarne con te. »

« Cos'è successo? » domandò Carmen rassegnata. Ormai era accaduto tutto, che cosa poteva capitarle ancora?

« Mi dispiace che il nonno sia morto. Ma non provo nessun vero dolore. Eppure gli voglio bene. Gliene ho sempre voluto. Non riesco a piangere. Ho invece una gran voglia di vivere. »

Il sorriso del nonno sembrò accentuarsi.

« Questo è sempre stato il suo desiderio. Sono contenta per lui e per te. La vita continua, ragazza mia. Adesso andrò a riposare un po' », sospirò alzandosi.

Entrò il maestro Bossi.

« Vada a dormire, signora Carmen », la tranquillizzò. « Ci resto io con suo padre. Se permette gli faccio anche una suonatina. Un pezzo adatto. L'Ave Maria di Gounod...? » ammiccò con discrezione.

« Sarebbe la sola preghiera della sua vita. Che Dio lo perdoni. »

« Allora male non gli fa. »

« Faccia lei », replicò Carmen. « Purché non disturbi il professore. Sta male. » E prese a salire faticosamente le scale reggendosi al corrimano.

Giulia andò in cucina. Leo stava fumando una sigaretta accanto alla grande finestra sul giardino. Il tenue respiro dell'alba accarezzava il cielo.

« Vuoi? » chiese porgendole il pacchetto.

« Non ho mai fumato. »

« È una buona occasione per provare. »

La ragazza prese una sigaretta e se la mise ingenuamente

tra le labbra tremanti. L'uomo accostò la fiamma del suo Dupont, lei aspirò il fumo azzurrino ed ebbe l'impressione di soffocare. Lui rise vedendola buttare la sigaretta in giardino e arrossire per la vergogna di non aver superato la prova.

Benny entrò in cucina per dire che il professore s'era svegliato e stava di nuovo male.

Giulia e Leo si stavano baciando.

2

« MA tu da dove vieni? Di che razza sei? Tu non sei una de Blasco, perdio! » l'aggredì Benny, gli occhi lampeggianti d'ira, l'espressione corrucciata, la voce carica di sdegno.

Erano in giardino, sedevano sulla panca in fondo al vialetto. Alle loro spalle le rose rampicanti formavano una suggestiva parete fiorita. Di fronte, due grandi cespugli di eucuba variegata punteggiata di bacche rosso vivo.

« Ci siamo solo baciati », cercò di giustificarsi Giulia.

« Solo baciati? » ripeté scandalizzato. « Col nonno morto nel salotto e papà in gravi condizioni. »

« Se non avessi baciato Leo, il nonno non sarebbe risorto e papà non sarebbe guarito. » Non vedeva l'ora che il fratello la smettesse con la sua predica perché niente e nessuno poteva annullare il sentimento che provava per Leo. Aveva una fretta disperata di rivederlo.

« Isabella non sarebbe mai caduta così in basso », le rinfacciò. « Dovresti prendere esempio da tua sorella. Se papà sapesse, nelle condizioni in cui si trova, ne riceverebbe un colpo durissimo. Forse non sopravviverebbe. »

« Per un bacio », mormorò Giulia.

« Non ti fermi di fronte a niente », proseguì.

« Ascolta, Benny », lei cercò di chiudere. « Cosa fatta...

con quel che segue. Io ho probabilmente sbagliato. Però nostro padre non ne sa niente. E non saremo certo noi a comunicargli la terribile notizia », ironizzò.

« Puoi esserne certa », confermò l'uomo. « Fossi tuo padre ti riempirei di botte. E credo proprio che una buona dose di schiaffi ti farebbe bene. È chiaro che papà non saprà nulla. Almeno fino a quando sarà guarito. Nel frattempo in casa comando io. E ti proibisco di rivedere Rovelli. Sono stato chiaro? » le intimò.

« Ma sì che sei stato chiaro », lo tranquillizzò avviandosi lentamente verso casa mentre pensava a quale scusa trovare per uscire immediatamente. Indossava un abito di lino blu ravvivato da una grossa treccia di coralli intorno al collo. Era straordinariamente bella e irrimediabilmente giovane e innamorata. Era anche in preda a una tensione estrema: aveva un appuntamento con Leo e rischiava di arrivare in ritardo. O di non arrivare affatto. L'indignazione del fratello l'avrebbe lasciata del tutto indifferente se non le avesse impedito di realizzare il suo piano, ma così minacciava di essere qualcosa di più di una fastidiosa seccatura.

La serie negativa non accennava a concludersi. Prima c'era stato il funerale del nonno che l'aveva riempita di mestizia, poi il ricovero in clinica del padre che l'obbligava, durante il suo turno di assistenza, a rimanere seduta accanto al letto per ore, durante le quali doveva leggere brani di Virgilio, scandendo bene la metrica e stando attenta a non sbagliare, perché in tal caso il professore si agitava, e questo non era bene.

Adesso ci mancava il tono da istitutore vittoriano di Benny. Quando li aveva sorpresi mentre si baciavano si era voltato dall'altra parte. Aveva aspettato qualche giorno prima di affrontarla con la grintosa severità di una madre badessa. Giulia entrò in salotto dove Carmen stava congedandosi da un paio di colleghi del marito venuti a porgerle le condoglianze per la morte del padre e a chiedere notizie di Vittorio.

« Mamma, io vado a studiare a casa di Silvana », annunciò Giulia. Aveva sottobraccio alcuni libri tenuti insieme da una cinghia di gomma.

« Va bene », l'autorizzò distrattamente Carmen, mentre lei salutava quei signori e baciava la madre su una guancia.

« Dove credi di andare? » la sorprese Benny sulla soglia di casa.

« Sono munita di lasciapassare », recitò con finta solennità.

« Non mi provocare, Giulia. »

« Permesso della mamma », dichiarò seriamente.

« Per andare dove? »

« Da Silvana. A studiare. »

« Non potevi scegliere un'amica che abitasse più vicino? » obiettò lui.

La casa di Silvana era all'altro capo della città e con il tram ci volevano tre quarti d'ora per arrivarci.

« È la più disponibile », si giustificò. « E anche la più brava. Il meglio del meglio. »

« Allora lasciami il numero di telefono, perché tra un'ora ti chiamo per controllare se ci sei. »

Giulia aveva una voglia disperata di mandarlo a quel paese. Invece gli dettò obbediente il numero e uscì con un sospiro di sollievo.

Leo la stava aspettando in macchina, all'angolo con piazza Novelli. Giulia sedette a fianco dell'uomo. C'era odore di colonia, di tabacco e un vago sentore di carburante. C'erano le vibrazioni della sua voce dolce e scura come una torta al caffè che le faceva battere forte il cuore per l'emozione.

Mandò indietro il sedile, allungò le gambe e si lasciò scivolare fin quasi a scomparire sotto il livello del finestrino, poi si coprì la faccia con i libri e si sentì protetta in quella fortezza impenetrabile che intanto s'era messa in moto.

« Ho tre quarti d'ora di tempo per arrivare a casa della mia amica », gli comunicò.

« Abbiamo mezz'ora tutta per noi », cronometrò Leo partendo a tavoletta verso l'idroscalo.

In cinque minuti, percorrendo il viale Forlanini, raggiunsero una stradina tra i campi, fiancheggiata da un ruscello, vicino all'aeroporto di Linate. Un *Caravelle* decollò ruggendo con la potenza dei suoi reattori.

Leo la teneva stretta a sé e lei s'inebriava della sua forza, del suo profumo, delle sue promesse, dei sogni che le affollavano la mente e il cuore.

« Un giorno saliremo insieme su un aereo più grande, molto più grande di quello », le sussurrava all'orecchio comunicandole brividi estenuanti. « Ti porterò ai confini del mondo. Ti farò conoscere genti e paesi di cui non hai mai neppure sentito parlare. Vivremo insieme avventure indimenticabili. »

« Mi porterai a prendere *café-crème* e croissant in un bistrot degli Champs Elisées a Parigi? »

« Certamente. E poi andremo a New York. Percorreremo la Quinta Avenue, entreremo da Tiffany, mangeremo un *hot-dog* su una panchina di Central Park, e saliremo sull'Empire State Building. E poi vedremo spettacoli favolosi nei teatri di Broadway », promise lui.

« Mi porterai », proseguì con uno sguardo sognante, « nelle isole dei mari del Sud? »

« Ora, però, ti porto dalla tua amica », la richiamò alla dura realtà. « Mezz'ora è passata. E dobbiamo correre per arrivare in tempo. »

« Protesto formalmente contro l'orologio. Cammina come un pazzo quando sono con te. Mentre sembra fermo quando tu non ci sei. »

Leo si chinò a baciarla.

« Forse un giorno troveremo mezza giornata per noi soli », auspicò l'uomo.

« Benny è furibondo. Mi controlla come un mastino. E ringhia come un cane da guardia. »

« È rabbioso anche con me. Ha minacciato di rivelare tutto a mia moglie, se ti rivedo ancora. »

« Sarebbe grave? » interrogò lei.

« Non lo so. Forse mi farebbe un favore. È un argomento che, prima o poi, dovrò affrontare con lei. »

3

SILVANA Tonani aveva una faccia lunga, morbida, strana, tristemente ironica, da cammella. Aveva la carnagione pallida, denti lunghi e gialli racchiusi da labbra grosse e grasse in tutto simili a quelle di un pesciolino rosso. Non sorrideva, boccheggiava. Per contrasto aveva meravigliosi capelli densi e ondulati e occhi grandi, d'una bellezza indescrivibile. Frequentava con Giulia il primo anno di lingue alla Bocconi e faceva collezione di trenta e lode.

Quando parlava, scandiva le parole lentamente, caricava le labbra spesse come una fionda. Sparava le consonanti labiali, soprattutto la « p », con sbruffi di saliva che irroravano libri, quaderni e i malcapitati interlocutori che si trovavano nel suo raggio d'azione. Uno dei suoi argomenti preferiti era le grotte di Postumia dove si recava in visita ogni anno con la famiglia.

A parte questo, Silvana era un'amica deliziosa. Aveva una passione morbosa per lo studio, un talento innato per l'insegnamento. Era molto paziente con Giulia le cui inquietudini le impedivano una costante concentrazione. Giulia sognava isole inesplorate, viaggiava sulle ali della fantasia, s'innamorava di un verso, di un colore, si commuoveva per una frase; Silvana sognava il giorno in cui avrebbe avuto di fronte una classe di ragazzi attenti alle sue lezioni.

« Scriverò alla lavagna », puntualizzò. « La userò molto. Mi piace veder nascere, tonde e corpose, le lettere dal gessetto », soggiunse con sensualità, « e provo un brivido quando il gesso si spezza. Poi siederò in cattedra. Oppure starò in piedi sulla pedana che mi farà più alta. E avrò tutti sotto di me. Tutti a pendere dalle mie labbra. » E in quell'orgia di « p » e di « b » dalle sue labbra partivano pericolosi sbruffi conto i quali non c'era difesa.

Giulia invidiava la sicurezza dell'amica, il suo sapere esattamente quello che avrebbe fatto da lì a quattro anni. Lei, invece, non sapeva nulla del suo futuro.

« Naturalmente, non appena avrò vinto un concorso », continuò, « mi troverò un fidanzato. Non prima. Perché il fidanzamento porta via tempo. Mi sposerò e avrò almeno due figli. Il primo lo avrò a ventotto anni. Il secondo due anni dopo. » Non aveva dubbi né perplessità né particolari turbamenti.

« Forse nella tua personale sfera di cristallo leggi anche il nome di tuo marito », la interruppe Giulia più ammirata che ironica.

« Forse sarà un insegnante come me », rispose Silvana. « La scuola ti offre molte occasioni d'incontro. Per quanto », rifletté mentre un sorriso alzava le sue labbra carnose illuminando la faccia da cammella, « preferirei un medico. Magari con uno studio già avviato. O forse, chissà, un avvocato. Civilista, possibilmente. Potrebbe lavorare con mio padre. »

« Ma dove trovi tanta sicurezza? » replicò Giulia con energia. « Da dove ti viene tutta questa spaventosa certezza. Io non so quello che farò fra un momento », si compianse. « Voglio la luna. Capisci? » arrossì mentre una confessione le urgeva alle labbra. « Io sono follemente innamorata di un uomo sposato. »

L'espressione da cammella di Silvana si accentuò e le sue labbra da pesce raggiunsero un'altezza vertiginosa.

« Un uomo sposato? » mormorò incredula e annichilita.

« Un uomo sposato », ripeté Giulia.

« Dimmi che non è vero », l'ammonì scandalizzata.

« È proprio così, invece, te lo giuro. »

« Ma tu sei matta da legare », la rimproverò severamente. « Una de Blasco coinvolta in una storia vergognosa. Ma è inammissibile. »

« Perché una de Blasco no? » inquisì meravigliata. « Perché una storia vergognosa? »

« Perché... perché... Perché sì. » Con quella risposta sibillina partirono sbruffi a raffica che innaffiarono libri, quaderni e le mani di Giulia che aveva tentato vanamente di organizzare una difesa.

Senza parere, seguendo un preciso disegno, quell'acqua cheta aveva messo gli occhi su Benny de Blasco e sognava di accalappiare il giovane procuratore il cui cognome echeggiava un'antica nobiltà. Ogni cosa a suo tempo, pensava l'implacabile programmatrice. Altrimenti non si sarebbe data tanto da fare con quella svampita di Giulia. La quale, nella sua ingenuità, non aveva capito niente dell'amica.

« E chi è quest'uomo sposato del quale saresti follemente innamorata? » l'interrogò in tono professorale.

« Leo Rovelli », rispose esultante.

« Non mi dire che è il giornalista del *Corriere* », replicò incapace di nascondere stupore e ammirazione.

« E invece è proprio lui. »

« Non è possibile. »

Giulia non riuscì a trattenere il suo entusiasmo. « È un uomo bellissimo. Alto. Biondo. Forte. Protettivo. Dolce. Occhi azzurri da brivido. Una voce calda, vibrante. Una cultura immensa. Hemingway. Hai presente Hemingway? Lui scrive così. Sa interi brani a memoria dei suoi romanzi. Mi telefona e come niente dice: parto per Cuba. O Rio. O New York. O Nairobi. » Aveva concluso con una serie di fantastiche menzogne il profilo di Leo, travolta da quel gioco eccitante. Si conoscevano da pochi giorni e lui non poteva certo essere partito per tutte quelle destinazioni. Il viaggio più lungo s'era concluso nei pressi dell'aeroporto di Linate. « Un uomo. Un uomo vero », declamò con enfasi.

« Può darsi che lo sia », ammise Silvana tenendosi ben salda alla realtà. « Ma un uomo vero non fa girar la testa a una ragazzina col rischio di comprometterla. Un uomo vero se ne starebbe con la propria moglie e non farebbe la ruota attorno a una minorenne », ragionò Silvana in cui prevalevano sempre la praticità e il buon senso.

« Sua moglie non c'entra », s'impermalì. « Lui ha smesso di amarla da un pezzo. Forse non l'ha mai amata. Un giorno si separerà. A me la cosa non interessa. Come non m'interessa il matrimonio », s'infervorò.

« Quali sono le tue aspirazioni, dunque? »

« Rompere questi stupidi schemi borghesi. »

« Ma tu che cosa farai nella vita? »

« Non sono sicura di voler fare delle cose. Mi basta vivere. » Pensò a una esistenza piena di esaltazioni, di misteri, di stupori, a una palestra per provare il coraggio dei propri sentimenti e la violenza delle emozioni, un giorno dopo l'altro.

E venne il giorno della sua prima, grande esperienza di donna. Aveva finalmente trovato una scusa plausibile: una ricerca in biblioteca che le avrebbe portato via un'intera mattinata. Il sole giocava strani giochi di luce sui suoi capelli, la sua anima rideva e il cuore galoppava come un puledro impazzito.

Leo la raggiunse all'inizio di viale Abruzzi, accostò al marciapiede e Giulia salì.

« Abbiamo tutta per noi la casa di un amico », le comunicò mostrandole una chiave. « Vuoi venirci con me? »

Lo guardò senza trovare il monosillabo per confermare la propria disponibilità. Certo che voleva andare, ma lui non poteva pretendere una risposta secca a una domanda così perentoria. Non che si aspettasse proprio un giro di parole, ma un modo meno brutale, un dolcissimo invito in cui non fosse tutto così esplicito.

« Chi tace acconsente », decise l'uomo per lei.

Un'accelerata rabbiosa, una sgommata da gran premio, una furibonda gimcana nel traffico e, dieci minuti dopo, Giulia approdava nello squallido appartamento di uno sconosciuto, in una disadorna camera dove aleggiava un aspro e tagliente odore di sigaro toscano misto a naftalina. Sul letto c'era una coperta di stoffa lucida di un verde sbiadito, un po' lisa e neppure troppo pulita.

Aveva poche certezze nella vita, ma era sicura che quello non fosse il luogo per la sua prima, irripetibile esperienza d'amore. Lei che aveva camminato con Leo dove nascono le grandi illusioni e dove la vita diventa poesia non poteva accettare quello squallido palcoscenico per un esordio tanto importante.

Era rimasta aggrappata alla maniglia della porta mentre Leo abbassava le tapparelle, non tanto per creare un'atmosfera più romantica, ma per attenuare la desolazione dell'ambiente, dove la cosa più allegra e interessante era un polveroso e orrendo dipinto astratto, una macchia di colore su legno compensato senza cornice.

Quando Leo si voltò dalla sua parte, Giulia stava uscendo.

« Che cosa ti prende? » le domandò sorpreso.
« Non mi piace », rispose.
« Che cosa non ti piace? » insisté irritato.
« Questa casa, questa camera, questo letto. »
« È un posto qualsiasi », si giustificò avvicinandosi a lei pronto a mille tenerezze. « È il nostro amore che conta. »
« Tu non mi hai mai promesso di portarmi in un posto qualsiasi », reagì.
« Che cosa ti ho promesso? » replicò lui che vedeva sfumare la sua eccitante avventura.
« Parigi, Londra, New York, Rio, l'Avana », enumerò lei contando sulla punta delle dita.
« In mezza mattinata? » lui chiese. « In tre ore attraversiamo le Alpi. O addirittura l'oceano. Sei matta? Dovevo immaginarlo che sei soltanto una ragazzina spaventata. »
« No, non sono una ragazzina spaventata », ribatté lei con fierezza. « Sono una donna consapevole. Ho vent'anni. Solo che avevo immaginato un posto diverso per la mia prima volta. »
« La tua prima volta? » gridò Leo disorientato.
« Perché, che cosa credevi? »
« Ma scusa, tu... io... » incespicò nelle parole. « Sto per venire a letto con te e tu mi dici che è la prima volta. »
Gli occhi di Giulia si riempirono di lacrime.
« È tanto grave? » domandò con labbra tremanti.
« No, ma non potevi dirmelo subito che eri vergine? »
« Se sei un uomo con l'esperienza che dici di avere, potevi anche immaginarlo da solo », lo aggredì.
« Ma pensa alle tue parole, porco mondo », s'impennò. « Niente matrimonio. Nessun impegno. Se un uomo mi piace me lo prendo. Se restassi incinta terrei per me il bambino. Se un uomo e una donna si desiderano è giu-

sto che vadano a letto insieme. Il fatto che tu sia sposato non significa niente per me. Porco mondo! Queste non sono le parole e i pensieri di una ragazzina vergine. »

« Che cosa impedisce a una ragazzina vergine di pensarla esattamente come la penso io? » replicò.

« Ti prego, Giulia, non complichiamo le cose con una polemica sterile », lui si calmò abbracciandola.

L'odore tagliente del toscano e della naftalina sembrava adesso più forte e disgustoso.

« Non mi toccare », si divincolò lei.

« Forse hai ragione tu », ammise. « Sono stato troppo precipitoso. E grossolano », cercò di ammansirla.

« E spaventato dalla mia verginità », lei infierì.

« Cerca di capire », aveva lo sguardo equivoco del giocatore d'azzardo.

« Accompagnami a casa », lei ordinò.

« Allora non vuoi proprio renderti conto », tentò di convincerla.

Giulia ricordò i suoi sogni come confetti colorati e li paragonò alla squallida realtà in cui era immersa.

« Voglio andare a casa », gli sorrise senza rancore.

Fuori il sole non giocò più tra i suoi capelli perché s'era nascosto dietro una fitta nuvolaglia.

4

Giulia telefonò in via Solferino al *Corriere della Sera*. Era stata dura con Leo e il brusco commiato l'aveva lasciata con la bocca amara.

« Il dottor Rovelli è di riposo », l'avvertì la voce pretenziosa di un uomo che aveva sicuramente un'alta opinione di sé. Riattaccò. Adesso come faceva a dirgli che l'amava sempre, che si era comportata come una stupida e ingenua ragazzina, che stava partendo, che sarebbe rimasta lontano da Milano parecchi giorni?

Vincendo la sua naturale ritrosia lo chiamò a casa e, mentre il telefono suonava, cercò per la prima volta di immaginare l'ambiente dove Leo viveva con un'altra donna dividendo con lei, nel bene e nel male, i giorni e le notti.

Rispose una voce chiara, autorevole e Giulia si sentì un fruscolo nel vento. La forza e la legittimità soffiavano contro di lei, impedendole di proseguire.

« Chi parla? » disse la donna.

Un automatismo molto simile all'istinto di fuga l'indusse a interrompere la comunicazione e si sentì, lei che non perdeva occasione per sventolare il vessillo della verità a tutti i costi, come il bambino che suona il campanello di una casa sconosciuta e scappa a gambe levate. Peggio:

si sentì come l'autore di una lettera anonima. E inoltre era trafitta dalla spina della gelosia. Una cosa era saperlo sposato, un'altra cosa subire la presenza autorevole e reale della moglie. Il suo bell'aquilone colorato sollevato dal vento della giovinezza adesso era maltrattato da una tempesta improvvisa. La sua vita continuava ad essere come le montagne russe: o l'ebbrezza della discesa o l'ansia arrancante della risalita; mai una modulazione compatibile con una visione equilibrata dell'esistenza. Tra un fortunale e l'altro, improvvisi squarci di sole e di azzurro.

Giulia salì nella sua stanza e cominciò a preparare l'occorrente per il viaggio. Doveva partire per Modena. L'amministrazione della casa colonica dove il nonno aveva abitato con i suoi cani aveva ingiunto agli eredi di provvedere allo sgombero dei locali per cessato contratto di locazione.

Carmen doveva restare vicina al marito che aveva ancora bisogno di lei. Il professore sembrava sempre sul punto di riprendersi, ma non trovava la via per uscire dalla crisi. Quella sera a cena era stato deciso che Giulia si sarebbe occupata della cosa. Benny, come al solito, aveva un impegno importante. Isabella, di fronte a queste incombenze, cadeva in deliquio.

« Cose di valore non ce ne sono nella casa del nonno », l'avvertì sua madre. « Per quanto », ci ripensò, « con lui non si può mai sapere. Troverai della biancheria molto bella. Mettila nel baule con tutti i ricordi di casa: fotografie, i suoi fucili da caccia, il servizio di porcellana. »

« Io ricordo dei portaritratti liberty. Alcuni in ottone e un paio in argento », intervenne Isabella con studiata indifferenza sminuzzando briciole di pane nella salsina dei peperoni. « Mi sembrano simpatici. Andrebbero benissimo per il mio salotto. »

« Staranno ugualmente bene nel nostro », replicò Carmen togliendole ogni illusione.

Da quando aveva iniziato i preparativi per le sue nozze, Isabella non pensava ad altro e proiettava tutte le cose di qualche pregio in quest'unica prospettiva.

Giulia pensava a Leo. Sua sorella poteva prendersi quello che voleva. A lei bastava la nuvola bianca nella quale i ricordi turbinavano come coriandoli impazziti. In quel momento, Leo era la sua ossessione. Se soltanto avesse potuto parlargli, se soltanto avesse potuto fargli sapere che partiva.

Quando la testuggine nera del telefono si risvegliò con un trillo, Giulia si precipitò nel corridoio, rischiando di travolgere tutto e tutti.

« Eccola! » gridò nell'apparecchio.

« Ti andrebbe di fare un ripasso sulla *Chanson de Roland*? » Era Silvana.

« No », rispose Giulia seccamente.

« Papà mi darebbe un passaggio fino a casa tua », insistette l'amica.

« Sono in un mare di guai », confessò. « Non sono in grado di leggere, di scrivere, di capire. »

« Allora faremo quattro chiacchiere », continuò Silvana che ne faceva una questione di vita o di morte.

« Non mi va neanche di parlare, credimi. »

« Ho un disco dei Beatles », mormorò come se le rivelasse una cosa proibita. « Potrei portarlo. Magari piacerebbe anche a tua sorella. E a tuo fratello. »

« E va bene », capitolò per stanchezza.

Giulia tornò in sala da pranzo.

« Tra poco viene Silvana », annunciò.

« La tua amica cammella? » scherzò Benny.

« Fai lo spiritoso », lo stuzzicò Isabella. « Intanto ti fa gli occhi dolci. Quando si ha un padre e una fortuna come la sua alle spalle, la bellezza passa in seconda linea. Credimi. »

« Hai paura che ti venga l'esaurimento nervoso se, per una volta, ti fai i cavoli tuoi? » la riprese il giovane.

Fu una serata penosa e mentre i fratelli intrecciavano discorsi banali sull'originale e piacevole repertorio dei Beatles, in soggiorno, Giulia raggiunse sua madre in cucina.

« Di chi ti sei innamorata questa volta? » sparò Carmen a colpo sicuro, tendendole un piatto da asciugare.

« Non ti si può nascondere niente », protestò Giulia.

« Tu non puoi. È da quando avevi quindici anni, da quella prima volta con Ermes Corsini, che t'innamori perdutamente del ragazzo sbagliato. Ormai conosco a memoria i tuoi rossori, le tue distrazioni e tutto il resto », disse Carmen.

« Stavolta non si tratta di un ragazzo », arrossì Giulia.

« Ah, no? E chi sarà mai questo misterioso sconosciuto? »

« Un uomo », dichiarò con grande serietà.

« Chissà che cosa mi credevo », ironizzò Carmen.

« Un uomo sposato », precisò Giulia.

Carmen si sentì stringere la bocca dello stomaco. Chiuse il rubinetto, si asciugò le mani e trasse un profondo respiro di pena. Anche la predica che avrebbe potuto farle rientrò. E non ci furono rimproveri. Era difficile comunicare con quella figlia strana e diversa che sfuggiva a tutti gli schemi immaginabili e s'avventurava lungo sentieri proibiti che, prima o poi, sarebbero sfociati in un grande dolore.

Carmen selezionò le persone con cui Giulia era venuta a contatto in quegli ultimi tempi.

« Leo Rovelli », tirò a indovinare.

« Sì, è proprio lui », ammise la ragazza.

« È una cosa seria? »

« L'amore è sempre una cosa seria. »

« Fai in modo che tuo padre non lo venga mai a sapere », si preoccupò Carmen.

Giulia si vergognò dell'indifferenza con cui viveva la malattia del professore, la cui guarigione tardava ad arrivare. Era un problema che complicava la vita di tutti, soprattutto la sua, costringendola a partire senza avere nemmeno il tempo di avvertire Leo.

« Non lo saprà mai », garantì.

« E io spero che passi. Presto. E che non ti faccia troppo male. » Carmen le andò vicino e la baciò sui capelli.

Giulia l'abbracciò. Madre e figlia rimasero così, l'una nelle braccia dell'altra, senza parlare, unite dall'amore e da qualcosa di ancora più tenace: la cognizione del dolore.

Carmen accompagnò la figlia. La vide salire sul treno e prendere posto in uno scompartimento di seconda classe di un diretto per Roma. Guardò le immense volte di vetro e ferro della stazione che avevano per lei la solennità di una cattedrale. Tra i fischi e lo sbuffare dei treni, gli incomprensibili messaggi degli altoparlanti, le voci dei venditori e dei facchini, il brusio dei viaggiatori, la donna fu visitata dai ricordi di un viaggio lontano. Poco più di vent'anni prima, quando aveva preso lei quel treno per Modena. Ricordava ancora la stoffa, il colore e la fattura del suo cappotto, la valigia di fibra, le scarpe ortopediche, la miseria, la mestizia, il dolore. Com'era cambiato il mondo in vent'anni. Com'era cambiata la sua vita. Quel lontano viaggio di guerra le aveva regalato una figlia. Splendida. E infelice come lei. Isabella era protetta dalla scorza dura del suo egoismo e da un'innata furbizia. Benny aveva un'intelligenza pratica. Giulia era il solo guerriero senza armatura e si offriva inerme e vulnerabile alle esperienze della vita.

Passarono dei carrelli con giornali, bibite e panini.

« Vuoi qualcosa? » propose Carmen.

« Non ho fame, mamma. »

« Allora qualcosa da leggere », insistette.

« No. mamma », sorrise.

« Ho i miei pensieri che mi fanno compagnia. »

« Grandi pensieri? » tentò di scherzare Carmen. « In un piccolo cervello i grandi pensieri sono pericolosi », replicò.

La locomotiva fischiò.

Giulia si affacciò per stringere la mano che la madre le porgeva.

« Ti voglio bene, piccola mia », la salutò Carmen commossa.

« Anch'io, mamma. »

« Giulia », la chiamò Carmen mentre il treno cominciava a muoversi, « afferra la felicità quando la incontri. E non pensare al dopo », fu quasi un grido.

Giulia le mandò un bacio portandosi la mano alle labbra come quando era bambina.

Sul piazzale della stazione di Modena, Giulia vide partire l'autobus ed ebbe un moto di stizza. Chissà quanto tempo avrebbe dovuto aspettare il prossimo.

« Signorina de Blasco? » l'interrogò una specie di ufficiale cileno, togliendosi il berretto a visiera e portandolo all'altezza del petto.

Giulia lo guardò sorpresa e spaventata.

« Dice a me? » domandò pur rendendosi conto che non c'era nessun altro de Blasco nei paraggi.

« Sì, signorina », confermò. « La macchina la sta aspettando », soggiunse indicando una limousine blu dai vetri oscurati che impedivano di vedere nell'interno.

A Giulia venne da ridere. Il suo ufficiale cileno era soltanto uno *chauffeur* in divisa. Ma perché un autista in livrea e una vettura tanto importante l'aspettavano alla stazione?

L'uomo prese la sua sacca da viaggio, poi aprì la portiera posteriore. Sui sedili dell'auto, ad aspettarla, c'era la marchesa Zaira Manodori Stampa.

5

« Dai, sali. E non fare quella faccia da visionaria. Sono Zaira, non la Madonna », l'aggredì l'amica con la sua voce roca e sensuale, autoritaria e allegra.

Giulia le sedette accanto.

« Sembri uscita da un dipinto del Rinascimento », disse Giulia.

« Non dire sciocchezze », si schermì compiaciuta.

Zaira era credibilissima nel suo nuovo ruolo di nobildonna. I lunghi e densi capelli corvini erano raccolti sulla nuca in uno chignon racchiuso in una rete di fili d'oro. Il volto bruno dalle guance rosate prendeva luce da due stupende perle ai lobi delle orecchie. L'abito di crespo di seta rosa con screziature grigie e nere era di una semplicità commovente. Giulia non trascurò di osservare i piedi stupendamente modellati da sandaletti di vernice, quasi piatti, che mostravano le unghie laccate di rosso.

« Dove stiamo andando? » domandò. « O devo rassegnarmi al ruolo di umile ancella? » soggiunse con una punta di sarcasmo.

« Stiamo andando alla casa del nonno. Il tuo, naturalmente », la informò Zaira. « Non è per questo che sei venuta a Modena? »

« Ma tu, come lo sai? » si stupì Giulia.

« Si dà il caso che sia una mia proprietà. »

« Da quando? » volle sapere Giulia.

« Da un paio di anni. »

« Sei diabolica. »

« Ho comperato il casale e l'intero complesso: la cascina, le stalle. Compresa la mia vecchia casa. Ho comprato una manciata di ricordi », rivelò.

« Così sei stata tu a ingiungerci di sgomberare i locali del nonno », realizzò Giulia.

« Oh, no. È l'amministrazione che si occupa di queste cose. Io, come vedi, ho riservato agli eredi Milkovich un'accoglienza degna del grande nonno. »

« Se fosse arrivata mia madre, non le avresti fatto trovare alla stazione neanche un vecchia bicicletta. Altro che auto di rappresentanza! »

I neri occhi di Zaira brillarono di desiderio.

« Il fatto è che ti amo, Giulia », sussurrò posandole una mano inanellata sui jeans scoloriti. « E ti desidero. Potrei darti tutto quello che vuoi se soltanto fossi un po' meno stupida. »

« No », replicò Giulia. « Nessuno può darmi quello che voglio. Nemmeno tu. »

La macchina varcò il cancello di ferro battuto e Giulia vide sulle colonne le turgide rose della sua infanzia e dei suoi primi turbamenti. Scese sull'aia, prese dalla borsetta la chiave di casa mentre l'autista deponeva la sacca di Giulia davanti alla porta.

« Grazie del passaggio », disse all'amica che non si era mossa dal suo posto. « E dell'accoglienza. »

« Ti aspetto in villa », l'invitò Zaira.

« Non credo che potrò venire », si scusò.

« Perché? » si risentì.

« La tua amministrazione mi ha dato soltanto due giorni di tempo per sgomberare », precisò. « Come vedi, non posso concedermi distrazioni. »

« Allora verrò io da te », decise la marchesa leggendo nell'ironia della ragazza un segno favorevole. « Ho dei progetti su questa corte rustica. Potrebbero interessarti. »

L'unico argomento che poteva interessarle era quello relativo a Leo, ma di questo non aveva voglia di parlare con Zaira.

Accennò un saluto e s'avviò verso casa mentre la Mercedes ripartiva. Dentro c'era l'odore del nonno, dei suoi cani, dei suoi fucili da caccia, del suo tabacco da pipa. Spalancò la finestra che dava sui campi assolati e la luce irruppe con la violenza dei ricordi. Immagini evocate dagli oggetti palpitanti di vita si materializzarono nel sole. Giulia sentì che in quella stanza c'erano tante parole dette e taciute che le turbinavano intorno cercandosi. E per la prima volta provò irresistibile il desiderio di raccogliere parole e pensieri e di ordinarli.

Le ombre della sera la sorpresero mentre ancora andava riponendo con religiosa cura, entro il grande baule, i più insignificanti oggetti, ognuno dei quali rappresentava la tessera di un mosaico costruito sul filo della memoria.

Quando il giorno si stava spegnendo lei si fece sulla porta a guardare il cielo dove ammiccavano le prime stelle intorno a una struggente falce di luna. Le lucciole ricamavano trame luminose sul tappeto musicale intessuto dai grilli.

Giulia si appoggiò allo stipite della porta perché la piena dei ricordi si abbatteva su di lei minacciando di travolgerla. Riudì il latrare dei cani e la voce potente del nonno che li richiamava all'ordine. Poi il vento le portò la voce della Zaira, il suo profumo di salvia, i brividi provocati dai suoi gesti arditi. Poi venne l'antica canzone: *Lontano, lontano sul mare, le splendide rose morene*. Morene o morenti?

Non l'avrebbe saputo mai più adesso che il nonno se n'era andato per sempre. Poi la notte riassorbì suoni, voci e ricordi lasciandola sola.

In quel silenzio rapito percepì dei passi incerti e al lume delle stelle e della luna si profilò un'ombra massiccia. Giulia rimase immobile. Sentiva il cuore in gola.

« Giulia », la chiamò la figura notturna. Ora che si era materializzata, il vento non l'avrebbe portata via insieme con i suoi ricordi, perché lei era decisa a tenerla per sempre con sé.

« Sono qui », rispose andandogli incontro.

« Credevo che non ti avrei trovata mai più », disse Leo abbracciandola. « L'ho saputo da tua madre che eri qui. »

« Ti aspettavo », lei mormorò, ripensando all'ammonimento di Carmen.

Lo prese per mano, entrarono in casa e salirono nella camera del nonno. Il grande letto, coperto da un manto candido di cretonne, troneggiava in tutta la sua importanza.

Non poteva che essere quello il letto della sua prima notte d'amore.

Giulia spense il lume, spalancò la finestra sulla notte stellata e tese la mano a Leo.

« Tremi », notò l'uomo.

« Sono piena di paura », ammise. « Ma ho tanta voglia di sapere com'è », soggiunse con un sorriso.

6

Giulia si risvegliò in un caldo profumo d'erba, di fieno, di campagna. Il sole era giovane e allegro, l'aria limpida, il cielo sereno. La sua prima esperienza d'amore era stata soddisfacente, non proprio come se l'immaginava, ma piacevole. Leo guardava fuori dalla finestra sull'aia deserta.

« Come va, Giulia? » domandò col tono appagato del dispensatore di felicità. Non chiedeva applausi o attestati al valore, però se fossero venuti non si sarebbe sorpreso. Sentiva di essersi espresso al meglio delle sue straordinarie possibilità.

« Come una regina », lei rispose stirandosi alla maniera dei gatti. « È un altro vivere qui, vero? »

« Pensa che ho sempre detestato la campagna », confessò l'uomo. « E mi ci ritrovo libero e felice. »

Nell'aria si diffondeva un inconfondibile odore di caffè.

« È una mia impressione o qualcuno ha pensato a me? » esultò annusando l'aria nella spiritosa imitazione di un cane da caccia.

« Ho preparato io il caffè. Sono sceso mentre dormivi e ho trovato l'occorrente per farlo. »

Sul tavolo da lavoro della nonna, era posato un piccolo vassoio con due tazzine fumanti.

« E mi hai fatto felice », lei gli mandò un bacio mentre indossava una lunga camicia di lino con festoni di pizzo che aveva ripescato in un armadio.

« Una versione moderna della primavera del Botticelli », l'adulò ammirato. La sua figura minuta e forte era messa in risalto da quel camicione antico.

Dall'aia venne il suono di un clacson e il nome di Giulia gridato da una voce ben nota. Zaira, appena scesa da una Range-Rover, avanzava verso la casa reggendo un cesto di vimini largo e piatto coperto da una tovaglia immacolata.

« Ehi, gente », continuò col tono del banditore. « Sveglia, che arriva la vivandiera. Scendi, dormigliona », la esortò vedendola affacciata alla finestra. « La colazione è servita. »

« Che bisogno c'era di armare tutto questo luna park? » l'accolse con un sorridente rimprovero Giulia spalancando la porta della cucina.

« Incantevole », mormorò rapita dall'apparizione. « Davvero incantevole. Ogni complimento sarebbe inopportuno. » Tutto il suo corpo si colmò di una inquietante sensualità.

Zaira indossava pantalonacci di tela sottile e una blusa di cotone d'un bel giallo solare. I capelli erano una cascata di seta che le scendeva sulle spalle.

« Dai a me », decise la giovane prendendole il cesto e deponendolo sulla tavola della cucina.

Le due donne si abbracciarono e Zaira sentì che dalla fragilità dell'amica, da quel corpo esile e apparentemente vulnerabile, sprigionava una forza irresistibile che la rendeva schiava.

« Sei cambiata », sussurrò.

« Sono innamorata », confessò.

Una soffice felicità che non le apparteneva e avvelenava il piacere di essere vicina a Giulia fluttuava in quella mattina d'estate.

« Non è una novità », minimizzò. « Ma intanto sei qui », soggiunse stringendola piano come se fosse di vetro, mentre una sottile malinconia simile a una canzone infantile dimenticata s'insinuava in lei. « Perché torni da me quando sei innamorata? » la riprese.

« Già, perché? » si chiese Giulia. Che fosse soltanto apparente la casualità di quell'incontro? O forse era un segno del destino.

Zaira le sfiorò il seno con una mano sperando di suscitare antiche emozioni. Invece non accadde nulla. Solo una reazione infastidita e appena percettibile.

L'apparizione di Leo cancellò la sensazione inebriante dall'anima di Zaira.

« È lui l'oggetto di tanto amore? » domandò guardando verso la porta dove si profilava, massiccia, la figura dell'uomo.

Giulia annuì e andò incontro a Leo che le osservava pieno di curiosità notando lo sgomento nello sguardo di Zaira.

« State molto bene insieme », lui notò assumendo l'atteggiamento del pittore di fronte al soggetto di un quadro. « La bellezza dei contrasti », soggiunse inquadrandole nel mirino del pollice proteso sul pugno chiuso. « Due ballerine acrobatiche su una corda tesa », immaginò, « e una pioggia di petali di rose per il gran finale salutato dallo scrosciare degli applausi. »

« Non è fantastico? » esultò Giulia.

« Insolito », minimizzò l'amica.

« Ti presento il dottor Leo Rovelli », disse Giulia. « La marchesa Manodori Stampa », completò il rito consapevole del suo ruolo di padrona di casa.

« Come stai, Zaira? » la salutò Leo sfiorandole la guancia con le labbra e deponendovi un bacio.

Giulia si sentì estenuata come una farfalla al termine della sua breve vita. Una lunga ruga sottile solcò la bella fronte.

« Ma allora vi conoscete », osservò con sgomento e severità.

La donna e l'uomo non risposero; Zaira scoprì d'un sol colpo la cesta rivelando una deliziosa cornucopia colma di cose buone: un thermos di caffè, uno di latte, croissant fragranti, yogurt, frutta.

« Sarete affamati », disse la donna alludendo alla recente notte d'amore. Voleva sembrare disinvolta, ci riusciva, ma aveva perduto lo smalto e la brillantezza di poco prima. Era una luce senza splendore quella che emanava dai suoi grandi occhi neri.

« È dunque tanto difficile rispondere a una domanda? » insistette Giulia.

« Non c'è niente di misterioso », replicò Leo andandole vicino e circondandole le spalle con un braccio: « Un giornalista finisce per conoscere mezzo mondo », spiegò.

« Io a quale metà appartengo? » domandò.

« A quella degli incontri felici, unici, irripetibili. »

« Risparmia gli aggettivi. Potresti esaurire il filone », ironizzò scorgendo negli occhi dell'uomo il luccichio della menzogna. « E Zaira? » chiese decisa a metterlo in difficoltà. « A quale metà appartiene? »

« Alla metà riservata agli incontri casuali », si difese. « La prima volta ci siamo visti a Maranello. Io ero andato per intervistare Enzo Ferrari. Lei per provare un'auto », spiegò rivolto alla marchesa.

« Splendido esempio di limpida memoria », notò Zaira.

« E la seconda volta? » replicò Giulia decisa.

Zaira s'era seduta a tavola con aria seccata.

« Visto che nessuno apprezza il mio ruolo di vivandiera, vedrò di fare colazione da sola », brontolò piluccando le ciliegie e il melone affettato.

Leo prese posto di fronte alla marchesa e con un gesto imperioso fece sedere Giulia sulle sue ginocchia.

« E poi se c'è qualcuno che avrebbe il diritto di sapere, quello sono io », sorrise malizioso. « Ho visto come ti lasciavi abbracciare. »

Giulia non colse l'ambiguità dell'osservazione e rise.

« Zaira e io siamo vecchie amiche », affermò. « Ho fame », soggiunse dichiarando la fine delle ostilità, anche se le risposte di Leo non le sembravano troppo convincenti. Aprì una confezione di yogurt e vi affondò il cucchiaio.

L'incanto era ormai spezzato e Giulia era tormentata dall'incertezza: doveva confessare a Leo o tacergli quelle che erano state le sue intimità con Zaira un tempo lontano? E d'altra parte non riusciva a spiegare neppure a se stessa il complesso sentimento che ancora la legava all'amica.

« Ho l'impressione di essere di troppo », esclamò Zaira, dopo un lungo silenzio, alzandosi da tavola. La presenza di Giulia, al fianco di un uomo che diceva di amare, le comunicava un senso di insicurezza, una specie di vertigine.

« Sei in casa tua », ribatté Giulia ironica.

« Ero venuta per mostrarti i disegni di un progetto di ristrutturazione », le rivelò. « Ho in mente grandi piani per questo complesso », soggiunse.

« E io cosa c'entro? » si stupì Giulia che continuava a sedere sulle ginocchia di Leo.

« Ti proponevo l'acquisto dell'appartamento di tuo nonno. L'affetto che ti legava a lui ti dà diritto a un'opzione privilegiata. Di fronte sorgerà un complesso residenziale con piscina e campi da tennis. »

« Mi sembra una proposta più che ragionevole », si complimentò Leo. « Potrebbe essere un buon investimento. »

Giulia si alzò.

« Io potrei soltanto investire uno con la bicicletta », protestò. « Con quei tre soldi che mi ballano in tasca, non posso nemmeno comprarmi i libri che desidero. Come potrei comperare la casa del nonno? »

« Questo non è un problema. I soldi si trovano sempre. »

« I soldi li trovano quelli che hanno i soldi. »

« Se cambi idea, fammelo sapere », concluse Zaira uscendo.

Poco dopo si sentì il motore della Range-Rover allontanarsi fino a perdersi nel silenzio della campagna.

« Abbiamo delle *liaisons dangereuses* », esordì pesantemente Leo quando furono soli. « Dai », scherzò strizzando l'occhio, « raccontami tutto. »

La loro notte d'amore era, agli occhi di Giulia, un languente bagliore. Aveva il dono, Leo, di accentuare la sua precaria instabilità emotiva.

« Racconta tu, piuttosto », lo esortò. « Se ricordo bene, siamo rimasti al primo incontro con Zaira. Del secondo, né tu né lei avete fatto cenno. »

« È una storia di sapore vagamente hemingwayano », prese a raccontare emettendo parole studiate e fumo fastidioso. « In un paesaggio africano da safari fotografico. Nessun rischio e l'illusione dell'avventura esotica. Che Zaira, invece, visse realmente, tra le braccia della giovanissima moglie di un notabile del luogo. »

Giulia avvertì una profonda repulsione per quei corpi femminili avvinti. E si sentì tradita. Doppiamente. Da Zaira e da Leo.

« E tu cosa ci facevi con loro? » indagò.

« Ero lì per un servizio e l'ho incontrata per caso », sorvolò con signorile negligenza.

Giulia pensò che nella casualità si nascondono i segni del destino, ma in questa serie di coincidenze le parve di riconoscere un disegno preciso che somigliava al gusto di Leo per l'intrigo.

« E poi sono cose che non m'interessano », recitò Giulia improvvisamente mangiandosi le parole.

« Saggia decisione », concluse l'uomo. Si alzò, le andò vicino, l'abbracciò e le accarezzò il seno come aveva fatto Zaira poco prima.

« Ti stava facendo questo la marchesa », osservò. « È una tenerezza estemporanea, un limite invalicabile o il momento iniziale di una progressione erotica? » L'atteggiamento era scherzoso, ma dal tono traspariva l'ombra di un sospetto. Era sicuramente innamorato di Giulia che considerava la preda più rara, per sensibilità, intelligenza e bellezza, del suo carniere d'amore, ma quel sottile indizio che sottolineava una trasgressione insospettabile lo affascinava stuzzicando la sua curiosità, lo intrigava. Il dubbio rivelava nuove sfaccettature di una personalità complessa e misteriosa. Quella specie di rivelazione lo eccitava o lo ingelosiva? « Non mi hai risposto », la sollecitò.

« Né ho intenzione di risponderti. »

« Perché? » lui si risentì.

« Perché quello che dico potrà essere usato contro di me », replicò Giulia scherzosamente. « È un mio diritto », concluse.

« E se io insistessi? »

« Ti direi molto più semplicemente che la cosa non ti riguarda », lo sorprese Giulia, meravigliandosi per la sua brusca reazione. « Come non mi riguarda quello che hai fatto, fai e farai con tua moglie. »

La brevissima notte d'amore era finita con i suoi splendori e le sue illusioni; e la realtà, puntualmente, presentava il conto.

« Io sono pronto a spiegarti. »

« E a rientrare nei ranghi come un soldatino », gli rinfacciò.

« Non vedo che cosa potremmo fare di più e di meglio, date le circostanze », si meravigliò lui.

« Certo, certo », parve calmarsi la ragazza.

Al brusio della campagna si sovrapponeva adesso il rumore del traffico sulla via Emilia.

« Perché sei così mutevole, così imprevedibile? » l'interrogò.

« Quando si spegne il luccichio delle stelle e canta l'allodola », lei recitò, « quando il buio palpitante scivola dall'altra parte della terra, bisogna fare i conti con le cose concrete. Che non sono sempre piacevoli. Il giorno appartiene alla praticità, la notte all'illusione. La notte brulica di sicurezza. Il giorno è pieno di sospetti. »

« Ti riferisci a Zaira? » lui chiese.

« Non mi riferisco a niente di particolare. » Come faceva a spiegare che da molto tempo non provava nessuna attrazione fisica per l'amica cui si sentiva legata soltanto da un tenace sentimento al di sopra di ogni sospetto?

« L'allusione a mia moglie non m'è piaciuta », si sfogò Leo. « In definitiva tu sapevi di lei. Io invece non sapevo di Zaira. »

Giulia non pensò neppure di discolparsi.

« Be', adesso lo sai », lo sfidò. « E puoi regolarti di conseguenza. »

Leo interpretò a modo suo l'affermazione di Giulia e la considerò come una specie di dichiarazione d'indipendenza sessuale che eccitava il suo fantasticare erotico, ma deprimeva il suo progetto di una vita regolare insieme. Saperla incline ad amori diversi moltiplicava il desiderio, ma accentuava la gelosia trasformandola in furore.

« Quante altre donne ci sono nella tua vita? » domandò minaccioso. « Ci sono molti modi di essere vergine. Probabilmente tu hai scelto il peggiore », la offese.

« Devo proprio rassegnarmi all'idea di aver amato un

imbecille », reagì gelidamente lei. « Un moralista spaventato e vile che corre a nascondersi dietro le gonne della moglie. » Erano parole insensate, ma erano le sole che l'ira le suggerisse. « Vattene! » urlò spalancando la porta.

Leo la colpì con uno schiaffo. Sulla guancia affiorarono subito i segni delle cinque dita. La sua anima offesa tremò e pianse per l'umiliazione.

« Fuori! » gli intimò piano mentre dagli occhi scendevano copiose le lacrime.

Nel giro di pochi istanti erano passati dall'amore più tenero alla rissa più volgare. Perché? La reazione di Leo giunse inaspettata e improvvisa. L'abbracciò e piansero insieme.

« Io ti amo, Giulia. E ti sposerò », promise lui.

Leo aveva finalmente capito che per Giulia esisteva soltanto lui. Che non c'erano mai state donne prima di lui, che non c'erano mai stati uomini, né ci sarebbero stati dopo.

« Non c'è mai stato niente con Zaira », lei mentì. Quei giochi da bambina non li mise sul conto.

7

« Non avrei dovuto chiamarti Giulia », mormorò il professor Vittorio de Blasco scuotendo il capo e non si capiva se commiserasse Giulia, se stesso o tutt'e due. « Avrei dovuto ricordare la testa balzana che fu Giulia Beccaria, nostra antenata. » Anche adesso che la malattia l'aveva cambiato non rinunciava alle nobili ascendenze probabilmente soltanto sognate e desiderate. « La condotta di Giulia, in gioventù, fu tutt'altro che irreprensibile. Forse è vero che nei nomi c'è una parte del nostro destino. »

« Papà, non mi sento proprio quel mostro di dissolutezza che Benny vorrebbe far credere », protestò debolmente lei che aveva pianto tutte le sue lacrime. Le ingiurie del fratello l'avevano ferita come colpi di frusta.

Padre e figlia sedevano nel salotto che era anche lo studio del professore. Lui semisdraiato sul divano, una coperta grigia fatta all'uncinetto buttata sulle gambe, lei barricata dietro la scrivania. Vittorio de Blasco, dimesso dall'ospedale da pochi giorni, era improvvisamente invecchiato. Una composta serenità aveva sostituito l'enfasi, e un sommesso mormorio i discorsi solenni. Giulia era tornata da Modena sconvolta e innamorata.

« Non penso che tu sia un mostro di dissolutezza », lui

convenne. « Penso alla tua fragilità. Alla tua vulnerabilità », continuò con quel suo tono pacato che a Giulia faceva bene al cuore. « Il dovere dei genitori è di impedire ai figli di fare idiozie », accompagnò la frase che gli era costata fatica con un gesto della mano.

Giulia arrossì. « Ho vent'anni. Sono innamorata. E la mia vita, credo, mi appartiene. Non ho deciso io di innamorarmi di un uomo sposato. È accaduto. Perché certe cose succedono, sia che le vogliamo oppure no », lei protestò senza troppa convinzione aspettando una reazione violenta del padre che non ci fu.

« Parole, bambina mia, parole. » Il caldo odore del giardino riempiva la stanza e una leggera brezza, fuori, muoveva le foglie che sembravano giocare col sole dell'estate. « Un giorno ti ricorderai di queste parole. Qualunque cosa ti dicessi oggi, a qualunque conclusione giungessi, tu non mi crederesti. L'esperienza non è trasferibile. Dovete sbatterci il grugno, voi giovani. È inevitabile. Dovete vedere il sangue sulla vostra fronte. Dovete sentire il dolore nel vostro cuore. Fra vent'anni ci sarai tu di fronte a un giovane, tuo figlio, al quale, più o meno, dirai le stesse parole che io oggi dico a te. E sentirai le stesse pene, lo stesso senso di impotenza. »

Giulia, dopo la delazione di Benny, si aspettava un padre indignato con l'indice del potere proteso verso la porta a sancire l'allontanamento dal giardino dell'Eden dopo il peccato. Invece s'era trovata di fronte a un uomo ragionevole che si comportava con insolita saggezza. Dov'era l'implacabile severità del passato?

« Forse se ti fossi sentita più amata, non avresti avuto tanta sete d'amore », riprese il professore con un dolente sorriso.

Attraverso i vetri smerigliati della porta Giulia intravide la silhouette della madre. La povera donna era in ansia ma non osava intervenire. Aspettava, tra il corridoio e la stanza da pranzo, di cogliere un segnale che la tranquillizzasse.

« Tu e la mamma avete fatto del vostro meglio », lei riconobbe. « Non credo che il vostro comportamento abbia potuto influenzare i miei sentimenti per Leo. E poi basta con questo minuetto delle buone maniere », reagì bruscamente Giulia rafforzando la voce. « Il ruolo di vittima non mi si addice. Sono sempre stata una fonte di preoccupazione per te. Da bambina bagnavo il letto. A scuola ero una frana. Da ragazzina facevo combutta con il nonno e con quei briganti dei suoi amici. Leggevo libracci. M'innamoravo del figlio della serva », enumerò tutto d'un fiato la lunga serie delle sue manchevolezze. « Questo non lo sapevi, vero? »

Vittorio de Blasco accennò di sì con bonomia dall'alto della sua vecchiezza di argento antico.

« Lo sapevo. »

« Anche di Ermes? » avvampò Giulia.

« Persino i moralisti hanno occhi, orecchie e una certa sensibilità. A volte sono tanto abili che riescono a nascondere queste qualità. Sapevo quello che succedeva in casa e fuori. E tua madre ha sempre cercato di coprirti. Pensavo che, essendo tu una de Blasco, prima o poi saresti rinsavita. E invece no. Invece ti vai a impantanare con un giornalista sposato. Ma che cosa ti aspetti? Che lasci la moglie per te? »

Era tornata anche in lui un po' dell'antica aggressività e Giulia si sentì meno sola.

« E se lo facesse? »

« Vivreste insieme senza essere sposati. Ti sembra bene? »

« Migliaia di coppie lo fanno. »

« E quando si stancasse di te ti butterebbe via come

un sacchetto vecchio. Io ho il dovere di avvertirti. Tu non devi fare una follia di cui ti pentiresti per il resto della vita. Immagina se accadesse l'irreparabile fra di voi. »

Giulia ebbe pietà per quel vecchio padre ritrovato pieno di affetto e di tenerezza, ma sentì che con lui, d'ora in poi, doveva essere sincera.

« Quello che tu chiami l'irreparabile è già accaduto », confessò brutalmente. Nel piccolo salotto-studio cadde il silenzio. Giulia lasciò vagare lo sguardo sulla tappezzeria giallina un po' fané, sulle miniature appese alla parete contro la quale poggiava il divano nuovo ricoperto di chintz a fiori che stonava in quella stanza d'altri tempi. Pensò che la colpa di tutto era Benny con il suo appiccicoso perbenismo. Era stato sciocco Leo a raccontargli tutto per mobilitare la solidarietà dell'amico.

« Se gli dico che ti voglio bene davvero, che sei una cosa seria e importante per me, lui starà dalla nostra parte », aveva deciso al ritorno da Modena.

Giulia sapeva, al contrario, che li avrebbe messi nei guai; ed ecco il risultato. Benny aveva raccontato al padre tutto quello che sapeva. E non sapeva che « l'irreparabile » era accaduto, sennò non avrebbe taciuto nemmeno quel particolare che adesso Giulia aveva rivelato.

« Non avrei dovuto chiamarti Giulia », ripeté il professore scuotendo malinconicamente il capo. Di fronte a quella figlia ventenne cedevano i puntelli a sostegno di un mondo che l'aveva tradito in tutti i sensi.

Giulia aspettò una sentenza che non venne.

« Non c'è un castigo? Un rimprovero? » si meravigliò.

« Il castigo te lo sei dato da sola », rispose traendo un profondo respiro. « Un grosso castigo. Perché dovrei raddoppiarlo quando non ristabilirebbe l'equilibrio perduto? Quanto al rimprovero, equivarrebbe a chiudere la stalla quando i buoi sono scappati. »

La rassegnata amarezza del padre costituì per lei il peggiore dei castighi. Giulia rabbrividì. Depose un bacio sulla guancia molle del vecchio che la ricambiò con uno spento sorriso.

« So di averti dato un grande dolore », ammise Giulia.

« Se ti può consolare, ho apprezzato la tua sincerità e il tuo coraggio », affermò abbracciandola. « Avresti potuto continuare a mentire. E sarebbe stato peggio. Che il Cielo ti protegga », le augurò con voce esausta.

« Grazie, papà », mormorò commossa.

Uscì dallo studio chiudendosi piano la porta alle spalle e infilò la scala per andare nella sua stanza. Isabella, per fortuna, non c'era. Carmen la vide salire ma non le chiese niente. Quando fu in cima alla scala provò un malessere, dapprima vago, poi il disturbo aumentò localizzandosi alla bocca dello stomaco. La nausea le produsse violenti attacchi di vomito. E vomitò anche l'indomani e il giorno seguente. Allora raccolse le urine e le portò in farmacia. Alla sera andò a ritirare l'esito del test di gravidanza, poi raggiunse Leo che la aspettava al ristorante.

« Sono incinta », gli annunciò con naturalezza avvolgendo una fettina di prosciutto di Parma sopra un grissino.

« Oh, Cristo! » imprecò lui spingendo in là il piatto dell'antipasto. « Me lo dici come se avessi un po' di emicrania. »

« Come te lo devo dire? » lei si meravigliò. « Se sono incinta, vuol proprio dire che sono incinta. »

« Anche questo è vero », lui ammise. « Che cosa vuoi fare? » domandò subito dopo.

« Che cosa vogliamo fare », lei ribatté energicamente.

« Mi sembra che non ci siano dubbi », lui disse con fermezza.

« Su cosa? » lo sollecitò.

« Sul fatto che devi abortire », sentenziò con grande serietà.

8

GIULIA abbandonò precipitosamente il tavolo e corse verso il bagno. Vomitò. Quando ritornò si sentiva uno straccio. Lui aveva l'aria sconvolta.

Leo pagò il conto.

« Andiamo via », disse prendendola sottobraccio.

L'aria tiepida della sera fece bene a tutti e due.

« Perché dovrei abortire? » chiese Giulia.

« Perché un figlio deve essere desiderato », lui rispose. « Un figlio, per crescere bene, deve avere, oltre a un padre e a una madre, anche una famiglia serena. Noi siamo in piena guerra: io con mia moglie, tu con i tuoi. I prossimi mesi saranno mesi di trincea. Come possiamo proteggere questo figlio che nascerebbe, oltre tutto, nel momento meno opportuno? »

Giulia non aveva mai preso posizione né pro né contro l'aborto e mal tollerava le smancerie delle donne incinte. Giudicava eccessiva la sacralità attribuita alla gravidanza, ma adesso che portava in sé una nuova vita, l'embrione di un uomo, poco più di un seme nutrito col proprio sangue, non era più tanto sicura. Qualcosa era cambiato in lei al riguardo. Non era passato più di un mese dal concepimento ed era come se la sopravvivenza della specie dipendesse da lei. Come faceva Leo a suggerire una soluzione così radicale con tanta sicurezza?

« Potevamo pensarci prima », replicò. « Tu sei un uomo di grande esperienza », lo schernì.

« Ma siccome non ci abbiamo pensato, dobbiamo correre ai ripari », ragionò lui senza accettare la provocazione.

« Perché il solo riparo possibile deve essere l'aborto? » lei domandò.

« Perché non è il momento per nostro figlio di nascere », tentò di spiegare. « Perché nessuno dei due pensava a un figlio. Siamo un maschio e una femmina innamorati, Cristo! L'ultima cosa a cui pensavamo, semmai ci abbiamo pensato, era la procreazione. » Gli sembrava di avere tutte le ragioni del mondo.

« Però adesso, che noi ci pensassimo o no, questo figlio c'è. È nostro figlio. E io non lo butterò nella spazzatura. » Giulia si mise a correre, voleva fuggire da lui, forse da se stessa, dai suoi pensieri di morte. Leo la inseguì, la raggiunse e l'abbracciò.

« Tesoro, stiamo litigando ancora. Ti rendi conto? » Non era più l'uomo sicuro che doveva proteggerla con le sue grandi ali, ma un bambino spaventato.

« Sono disperata. E ho paura quanto te. Ho paura di quello che succederà in casa mia. Ho paura di quello che tua moglie ci può fare. Ho paura per questo bambino che mi porto dentro. Ho paura di tutto. Ma non abortirò, anche se sarò sola in questa decisione. » Si strinse a lui riversandogli sul petto parole, singhiozzi e lacrime.

« Va bene. Va bene », la rassicurò emozionato e convinto. Sarà come vuoi tu. Ti amo. E amo il tuo bambino, anche se sarà bello e caparbio come te. Avremo questo figlio, te lo giuro. »

Giulia quella sera non riuscì a prendere sonno. Voleva parlare con sua madre e raccontarle ogni cosa. Leo le aveva promesso che avrebbe parlato con sua moglie e si sarebbe dato da fare per trovare una casa per lei, per lui e per il figlio che sarebbe nato. Giulia era tutta concentrata su se stessa con egoistico furore, grondava pietà per quel piccolo essere che cresceva in lei, malgrado lei. Nemmeno quando aveva dovuto affrontare le tempeste ormonali dell'adolescenza e la crisi della età puberale si era sentita tanto sola.

Isabella dormiva nel letto accanto al suo, la faccia impiastricciata di creme dall'odore dolciastro, la testa piena di bigodini e vuota di pensieri. Giulia la invidiò. Non aveva problemi né paure, lei. La sua emotività era perfettamente sotto controllo. Non aveva incertezze né trasgressioni che la facessero disperare. Sposava il figlio di un ricco commerciante di pesce e gli portava in dote un blasone discutibile e una risicata laurea in lettere che sarebbe stata incorniciata e appesa bene in vista nell'ambiente più frequentato della villa con giardino acquistata per lei dal futuro marito in zona San Siro. E lui le garantiva l'agiatezza, i gioielli e il guardaroba che aveva sempre sognato, vacanze alla moda, cure di bellezza e pomeriggi con le amiche. Sì, Giulia la invidiava, e non per quello che avrebbe avuto, ma per quello che non aveva. La sua mancanza di fantasia e di sensibilità la mettevano al sicuro dai colpi di testa e la rendevano refrattaria ai dolori degli altri. Era chiusa nel suo egoismo come in una fortezza. Era incapace di amare, di pensare, di patire.

Erano quasi coetanee. Giulia aveva vent'anni e Isabella ventitré. Erano cresciute nella stessa famiglia, sia pure con un corredo cromosomico diverso, avevano ricevuto la stessa educazione, eppure tra loro correva una distanza di anni luce. Nessuna affinità le univa.

Così quando Giulia si sentì male, non osò nemmeno svegliarla. Anzi, si alzò in punta di piedi e andò in bagno evitando qualsiasi rumore. Si spaventò a vedere tutto quel sangue. C'era poi un dolore costante alle reni che la faceva soffrire. Possibile che le mestruazioni fossero tornate così abbondanti? Ma se era gravida che cosa c'entravano le mestruazioni? Che avessero sbagliato quelli del test di gravidanza? I suoi cicli mensili erano sempre stati regolarissimi. Dunque non aspettava più un bambino? Le sue angosce e i suoi sogni di maternità fluivano in una mestruazione ritardata. E lei che quel bambino se l'era persino immaginato. Leo ne aveva parlato alla moglie, stava cercando casa. Per fortuna lei non ne aveva fatto parola con sua madre. Si pulì, si mise un pannolino e tornò a letto. Cercò inutilmente di dormire. Passarono dieci minuti e sentì il pannolino inzuppato. Tornò in bagno e fu colta da un sospetto atroce: è un'emorragia, pensò. Ebbe paura.

Sentì bussare con discrezione alla porta.

« Sono io », disse la madre con voce soffocata.

Giulia le aprì.

« Ho un problema », confessò.

« Perciò sono venuta », le sorrise per non allarmarla constatando la situazione della figlia. « Tamponati con questo », le disse porgendole un pacco di cotone idrofilo trovato in un mobiletto. Poi le tese una vestaglia. « Io scendo a chiamare un taxi », soggiunse. Parlava piano perché nessuno sentisse.

« È proprio un'emorragia, vero? » domandò spaventata.

« Un aborto spontaneo, forse. Andiamo di corsa in ospedale. Risolveranno subito il tuo caso », spiegò brevemente. La rincuorava con materna sollecitudine e con femminile solidarietà, con il coraggio che le donne sanno avere nei momenti difficili.

All'ospedale le fecero subito un raschiamento, poi la trasferirono in una stanzetta a sei letti. Quando Giulia si svegliò dall'anestesia si trovò accanto la madre.

« È stato un aborto spontaneo », le comunicò Carmen. « È tutto finito. Ma non è il caso di appendere i manifesti », soggiunse. « Se tuo padre e tuo fratello non lo sanno è meglio. »

« C'è qualcuno che deve saperlo », mormorò Giulia.

« È già stato avvertito », replicò Carmen. « Sta venendo qui. »

« Sei tanto buona, mamma », la ringraziò. Chiuse gli occhi e trasse un profondo respiro di sollievo.

9

Giulia si affacciò alla finestra e guardò la silhouette minuscola e radiosa della Madonnina nella posa teatralmente ingenua di chi chiede aiuto al Cielo. Le piaceva quel simbolo gentile che dominava la sua laboriosa città. L'amava fin da quando era bambina, quella mamma dorata, soccorrevole e buona alla quale si rivolgeva in caso di necessità. Amava i pinnacoli ricamati contro il cielo disseminato di stelle, il respiro afoso della città deserta a ferragosto e quella casa nel cuore antico di Milano, sotto i tetti di un palazzo trecentesco, dove adesso viveva con Leo.

Era tutto così romantico nella sua casa vicino al cielo: due cuori, una capanna e la gatta Jezebel.

Leo aveva mantenuto la promessa: s'era separato dalla moglie e aveva trovato quella piccola, meravigliosa mansarda in una casa vetusta di cui, la notte, erano i soli abitanti perché i piani inferiori erano occupati da uffici. La camera da letto era davvero una capanna: conteneva un grande e solido letto svedese profumato di bosco e due minuscoli comodini. Bisognava stare attenti, quando ci si alzava, a non picchiare la testa contro il soffitto. C'era anche un soggiorno, un'esigua cucina, un piccolo bagno e un graziosissimo studiolo cui si accedeva attraverso una scala di legno laccata di rosso.

Giulia aveva approfittato del periodo estivo per rendere meno traumatico il suo distacco dalla famiglia. Isabella era andata a Mauritius in vacanza con il fidanzato e i genitori di lui, non certo per immergersi nella profondità spirituale dell'isola, ma più semplicemente per lanciare cartoline come pietre per far morire d'invidia amici e parenti. Benny aveva convinto alcuni amici a seguirlo su un'isoletta greca, dove era certo di incontrare l'avvocato Saverio Tonani, il padre di Silvana, l'amica di Giulia. Saverio Tonani era il titolare di un avviatissimo studio legale nel quale Benny avrebbe potuto fare una brillante carriera. In fondo, a pensarci bene, Benny si era convinto che nel matrimonio non è la bellezza che conta, bensì le doti morali, il carattere, la solidarietà, e i principi. Con queste virtù, il primogenito dei de Blasco amava tratteggiare il profilo di Silvana, la donna che gli avrebbe garantito un affetto sicuro e il ruolo del delfino in uno studio legale molto importante. Carmen aveva accompagnato il professore a Rapallo, perché il cardiologo aveva consigliato il clima della riviera ligure.

Giulia aveva comunicato la sua decisione di andare a vivere con Leo e la famiglia aveva finito per accettare il fatto compiuto. Adesso, davanti alla sua bella Madonnina, ricordava tante estati al mare in pensioncine familiari, altre in campagna, col nonno, e scopriva il fascino delle ferie d'agosto passate in città.

Il suono del campanello la riscosse dalla contemplazione e dalle fantasie. Il sangue circolò più caldo e violento nelle vene e un delizioso rossore le imporporò le guance. Si emozionava sempre all'arrivo di Leo che raggiungeva in affanno il quinto piano salendo le ripide scale e portandole ogni volta un'affettuosa testimonianza: un mazzolino di fiori, un vassoio di paste, una scatola di cioccolatini o un piccolo oggetto che contribuiva a rendere più ricco l'arredamento della loro casa.

Jezebel, la gatta abissina, era già sulla porta pronta a strofinarsi contro le gambe di Leo con miagolii struggenti da innamorata, quando Giulia aprì la porta di casa.

« Fa' la valigia », ordinò lui abbracciandola e sollevandola da terra.

« La valigia? » domandò.

« Si parte », annunciò.

Giulia era molto smagrita e i suoi occhi sembravano più grandi e brillanti, le labbra più morbide, la carnagione più rosea e trasparente.

« Dove mi porti? » chiese già eccitata dalla prospettiva inattesa e misteriosa. « E non mi dire indovina, o posso ucciderti », soggiunse puntando i pugni minacciosi contro il suo petto. « E non mi dire neanche che daremo fondo ai nostri risparmi. » Avevano pochissimi soldi, perché Leo, in cambio dell'immediata libertà, aveva accettato di versare metà dello stipendio alla moglie. Anche per questo motivo non erano potuti andare in vacanza.

« Andiamo all'Argentario », precisò. « Villa Serena. »

« Albergo o pensione? » chiese lei che già stava riponendo in una valigia di cuoio le camicie e le cravatte di Leo.

« Né albergo né pensione », spiegò. « È la casa dei Riboldi. Domani è il compleanno della vecchia. Serena Riboldi. C'è una grande festa e noi siamo invitati », esultò Leo.

« Oddio! non posso crederci », esclamò abbandonandosi su uno sgabello. « Figurati se il commendator Riboldi invita me alla festa di compleanno della sua legittima consorte. Avrà invitato tua moglie. »

« Ha invitato il dottor Leo Rovelli e la sua compagna. » C'era proprio scritto così nell'elegante cartoncino, curato personalmente dal grande editore e inviato ogni anno a personalità della letteratura, della stampa, della politica, dello spettacolo e del bel mondo. Leo era tra questi.

« E dove lo trovo un abito decente per una festa così? » si spaventò lei.

« Avrai il più bello », garantì Leo estraendo dalla tasca dei pantaloni una consistente mazzetta di banconote e mettendola con studiata negligenza sul tavolo.

Giulia spalancò gli occhi e trattenne il respiro.

« Da dove viene tutto questo danaro? » domandò in ansia.

« Non ti preoccupare. »

« Una rapina in banca? » scherzò.

« Un piccolo prestito », rivelò lui con noncuranza.

« Allora l'arrivo della polizia è soltanto rimandato », decretò con studiata drammaticità. Buttò la cosa in ridere, ma quella notizia avvelenò davvero la gioia della nuova avventura. Poi decise che non era compito suo preoccuparsi di certe cose. Leo aveva più intelligenza, più anni e più esperienza di lei, e sapeva quello che faceva.

Giulia ebbe il suo primo abito firmato Yves Saint Laurent: lungo, ampio, accollato, evanescente, stupendo.

« Ma lo sa che lei è proprio una bella micètta? » si complimentò il commendator Riboldi quando Leo gliela presentò. « Adesso capisco tutta la russia che il Rovelli ha messo in piedi a causa sua », soggiunse. La scelta dei vocaboli e la costruzione del periodo rivelavano la sua condizione di uomo che si è fatto da solo. « Davvero, proprio una bella micètta. Brava. »

La sua voce grassa e frusciante, come quella delle banconote contate velocemente da un cassiere, ristrutturava antiche barzellette stantie rendendole gradevoli e divertenti.

Giulia non sapeva che cosa rispondere. Si guardò intorno come un naufrago alla ricerca di Leo che, dopo averla presentata, s'era eclissato.

« Non mi riconosco nessun merito, commendatore », lei sorrise amaramente con la certezza di avere sciupato la sua grande occasione.

« No, no, è proprio una bella micètta », ripeté l'editore sospingendola verso l'interno della villa.

Tanta cordialità da parte di un personaggio così importante la disorientava. Era un uomo piccolo, calvo e robusto con una faccia furba da mercante, uno di quei mediatori che ricordava tra gli amici del nonno. Avevano gli stessi occhietti indagatori che la frugavano fin dentro alle mutandine.

« Una bella micètta », ripeté con esasperante monotonia. Gli sembrava d'aver scoperto una definizione originale. Poi la soppesò con quel suo sguardo da sensale. « Ha gusto il Rovelli. Ha proprio gusto. »

Giulia arrossì. Non sapeva che la loro storia fosse sulla bocca di tutti. Era in una situazione più grande di lei e si sentiva a disagio. Vedeva intorno personaggi famosi che la guardavano con invidia, dal momento che riusciva a monopolizzare l'attenzione del grande Giuseppe Riboldi, editore, produttore, padrone di diverse testate di successo.

« Sa dov'è Leo? » chiese timidamente.

« Leo, Leo », ripeté. « Il suo Leo non la merita. Non si lascia sola una donna come lei senza correre i 'suoi' rischi », straparlò. « Non trova? » domandò aspettandosi un sorridente consenso che non venne. « E mi dica un po', cara signorina », continuò, « è vero che è tanto brava a scrivere? »

Giulia si sentì perduta.

« Non mi stimo molto come scrittrice », rispose.

« Brava. Bene. Bella risposta », si complimentò. « Timida, riservata e pudica. Ammiro la prudenza e la modestia, ma attenzione a non esagerare », l'ammonì. « Bisogna saper riconoscere i 'suoi' meriti. Prenda me... »

« Lei è un esempio al di sopra di ogni sospetto », commentò a ruota libera. Si domandava come dietro quell'apparenza frivola, vana e superficiale potesse nascondersi tanta saggezza commerciale e la furbizia culturale che aveva riempito d'oro le casse della casa editrice.

« Anche lei sarà un esempio al di sopra di ogni sospetto », dichiarò. « Rovelli me l'ha detto che ha una penna d'oro. Se è vero, lo vedremo. Noi a quelli che sanno scrivere, non abbiamo mai negato la possibilità di farsi valere. » E intanto la sua grossa mano si abbatté pesantemente sulle natiche di Giulia.

La reazione fu immediata. Nell'attimo preciso in cui la mano dell'editore la colpì, la sua piccola e forte mano partì in direzione della faccia paffuta e ben rasata del re dei rotocalchi e vi si stampò. Tutti fecero finta di non vedere, ma quello sarebbe stato ricordato come l'anno in cui la sconosciuta Giulia de Blasco schiaffeggiò l'editore Giuseppe Riboldi.

10

GIULIA si rese conto d'aver superato ogni limite e si portò una mano alle labbra per soffocare un'esclamazione disperata. Aveva mancato di rispetto al padreterno in persona e Giove tonante avrebbe scagliato su di lei i suoi fulmini. Giuseppe Riboldi, invece, non la incenerì; strizzò un attimo gli occhietti penetranti tra le palpebre pesanti, poi esplose nella sua grassa risata.

« Lei è una donna indimenticabile », l'ammonì e si complimentò, mentre sulla forzata ilarità passava la nuvola nera del risentimento. In quella reazione immediata aveva rivelato la sua vera personalità, la sua capacità di affrontare adeguatamente le situazioni più imbarazzanti.

« Posso salutare anch'io questa donna indimenticabile? » La voce sicura e il sorriso largo e schietto di Armando Zani rappresentarono per lei una cintura di salvataggio nel mare insidioso in cui si dibatteva. Era forte, elegante, autorevole e interveniva al momento opportuno come il *deus ex machina* del teatro antico per risolvere la situazione. « Ciao, Giulia. Come stai? »

« Finalmente un volto umano », gli sussurrò all'orecchio mentre l'abbracciava.

« Caro onorevole », lo salutò l'editore stringendogli

la mano. « Lei mi onora, mi perdoni il bisticcio di parole, con la sua presenza. » Era visibilmente stupito dalla rispettosa familiarità con cui un uomo potente come Zani trattava la sua giovane ospite.

« L'onore e il piacere sono largamente condivisi », replicò il parlamentare, prima di orientare la propria attenzione su Giulia. « E tu che cosa fai qui, in questa bella compagnia? » l'interrogò. Poi, senza aspettare la risposta, soggiunse all'indirizzo dell'editore: « Lei ha appena conosciuto questa deliziosa figliola, immagino. Io l'ho vista crescere e mi sta tanto a cuore ».

« La conosco da poco, ma la conosco bene », affermò Riboldi evitando di passarsi la mano sulla guancia colpita dallo schiaffo per non rinnovellare l'umiliazione subito soffocata. Era la prima volta che gli succedeva. Di solito le donne giovani che entravano nella sua orbita accettavano le sue pesanti attenzioni senza reagire, considerandole al contrario un segno della sua benevolenza e una specie di lasciapassare sulla via del successo. « Non sapevo di questa vostra... » s'inceppò unendo e divaricando a forbice l'indice e il medio della mano destra.

« Familiarità? » gli venne in aiuto Zani.

« Mi sembra la parola esatta: familiarità », convenne Riboldi. « I miei mi tengono sempre all'oscuro di tutto. Se fossero più zelanti eviterebbero possibili equivoci », si lamentò stizzito. Ammetteva così di aver sbagliato tattica.

Giulia capì che l'episodio sarebbe stato dimenticato.

« Hanno fatto bene a non parlarle di me, commendatore », intervenne. « Io sono nessuno. »

« Ma diventerà qualcuno », pronosticò. « Se la scrittura corrisponde al carattere, lo diventerà molto presto. » Adesso era sincero. « Venga che la presento a Paolini. Conosce Paolini, il direttore di *Opinione*? Lei ha dei numeri, signorina... »

« Giulia », suggerì Armando Zani. « Giulia de Blasco. »

« Bel nome e bellissimo cognome », riconobbe Riboldi. « Lei, signorina de Blasco, ha i numeri per diventare una brava giornalista. Non è così, onorevole? » domandò al parlamentare al quale, si ricordò in quel momento, doveva sollecitare una particolare agevolazione.

« L'aspetto lunedì », le disse Franco Paolini.

« Io non ho mai lavorato in un giornale », ribatté Giulia spaventata.

« C'è sempre una prima volta. » Aveva una gran voglia di alludere a quel sonoro schiaffone che s'era stampato sulla faccia del suo editore e comunicarle la sua appassionata adesione a un gesto che nessuno aveva mai avuto il coraggio di compiere, ma si limitò a manifestarle la sua sorridente ammirazione.

« Non so nemmeno da che parte si comincia a scrivere un articolo », si permise di obiettare.

« Non lo dica in giro », le confidò abbassando la voce, « ma i giornali sono pieni di gente che non sa da che parte si comincia a scrivere un articolo. Qualcuno diventa persino direttore. » Era un giovane intelligente, non bello, ma spiritoso, un professionista serio che sapeva come utilizzare al meglio i giornalisti di valore e come trattare i raccomandati dall'editore. Questa imprevedibile ragazza si presentava oltretutto con l'*imprimatur* di un importante uomo politico. Andava trattata coi guanti. Se non sapeva camminare si sarebbe arresa da sola.

« Non sapevo che volessi fare del giornalismo », si stupì Zani. « Ti credevo ancora all'università. »

« Non lo sapevo nemmeno io », gli confessò Giulia. « Però l'idea mi piace. »

« Come non lo sapevi? » l'interrogò.

« Esattamente come le ho detto. Sono arrivata qui come ospite e mi sono trovata praticamente assunta in uno dei più autorevoli settimanali. Credo sia tutta una manovra di Leo. Leo Rovelli », precisò.

Armando non sapeva nulla della sua storia, ma conosceva il giornalista.

« È molto bravo », disse. « I suoi réportage sono di primissimo ordine. Ma ho l'impressione che tu lo stimi più come uomo che come giornalista », soggiunse dopo una pausa.

« È adorabile », gli confidò. « E ci vogliamo molto bene », volle rassicurarlo.

« Lo spero per te, per la tua serenità », continuò con insolita severità. « Ci sono dei giornalisti che somigliano agli istrioni. Raccontano ai lettori le cose che loro stessi non sanno. Sono contenitori che si riempiono delle idee, dei pensieri, delle parole, dei convincimenti altrui. » Sembrava astioso verso la categoria.

« Devo rinunciare a Leo, alla professione o a tutt'e due? » l'interrogò scherzosamente.

« Hai il dono della sintesi », disse. « Io non ho molta simpatia per certi giornalisti », continuò. « Sono dei marziani, amano solo se stessi e la firma sul giornale. Praticano il culto della personalità. La loro. »

« Leo è diverso », lo interruppe Giulia.

« È sempre diversa la persona che amiamo. Sennò perché l'avremmo scelta? » sentenziò.

Diceva delle parole piene di buon senso che Giulia non volle neppure ascoltare perché era innamorata e felice. Anzi, capì un'altra cosa. Ritenne che l'amico del nonno avesse approvato la sua scelta, mentre Armando Zani era sinceramente preoccupato per il suo futuro.

« Il giornalismo ti assomiglia. Curiosità, intelligenza, sintesi e gusto. Ti mancano la grinta e la vocazione. Tu non puoi amare questo mestiere perché non l'hai scelto. Qualcuno l'ha scelto per te. »

« Le spiace se le porto via un momentino l'onorevole? » intervenne il commendator Riboldi rivolgendosi a Giulia.

« Ma le pare? » lei sorrise.

« Pensa bene a quello che fai », le sussurrò affettuosamente prima di allontanarsi. « E ricordati che sei una grande narratrice. »

Giulia individuò Leo vicino alla padrona di casa. Gli fece un cenno e lui le venne incontro lasciando la signora Riboldi sotto la protezione di alcuni personaggi famosi.

« Perché hai deciso di farmi fare il mestiere della giornalista? » gli chiese a bruciapelo.

« Perché sai scrivere. »

« Non avresti dovuto sentire anche la mia opinione? »

« Ti si offre un'opportunità che farebbe impazzire di gioia fior di professionisti e stai a sottilizzare », s'impermalì. « Ti rendi conto? Sei praticamente assunta a *Opinione*. Hai allentato uno schiaffone al commendatore che poteva costarti il bando, invece ti ha trasformato in un personaggio. Non sei contenta? »

« Però se ne avessi parlato con me sarebbe stato meglio », lo rimproverò.

« Giulia, questo è il mestiere che hai sempre sognato. Credimi. La tua firma sul giornale. Il contatto con persone famose. I vantaggi economici. Le occasioni di promozione sociale. »

« E l'università? » obiettò debolmente.

« Sei intelligente: farai l'una e l'altra cosa. »

« Non ce la farò. »

« Allora rinuncia alla laurea. So quel che dico. »

« Proviamo », concluse lasciando aperto il discorso.

Le argomentazioni di Leo le fecero tornare in mente le parole di Zani: « Tu non puoi amare questo mestiere perché non l'hai scelto. Qualcuno l'ha scelto per te ».

« Proviamo », ripeté Leo traendo un sospiro di sollievo e alzando gli occhi al cielo per grazia ricevuta.

In quel momento Giulia si sentì sfruttata, letteralmente mandata a lavorare. Ma sapeva bene che avevano un disperato bisogno di danaro. E che doveva rimboccarsi le maniche per aiutare la famiglia.

11

« SVEGLIA, dormigliona », l'ammonì la voce di Leo che le giungeva alta e solenne attraverso il telefono.

« Che ore sono? » lei farfugliò piena di sonno. Aveva ancora gli occhi chiusi e aveva afferrato la cornetta annaspando sul tavolino da notte.

« Quasi l'una del mattino », rispose lui con voce allegra.

« Allora è proprio tempo di sonno. Profondo sonno », miagolò lei rimettendo il ricevitore a posto e abbracciando appassionatamente il cuscino di piuma.

In quel momento si svegliò. Accese la lampada, si tirò a sedere sul letto e prese a pugni il materasso. Leo l'aveva chiamata da chissà dove e lei aveva riattaccato. Il telefono squillò di nuovo.

« Sei matta? » la rimproverò.

« Solo addormentata. Adesso, però, sono sveglia », garantì. « Da dove chiami? »

« Da Roma. Sono in via Veneto. Ho qui, fresco di stampa, l'ultimo numero di *Opinione*. E c'è... »

« Un articolo di Giulia de Blasco », lei completò la frase.

« Hai la copertina, lo sapevi? » Era eccitato come se si fosse trattato della sua prima esclusiva.

« No, non lo sapevo. »

« Allora te lo dico io: Henry Ford e Cristina Vettore, intervistati in luna di miele. Sei lanciata, ragazzina. Domani il tuo nome girerà tra milioni di lettori nelle redazioni di tutti i giornali. »

« Devo ricordarmi di ringraziare Armando Zani », lei replicò. « È stato lui che ha reso possibile l'incontro in Svizzera con gli eredi della Ford Motor Company. »

« Giusto. È stato un intervento prezioso », riconobbe Leo. « Ma perché ti ostini a non invitarlo a casa nostra? »

« La nostra piccola, piccolissima casa? » prese tempo. Era un segreto troppo importante quello che la legava ad Armando e ancora non si sentiva di condividerlo neppure con Leo.

« Ma se è la casa più bella del mondo », si accalorò.

« Quando torni? » scantonò. Il suo arrivo le interessava quanto e forse più del suo esordio giornalistico.

« Domattina alle sette. Con il primo volo. Alle nove prenderemo il caffè insieme. »

Jezebel, la gatta che era rimasta immobile ai suoi piedi per tutto il tempo della telefonata, cominciò a stirarsi pigramente e a sbadigliare.

« Tu che cosa ne dici? » le chiese Giulia dopo aver riattaccato: « È davvero un inizio clamoroso o soltanto una grande illusione? »

La micia miagolò con totale disinteresse.

« La differenza tra noi due è tutta nel fatto che tu non fai nessuno sforzo per realizzarti. Ti sei mai chiesta: che cosa farò da grande? »

Jezebel si acciambellò in fondo al letto facendo le fusa.

« Certo che no », riprese Giulia. « A te basta vivere, placidamente, dignitosamente. Tu non ti affanni, non gemi sulle tue condizioni. Il successo non ti interessa. Che cosa rappresenta per te una copertina su *Opinione*? Lo zero assoluto. Il nulla. Per me è una scatola aperta su una serie di altre scatole perfettamente identiche a questa. Henry Ford e Cristina Vettore mi hanno portato a Costantino e Anna Maria di Grecia e mi porteranno a tutte le più belle storie d'amore del nostro tempo. E così avanti, lavorando tra invidie e rivalità, impegnandomi al massimo per raggiungere il meglio (che non è sempre il bene), mendicando favori, travolgendo i deboli, sbattendo il grugno contro i potenti tra le onde insidiose dell'alterna fortuna... » Il monologo sfumò in un incomprensibile mormorio e Giulia si addormentò riflettendo sulla sua nuova condizione, mentre Jezebel faceva le fusa.

Giulia era in procinto di uscire quando ricevette una telefonata da Isabella.

« Che cos'è successo? » domandò allarmata. Pensò alla salute malferma del professore. Da quando era andata a vivere con Leo, nessuno della famiglia, tranne Carmen, s'era più fatto vivo con lei. Isabella, che s'era sposata in settembre, non l'aveva nemmeno invitata al matrimonio.

« Non offenderti, gioia mia », aveva imbastito una giustificazione. « Sai com'è... i miei suoceri sono così formali... mentre tu... fai una vita così fuori degli schemi tradizionali. Niente di personale, intendiamoci. Io non sono d'accordo con loro, come puoi capire, ma sai come vanno certe cose. »

Giulia non capiva, non sapeva come vanno certe cose, non le importava niente di quello che pensavano di lei i suoceri di Isabella e il suo intraprendente marito odoroso di pesce. E non si era offesa per essere stata esclusa. Ora la sorellina ricompariva inaspettatamente.

« Non è successo niente », la rassicurò Isabella. « Volevo soltanto congratularmi con te », cinguettò dall'altra parte del telefono. « Ho visto che fai la giornalista in grande stile. »

Giulia respirò di sollievo.

« Grazie per le congratulazioni. E adesso scusami perché sto partendo. » Leo le mostrò l'orologio. Era tardi. Avevano appena il tempo per arrivare all'aeroporto.

« Davvero? » s'incuriosì. « E dove vai? »

Questa volta la cattiveria se l'era proprio cercata.

« A Londra. Ho un appuntamento con la principessa Margareth e con suo marito », le comunicò deliberatamente. Era un colpo basso e lei lo sapeva.

Passarono interminabili secondi durante i quali poteva essere capitato di tutto: dallo svenimento all'arresto cardiaco. Fortunatamente l'emozione non ebbe conseguenze tanto gravi.

« Oh, cara! È così eccitante quello che mi hai detto », riprese garrula. « Dobbiamo vederci, sai? Mio marito e i miei suoceri fremono all'idea di conoscere la mia celebre sorella. »

« Scusami tanto con i tuoi suoceri », replicò. « Noi due ci vedremo a Natale nella casa di via Tiepolo. »

Quando, il giorno di Natale, la famiglia de Blasco si riunì, Leo era a Cuba. I fratelli che l'avevano praticamente bandita dalla famiglia si erano rimangiato tutto il veleno, adesso che era diventata famosa.

Carmen l'accolse con un misurato sorriso che diceva tutto il suo affetto e la sua tenerezza, Isabella la soffocò in una nuvola di Chanel, suo marito la riempì di grossolani complimenti, Benny ebbe la sfrontatezza di dirle che era fiero di lei.

Giulia si guardò attorno.

« Papà è in salotto », disse Carmen che aveva intuito la sua muta domanda. « Ti aspetta », soggiunse prendendo la figlia per mano e guidandola come se avesse perduto la memoria di quella casa.

Il professore era in poltrona, accanto alla finestra, e le sorrideva. Era molto cambiato e Giulia cercò inutilmente di riconoscere in lui i lineamenti decisi di una volta. Era deperito, pallido, sofferente. Sembrava una candela consumata sul punto di spegnersi. Perché nessuno le aveva detto che stava morendo?

« Ciao, papà », lo salutò avvicinandosi. Si chinò su di lui e lo baciò.

« Cara la mia Giulia », mormorò lui con voce affaticata.

« Come va? » chiese infelicemente.

« Lo vedi da te lo sfacelo di questo povero vecchio. »

Giulia non ebbe il coraggio di replicare con mielose bugie.

« Passerà », disse piano.

« Ricordi che cosa diceva tuo nonno Ubaldo? » sorrise con nostalgia. « Sono un vecchio tronco che non rinverdisce più. Lui ci marciava, quel manigoldo. Io invece lo sono veramente. »

Giulia sentì per la prima volta, nella voce del padre, una corrente di simpatia per quel nonno eretico e peccatore che aveva sempre detestato.

« Adesso mi sembra che tu stia meglio », notò.

« Perché ci sei tu. Sei la giovinezza e la vita. Sei sincera come l'acqua. Ti ho pensato molto in questi mesi di separazione. E ho capito tante cose di te. Peccato che le verità si intuiscano quando ormai la fine è vicina. »

« Ma che cosa ti viene in mente, papà! »

« Io non ti ho mai accettata per quello che sei. E sbagliavo. Perché in te c'è qualcosa che i tuoi fratelli non hanno e non avranno mai. Saperti la convivente di un uomo sposato è stato terribile i primi tempi. Poi ho capito che c'era più moralità nella tua scelta di quanta non ce ne fosse in quella di Isabella... che si è sposata con il velo bianco. O in quella di Benny, che si è fidanzato con quella cammella della tua amica per motivi d'interesse, suppongo. »

La commozione non arginò la franca risata che tintinnò in gola a Giulia.

« Proprio così. Per bassi motivi d'interesse », ripeté e la sua faccia spenta si illuminò per un attimo. « Credimi, Giulia », concluse, « ho capito molte cose. »

Si abbracciarono come non era mai accaduto, come se per la prima volta, finalmente, si riconoscessero, quelle due persone che erano vissute per vent'anni da estranei. Quel giorno, il professore le regalò le parole più belle della sua vita.

12

« E ALLA fine mi ha offerto dei soldi », raccontò Giulia a un paio di colleghi sottolineando le frasi insolite di una recente intervista con un petroliere in odore di ruberie.

« Ma no, non è possibile », obiettò un giovane biondo con la faccia da bambino e gli occhi penetranti.

« Mi ha detto », continuò Giulia, « io posso fare molto per lei. Dato il tipo mi aspettavo dicesse: ognuno ha il suo prezzo. E mi stava anche bene, perché il mio è bassissimo », scherzò. « C'era anche un modo più teatrale. Porgermi un assegno firmato accompagnato dal classico: metta lei la cifra. »

« Invece? » l'interrogò il più anziano dei due che non superava i trent'anni, ma ne dimostrava quaranta perché si era messo in mente di emulare Hemingway e ci riusciva soltanto nel bere.

« Invece con un abile giro di parole mi fece capire che avrei ottenuto grandi vantaggi tratteggiando un profilo suo che osò definire obiettivo e sereno. »

« E tu? » domandarono i due all'unisono.

« Io mi sarei messa a piangere », li sorprese.

« Perché? »

« Perché da quando faccio questo mestiere ho sempre

sperato che qualcuno cercasse di corrompermi in cambio di un mucchio di soldi », confessò con una smorfia di disappunto. « Invece ho reagito con lo sdegno di Humphrey Bogart nel film *Piombo rovente*. Ma forse era Burt Lancaster », si corresse. « E forse non era neanche *Piombo rovente*. »

« Com'è finita? »

« Come finirà, vuoi dire. Lui in galera, ma ci sarebbe andato comunque. Io con un grande rimpianto. »

Il bambino e l'aspirante Hemingway risero di gusto. Poi, tutti quanti si accorsero che Leo era sulla porta.

« Questa sì che è una bella sorpresa », esultò Giulia. « Il figliol prodigo è tornato. Dichiaro aperti i festeggiamenti. Perché non entri? » lo invitò andandogli incontro.

Giulia aveva venticinque anni. Era diventata da pochi mesi la signora Rovelli. Era una donna splendida, una giornalista affermata.

« Perché non entri? » ripeté Giulia preoccupata dall'espressione scura di Leo.

« Perché le tue storie non m'incantano più », l'aggredì. Si girò su se stesso e se ne andò.

Giulia impallidì, scese dalla scrivania sulla quale era seduta e mendicò con uno sguardo desolato la comprensione dei due colleghi che, come lei, non capivano la ragione del comportamento di Leo.

« Scusate », disse. Afferrò la sua borsa e uscì. La gaiezza di poco prima si era spezzata.

Vide Leo in fondo al corridoio davanti all'ascensore aperto. Si mise a correre travolgendo un fattorino. Quando recuperò l'equilibrio, Leo era sparito. Scese di corsa due piani di scale e lo agguantò nell'atrio.

« Si può sapere che cosa ti ha preso? » gli domandò sottovoce, ma con severità.

Lui camminò verso l'uscita senza degnarla di uno sguardo. Allora Giulia cambiò tattica.

« Leo Rovelli », urlò. « Sono tua moglie, nel caso te lo fossi dimenticato. »

La paura del clamore e dello scandalo lo fermò. Salutò con un sorriso di circostanza un paio di colleghi e disse: « Come potrei dimenticarlo. Tra un po' mi chiameranno signor de Blasco. Come potrei dimenticare che sei mia moglie? » soggiunse con sarcasmo. Era carico di livore e di rabbia.

« Mi hai offesa davanti a tutti », l'accusò.

« Oh, quei due », minimizzò lui alludendo ai giovani colleghi.

« Mi hai inutilmente, stupidamente ferita. Perché? » lo interrogò. Sapeva essere il più dolce, il più tenero, ma anche il più imprevedibile e odioso degli uomini. Per quale ragione, poi? « Giulia de Blasco offesa. Ferita. L'inviata specialissima di *Opinione* umiliata dal marito », recitava con finta deplorazione.

Erano in strada e lui s'era avviato verso la sua macchina parcheggiata in divieto di sosta.

« Ma si può sapere che cosa ti sta succedendo? » l'inquisì seguendolo e continuando a non capire.

« È lei, l'offesa », infierì, « tiene banco come un consumato istrione. Non si accontenta del successo giornalistico. Vuole il consenso diretto. Gli ammiratori plaudenti. »

Finalmente Giulia capì e a maggior ragione lo guardò con meraviglia.

« Leo », esclamò. « Ma tu... tu sei geloso. »

« Sono semplicemente disgustato. Scodinzolavi come una *soubrette* attorniata dai suoi *boys*. Uno spettacolo stomachevole. »

Giulia si portò una mano al viso per nascondere il suo smarrimento. « Oddio, tesoro. Ma ti rendi conto? »

« E non chiamarmi tesoro », gridò lui salendo in macchina.

Giulia prese posto al suo fianco.

« Non stavo scodinzolando, come dici tu », cercò di farlo ragionare. « Era solo un momento di buonumore. Il direttore era soddisfatto e io ero felice di una proposta di cui, anzi, volevo parlarti. Sapevo che ti avrei trovato a casa. »

« Ma certo. La giornalista in redazione e il marito a casa in trepida attesa o a preparare una gustosa cenetta. »

« Che cosa ci sarebbe di male? » protestò. « Io lavoro più di te, eppure non considero un disonore prepararti da mangiare. Oltre ad accudire la casa e tenere in ordine le tue cose. E ti proclami pubblicamente femminista! Lo sei soltanto quando scrivi sul giornale, perché ti conviene. »

Leo piazzò le mani sul volante e si voltò verso di lei.

« Allora la riconoscenza non sai nemmeno dove stia di casa », le rinfacciò. « Hai poca memoria e dimentichi che se sei quella che sei lo devi a me. Perché io ti ho trovato il lavoro, il solo, unico lavoro che tu potessi e volessi fare. Io ti ho insegnato come si scrive un pezzo. Io ti ho tenuta per mano fino a quando non sei stata in grado di camminare da sola. Io ti ho spianato la strada del successo. Se non fosse stato per me saresti in un'aula puzzolente a insegnare l'alfabeto inglese a una classe di ragazzini idioti. Se hai girato il mondo lo devi a me », infierì spietatamente. « Se hai una casa lo devi a me. Se hai uno stipendio lo devi a me. Se hai un nome lo devi a me. »

Giulia sfoderò un sorriso gelido.

« Leo, sei soltanto un pallone gonfiato », replicò con voce dura. « C'è una sola verità tra le molte stupidaggini che hai detto. La verità è che io so fare questo mestiere meglio di te. » Scese dall'auto e si incamminò con passi decisi.

Il volto di Leo divenne livido.

« Non ti montare la testa », disse seguendola, « potrebbe scoppiare. »

Lei non l'ascoltò e continuò per la sua strada.

« È vero che il lavoro me l'hai trovato tu, ma non per generosità. Il fatto è che avevi bisogno di soldi, quelli che ancora adesso, mese dopo mese, io porto a casa. Da sei anni, ormai. E a questo punto ho contribuito in egual misura al mantenimento della tua prima moglie. Io, con il mio stipendio. E non mi sembra giusto. Inoltre, non avevo alcun bisogno che arrivassi tu a mettermi all'onore del mondo, perché quando tu mi hai presentato al vecchio Riboldi tutto quello che lui ha saputo darmi è stata una manata sul didietro. »

« Sai rendere volgari anche gli incontri più interessanti », cercò di recuperare terreno.

« Io? » trasecolò. « Io che ho rischiato tutto per reagire a quell'affronto. Allora, se proprio lo vuoi sapere, è stato Armando Zani a fargli capire, con uno sguardo, che ero una ragazza da rispettare. Se vogliamo tirare le somme, carissimo e stimatissimo dottor Rovelli, io a te non devo niente. »

A Leo mancò la prontezza per controbattere gli argomenti di Giulia.

« Cristo! » imprecò. « Possibile che non possiamo discutere senza sbranarci? »

« Lo chiedi a me? » si smarrì Giulia. « Ma se sei sempre tu che cominci? »

Voleva attribuire il suo nervosismo al troppo lavoro, ma capì che non era il caso.

« Scusami », disse, « andiamo. »

Giulia era sicura che si fosse trattato di una scena di gelosia. Leo, però, non era geloso di quei due colleghi, era invidioso del successo di Giulia che lo faceva passare in seconda linea. Jezebel li accolse facendo le fusa, poi, visto che nessuno si occupava di lei, andò a piazzarsi sul davanzale della finestra esprimendo il suo fastidio per quelle voci alterate strizzando gli occhi.

« È vero, sono geloso », ammise Leo.
« È un sentimento naturale. »
« Dici? »
Parlavano con calma, adesso, e tutto sembrava più facile.
« Anch'io sono gelosa, gli confidò.
« Non me n'ero mai accorto », lui sorrise.
« Io sì. Soprattutto quando ho notato delle tracce di rossetto sui colli delle tue camicie. »
« Ma sei sicura? » domandò cadendo dalle nuvole.
« Se fossi sicura saresti ricoverato al traumatologico », replicò minacciosa. « Ma stai attento a te, Leo Rovelli. Perché io ti curo. Se avessi la certezza che ti concedi delle distrazioni extraconiugali, sarebbe la fine. »
« Ti amo, Giulia », disse Leo abbracciandola.
Era un mascalzone, un egoista, ma era bello, simpatico, brillante e desiderabile. Sapeva come farsi perdonare.
La gatta scese dal davanzale e tornò a strofinarsi contro le loro gambe facendo le fusa.
« Leo, questa gatta sta mangiando troppo. È sempre più tonda », osservò.
« Giulia, fatti furba, la tua gatta è gravida. Non lo sapevi? »
« Oh, no! Ma dov'è andata a trovarsi il fidanzato? »
« Lei è una creatura molto discreta. Non mette in piazza i suoi affari di cuore. Non è come noi. »
« Io so essere di una discrezione assoluta », gli mormorò all'orecchio. Cominciò a sentirsi insicura e desiderò che lui la stringesse a sé sempre più forte per respirare la sua pelle, le sue labbra, i suoi capelli. Sentì il suo cuore inquieto palpitare più in fretta, fu rapita dal suono di una musica portata dal vento. Il giorno dopo una nuova lite cancellò quella splendida notte d'amore, nel corso della quale Giulia era rimasta incinta per la seconda volta.

13

Era come se il tempo, per Giulia, si fosse fermato. Niente più viaggi, interviste, incontri mondani, memorabili litigi e grandiose riappacificazioni. Niente più corse al supermercato carica come uno sherpa, né spedizioni in lavanderia, né domeniche passate a rivoltare le loro tre stanzette per rimettere ordine nella mansarda.

Il tempo di Giulia era immobile come un lago alpino. Lei stava a letto in quella stanza dal soffitto a capanna, giorno dopo giorno, notte dopo notte e, per la prima volta, aveva smesso di preoccuparsi per gli altri, concentrata com'era a far crescere il figlio che portava dentro.

« Se vuoi avere questo figlio, è necessario che tu riduca al minimo i movimenti che implicano sforzi », le spiegò il ginecologo che era anche un amico, dopo una minaccia d'aborto al secondo mese di gravidanza. « Devi rinunciare anche al piacere di farti due uova al tegamino. »

« Non mi piacciono le uova al tegamino. »

« Meglio così. Dovrai passare sette mesi praticamente a letto. Puoi alzarti solo per andare in bagno. » Il medico era stato categorico. « Se vuoi davvero questo figlio devi vivere soltanto per lui. »

« Perché non dovrei volerlo davvero? » aveva domandato.

« Già, perché? » fece lui pensieroso. « Lo sai che quando una donna vuole intensamente un figlio, quando lo vuole oltre i limiti della coscienza, raramente lo perde? Il suo cervello e il feto agiscono in sintonia: il prodotto del concepimento comunica attraverso un segnale la sua volontà di vivere, e la madre gli offre nutrimento e protezione, oltre alla forza di rimanere aggrappato a lei. »

« Non sono in buoni rapporti col mio inconscio. Cerchiamo di vivere, anzi di convivere senza grossi drammi », aveva replicato lei, « ma, per quello che ne so, questo bambino lo voglio con tutta me stessa. » E si era messa a letto.

Leo si comportava bene, aveva cura di lei e l'assisteva premurosamente. Quando partiva lo sostituiva Carmen, ormai sola nella casa avita dei de Blasco.

« Vengo volentieri da te », la rassicurava. « Non credere che sia un sacrificio. Da quando il professore ci ha lasciati, la nostra casa è troppo grande per me sola. »

Vittorio de Blasco se n'era andato in punta di piedi e senza clamori. A Carmen, che si preoccupava di convincerlo a non pensare al peggio, aveva detto: « Quando si muore si ha ben altro da fare che pensare alla morte ». Ripulito dal moralismo ampolloso, il professor de Blasco aveva rivelato una grande dignità sui confini estremi dell'esistenza e una saggezza antica.

Carmen era rimasta veramente sola e i ricordi rendevano più cupa la sua desolata esistenza. Qualche volta parlava con Giulia di Armando Zani, perché era la figlia a introdurre l'argomento.

« Non vorresti rivederlo? » le aveva chiesto Giulia una volta.

« Mai! » si era opposta con decisione. « Se qualche volta gli ritorno in mente, vorrei che mi ricordasse come la ragazza che ero. Non come la vecchia stanca che sono. »

« Stanca sì », cercò di rincuorarla Giulia, « ma vecchia no. Hai soltanto cinquant'anni. E sei una donna piacevole. » In realtà sapeva che Carmen aveva ragione. Non bisogna mai ritornare nei luoghi della memoria dov'è annidato un ricordo felice. La ragazza conosciuta sull'Appennino apparteneva all'esaltazione delle cose sognate e aveva la fragilità del vetro soffiato che un colpo di vento poteva incrinare.

« Ti chiede di me, qualche volta? » domandò con imbarazzo.

« Sempre », mentì Giulia.

Carmen si tormentò le mani guardandosi intorno.

« Ti prego, non parliamone più », la scongiurò.

C'era stato un tempo in cui la madre era stata per lei una sicurezza, un conforto, una presenza insostituibile. Adesso i ruoli si erano capovolti. Era Carmen che aspettava la partenza di Leo per correre dalla figlia. Aveva bisogno di lei per sentirsi viva. Con Isabella e con Benny aveva una comunicazione difficile e nelle loro case piene di sussiego si sentiva a disagio.

« Mamma, io in questa mansarda, tanto romantica, ma tanto scomoda, con un figlio in arrivo, non ci posso più stare. Che ne diresti se venissi a vivere con te in via Tiepolo? »

Giulia pensava che potesse essere una proposta conveniente per tutti, per lei che avrebbe avuto un appoggio costante, ma soprattutto per Carmen che non sarebbe stata più sola. Ma la madre, anche su questo punto, fu irremovibile.

« Nel mio piccolo ho combattuto per la libertà », scherzò, « e voglio continuare a difenderla. La mia e la tua. La casa di via Tiepolo sarà tua quando io me ne andrò. Allora ne farai quello che vuoi. Ci abiterai o la venderai. »

« Fra cent'anni », replicò Giulia facendo i debiti scongiuri.

« Non è detto », sottolineò la madre che sembrava avere ritrovato il buonumore.

Al terzo mese di gravidanza ebbe una crisi d'intolleranza a quella forzata immobilità. Leggeva, guardava la televisione, parlava con Leo e con sua madre, riceveva molti colleghi, poche amiche, ma quell'ozio coatto le pesava come una condanna. C'era poi la sua condizione complessa di donna gravida costretta a letto perché il suo inconscio rifiuta un figlio che lei, invece, voleva. Questo fatto le suggerì delle idee. Cominciò a prendere appunti. I pensieri fluirono chiari e precisi e si tradussero in parole, e le parole diventarono righe e pagine di un lungo racconto.

Al settimo mese di gravidanza Giulia aveva scritto un romanzo, il suo primo romanzo. Leo lo lesse durante un week-end. Glielo riconsegnò su un vassoio d'argento con una rosa e una bottiglia di champagne.

« È per brindare alla nascita di una grande scrittrice », le annunciò. Gli brillavano gli occhi per la gioia. Leo sapeva riconoscere il talento. E sapeva apprezzarlo.

« Dimmi che non mi prendi in giro », lo minacciò.

« Va battuto a macchina », continuò. « Non puoi consegnarlo così a un editore serio. Se tu sei d'accordo, me ne occupo io. Riscrivendolo sistemerò alcune cosette qua e là. Se ti fidi di me, naturalmente. »

Un mese dopo quel brindisi, Giulia ricevette una telefonata dal commendator Riboldi. L'editore in persona la chiamava per felicitarsi.

« L'ho sempre detto io, che lei non è soltanto una bella micètta. È anche una streghètta. » Era sempre maldestro nei complimenti alle donne, ma efficace. « I miei del settore libri mi dicono che ha scritto una storia coi fiocchi. Brava. Complimenti. Venga quando vuole a firmare il contratto e a festeggiare. »

14

QUEL giorno Leo la accompagnò dal ginecologo per un controllo.

« Adesso puoi muoverti un po' », l'autorizzò il medico. « Ormai tuo figlio è un giovanotto. »

« Muovermi come? » l'interrogò.

« Non fare dello sci. Né dell'equitazione », scherzò. « Ma puoi uscire, passeggiare. Non puoi correre. »

« Ho la stazza di una portaerei, dove vuoi che corra », protestò. « Gradirei un invito a cena », soggiunse rivolta a Leo. « Fuori. Posso? »

« Puoi, ma senza strafare », l'ammonì il ginecologo.

« È mezzo anno che non vedo il mondo », si lamentò.

« Non hai perso niente », ribatté il medico.

Risalirono in macchina.

« Mi sembra presto per il ristorante », osservò Giulia vedendo che Leo aveva preso una strada diversa da quella che portava a casa loro. « Dove mi porti? »

« Sorpresa », disse lui misterioso.

Si fermò all'altezza di un palazzone grondante fregi e figure di donne formose e sensuali. Giulia, con quel pancione, i seni che continuavano a ingrossare, le spalle e i fianchi arrotondati, si riconobbe in loro e le chiamò sorelle. Il liberty con tutte quelle curve le assomigliava.

L'ascensore, una gabbia di ferro battuto, scintillante di ottoni, cristalli molati e legno antico, l'accolse con un divanetto rivestito di pelle scura. Giulia faceva fatica a respirare per la compressione che il figlio esercitava contro il torace e per l'emozione di una sorpresa che non riusciva a immaginare.

Al terzo piano l'ascensore si fermò e Leo la precedette aprendo il cancelletto di ferro battuto. Sul pianerottolo di marmo si affacciavano due porte, una di fronte all'altra. Su una spiccava una lucente targhetta d'ottone con la scritta: « de Blasco-Rovelli ».

Giulia la guardò e cominciò a capire.

« È casa tua, mammina. Forza, suona il campanello. »

Lei premette appena il pulsante dentro la scodellina brillante di ottone e le rispose un musicale dlin-dlon. Subito dopo la porta si aprì e nel vano che dava su un'anticamera luminosa si inquadrò la figura robusta di una ragazza poco più alta di lei che aveva più o meno la stessa età.

« Buongiorno, signora », la salutò la ragazzona. « Io sono Ambra. Sua madre mi ha chiesto di darle una mano. E sono qui. »

Giulia non trovò le parole per esprimere la sua meraviglia. La sua riconoscenza era concentrata su Leo che, durante la sua forzata immobilità, aveva pensato a lei, al loro bambino e aveva predisposto per loro una casa stupenda. Adesso si aggirava estasiata per le grandi stanze dai soffitti altissimi percorsi da fregi, arredate sommariamente, ma dove c'era l'essenziale per potervi abitare.

Giulia si rifugiò tra le braccia di Leo.

« Adesso capisco perché ti amo », lo ringraziò.

« Anche la signora Carmen ha avuto la sua parte, non creda », intervenne Ambra che stava appoggiata a uno stipite e li guardava beata. « È riuscita addirittura a convincere me a fare un mestiere che non avevo mai fatto: la domestica. »

« Che cosa facevi prima? » domandò Giulia.

« Operaia in un'impresa di pulizie », rispose Ambra. « Ma ero sempre nei guai per il mio impegno politico e il mio attivismo di partito. Sono comunista », precisò con orgoglio.

« Ci siamo messi in casa una rivoluzionaria », sussurrò Leo.

« E sono femminista », replicò Ambra, « ma sempre pronta a fare il mio dovere. E poi ho letto certe inchieste della signora dalle quali risulta che è più compagna e femminista della sottoscritta. »

« Allora possiamo darci del tu », propose Giulia.

« Grazie... signora », s'impappinò. « Sarai soddisfatta di me. »

Da quel momento Ambra Pinazzi prese sotto la sua protezione Giulia de Blasco e considerò la sua vita e la sua casa feudi personali da difendere contro tutti.

Al nono mese di gravidanza Giulia partorì un maschio che volle chiamare Giorgio, in ricordo del nonno Ubaldo che la chiamava così. Al parto seguirono momenti di sconfinata tristezza accompagnati da crisi di pianto che, secondo il ginecologo, erano legate al puerperio, mentre secondo lei erano provocati dalla sistematica latitanza di Leo. Arrivava Carmen, c'era la fedele Ambra, arrivavano amiche e colleghi preceduti o seguiti da grandi fasci di fiori. I cassetti straripavano di telegrammi e messaggi augurali. Leo compariva verso sera, ma non appena aveva messo piede nella camera, già fremeva dal desiderio di andarsene.

« Hai visto il bambino? » lei chiedeva ansiosa.

« Certo. Sono passato dalla nursery prima di venire qui. È bellissimo », lui rispondeva senza entusiasmo.

« Tra un po' me lo portano per la poppata », annunciava orgogliosa. Aveva bisogno di parole, di affetto, aveva bisogno della sua presenza rassicurante, aveva bisogno di protezione e di aiuto, di carezze per compensare quella malinconia.

« Ah beh, allora ti saluto. Tu hai da fare e io anche. E poi qui non ti manca niente. Dormi bene. » E se ne andava dopo averle deposto un bacio distratto tra i capelli.

Giulia non riusciva a capire. Durante la gravidanza era stato il più tenero e affettuoso dei mariti. Si era persino preoccupato di preparare una bellissima casa che fosse adatta alle loro necessità. E adesso che il bambino era nato, scappava come una lepre davanti al pericolo.

Giulia era sola anche nel momento in cui il ginecologo le disse che poteva tornare a casa. Venne il neonatologo che aveva preso in cura Giorgio e le diede una serie di prescrizioni per il piccolo: latte in polvere, acqua minerale, tabella dei pasti, periodicità dei controlli.

Era domenica. Ambra era al partito o con il padre, approfittando della sua giornata di libertà. Giulia cercò Leo. Prima a casa, poi al giornale. A casa non c'era nessuno. Al giornale le dissero che Leo ci sarebbe stato nel pomeriggio. Allora cercò sua madre, ma non ebbe successo. Forse era andata a trovare gli altri nipoti e sarebbe passata da lei più tardi. Ma perché se la prendeva tanto? Perché non riusciva a vincere la drammatica frenesia che la possedeva? Niente le impediva di aspettare alcune ore o il giorno dopo. In fondo il ginecologo le aveva detto che poteva tornare a casa, ma non le aveva imposto di lasciare immediatamente la clinica.

Mise in ordine le sue cose, si fece chiamare un taxi, prese il bambino in braccio e andò a casa da sola. Entrò nell'appartamento, posò il suo fagottino urlante sul divano, aprì le finestre del soggiorno e andò in camera da letto. C'era un gran disordine e, tra le lenzuola spiegazzate, raccolse un paio di slip di seta nera, microscopiche mutandine femminili che rivelavano il gusto e l'indole della legittima proprietaria. All'altezza del pube portavano una scritta a piccolo punto in seta rossa: *love me*.

15

Giulia tornò in soggiorno reggendo tra le punte del pollice e dell'indice quel vergognoso cimelio. Il piccolo Giorgio, sul divano, si era calmato e dormiva tranquillo. Lei trovò una busta e vi infilò gli slip. Quindi scrisse velocemente un messaggio: « Le ho trovate nel *mio* letto. Ti prego di non rincasare. Se lo fai, ti ammazzo ». Lo mise nella busta con con l'indumento intimo, chiamò un taxi e consegnò il plico. Era indirizzato a suo marito, al giornale, con la scitta: personale-urgente.

Giorgio, sul divano, cominciò ad agitarsi: aveva fame e doveva essere cambiato e lei era sola, disperatamente sola, con una gran voglia di piangere. Si fece coraggio destreggiandosi come poteva in quel caos; cercava di ricordare gli insegnamenti delle nurse. Preparò il latte nel biberon, ne fece cadere uno schizzo sul dorso della mano per saggiarne la temperatura. Lavò il bambino, lo cambiò, lo nutrì aspettando che facesse il ruttino. Si sentì una pessima madre, lei che avrebbe voluto essere tenuta in braccio da una persona forte che la proteggesse.

Si mise in cerca di una culla che naturalmente non c'era. Lei non l'aveva voluta prima del parto per una sorta di scaramanzia. E Leo, un tempo così sollecito, non aveva provveduto. Allora improvvisò un lettino unendo due poltroncine e vi depose il piccolo.

Giulia sudava abbondantemente. Il suo organismo era ancora saturo di liquidi accumulati in gravidanza. Era stanca, esausta. Ma non se la sentiva di sdraiarsi sullo stesso letto dove Leo era stato con un'estranea, mentre lei piangeva all'ospedale.

Così andò a stendersi sul divano. E si addormentò. La svegliò il telefono che provocò il giusto risentimento e gli strilli di Giorgio.

Era Benny.

« Non posso parlare con te », tagliò corto. « Mio figlio strilla. Devo badare a lui. »

« Vengo a trovarti », ribatté.

« Quando? » l'interrogò. « Perché io sono in un mare di guai. »

« Subito. Ciao. » E riattaccò.

Arrivò a tempo di record.

« Posso vedere il mio nipotino? » domandò abbracciandola. Le offrì un fascio di fiori e un cofanetto di Faraone che conteneva un braccialetto d'oro col nome di Giorgio inciso su una piastrina.

« Il tuo nipotino, per fortuna, si è addormentato. E io non ho altro da offrirti se non la mia malinconica presenza. Però se vuoi accomodarti », lo invitò facendogli posto sul divano. In poche ore la sua casa era diventata un accampamento di zingari.

Giulia guardò il fratello e si accorse per la prima volta quanto assomigliasse al padre, solo che Benny era più duro e più furbo dietro quel sorriso da predicatore.

« Leo sa di averla fatta grossa », venne subito al dunque. Con Giulia era meglio essere sinceri.

« Sei il suo avvocato? » ghignò.

« Sono tuo fratello », replicò. Era tornato da tempo

in buoni rapporti con Leo e adesso il cognato, cui Benny doveva non pochi favori, trovandosi nei guai fino al collo con Giulia, era ricorso ai suoi buoni uffici.

« Bello il braccialetto », si distrasse lei. « Ti ringrazio. L'ha scelto Silvana, vero? »

« Ti sto parlando di tuo marito », la riprese.

« Ho sentito, Benny. Ma non mi va di parlare di lui. Lo vedi da te in quali condizioni sono. Accampata come una zingara. E di là », sibilò puntando l'indice accusatore verso la camera da letto, « dove si è rotolato con la sua immondizia, non ci dormirò mai più. » Si alzò e andò a riporre il dono del fratello per Giorgio su un ripiano della libreria.

« Ti domanda perdono. È pentito, sinceramente », cercò di convincerla.

« Il granduca manda l'ambasciatore con fiori e oro per ottenere clemenza », ironizzò Giulia. « Perché non è venuto lui, il verme? »

« Dice che lo avresti ammazzato. »

« Ti sembra possibile? » domandò Giulia scoppiando in lacrime. « Prima mi pugnala a tradimento e poi chiede perdono », gridò tirando su col naso come una bambina. « Fra poco mi parlerai in nome della famiglia. Ricordi? Per amore della famiglia non dovevo mettermi con lui. Per amore della famiglia, adesso, non dovrei lasciarlo anche se mi ha riempito la casa di fango. »

Giorgio si svegliò e si mise a strillare. Nella confusione che seguì Benny cercò di rendersi utile, mentre Giulia cercava di calmare il bambino e se stessa. Andò in farmacia e tornò carico di pannolini, scaldabiberon, bottiglie di acqua minerale, latte in polvere, sapone neutro e una vasca di plastica. Com'era cambiato Benny dai tempi in cui si ergeva a giudice della sua condotta! Le parlava con rispetto, si rivolgeva a lei con cautela anche se non rinunciava al ruolo di fratello maggiore che sa tutto della vita.

« È il padre di tuo figlio », riprese quando ebbe l'impressione che la sorella si fosse calmata. Giorgio, ripulito e nutrito, dormiva nella sua culla improvvisata.

« E questo gli dà forse il diritto di usarmi come uno scendiletto? » replicò senza alzare la voce. « Avvocato, sei davvero a corto di argomenti. O forse, quello del tuo cliente è un caso disperato. Ancora un po' e ti toccherà rimetterti alla clemenza della corte. »

« Ha sbagliato ed è pronto a riparare. »

« Mandando le lenzuola in lavanderia? » l'aggredì. « Ci sono equilibri che non si ripristinano più. Non vorrei usare delle parole grosse, ma i lividi nell'anima restano. Lui ha portato un'estranea nel mio letto, mentre io mettevo al mondo suo figlio. Avete idea voi uomini di quanto sia doloroso e pieno di paura quel lieto evento su cui si accaniscono letterati e poeti senza saperne nulla? E mentre il mio corpo si spaccava in due, lui se la spassava con un'altra. Mi chiedi di perdonarlo? » continuò con una smorfia. « Posso cancellare quello che mi ha fatto? »

« Leo ha attraversato un momento difficile dopo che hai avuto Giorgio », lo difese Benny.

« Cosa?! » allibì Giulia. « Ti prego, ripetilo, perché questa è troppo bella. Leo ha attraversato un momento difficile! »

« È così », l'uomo insisté. « Anche la paternità può sconvolgere quanto la maternità. Tu ti sei concentrata esclusivamente sul bambino. Ti sei dimenticata di lui. O almeno questa è la sua impressione. Leo è un egocentrico, un tipo abituato ad accentrare su di sé l'attenzione. Così inconsciamente rifiuta la presenza di un figlio che lo fa passare in secondo piano. E si comporta come se questo figlio e questa moglie non ci fossero. O forse li punisce. E punisce se stesso. Riprende la sua libertà e si porta a letto questa... beh, insomma », concluse la sua difesa, « non mi sembra poi impossibile da capire. »

« Hai seguito un corso di psicoanalisi per corrispondenza? » lo schernì.

« Cerco di ragionare con l'antico buon senso », ribatté.

« Vuoi un caffè? » offrì lei più calma.

« Il caffè della pace? » tentò con un sorriso. « Lo sai che Leo si comporta con l'avventatezza di un bambino », soggiunse mentre la sorella metteva la caffettiera sul fuoco.

Giorgio dormiva in soggiorno e loro due bevvero il caffè sul tavolo di formica della grande cucina. Giulia si concesse la prima sigaretta dopo mesi di astinenza. Trovò che aveva un sapore disgustoso e la buttò via.

« In tutto questo sconquasso, finalmente una buona notizia: le sigarette mi hanno abbandonato », notò Giulia con soddisfazione.

« Anche se le apparenze sono contro di lui », Benny riaprì la difesa di Leo, « tu sai che ti vuole un gran bene. Non puoi condannarlo su un odioso, ma eccezionale comportamento. Lasciagli almeno l'opportunità di difendersi. »

« Figlio di puttana », insultò il marito. « Anch'io gli voglio bene », soggiunse. E se lo vide davanti quel simpatico mascalzone, quel puttaniere con il quale aveva condiviso tante gioie e dal quale aveva ricevuto sicure prove di un affetto sincero.

« Va bene. Digli che può tornare », si arrese. Lo amava, nonostante i suoi difetti, nonostante quel suo egoismo infantile che suscitava, in fondo, la sua tenerezza. E poi era suo marito, il padre di suo figlio, per amor suo era uscita di casa. Costruiva le proprie giustificazioni su un mucchio di luoghi comuni, senza vergognarsi dell'incoerenza con cui tentava di ricucire una lacerazione che fino a un momento prima considerava definitiva. « Digli che può tornare », ripeté. « Ma non subito. Devo prima riprendermi da questa batosta. »

« Quando? » domandò Benny che sinceramente non si aspettava una vittoria e non sapeva se metterla sul conto dell'arrendevolezza di Giulia o attribuirla alla sua abilità di mediatore.

« Diciamo fra una settimana », decise lei, convinta che quel breve esilio fosse necessario.

Leo si fece precedere da due operai che portarono un letto nuovo, vagamente hollywoodiano, ma estremamente confortevole in sostituzione di quello contaminato che finì in una discarica. Arrivò anche una culla per Giorgio. E fasci di fiori. Ogni giorno. Dopo una settimana arrivò lui.

Suonò alla porta. Quando Giulia andò ad aprirgli si trovò di fronte un uomo bellissimo, l'espressione mite, lo sguardo affettuoso, il sorriso pieno di gratitudine. Teneva in mano un libro di cui ostentava la copertina. Una figura evanescente di donna. Un titolo: *Mio figlio*. Una firma: Giulia de Blasco. Guardò alternativamente Leo e il libro. Li abbracciò tutti e due. Lui che tornava pieno d'amore e il suo romanzo carico di promesse.

16

« È LA prima copia del tuo romanzo », disse Leo. « Ho corrotto il capo della legatoria per averla. I libri cominceranno a essere rilegati soltanto domani. »

« Entra », l'invitò Giulia prendendo il volume.

« Non ti vedo da una vita », mormorò chinandosi su lei e sfiorandole le labbra con un bacio. « Sai di latte e di miele. »

« È colonia e borotalco », ironizzò.

« Troppo tempo lontano da te », le alitò nell'orecchio.

« Siamo stati separati per periodi anche più lunghi », gli fece notare ristabilendo le distanze.

« Ma non in questo modo. Non sapendoti nelle stanze di fronte », la sorprese. « La sera ti vedevo passare. Vedevo la tua ombra. Stavo ore immobile nel buio fino a quando si spegneva la luce o scendeva la tapparella. »

Leo la guidò alla finestra del soggiorno e le indicò l'Hotel Diana che era proprio davanti alla loro casa.

« Hai alloggiato lì? » domandò lei intenerita.

« Per una lunga, interminabile settimana », sospirò come il giovane Werther.

« Stai cercando di farmi sentire in colpa? » finse di arrabbiarsi.

« Ti amo, Giulia. E amo quel piccolo intruso che mi sottrae una parte del tuo amore. Dov'è mio figlio? » chiese guardandosi intorno.

« Vieni. » Giulia lo precedette nella grande camera dove Giorgio dormiva nella sua culla accanto al loro letto.

Quella sera Ambra si fermò ad accudire il piccolo, così Giulia e Leo fecero la loro prima uscita mondana. Lei si sentiva leggera come una libellula. Leo era l'uomo meraviglioso che, appena conosciuto, aveva subito amato, l'innamorato devoto in tenera adorazione della sua compagna.

Il maître del ristorante in cui si recarono li fece accomodare a un tavolo tranquillo.

« Gli esperti dicono che il tuo romanzo sarà un successo », le annunciò Leo.

« Gli esperti sono celebri per le loro cantonate », replicò seriosamente per tenere a bada l'entusiasmo che nasceva in lei. « Sono gli stessi che hanno lapidato *Il gattopardo*, e *Love Story*, pronosticando invece successi clamorosi per romanzi che hanno fatto tonfi memorabili. »

« Lo stesso Riboldi ha suggerito una pubblicità massiccia. E tu sai che i suggerimenti del vecchio sono ordini. Di quell'uomo si potrà dire tutto il male del mondo, ma non che non abbia naso. »

Giulia, nel momento in cui avrebbe potuto volare, continuava a tenere i piedi per terra.

« Tu che cosa ne pensi? » domandò.

« Credo che lo splendido romanzo che hai appena scritto sia notevolmente al di sotto di quelli che scriverai », affermò Leo convinto.

« Sei sincero? »

« Come l'aria prima dell'era atomico-industriale », scherzò.

« Che cosa mi consigli di fare? »

« Di cambiare mestiere. »

« Potrei darmi all'ippica? »

« Dovresti seguire la tua vocazione. Assecondarla. Sei una scrittrice nata. Questo è il mestiere che hai sempre desiderato fare. Non quello che io ti ho imposto e che tu hai esercitato con grandissima classe. »

« Mi confondi », lei arrossì.

« È la verità, Giulia », lui insistette. « Senza saperlo hai scritto un romanzo stupendo. E tu hai un'anima che vuole esprimersi: lasciala cantare. »

« Oh, Leo, come farei senza di te? » lei gli prese la mano attraverso il tavolo e lo guardò commossa.

Venne il cameriere e sistemò nei piatti filetto affogato in salsa di funghi con guarnizioni di fragoline di bosco. Aveva modi garbati, gesti essenziali, parole discrete, appena sussurrate. La raffinata eleganza del locale alla moda richiamò alla memoria di Giulia le mangiate memorabili all'osteria del Bersagliere in via Scarpa a Modena. Ricordò la notte dell'oca, rubata dagli amici del nonno, che diventò il piatto forte di un banchetto organizzato dall'ostessa chiamata Napoleone per la sua grinta e il suo carattere deciso. E c'era anche una bambina, Giulia, accanto al nonno e ai suoi amici a mangiare e a far chiasso con la padrona che buttava nei piatti palettate di cibo mandando schizzi dappertutto, tra le risate dei commensali. E dopo fiumi di lambrusco e torrenti di parole, qualcuno prendeva in mano una fisarmonica, di solito si trattava di Maciste, che era un tipo pallido e gracile, si faceva silenzio e nella notte stellata si alzavano le note di un valzer struggente. Poi a quel motivo si sovrapponeva la voce del nonno, una voce limpida, calda, appassionata, in un canto che faceva sognare: « Lontano lontano sul mare, le splendide rose morenti... »

Quante immagini, quanti personaggi si affollavano alla mente, quante storie in bilico tra realtà e fantasia, storie di signori e di briganti, di galantuomini e di assassini, di pie donne e di puttane.

« Tesoro, non mangi? » la sollecitò Leo distogliendola dal suo fantasticare.

« Stavo pensando », replicò divincolandosi dai ricordi.

« Sembrava quasi che stessi sognando. »

« In un certo senso. Pensavo al nonno. Tu l'hai conosciuto da morto, ricordi? » E cominciò a parlare e parlando con Leo nacque l'idea del suo secondo romanzo.

« Carissimo, come va? » Una voce flautata disturbò quel loro intimo ritrovarsi.

Giulia alzò gli occhi e vide una donna bionda, giovane, tutta curve, vestita di rosa che le ricordò un piumino da cipria.

Leo si alzò e le sfiorò con le labbra la mano che gli porgeva.

« Conosci la signora Corsini? Marta Corsini », la presentò a Giulia. « Mia moglie », disse poi rivolgendosi a Marta.

Giulia sorrise un po' impacciata a quella donna che era venuta a profanare i suoi pensieri e i suoi ricordi. Marta invece le dedicò una cordialità troppo affettuosa per essere vera.

« La celebre Giulia de Blasco », si complimentò. « Sono una sua forsennata ammiratrice », esagerò volutamente. Poi, rivolta a Leo: « È un pezzo che non ci vediamo ».

« Praticamente dall'ultima volta », tentò di scherzare lui, ma senza riuscire convincente.

« Forse vi ho disturbati », si scusò con un sorriso smagliante allontanandosi senza aggiungere altro.

« Ma chi è? » domandò Giulia infastidita da quella presenza invadente e, anche, un tantino volgare.

« La moglie di Corsini. Il celebre chirurgo. Ne avrai sentito parlare », rispose.

« È un nome che non mi dice nulla », mormorò cercando tra i suoi ricordi professionali. « Mai avuto occasione di riferirmi al settore medico. E fortunatamente, mai avuto bisogno di un dottore. Tu invece, lei, la conosci bene. »

« La conosco », scantonò.

« Io la trovo detestabile », affermò.

17

Il successo del suo primo romanzo fu clamoroso. Quando Giulia aveva un momento libero, e ne aveva pochi, s'avventurava nelle librerie del centro, certa di non essere riconosciuta, per guardare bene in faccia i suoi lettori. Avrebbe voluto avere più tempo a disposizione per godersi la sua lunga presenza nella classifica dei best seller, ma c'era Leo, la casa, il piccolo Giorgio che reclamava i suoi diritti, il lavoro giornalistico che aveva ripreso a mezzo servizio e la nuova storia ricca di personaggi che la prendevano per mano, costringendola lungo sentieri sconosciuti.

Passò un anno, venne l'estate e il pediatra consigliò a Giulia di portare il bambino al mare.

« Ce la fai a venire con noi? » chiese al marito.

« Verrò tutte le volte che potrò », promise Leo che, dopo il fattaccio, s'era sempre comportato come un marito modello.

Affittarono una villetta in pineta a Milano Marittima, a un passo dal mare. Bastava uscire dal cancello del giardino per trovarsi in spiaggia. Ambra, all'ultimo momento, non poté accompagnarla. Suo padre, col quale viveva, si era ammalato. Carmen prese il suo posto anche se malvolentieri, per consentire a Giulia di finire il suo secondo romanzo.

« Quest'anno », le disse Carmen, « avevo una gran voglia di stare per conto mio. »

Carmen si chiudeva sempre più in se stessa e Giulia era convinta che una vacanza col nipotino non potesse farle che bene.

Lavorava in giardino, sotto gli alberi, e le bastava alzare lo sguardo per vedere Giorgio e la nonna seduti sulla spiaggia all'ombra di un grande ombrellone colorato. La gatta Jezebel, che era nuovamente gravida nonostante la venerabile età di sette anni, sonnecchiava nell'erba di un'aiuola.

Leo, che aveva trascorso con loro il fine settimana, era ripartito da alcune ore diretto a Roma dove avrebbe preso un aereo per il Sudafrica. Andava a Città del Capo per un servizio importante.

Giulia guardò la luce purpurea del tramonto scivolare lungo i tronchi degli alberi, respirò il fresco respiro del mare con il profumo dei pini e si sentì felice. Questa sensazione di appagamento completo le derivava dagli affetti sicuri che la circondavano, dal libro che stava scrivendo, dall'aria balsamica, dalla gioia di vivere che le vibrava nelle vene, ma soprattutto da quelle due figurine ritagliate nella luce declinante del giorno sulla spiaggia quasi deserta, la nonna e il nipotino, il passato e il futuro in una patetica oleografia.

Sentì il trillo del telefono e andò in casa a rispondere. Era Leo. Chiamava da Fiumicino. Un saluto veloce prima della partenza.

« Abbi cura di te », si raccomandò Giulia.

« E tu non ti affaticare troppo. Prometti? »

« Promesso. »

« Tra una settimana sarò di nuovo a Milano », garantì.

« Ti amo », disse lei.

« Anch'io », ribatté Leo mentre una voce diffusa dagli altoparlanti chiamava il suo volo.

Giulia depose il ricevitore e uscì di nuovo in giardino. Aveva ancora un'oretta buona per completare il programma della giornata. Guardò verso la spiaggia e non vide più le due figurette ritagliate contro il cielo del tramonto. Guardò attentamente lungo il tratto di arenile accessibile ai suoi occhi, ma di Giorgio e di Carmen nemmeno l'ombra. Suo figlio e sua madre non c'erano più. Allora fu presa dall'ansia.

Uscì dal cancello buttando via gli zoccoli e prese a correre verso la spiaggia. Non c'erano molti bagnanti a quell'ora e quei pochi la conoscevano quasi tutti. Si guardò intorno smarrita e angosciata.

« Cerca per caso i suoi, signora Giulia? » le domandò una donna dall'inconfondibile accento romagnolo.

« Sì, li ha visti? » mormorò con voce appena percettibile e alterata dalla breve corsa.

« Il suo bambino è laggiù », la rassicurò. « Guardi. Magari lei già pensava al male. Si sa che le disgrazie non si fanno annunciare. » Si capiva che la donna avrebbe attaccato volentieri discorso, ma Giulia non aveva né tempo né voglia di ascoltarla. Raggiunse di corsa Giorgio che, sotto un ombrellone, in prima fila, giocava con una bimba poco più grande di lui.

« Buonasera, signora », la salutò cordiale la mamma della bambina.

« Perché Giorgio non è con la nonna? » domandò Giulia ansiosa guardandosi intorno e senza preoccuparsi di ricambiare il saluto.

« È andata a fare il bagno », spiegò. « Adesso viene. »

« Ma quando mai? »

« Che cosa? »

« Mia madre non è mai entrata in acqua in vita sua. Mia madre non sa nuotare », gridò Giulia con voce soffocata prendendo in braccio il bambino e correndo verso le onde.

« Mi ha detto: mi tenga il piccolo, per favore, che vado a fare il bagno », ripeté la donna. « Proprio così mi ha detto. »

Carmen non si vedeva e Giulia era annichilita dalla disperazione.

Le ricerche dei bagnini che perlustrarono lo specchio di mare con la barca di salvataggio non diedero nessun esito. La cercarono sulla spiaggia, lanciarono appelli con l'altoparlante. Come poteva essere scomparsa nel giro di un quarto d'ora una persona su una spiaggia quasi deserta? Giulia corse in casa nella speranza assurda che sua madre fosse rientrata, ma Carmen non c'era. Allora avvertì i carabinieri, ma a questo punto sapeva che era tutto inutile.

Carmen era andata incontro alla morte nella luce purpurea del tramonto. Il suo corpo venne restituito dal mare due giorni dopo.

Era scomparsa senza dire nulla lasciandola in un'angoscia terribile. Le sembrò di avvertire in quel gesto definitivo e apparentemente inspiegabile il sapore della vendetta. Sentì pesare sulla coscienza il compito appassionato e disperante di rintracciare all'indietro, come in un fotomontaggio rovesciato, come in un grande giallo da ricostruire, le ragioni della decisione estrema. Dove, in quale punto, a quale bivio Carmen aveva perduto la strada della speranza? Ora, ripercorrendo a ritroso i sentieri della memoria, Giulia credette di individuare dei segnali di stanchezza, di profondo disinteresse, di totale abbandono. Le ripetute allusioni all'inutilità del vivere nel fallimento, che Giulia aveva interpretato come episodi banali e insignificanti e che aveva ignorato per quieto vivere, per vigliaccheria o per paura, affioravano adesso in un replay rallentato. Sua madre, la sua buona madre mite e rassegnata era stanca, era vinta, era fuori. Eppure aveva lei, aveva il bambino, sembrava serena... Invece c'era qualcosa di profondamente distorto fra lei e la vita, una vertigine che l'attirava nel nulla, nel silenzio, nel buio di uno dei più inesplicabili enigmi: il suicidio. Quella fine tragica le dava l'impressione di una porta sbattuta su un'insostenibile quotidianità.

18

CARMEN se n'era andata nel modo più imprevedibile. Aveva camminato verso il mare e verso la morte per chiudere prima del tempo il gran libro della vita.

« Perché? » chiese Benny.

« Non lo so », disse Giulia scuotendo il capo.

« Sembrava così tranquilla », intervenne Isabella che, per la prima volta, si sentiva toccata da un grande dolore.

« Era molto stanca », mormorò Giulia. « E sola. I ricordi erano diventati un peso insostenibile. »

« Quali ricordi? » s'incuriosì Isabella.

« I suoi ricordi », tagliò corto Giulia.

« Non aveva il diritto di farlo », la giudicò Benny. Il moralista tendeva sempre a prevalere in lui.

« Che cosa ne sai tu dei suoi ricordi e della sua stanchezza? » lo riprese Giulia. « Chi ha mai potuto esplorare e capire a fondo i meccanismi della sua mente e della sua anima? » soggiunse mentre lacrime silenziose le stillavano dagli occhi. Che cosa ne sapevano loro, lei compresa, di una storia d'amore bruciata in un attimo e di un tormento durato tutta una vita? E se avesse cominciato a morire quel giorno d'inverno allontanandosi dal rifugio sull'Appennino?

« Ma era con te, con Giorgio », si stupì Isabella.

Giorgio sorrideva beato in braccio alla madre e giocava con le sue catene d'oro farfugliando incomprensibili monosillabi. Erano a Modena dove Carmen aveva voluto concludere il suo viaggio. Nella sua terra. Nella borsetta era stato trovato un biglietto-testamento con le sue ultime volontà: « La casa di via Tiepolo è di Giulia. Il resto di tutti. Rispettate questo desiderio ».

« Tuo marito dov'è? » domandò Benny.

« A Città del Capo. »

« Non l'hai avvertito? » si preoccupò l'uomo.

« Che cosa avrebbe cambiato? » replicò Giulia.

« Adesso che cosa fai? Torni al mare? » si preoccupò Isabella che inspiegabilmente non trovò nulla da ridire sulle ultime decisioni della madre.

« Vengo con voi a Milano », decise. « Leo tornerà fra tre giorni. »

Isabella viaggiò sull'auto di Giulia per accudire al piccolo Giorgio. Erano anni che non stavano insieme loro due sole.

« Mi dispiace per la casa di via Tiepolo », si scusò Giulia.

« Quello che ha deciso la mamma va bene. Mi sono già consultata con Benny », la tranquillizzò.

« Un giorno, chissà, troverò anche il coraggio di andarci a vivere », disse Giulia.

Arrivarono a Milano che era ormai buio. Isabella si trasferì sull'auto del marito che le aveva seguite mentre Giulia, reggendo fra le braccia il bambino, che si era addormentato, aprì il portone, salì con l'antico ascensore ricordando il giorno, neppure tanto lontano, in cui era entrata per la prima volta in quella casa. Giorgio doveva ancora nascere, lei aveva scritto il suo primo romanzo, Leo e Carmen avevano arredato l'appartamento e si prendevano cura di lei. Pensò alla madre con gratitudine e rimpianto. Gli occhi le si riempirono di lacrime. Pensò all'uomo straordinario che era suo marito. Spesso si comportava come un bambino egoista e viziato, ma l'amava e l'aveva molto aiutata. Leo, caro Leo, pensò teneramente.

L'ascensore si fermò al terzo piano distogliendola dai suoi pensieri. Infilò la chiave nella serratura e la porta si aprì al primo scatto. Eppure ricordava bene d'aver chiuso a cinque mandate. Giulia strinse istintivamente a sé Giorgio per proteggerlo. Pensò ai ladri ed ebbe la tentazione di scappare; ma qualcosa le impedì di andarsene. Entrò senza fare rumore. Dal soggiorno veniva una musica ovattata. Socchiuse appena la porta. C'era una luce fioca. Ombre che ballavano. Il cuore prese a martellarle furiosamente nel petto e le mancò il respiro. Riconobbe un collega di Leo e la sua amica Lucy che si abbracciavano. Gli altri due non li conosceva. Che cosa faceva quella gente in casa sua? Chi li aveva fatti entrare? In lei si fece strada una terribile certezza. Senza farsi vedere raggiunse la sua camera da letto. Spalancò la porta e accese la luce. Leo e quella bionda dalla voce flautata che aveva conosciuto al ristorante la guardarono inebetiti.

19

GIULIA sentì che il mondo le crollava addosso; eppure non urlò, non pianse, non si disperò. La sua sola preoccupazione in quel momento fu di non svegliare Giorgio. Spense la luce su quello spettacolo indecoroso e grottesco, richiuse la porta e ripercorse il corridoio di casa verso l'uscita e l'ascensore.

Risalì in macchina sistemando il figlio sul sedile posteriore. In cinque minuti arrivò in via Tiepolo.

Leo questa volta ebbe il buon gusto di non chiedere la mediazione di Benny, né di altri; e non si fece vedere. Anzi, fu proprio Benny a occuparsi dell'istanza di separazione della sorella.

Ambra divenne sempre più, per Giulia, il suo punto di riferimento e di appoggio. Con il suo aiuto Giulia poté finire, sia pure con qualche ritardo, il suo secondo romanzo. E ne cominciò subito un terzo.

« Rischi di diventare una scrittrice di quantità », scherzò il suo editore.

« Non è che la cosa mi dispiaccia », lei replicò, « sono già tanti gli scrittori di qualità. »

Il vecchio era sinceramente preoccupato.

« Non è che stai lavorando troppo? » domandò.

« Le storie non sono oro, non si possono capitalizzare », spiegò lei. « Se le metti da parte invecchiano, non fruttano, e la vena s'inaridisce. »

Il lavoro era la sua medicina e la sua droga e Giorgio la sua consolazione. La sua vita sentimentale era inesistente. Ebbe una love story con un fotografo; Leo lo seppe, e quando si incontrarono davanti al magistrato per la causa di separazione, cercò anche di farla sentire in colpa. Allora cambiò tattica e, incorreggibile, riprese a farle la corte. Inutilmente. Giulia si era resa conto che lui non sarebbe mai cambiato.

Impararono, con molta sofferenza e poco per volta, a essere semplicemente amici. La passione si spense e anche l'indignazione. Leo restava un padre affettuoso per Giorgio e un amico egoista per lei.

« Puoi spillargli tutti i quattrini che vuoi », l'aveva avvertita Benny che patrocinava la sua causa.

« Lo ridurrei alla fame », si preoccupò. « Ha già un'ex moglie da mantenere. Non ti pare che basti? »

« Guarda che non le passa più niente da un pezzo. »

« Brutto bastardo! » si lasciò andare Giulia. « Dove diavolo li metteva tutti quei soldi? »

« Devo proprio dirtelo io? »

« D'accordo, Benny. Prendiamogli più soldi che possiamo. C'è un bambino che è anche suo. È giusto che sia il padre a provvedere. » Era furiosa.

Quando lo rivide la sua ira svanì. Leo continuava a essere un egoista, un bugiardo costituzionale, un infedele per vocazione, un immaturo col quale era impossibile impostare un corretto rapporto di coppia perché era irresistibilmente attratto dal desiderio di trasgredire, ma sul fatto che l'avesse amata e che forse, a modo suo, l'amasse ancora, lei non aveva dubbi.

Zaira tornò a farsi viva. Aveva aperto un atelier nel cuore di Milano e disegnava gonne e golfini per il prêt-à-porter. Il titolo nobiliare favoriva il suo gioco. Giulia riprese a frequentarla sfidando le insinuazioni di molti su quest'amicizia « un po' particolare » come la definivano i maligni. Ma la loro era davvero soltanto amicizia sincera.

Tramite Zaira Giulia rivide Marta Montini, la donna che aveva trovato nel suo letto, tra le braccia di suo marito. La incontrò a una sfilata di moda dell'amica. Fu proprio in quell'occasione che qualcuno si riferì al marito di lei, chiamandolo Ermes, e facendo riaffiorare in Giulia un'ondata di ricordi teneri e appassionati. Il ragazzo dal quale aveva ricevuto il primo indimenticabile bacio della sua vita era ormai una celebrità nel mondo della medicina. Lo ricordò nel giardino della sua casa mentre si accaniva contro un povero pino malato in cambio di lezioni di greco. Ermes era diventato un uomo importante e aveva sposato una donna importante, ma a giudicare dagli elementi in suo possesso neanche lui aveva fatto una buona scelta.

Da quel giorno Giulia, sfogliando i rotocalchi, cercava notizie e fotografie di Ermes che compariva sempre in occasioni mondane e in compagnia della moglie di cui, evidentemente, ignorava le infedeltà. Cercava nella calda bellezza dell'uomo la virile dolcezza dei vent'anni e la ritrovava intatta. Chissà se si ricordava di lei. Quel pensiero le gonfiava il cuore di tenerezza.

Poi gli anni presero a rotolare lungo la china del tempo e divennero valanga, ma quando si incontrarono di nuovo, a faccia a faccia, sulla Quinta Avenue, a Manhattan, fu come se quel lungo segmento di vita fosse durato un attimo.

« Giulia. Giulia de Blasco », lui la salutò andandole incontro e guardandola con ammirazione. « Ti è passato il raffreddore? » le domandò.

Lei cercò di nascondere l'emozione.

« Ciao, Ermes », gli sorrise. « E tu fai ancora buona guardia alla tua famiglia? »

« No », rispose. « Ho abdicato alla mia funzione di botolo ringhioso. E poi c'è poco da vigilare ormai », soggiunse con una punta di malinconia. « Tu invece sei sempre la deliziosa ragazzina che mi ha offerto un caffè in una fredda mattina di giugno di qualche anno fa. » Tenne tra le sue la mano che lei gli aveva teso.

« Sto per compiere quarant'anni », confessò arrossendo.

« E sei più bella di come ti ricordavo », lui ammise. « E ti ho ricordata, Giulia. Più di quanto immagini. »

« Per carità, siamo nella strada più affollata di New York a piangerci addosso come due vecchi reduci », scherzò Giulia.

« Hai da fare? » domandò lui.

« Sono in vacanza, quindi occupatissima », rispose allegramente. Entrarono nella Trump Tower, il modernissimo grattacielo in marmo rosa, vetro e oro, scesero al primo sotterraneo e sedettero al tavolino di un bar tra il verde degli alberi e il mormorio di una cascatella.

« Ti ho pensato anch'io », confessò lei.

« Davvero? » Erano passati venticinque anni e lei si chiese se le rughe erano ben mimetizzate dal trucco, se i capelli erano a posto, rammaricandosi che il *tailleur* la ingrossasse un po'. La paura di non essere bella la faceva arrossire e la rendeva bellissima.

« Ho pensato anche di telefonarti, sai? » la stupì Ermes.

« A me? »

« Alla scrittrice Giulia de Blasco. Ti ho vista presentare un tuo romanzo in televisione. Ho letto di te sui giornali. Complimenti. »

« Siamo alle celebrazioni. Perché non l'hai fatto? »

« Con quale pretesto? Dicendo: sono quello che ti ha baciato una ventina di anni fa, possiamo rivederci? »

« Allora ti ricordi », esultò lei.

« Era il giugno più freddo della mia vita. »

« Ricordi il bacio o il freddo? »

« Ricordo te e i tuoi occhi dove il tempo sembra essersi fermato », le accarezzò una guancia. « E tu? »

« Io proprio non pensavo di trovarti qui. »

« Sei sola? »

« Intendi dire se sono sposata? »

« Anche. »

« Sì, lo sono. »

« Felicemente? »

« Sono separata da tredici anni e divorziata da otto. »

Lui scosse la testa e sorrise.

« Nel mio piccolo anch'io non scherzo. Sono separato da quattro anni », disse. « Con Marta è stato un pessimo matrimonio. Una donna difficile. »

« Lo so. »

« La conosci? »

« In un certo senso. » Poteva raccontargli che doveva proprio a lei, a Marta Corsini, la rottura del suo matrimonio?

« Ho seguito la tua avventura letteraria. Ho letto tutti i tuoi romanzi. Mi sono divertito. Se nelle donne che racconti c'è una parte di te, rimpiango di averti perduta di vista. »

« E se ti dicessi che ci sono io al cento per cento? » lo provocò.

« Anche nell'appassionata dissolutezza? » la punzecchiò.

« In tutto », confessò spalancando gli occhi.

« Allora devo fuggire lontano per non vederti più. Sei dinamite. »

Una avvenente cameriera offrì loro la lista dei drink. Ermes ordinò uno *scotch on the Rock*. Giulia preferì un succo di pompelmo.

« Che cosa fai a New York? » gli chiese.

« Un congresso. »

« Praticamente sei in vacanza. »

« Praticamente. »

« Solo? »

« Lo sono sempre. »

« E le belle donne con le quali appari di tanto in tanto sui giornali pettegoli? » l'interrogò.

« Capita qualche donna sul mio cammino, di tanto in tanto », ammise lui. « In generale sono storie senza importanza. E tu? »

« Capita qualche uomo sul mio cammino, di tanto in tanto. Ma in generale sono storie senza importanza », lei gli rifece il verso ridendo. Scherzando dicevano la verità.

« Se mai dovessi legarmi ancora a una donna, vorrei essere sicuro che fosse quella giusta. »

« Si dice sempre così, sapendo che è un'operazione impossibile. I sentimenti sicuri non esistono. Sai invece che più di una volta, nel corso degli anni, mi sono chiesta come sarebbe stata la mia vita se tu ti fossi innamorato di me? » confessò Giulia.

« Ma io ero innamorato di te », protestò lui.

« Menti per la gola, Ermes Corsini », lo provocò. « Io sola ti ho amato. Ero disperatamente innamorata di te. Sarei stata disposta a tutto per amor tuo. Ma tu sei scomparso nel nulla senza dire una parola! »

Ermes prese tra le sue le mani di Giulia.

« Una volta passai sotto le tue finestre per dirti addio », lui raccontò. « Fu quando lasciai il quartiere per andare a lavorare in ospedale. C'era un abisso tra di noi, allora. E tu avevi solo quindici anni. »

« Non facevo che piangere, per causa tua. »

« Credi che potremo recuperare il tempo perduto? »

« È un'impresa titanica che raramente riesce », osservò lei sorridendo. « Possiamo cercare di impadronirci del presente. Di vivere insieme gli anni che ci restano. » Cercava di essere disinvolta ma dopo tante delusioni pensava a Ermes come all'ultima opportunità della sua vita.

Oggi

1

La svegliò il telefono che suonava al piano di sotto. Qualcuno doveva avere risposto al terzo segnale. Giulia cominciò a ricordare e la prima immagine che affiorò alla mente fu la stessa che l'aveva perseguitata durante il sonno: Ermes e sua moglie abbracciati vicino al letto della loro figlia. Questa esperienza recente la faceva soffrire e non le dava tregua. A mezzanotte aveva preso un sonnifero e adesso si sentiva come un cane bastonato.

Era stanca di sentirsi tradita dagli uomini che amava. Ma perché continuava a innamorarsi come una ragazzina? Doveva cominciare a rendersi conto che certi stati d'animo che inteneriscono in un'adolescente non si addicono a una quarantenne.

Giulia si alzò e andò a guardarsi allo specchio del bagno che le restituì l'immagine di una bella donna ancora giovane con il viso un po' trasognato tipico delle persone assonnate. Il sole che irrompeva dalla grande finestra comunicava un'inebriante gioia di vivere.

Calde lacrime sgorgarono copiose dai suoi begli occhi in un pianto liberatorio senza singhiozzi e senza dolore.

Si sfilò la camicia e guardò il seno nudo allo specchio. La mammella operata si era leggermente rimpicciolita. Alzò la mano per toccare la ferita, ma non ci riuscì. Le dita si chiusero a pugno. Perché continuava a negare il passaggio del male anche di fronte all'evidenza? Era giusto o sbagliato? Le tornarono in mente le parole di Zaira: « Non farti toccare le tette dagli uomini. Te le rovinano. O ti rovinano la vita ». Possibile che avesse ragione lei? Giulia cercò nello spogliatoio un maglione molto soffice color panna e una gonna di flanella grigia. Calzò mocassini di montone, neri, con l'interno di pelo bianco, poi sedette al tavolo del trucco e cominciò a spalmarsi sul viso una crema idratante. Quindi passò uno stick bianco intorno alle palpebre. Erano gesti che ripeteva da anni, sempre gli stessi. E intanto pensava alla giornata che aveva davanti, al libro che stava scrivendo: la storia di Ermes e la sua, una vicenda finita male nella realtà, ma che nel romanzo era ancora aperta.

Uscì nel corridoio e vide sul tavolino un grande cesto di gigli bianchi. L'aria era satura del loro profumo. C'era un biglietto: « Sei una peste, Giulia, ma non avrò mai un'altra donna all'infuori di te. Ermes ».

Scese sul pianterreno. Aprì la porta della cucina e si trovò di fronte Leo, seduto al tavolo, che stava facendo colazione con caffè, miele e pane tostato.

« E tu? » domandò. « Che cosa ci fai qui? »

Le andò incontro con uno sguardo pieno di ammirazione.

« Come sei bella, Giulia », la salutò baciandole la mano.

Giulia non rispose al saluto. Sedette di fronte a lui, si versò del caffè, aggiunse un po' di panna e cominciò a sorseggiarlo, piano.

« Buono, vero? » si preoccupò Leo. « L'ho fatto io », soggiunse con l'orgoglio di un bambino di cinquant'anni, un po' stempiato, un po' ingrassato, ma con la stessa irresistibile simpatia nello sguardo e nel sorriso. « Come ai vecchi tempi. »

Giulia annuì con un cenno del capo.

« Dunque, mia loquacissima Giulia », lui continuò. « La temperatura all'esterno è rigida, ma il tempo è buono. Splende il sole. Ambra è andata a fare la spesa. Nostro figlio è a scuola. Te lo garantisco perché l'ho accompagnato io. Quanto a me... »

Giulia ricordò la telefonata del marito il giorno di Capodanno. « Senti, se sei venuto per quella tua Corinna Vattelapesca, lì c'è la porta », furono le sue prime minacciose parole.

« Sono qui solo per te, mia ineffabile Giulia », cercò di ammansirla. « Sembri un personaggio della serie: il pericolo è il mio mestiere. Viverti accanto è come camminare sulla corda tesa su un precipizio. La tua storia con Corsini, che hai abilmente nascosto per mesi, è esplosa con il fragore di una bomba. »

« È per farmi la morale che sei venuto da me di primo mattino? » si stizzì.

Leo cambiò tono passando dallo scherzo a una seria affettuosità.

« È perché, nonostante il tuo pessimo carattere, io ti amo ancora. »

Era il secondo che nel giro di pochi minuti diceva di amarla nonostante il suo brutto carattere.

« Rimetti il violino nella custodia. Conosco bene le tue doti di solista. »

« Non prima di averti ringraziato di avermi voluto bene e di avermi dato un figlio. »

« Finiti i titoli di testa e gli svolazzi, vuoi dirmi la vera ragione della tua presenza in casa mia? »

Leo si immalinconì.

« In questa casa ci siamo conosciuti », esordì.

« Non ricordarmi quanti anni fa, sennò m'infurio come una belva. »

« Ieri », l'assecondò.

« Meno male. E adesso posso sapere qual è il problema? » lo sollecitò.

« Voglio che tu sia felice, Giulia. » Sembrava sincero, ma Leo era sempre sembrato sincero prima di ogni tradimento.

Il caffè si raffreddava nelle tazzine.

« Identità di vedute e unanimità di consensi », lei ironizzò.

« Non è come pensi, Giulia », proseguì con insolita serietà. « Io credo di poter aiutare il tuo uomo a uscire dal ginepraio in cui l'ha messo Marta Montini. La sua ex moglie. »

Giulia impallidì e si fece attenta. « Che cosa sai, Leo? » l'interrogò.

« Praticamente tutto. » Cominciò a raccontare, riassumendola, una storia di pedinamenti affidati a un'agenzia investigativa internazionale e di scoop fotogiornalistici fatti pervenire ai giornali giusti nel momento rivelatosi più opportuno. « Queste iniziative erano state propiziate, finanziate e abilmente gestite da Marta Montini. »

« Come hai saputo tutto questo? » insisté piena di curiosità.

« Per caso », riprese. « O forse per la mia smania di occuparmi dei fatti altrui. Ho la vocazione del pettegolezzo e dell'intrigo », scherzò. « È stato un giovane collega a mettermi sulla pista giusta. Si chiama Piergildo Grandi. È furibondo con Marta per una storia di letto. »

« Anch'io », non riuscì a trattenersi dal ribattere.

« Ma tu non avevi il messaggio di Gianni Macchi », la stupì.

« Il giovane medico suicida? » domandò.

Leo annuì.

« L'ultimo amante di Marta », precisò.« Prima di attuare, come si dice, l'insano gesto, aveva scritto un biglietto. Chiedeva perdono a Ermes. Evidentemente perché lo aveva accusato ingiustamente. Quel messaggio-testamento finì nelle mani di Piergildo Grandi. E lui lo passò a me in una notte di confidenze suggerite dall'alcol e dalla buona coscienza. »

« Ma il resto? La scoperta dell'intrigo, l'agenzia investigativa e le fotografie ai giornali? »

« Dalla confessione di Grandi », spiegò Leo, « e sulla base di quella prova certa, è partita la mia personale inchiesta. Ho molti amici, come sai, e non è stato difficile scoprire la verità. Mi sono convinto che se Ermes non si fosse messo con te, Marta non avrebbe ordito quel complotto. Il piacere perverso di guastarvi la vostra bella felicità è stato irresistibile per lei »

« Tu la conosci bene quella donna, vero? »

« Sei gelosa? » si illuminò Leo.

Giulia pensò a tredici anni prima, quando li aveva trovati nel suo letto, e sorrise.

« No », lo deluse. « A pensarci bene eravate grotteschi. Ricordo quell'episodio con un senso di pena. Per te. Sei un amico sincero, però. Grazie alla tua testimonianza Ermes potrà essere completamente scagionato e riabilitato. »

« Ma non ti ho ancora detto tutto. »

« Che altro c'è? » lei si allarmò.

« C'è che sei una donna straordinaria », continuò con ammirazione. « La donna più coraggiosa che abbia mai conosciuto. »

« E tu ne hai conosciute tante », ironizzò Giulia.

Leo si fece pensieroso e triste. « Sei stata ammalata e non l'hai detto a nessuno. Perché? » chiese andandole vicino e abbracciandola.

« Perché tutti lo avrebbero comunque saputo. Vedi bene che anche tu ne sei al corrente. »

« L'ho saputo da nostro figlio. A intervento compiuto. Perché ti sei portata dentro questo segreto per tanto tempo? »

« Sono fatta così », si giustificò. « Eppoi ci sono cose che, anche se ne parli, non cambiano. »

« Però quelli che ti amano possono aiutarti a portare il peso di questa cosa. » Bastava che si profilasse lo spettro del grande nemico perché anche il linguaggio di due persone abituate a lavorare con le parole diventasse difficile, fumoso, sfuggente.

« No, Leo », lo gelò, « nessuno può sollevarti dall'angoscia provocata da questo misterioso visitatore. Anche quando tutto sembra procedere per il meglio. Sei sempre sola di fronte a lui. Perché non sai da dove viene. Né dove va. Né quando ti aggredirà un'altra volta. »

Leo le accarezzò i capelli, mentre lei aveva appoggiato la testa sulla sua spalla.

« Mi dicono che sei guarita. »

« Anche a me lo dicono. »

« Penso a tutte le volte che non ti sono stato vicino come avrei dovuto e potuto. Ti ho fatto dei torti, Giulia. E me ne dispiace. Sono sempre stato un egoista con te. »

« Egoista lo sei stato con tutti », sottolineò. « Con me sei stato anche un bastardo. Ma non è vero che tu non mi sia stato vicino. Devo anche a te quello che sono. È vero, sei il mio più clamoroso errore, ma solo sul piano sentimentale. Tu mi hai aiutato a trovare me stessa. Ti pare poco? »

« Ti amo ancora, Giulia », sussurrò sfiorandole le labbra con un bacio.

Com'era diverso Ermes quando diceva di amarla. Leo, anche quando le testimoniava il suo amore, probabilmente sincero, aveva nello sguardo un lampo scanzonato e bugiardo. L'amava, ma l'avrebbe tradita un momento dopo, se si fosse presentata l'occasione. Il bisogno di trasgredire era sempre stato più forte di lui.

« Vorresti tradire Corinna Vattelapesca con la tua ex moglie? » domandò Giulia sollevando il capo.

« Salve », la voce di Ermes che li stava osservando dalla soglia della cucina li gelò.

« Cielo, suo marito! » ridacchiò amaro Leo storpiando la celebre battuta e allontanandosi da Giulia.

Giulia impallidì. Ma si riprese immediatamente. Con una civetteria tutta femminile si compiacque di essere stata colta da Ermes in quell'affettuoso atteggiamento. Per una volta era lei a suscitare gelosia.

« Leo è arrivato poco fa. E mi stava raccontando qualcosa che potrebbe esserti molto utile », puntualizzò Giulia.

2

Marta Montini apprese con sollievo che l'intervento di suo padre e quello dell'onorevole Armando Zani avevano evitato un nuovo scandalo di cui, questa volta, sarebbe stata lei a fare le spese. Nel tentativo di distruggere il marito che l'aveva abbandonata, aveva evocato demoni che non aveva più saputo controllare. Un uomo si era suicidato per causa sua, un padre disperato per la morte del suo bambino era stato incriminato per calunnia e lei rischiava di finire in carcere per alcuni reati.

Ermes non aveva voluto infierire per un riguardo a Teodolinda, e in un ultimo decisivo colloquio con la ex moglie aveva rinunciato alla battaglia giudiziaria in cambio dell'esilio di Marta.

« Io non ti mando in galera, ma tu abbandoni l'Italia », le aveva detto.

Marta aveva scelto il Brasile. A Rio c'era il chirurgo estetico che garantiva una lunga giovinezza e c'era Joachim de Nogales, uno psicoanalista conosciuto un paio d'anni prima sulla Costa Azzurra. Le aveva fatto una corte assidua, il bel tenebroso sudamericano, ma senza esito, perché a quei tempi poteva ancora scegliere e detestava essere scelta. Adesso che le cose erano cambiate gli aveva telefonato e lui l'aspettava a braccia aperte.

Era alla Malpensa, al cancello di imbarco del volo per Rio. Aveva in mano un biglietto *top class* di sola andata. Il suo guardaroba prezioso era già nel capace ventre dell'aereo.

« È un po' che la osservo. Lei è la signora Corsini, vero? » Una voce dall'inconfondibile accento yankee spezzò il corso dei suoi pensieri.

Guardò l'uomo che le aveva parlato e le sorrideva. Era firmato Gucci dalla cravatta alle scarpe. Tipicamente americano, era il suo tipo: alto, biondo, atletico, lo stomaco appena dilatato del bevitore abituale.

« Sì, sono Marta Corsini », ammise non senza una certa preoccupazione.

« James Kendall », si presentò. « Si ricorda di me? Ci siamo conosciuti qualche anno fa a Baltimora a un congresso di chirurgia toracica.

« Oh, sì », ricordò Marta. « Come sta? » Era tutto chiaro. Lui e la moglie sedevano allo stesso tavolo suo e di Ermes a pranzo e a cena. Lui le faceva piedino e lei si divertiva molto a quel gioco eccitante. Ricordava una moglie possessiva e gelosa che non lo mollava mai.

« Il professor Corsini come sta? » domandò.

« Non lo so. Siamo divorziati. »

« Fantastico », esclamò. « Anch'io sono divorziato. »

« Per via dei tori? » chiese Marta. Ricordava la moglie messicana di Kendall, una bella e vistosa ragazza che parlava sempre di corride e dell'allevamento di tori che possedeva nella sua fazenda a Puebla.

L'americano esplose in una sonora risata.

« Proprio così. Passava il tempo a parlare dei tori e dei loro *cojones*. Fino a quando ha rotto i miei. »

I passeggeri guardarono quella coppia spensierata che sembrava divertirsi un mondo.

« Sei divertente, James », disse Marta. Era proprio il tipo che ci voleva per lei in quel momento.

« Rio? » chiese lui fregandosi gli occhi.

« Rio », confermò lei con un sorriso pieno di promesse.

La ruota della fortuna, per Marta Montini, aveva ripreso a girare nel verso giusto. Rio de Janeiro era là, oltre l'oceano, che l'aspettava. E c'erano già due uomini per i suoi giorni e le sue notti: uno psichiatra innamorato e un chirurgo scanzonato.

3

ERMES aprì gli occhi e fu subito desto, vigile, attento, i pensieri ordinati nel limpido archivio della mente. Il lucido quadrante astrale sul tavolino da notte segnava le sei meno due minuti. Neutralizzò il cicalino della sveglia e scese dal letto. Alzò le tapparelle e scostò la tendina di mussola bianca. Fuori era ancora buio, ma già si profilava nel cielo una tenue luce rosata.

Il periodo più uggioso dell'anno era passato portandosi via anche i momenti cupi. Aveva ripreso a lavorare regolarmente e la sua giornata era scandita dai ritmi consueti.

Il suo primo pensiero fu per Giulia. Proprio quel giorno terminava il ciclo di terapia radiante. L'avrebbe visitata fra poche ore e quella sera avrebbero festeggiato la fine di una cura stressante e forse inutile, ma che andava fatta per la sua sicurezza.

Perché Giulia stava davvero bene adesso, e anche lui era convinto che la ritrovata serenità sarebbe stato un elemento in più nella strategia per vincere definitivamente la malattia.

Il suo secondo pensiero fu per Teodolinda. Sua figlia era guarita. Perfettamente. Stupendamente. Ma, quel che più conta, sembrava guarita anche nello spirito.

In cucina, sul tavolo apparecchiato per due, trovò pronta la sua spremuta. Ersilia, la governante, si muoveva con silenziosa efficienza.

Poco dopo entrò Tea, vestita da amazzone, l'aria primaverile, il sorriso radioso.

« Ciao, papà », lo salutò con un bacio e sedette davanti a una grande coppa di frutta affettata e yogurt.

Vivevano bene insieme.

« Come mai così mattiniera? »

« Viene Marcello a prendermi. Tra dieci minuti. Facciamo un'ora di maneggio. Poi mi porta a scuola », spiegò Tea che aveva ripreso i rapporti col tenente Marcello Belgrano. Ermes si sentiva più tranquillo sapendola sotto la protezione del giovane che per amore di lei aveva dato una svolta alla sua vita.

« Allora ci vediamo stasera », concluse lui. « Ceniamo insieme, d'accordo? Ci sarà anche Giulia. »

« Fantastico. »

Suonò il telefono. Ersilia guardò Ermes per sapere se doveva eventualmente passargli la comunicazione.

« Senta prima chi è », lui disse.

« Un momento, prego », disse la donna. « È il maresciallo Caruso », annunciò.

« Oh, no », esclamò lui levando gli occhi al cielo. Poi soggiunse: « Me lo passi ».

« Professore, mi perdoni l'ora inopportuna. Non mi sarei permesso di disturbarla a casa se non si trattasse di cosa grave. » La voce del carabiniere gli giungeva chiara e forte.

Ermes impallidì.

« Cosa c'è? » lo invitò a proseguire.

« Si tratta del padre di mia moglie, professore. Ha un tumore alla laringe e dal paese l'hanno mandato qui. L'ho portato al suo ospedale e me l'hanno rimandato indietro.

Dicono che c'è una lista d'attesa interminabile », spiegò Caruso.

Ermes, istintivamente, trasse un sospiro di sollievo.

« Ha fatto bene a rivolgersi a me. Stamattina vedo quello che posso fare per suo suocero. In un modo o nell'altro il problema lo risolviamo. » Dopo aver preso alcuni appunti riattaccò.

Guardò l'ora. Mancavano pochi minuti alle sette e mezzo. Pensò di chiamare Giulia, poi non lo fece. Probabilmente lei dormiva ancora e gli sarebbe dispiaciuto svegliarla. Per quanto riguardava il sonno avevano ritmi e meccanismi diversi.

Uscì di casa nell'aria ormai chiara. Sarebbe andato in clinica a piedi. Il suo primo intervento era per le otto.

Finì di operare all'una.

Era stata una mattinata faticosa durante la quale aveva potuto concedersi soltanto un breve intervallo per il caffè. Aveva dovuto anche litigare con l'amministrazione, mettere d'accordo due primari e rabbonire una ferrista in lacrime maltrattata da un chirurgo nervoso.

Quando finalmente entrò nel suo studio e vide Giulia che aspettava paziente leggendo un libro, si rese conto che per l'intera mattinata si era completamente dimenticato di lei.

La baciò sulla fronte.

« Scusami », le disse.

« Stanco? »

« Non più, adesso che ti vedo. »

La visitò minuziosamente seguendo tutti i percorsi apprezzabili delle linfoghiandole e lei si abbandonò docilmente, fiduciosa.

Per la prima volta Giulia toccò il seno operato senza repulsione e le sembrò di aver vinto una grande battaglia.

« Allora? » chiese quando si fu rivestita.

« È tutto a posto », la rassicurò.

« Anche quando mi hai operato era tutto a posto. Poi mi hai detto che dovevo fare un ciclo di radiazioni », lo rimproverò dolcemente.

« Il tumore non c'è più. Era nei limiti dell'operabilità. È stato rimosso precocemente senza mutilazioni devastanti. Le radiazioni rappresentano una garanzia supplementare. Adesso sei una donna sana, stupenda, desiderabile. E io ho qualcosa di molto importante da chiederti. » Si avvicinò a lei per aiutarla a indossare la pelliccia.

« In questo momento sono io che faccio le domande », replicò guardandolo dritto negli occhi. « Dici che sono una donna sana. Adesso. Ma dopo? Dopo potrei tornare ad ammalarmi. Non è così? »

Ermes la prese per le spalle e le sorrise con sincerità.

« Io non voglio raccontarti bugie », riprese con tono pacato, « perché le bugie sono facili da dire, ma difficili da sostenere. Tu non hai avuto l'influenza: hai avuto un cancro. Ma adesso non ce l'hai più. In questa prospettiva devi continuare a vivere. Dopo, è una parola misteriosa e intraducibile », spiegò. « Dopo, è una domanda senza risposta. Dopo, potremmo vincere al totocalcio. Dopo, un pazzo potrebbe spararci. Vivi il presente in compagnia della Giulia gioiosa e soddisfatta, finalmente risanata. »

Trasse dalle parole e dal tono di voce di Ermes una grande pace. Pensò a se stessa, così preoccupata per la vita, così bisognosa di certezze.

Nell'abbraccio dell'uomo col quale avrebbe diviso i giorni e le notti che le restavano da vivere riconobbe il valore delle piccole cose, il mormorio del tempo che passa dolcemente. E si sentì abbastanza forte per vivere intensamente con lui una lunga attesa.

FINE

Gentile lettore,

la ringraziamo per aver scelto uno dei romanzi della ricca collana Superbestseller.

Per poter soddisfare sempre meglio le sue esigenze e i suoi gusti, le chiediamo di voler gentilmente compilare il seguente questionario. Se ci fornirà anche il suo indirizzo, le invieremo le informazioni relative alle nuove pubblicazioni del gruppo Sperling & Kupfer e alle iniziative speciali rivolte ai nostri lettori. Se invece preferisce registrarsi sul nostro sito www.sperling.it, riceverà nella sua casella e-mail la nostra newsletter informativa.

Ho trovato questo questionario nel volume dal titolo

....

Ho acquistato questo volume

☐ in libreria ☐ in edicola ☐ al supermercato

Numero libri acquistati in un anno: ....

Il mio autore preferito è: ....

Il mio genere preferito è

☐ Narrativa ☐ Narrativa per ragazzi
☐ Thriller ☐ Saggistica
☐ Narrativa al femminile ☐ Business

INFORMAZIONI ANAGRAFICHE

Età: Sesso: ☐ M ☐ F

Professione: ....

FACOLTATIVO

Nome ....
Cognome ....
Via .... n. ....
Città .... Provincia .... CAP ....
E-mail ....

Informativa ai sensi dell'art. 13 D. Lgs n. 196/2003

I suoi dati saranno trattati da Sperling & Kupfer Editori S.p.A. e dalle società con essa in rapporto di controllo e collegamento ai sensi dell'art. 2359 cod. civ. – titolari del trattamento – per evadere la sua richiesta di invio di materiale d'informazione libraria delle titolari e più in generale per finalità di marketing, attività promozionali, offerte commerciali e per indagini di mercato da parte delle stesse titolari.

Nome, cognome, indirizzo sono indispensabili per il suddetto fine. Il suo indirizzo di posta elettronica è necessario solo se desidera ricevere via mail i suddetti materiali.

Inoltre, previo suo consenso, i suoi dati potranno, altresì, essere comunicati a soggetti operanti nei settori editoriale, largo consumo e distribuzione, vendita a distanza, arredamento, telecomunicazioni, farmaceutico, finanziario, assicurativo, automobilistico, e a enti pubblici e Onlus, per propri utilizzi aventi le suddette medesime finalità.

Responsabile del trattamento è il Responsabile Dati presso Sperling & Kupfer Editori S.p.A. L'elenco completo e aggiornato delle società in rapporto di controllo e collegamento ai sensi dell'art. 2359 cod. civ. con Sperling & Kupfer Editori S.p.A., delle aziende terze a cui i dati possono essere comunicati e dei responsabili è disponibile al seguente indirizzo e-mail: privacy@mondadori.com.

I suoi dati saranno resi disponibili agli incaricati preposti alle operazioni di trattamento finalizzate all'elaborazione e gestione dei dati.

Ai sensi dell'art. 7 D. Lgs. n. 196/2003, potrà esercitare i relativi diritti, fra cui consultare, modificare e cancellare i suoi dati o opporsi al loro trattamento scrivendo a Sperling & Kupfer Editori S.p.A. Ufficio Promozione - Via Marco d'Aviano 2 - 20131 Milano.

Acconsente che i suoi dati siano comunicati ai suddetti soggetti terzi e da questi utilizzati per le finalità e secondo le modalità illustrate nell'informativa? sì ☐ no ☐

La preghiamo di tagliare lungo la linea tratteggiata e di inviare in busta chiusa e affrancata a:

Sperling & Kupfer Editori S.p.A. Ufficio Promozione
Via Marco d'Aviano 2 - 20131 Milano

Finito di stampare nel gennaio 2007
presso la Mondadori Printing S.p.A.
Stabilimento N.S.M. di Cles (TN)
Printed in Italy